《中篇小说选刊》双年奖（2022—2023）获奖作品集

中篇小说选刊杂志社 编

海峡出版发行集团 | 海峡文艺出版社

图书在版编目(CIP)数据

《中篇小说选刊》双年奖(2022—2023)获奖作品集/中篇小说选刊杂志社编. — 福州：海峡文艺出版社，2024.11
ISBN 978-7-5550-3928-0

Ⅰ.I247.5

中国国家版本馆 CIP 数据核字第 202436KQ44 号

《中篇小说选刊》双年奖(2022—2023)获奖作品集

中篇小说选刊杂志社　编

出 版 人	林　滨
责任编辑	陈　瑾
特约编辑	刘晓闽
出版发行	海峡文艺出版社
经　　销	福建新华发行(集团)有限责任公司
社　　址	福州市东水路 76 号 14 层　　邮编　350001
发 行 部	0591—87536797
印　　刷	福州力人彩印有限公司
厂　　址	福州市晋安区新店镇健康村西庄 580 号 9 栋
开　　本	720 毫米×1020 毫米　1/16
字　　数	300 千字
印　　张	19.75
版　　次	2024 年 11 月第 1 版
印　　次	2024 年 11 月第 1 次印刷
书　　号	ISBN 978-7-5550-3928-0
定　　价	68.00 元

如发现印装质量问题,请寄承印厂调换

目　录

去云那边　须一瓜 / 001
　　女人的老家在天上（创作谈）/ 042

天真的老妇人　盛可以 / 045
　　破壁机的尖叫（创作谈）/ 088

水落石出　刘　汀 / 091
　　养一枚故事的种子，然后等着它基因突变（创作谈）/ 166

雕像　张天翼 / 169
　　消失的树（创作谈）/ 225

江山志　老　藤 / 229
　　乡贤出于陵薮（创作谈）/ 278

小楼昨夜又东风　三　三 / 281
　　仿佛像水面泡沫的短暂光亮（创作谈）/ 306

碾压甲骨的车轮（存目）　迟子建 / 309
　　未完的乐章（创作谈）/ 311

去云那边

须一瓜

《去云那边》授奖词

　　须一瓜的《去云那边》，直面生活的困顿与希望，围绕婚姻裂痕、医患矛盾等一系列意外事件展开，向生活纵深处勘探，并在冲突中探寻人性真相。"云"这一意象，是一抹有温情的亮色，是孩子的童心与好奇，也象征母亲对孩子不放弃的爱。在它的映照下，生活的喜怒哀乐被重新审视，个体的自我修复力量被再度激活，这不仅构成了小说的情感深度，也蕴含着作家对生活复杂面相和幽微人性的彻悟。

——吴义勤

……当我撑大我那风造帐篷上的裂缝，
直到宁静的江湖海洋，
仿佛是穿过我落下的一片片天空，
都嵌上这些星星和月亮。
我用燃烧的缎带缠裹太阳的宝座，
用珠光束腰环抱月亮；
……
我是大地与水的女儿，
也是天空的养子，
我往来于海洋、陆地的一切孔隙——
我变化，但是不死。
……

——雪莱《云》

一

  一辆白色的 SUV 正准备下高速，它已经奔波了三个多小时。年轻的女人开着车，带着五岁的男孩。男孩一路在看云。在高速公路上，年轻的女人反对小男孩躺着，她要求他坐在配合安全带的儿童专用增高坐垫上，但是，小男孩一下子就放弃了。他还是躺着看车顶大天窗外的云，追云不便时，他就解开安全带，站起来。他只专注于云的变化，似乎在编导云的剧情。这趟行程，路有多远，云的故事就有多远。因为小男孩一会儿坐直，一会儿躺下，一会儿系上安全带，一会儿又解开安全带，使女人不得不放慢车速。

  女人不时瞟后视镜，并通过耳朵，去捕捉后座的动静。除了云，小男孩对所有的人事，都心不在焉。三岁前没有开过口，家里的老人根据经验，都怀疑他是哑巴，但后来证明医生的判断没错，他会说话，只是不想说话。父亲平时忙，陪伴少，跟他说话，他以点头摇头回应。当爹的有一次大怒，不许摇头点头！眼睛看着我！用嘴说话！小男孩就吓得小便失禁了。对那些非要撬开他的嘴巴、动手动脚的热情客人，小男孩眼神排斥，有一次竟然哭了，令家人客人都颇为难堪。总之，他能不开口就不开口，比如，给他食物，他张嘴,就表示接受;拒绝,就是走开;甚至要去洗手间拿遗忘的玩具,里面的人连问他要什么,他只踢门不作答;那些学龄前儿童视听教材,他一律视而不见、听而不闻。偶尔,小男孩发出清晰的单词,或回应了人,犹如钻石光芒,蓁家蓬荜生辉,这幸福地证明了他的听、说能力,都是正常的。但不能否认的事实是,他几个月的说话量,不及正常孩子的一天。他似乎活在自己的世界里。

有个懒惰的、嘴甜的保姆,被长期雇用了,因为,她能给小男孩指认各种云。他们一起去顶楼天台看云,遇上了好云,小男孩会容光满面地回来,又比又画,转达他刚刚经历的一场盛大相遇。比如,满天螺蛳云、棉花罐打翻云、茶垒云、散掉的香菇云、老头撒尿云、老鼠偷油吃的云,还有树根云、吐血云、金片片云、猪奶头云……这个准文盲保姆,用云的想象力,激荡了小男孩云世界的生机勃勃。

有时,保姆洗菜洗一半,或者拖地进行中,突然一声高喊——哇,看天!天烧起来啦!——快看!

小男孩就连忙牵着她去阳台观赏,或者他们直接就奔向顶楼天台——他们家就在顶楼错层里。高天阔地,小男孩软软的头发,像丝绸旗帜一样飞舞。他会张开胳膊,像十字架一样,仰天旋转,然后拥抱自己的云。保姆倒没那么喜欢云,但她从来没有忘记自己"读云者"的天职,她一边解读云彩,一边玩手机。公平地说,她对看云的孩子无限耐心。看到天空暗沉,云的归途隐匿,他们就心满意足地一起下天台回家。

旅途中,无数车辆掠过这辆白色 SUV。两个半小时的路程,他们已经走了三个多小时。因为车里的云孩子,女人只能以尽量平缓的速度来护佑后座上的看云人。孩子的父亲正在这两个半小时车程的锦天城开会,今天是他的生日。女人决定给丈夫一个意外惊喜,她要带着孩子"从天而降",给他特别的生日祝福。小男孩对这个建议无感,因为爸爸无论是否出差,都经常不在家。但是,妈妈说:"哎呀,锦天就是出七彩祥云的地方啊!"

小男孩张大了眼睛,看着妈妈。

"五颜六色!"妈妈加大诱惑力度,"满天!红的、绿的、黄的、湖蓝的、金棕的、蓝紫的……"

"各种颜色？"小男孩归纳了一下。

"对啊，"妈妈说，"前几天电视新闻不都说了，锦天这个季节彩云最多。"

小男孩并没有看到电视，因为外婆大喊他来看云的时候，新闻画面已经闪过了。

妈妈继续煽动："所以要赶紧！到时我的手机还借你拍照。"

小男孩没有吭声。他把一本云童话绘本放进自己的双肩包，又把一只麂皮象宝宝玩具，放进去。这是他出门必带的助眠玩具，他必须捻着象宝宝左耳朵的尖尖，才能入睡。女人暗暗得意。一路上，男孩的自言自语表明了她的确拿捏准了他的小七寸。

小男孩说："棉花糖的云，都是加颜色变的。"

妈妈很聪明，说："那是假云嘛。真的云，什么颜色都是自己长的。电视上说了，只有特别的地形地貌，才会邀请到天上各种颜色的云——全世界只有锦天最多！"

"要它不来呢？"

"给电视台打电话呀。"

"怎么说？"

"你就说，喂，你们不是说，这几天都有彩云吗？"

男孩笑了，但他说："我不。"

车行了一两公里后，小男孩说："你打。"

年轻的女人愣了一下，反应过来，说："嗯，让爸爸打！他说，喂！我们全家来锦天过生日哪！说好的七彩祥云呢？！"

男孩无声地笑了，看起来很有信心。

二

出高速收费站，SUV女司机把车靠边，接起一个重复打进的电话。后座上的小男孩，又解开了安全带。他手里有两张嘎嘎响的玻璃纸，一张香槟色，一张宝蓝色，他轮流透过玻璃纸看天。通话中，女人不断回头看后座的小男孩，她语调亢奋，有点急躁，她说：

"还要二十七分钟，估计我会比预计时间再慢点。"

"孩子饿了，我会先带他吃点东西。"

"不不，不去酒店吃。给他惊喜！这饭点儿人多，万一被他看到就不好玩啦。"

"你把他房卡放总台，交代好就行。估计我们吃好进去你们要开会了。"

"知道，你发的流程我看了。下午我出去办点事，最晚五点到酒店给他庆生，不耽误他晚上八点的活动。"

"不用不用！他不吃蛋糕，小生日而已。谢谢谢谢。"

"不不！小事！就是买些有机菜种——我自己开车导航很方便。"

"保密啊！——这会让我们綦小朋友大开心的！"

"当然当然，你们綦总可能都忘了自己生日。对了，你的房卡也留总台一张，到时我可能需要打理一下。"

三

龙帝温泉大酒店从空中鸟瞰，是个拉长的S形，尾梢犹如巨幅飘带，飘了七八百米，其实，它模仿的是巨龙飞天的造型。起降锦天的飞机，最容易看到的就是，巨龙在绿树掩映中腾起的龙脊摆动线条。说是龙脊，其实是平的。整个酒店不高，昂起的龙头才十多层，龙尾一层多高；S形的屋顶天台，就是斜上的平展龙脊，上面"龙鳞"——半圆片式的扁平阶梯，缓缓升高，间或又穿插着一方方如茵绿草。龙脊中线，从龙头到龙尾巴都是艺术灯柱，仿佛是S形的龙脊在晶莹发光。夜色里，巨大的"龙脊飘带"上，银白的星光小灯，会在草地上满天星般闪烁，如银河在人间的倒影。所以，当地人都叫它"那个星光龙酒店"。

女人的车开进龙帝温泉大酒店差不多是下午两点了。进了大堂，一手牵着孩子，单肩挂着双肩包的女人，一眼看到了唐秘。唐秘却没有认出低扎马尾，穿着牛仔裤、平底鞋的老板娘。看到笑着走向自己的女人，小秘书还算机灵，立刻春花绽放地迎了上去。"姐姐真是越来越漂亮了！比年会时更年轻啦！我都没敢认呢！"唐秘说，"我正要给綦总房间送资料，那都给姐姐吧。这是他房卡，918。"

等候电梯的时候，唐秘压低嗓子说："这次订晚了，没订到大床房，被綦总骂了。是我们秘书组的失误。"唐小姐做着鬼脸，从小包里掏出了一个黑蓝色的丝绒小盒，托着递给女人："祝老板生日快乐！——只是小领带夹，弥补一下我们工作过失。"女人竖起食指，"嘘"了一声，谨防泄密的样子。小男孩伸手抓过小盒子，女人接过秘书手里的材料，说："你开会去吧，我自己上去。"

女人上了九层。酒店的扭曲结构，她有点蒙。一名保洁阿姨路过，鞠躬问候，说："星光自助餐厅往那边，出玻璃门下楼梯就是。"女人更为困惑，阅人无数的保洁阿姨不再掩饰轻慢："很多阿姨都会走错。小孩爸妈在里面是吗？我带你去。"

女人有点明白自己被误认为保姆了，她倒不生气，只亮了一下手里阿拉伯数字很大的房卡。保洁阿姨说："噢，918。往那边，拐弯第一间，你碰一下门就开。"

地毯很厚，小男孩跑向自动玻璃门，又跑下楼梯，他看到了自助餐厅。俩服务生想摸他的大脑袋，小男孩立刻原路回转。好在这些都没有被妈妈注意到，她站在918房门前，门把上，挂着"请勿打扰"的纸牌。女人"嗞"地碰卡开门，就在门要自动关上前，小男孩进来了。他没有注意到，他的妈妈站在玄关，呆若木鸡。

标房里的两张小床，已经被拼成一张大床。綦总个子大，拼大床也可以理解，但是，女人看到了床前两双凌乱的拖鞋，是用过的拖鞋：珠粉缎面的是小码，深灰缎面的是大码。

女人蹲在地上，缓了缓困难的呼吸。她心跳如鼓击，口干舌燥。小男孩看到她在深呼吸，便自己爬到窗前的沙发上。他把黑蓝色的小盒打开，拿出领带夹，研究了一下，还咬了一下，很快失去兴趣，便把它夹在小象宝宝的大耳朵上，然后去卫生间尿尿。

女人绕床而行，如她所愿，床头柜上，她看到了安全套盒。她不想碰它。男孩从卫生间出来，塞给妈妈一样东西。女人没有心思看，把小男孩的手推开。她被枕头上一根栗色的直长发吸引。小男孩把从卫生间里拿出来的东西，再次夹到了小象宝宝耳朵上，一边一个，他觉得满意。

女人去了洗手间。洗手间乱堆的浴巾里，她再次看到了一根栗色直长发。女人感到自己上嘴唇异样，就像几只蚂蚁在爬。是，上嘴唇在发抖。她按住颤抖的上唇，但手指一拿开，它还是在微微颤抖。她想，它如果靠近键盘都能打出字来了。女人看向镜子里的自己，没有涂口红的嘴唇发灰，彻底的素颜，让这张情绪风暴中的脸，就像冰箱里过了保质期的冻肉，红的发灰，白的也发灰。她本来有一头天然微卷的浓密长发，因为劳作不方便，习惯随手一扎，头发被皮筋常年控制得紧贴头皮。她觉得自己就像一个出土的兵马俑，真丑啊。难怪，难怪那个保洁阿姨，态度轻慢，她当她是一个带孩子去餐厅与父母汇合的迷路保姆。

女人目露凶光地出卫生间，拎起背包，一把拉起沙发上的男孩往门口走。小男孩不想走，女人粗暴地抱起他，男孩双腿乱甩，以示反对。女人语气凶恶："要干什么你？！"小男孩沉默。女人大吼："说啊！"小男孩沉默。女人胸腔一阵爆痛，她觉得自己心脏要炸开，她狠狠掼下小男孩，死死瞪着他。男孩看着疯狂的女人，退着走到沙发边，拿起小象宝宝，紧紧抱在怀里，眼睛里已经有了泪光。

女人心里一颤，扑过去，搂紧孩子。

她是到总台取车钥匙时，才忽然意识到儿子的象宝宝耳朵上的领带夹。她暗吃一惊：首饰盒子还在918的沙发里，更重要的是，她注意到小象另一只耳朵上的水钻发夹——当然是粉色拖鞋主人的。女人低声问："你是在卫生间拿到的吗？"小男孩没回答。她取下小象耳朵上的水钻发夹。

女人让门童看护一下儿子，她奔向电梯，按了九楼。她再次进了918房间。不知为什么，她的上嘴唇又开始颤抖，她一口咬住上唇。她把扔在沙发上的黑蓝首饰盒拿起，把水钻发卡扔在洗手台边。然后，她退出了房间。她听到了电梯有人出来的声音，走廊空空无处藏身，丈夫回房间的可能性很小，但是，她还是做贼一样心虚紧张。厚地毯无声无息，她却感到有人在袅袅走近。她选择了面对915房间，假装找房卡开门。一个苗条的女人走过，她视线的余光里，看到了一袭珠灰洇紫的长裙。随后，身后有门禁"磁"地响了。她顿时浑身暴汗，上嘴唇不可控制地又抖动起来。她努力克制住回头看的念头，但终于，她还是侧脸猛地回瞟了一眼。走廊里已没有任何人了，一切又回到静谧无人的状态。珠灰洇紫的长裙进了哪个房间？918？她搜索视觉记忆的残余，觉得自己看到了那个女人进918房间的背影。栗色的直发被时尚发簪斜挽，垂落的发丝随意而风情，肩型有致，然后是——918的门沉重而缓慢地闭拢。看错了吗？一时之间，她膝盖僵硬、胸口虚空，不知道自己刚才那一眼是想象，是事实，还是整个都是幻觉。

保洁阿姨推着保洁车过来，还是之前那个，和之前一样，有优越感地礼貌：

"需要我帮您开门吗？"

四

今天，对这个叫刘博的男人来说，是个非常可恶的日子。不止今天，这几天都是他妈可恶的日子。今天的肝火，是昨天的堆积；昨天的肝火，是前天的堆积；前天的肝火是大前天造的孽！他粗算了一下，已经近五十个小时没睡觉了。肝火如野火，烧得他一直口腔溃疡、牙龈出血。一个人，年近半百，又老又傲，他和世界就更加互不妥协了。这样的人，他不口腔溃疡，谁溃疡呢？他悻悻地想。

人们尊称他刘博，那是对他学识的尊敬，实际上，很多人看他一个光头，心里就会怀疑他的学问。现在，他不仅光头，还加上三天没刮的灰黑胡子浓密拉碴，再加上一副被透明胶临时补缀起来的眼镜，看起来社会评价更低。这眼镜是今天上午被一个混蛋打飞的，还好他闪得快，不然以那个家伙的劲道，可能连眼镜一起打进刘博的眼窝里。更可恶的是那个老实的年轻护士，那混蛋第一脚就把她踹翻了，当时她蹲在病床前为病孩脚腕处扎针。进针两次失败，小孩在哭叫。儿科病房，患儿哭闹是正常的音响。带着几名实习医生查房的刘博正遇见了劲爆瞬间。不是他一把推开了那个混蛋，护士少不了挨第二脚。但是，年轻护士一骨碌爬起来，连滚带爬，就扑向病床给孩子拔针，她怕伤着孩子。孩子母亲趁机一巴掌扇在护士脸上，护士帽飞越病床。刘博一把揪提那女人的马尾巴，提摔开她，自然是下了重手。在女人、孩子的尖声鬼叫中，混蛋男人一拳当头打来。刘博躲避，眼镜飞了。两个男学生扑上去，死死拧住那混蛋。

医务科过来处理了，后来，分管领导也来了。混蛋夫妻拒不道歉，大喊大跳说："护士不会打针！医生很会打人！"刘博让学生报警，分管领导要他冷静，而那护士擦干眼泪就表态说她理解患儿家属的心情，她原谅了患儿父母，弄得院领导比患儿家属还感动。院领导也希望叫刘博的那个男人，能忍辱负重，向患者家属道个歉。刘博转身继续查房去了。

查完房，刘博回到办公室，年轻护士进来，说："主任别生我的气，我知道您在帮我……"刘博懒得说话，他摘下学生替他用透明胶带临时粘住的眼镜，在手里晃荡。护士低声说："我就是觉得大局为重比较好。"

刘博说："大局你跟院领导谈。"

护士回避他嘲讽的恶毒眼神，眼看窗外，语调更加怯懦："……对不起，我真的没多想，就觉得……"

刘博说："之前你护着患儿很善良，但之后，你装神弄鬼干什么！"

护士泪光闪闪不承认。

刘博摔门而出。

这一天，是好天。蓝色的高空，卷云如丝，天边积云像白塔。但对于刘博来说，这个倒霉日子，才刚刚拉开序幕。大前天，同寝室的大学好友从四川过来开个专业学术会，但这三天他们都还没见上面。第一天，他代二线医生值班，碰到一个笨蛋的住院医生，一夜不断求救，害他整夜"仰卧起坐"，根本睡不好。次日是他的门诊日，一百多号病人，看得他滴水未沾、滴尿未撒，精疲力竭才收摊。到院食堂才打了饭，城东儿童医院急呼他过去会诊。会诊结束后，他披星戴月回家，刚洗完澡，又因一个肠套叠的高危娃，被紧急叫回医院实施急诊手术；手术到凌晨四点，回家再洗洗睡，已经快五点；两个半小时后，也就是第三天，是他自己的手术日，早上七点半到医院，一直忙到下半夜，完成了九台手术，最后一台手术结束于凌晨四点多。他到办公室拉开午休床，才休息了一会儿，床还没焐热，就听到走廊外面人声鼎沸，该死的"马大哈"助手竟然忘记告诉病人家属，手术顺利，结果，傻等在手术室外的病人家属悬心到天亮。一询问，得知手术早已完成，病人已被送去ICU，立刻举家暴怒了，六七名家属，个个怒喊要投诉。那个叫刘博的倒霉蛋，自然没法睡了，只好起来安抚家属，汇报手术顺利的情况并致歉，然后，查房。本来查房流程结束，他终于可以回家睡大觉了，但是，在最后时刻，他的眼镜被人打飞了，而且，家属要投诉他"像黑社会老大一样，领着学生打人"。这事看起来尾巴长，院办让他先回去睡觉。

可是老同学下午就要飞离锦天了，中午告别餐，他必须过去，哪怕一刻钟也是礼貌的。他心里打算的是，见半小时就回家睡觉。

五

那个被称为刘博的光头男人，驱车往吃饭地点"棕榈人家"而去。

从医院过去有七八公里，但从"棕榈人家"到他家，倒是很近，两公里不到。多年未见的上铺兄弟，小个子，宽肩膀，和过去一样，还是习惯含胸驼背，却动辄发出声如洪钟的哈哈大笑声，睥睨生死得很。事实上，他也确实胆大，因此，他赢得了班花的青睐。二十年过去了，他已是西南医界翘楚。一见面，大家就被光头的胶带破眼镜逗乐了。都是同行，天南地北各自医院都有同样的故事，所以，说着说着，就骂着粗话，一杯杯喝酒解怒。光头倒没喝。两周前，他们院骨科医生，喝了两杯啤酒，酒驾刑拘了。但是，最后临别，他还是喝了一小口白的。因为老同学说自己和班花离婚了，婚姻就是一口锅——把两棵小白菜煮烂。老同学说的时候，高举酒杯，独孤求败，又难掩感伤惆怅。光头告诉他，今天也是自己离婚冷静期的最后一天。话音未落，举桌喧腾，"小白菜呀，锅里黄……"。

老同学拿起手机，模拟采访话筒，问他感言。光头男人说，如果不是冷静期，今天我没回去，她能打我二十个电话，并要求视频为证。她觉得我能出轨全世界。所以——两棵小白菜都煮烂了……

举桌再次沸腾。老同学提议为婚姻之暖锅干杯，于是，光头男喝下了一杯，之后，代驾来电说两分钟到，他又主动敬了大家一杯，然后和老同学拥别。

那个叫刘博的男人，独自下楼到门口。约好的代驾，却迟迟未到，再催促，才明白那家伙，因为听错地址，到了岛外一个连锁店。男人倦怠不堪，跌坐在店外石阶上。女老板过来说："拐个弯，都能看到你们小区的白蘑菇顶了。算了，一站多路，我送你吧。"他们才一上车，女老板没有放手刹就猛踩油门，"唔"的一声，把光头男人睡意吓没了，紧跟着是猛烈倒车，车撞到右侧棕榈树上，男人的头撞到副驾驶座窗框上。女老板跳下车察看擦掉的红漆，不好意思不好意思！你以后别停这有树的位置，很多人……

疲惫至极的男人，懒得查看刮伤位置，他揉着被撞的包，奄奄一息地挥手让她靠边。女老板贴心地喊，一杯啤酒也会抓啊……

头其实被撞得很痛，而且，眼镜的鼻托位置，更痛。这个叫刘博的男人从后视镜里，看到了自己右边鼻梁透出点紫青。他恨恨地咒骂着。

已经能看到自家小区前的公交站了，只要过这个十字路口，右转进辅道，就能直接开进茂盛花木夹道的小区地库口。但是，这个该死的红灯特别慢，横向路早都没车了，它还红着。这路口的红绿灯，简直是不负责任的混蛋操作。

今天是他倒霉的日子，倒霉的高潮马上就要开启。

六

法院路和主干道湖西一路是个大丁字路口，白色的SUV在丁字下竖位置的法院路，它要右拐到横在路口前的湖西一路。SUV要右拐，无须看信号灯，只要没有直行车就行。当时，SUV女司机眼睛里就是没有直行车的。她内心犹如乱坟岗，戳心堵肺地痛，以至于她都忘了叮嘱小男孩系好安全带。但是，好像就是刚右转，身子还没有正过来，车子左后部就被什么重重地撞了，她听到男孩吃惊的叫声，与此同时，她也踩死了刹车。SUV很稳地停住了，但只见车前路面，掉落了一地的车零件，分尸式的痕迹绵延十几米，痕迹最前段，靠边停着一辆旧的暗红色车。女人被吓到了，连忙出了驾驶室。

她的车，左后轮上，一块花盆大的凹陷，有撞痕，但白漆基本还在，但一地的车灯、塑料片、保险杠之类零碎，拉拉杂杂地撒了一路，显然都是那辆暗红色破车的，它们把事故现场渲染得很吓人。女司机的心怦怦直跳。一辆黑车打着双闪停在两车间，一个打深色领带、白领模样的短眉细眼的男人，怒不可遏地出来，他直接对前车下来的光头男人发难："奔命啊！这么快的速度变道超车，你差点撞了我，你知道吗！"

光头男人在察看自己破红车的伤情。

SUV 的女司机看着一地狼藉，十分心虚，说："我拐……真没看到你的车……我才……"

那个叫刘博的光头男，一听就暴怒挥手："拐弯让直行！你新手上路吗！"

"超速！"白领男说，"限速六十，你起码八十！我不是反应快，你得先和我撞！"

那副胶带粘连的破眼镜，都掩饰不了光头男人拧着眉头的凶狠眼神。

看红车肢解似的惨状，SUV 女人还是惶恐："……超速，那我们……各一半责任……"

白领男突然高叫起来："——还酒驾！你报警！他全责！"

白领男手机一通拍。女司机还有点迟疑，白领男训斥："你也拍！正面、侧面、撞击点，包括两车的全景照！"

光头男人用杀人的眼神阴沉地盯着白领男。

白领男很轻蔑地冷笑："——绝对酒驾！绝对超速！——危险驾驶罪！"

白领男塞给女司机一张名片："我为你作证，也可为你提供任何法律援助。"

女人麻木地接过名片，她的眼睛直勾勾看向自己的车。不知何时自己下车的小男孩，摇摇晃晃地向她走来，他脸色发紫，两只小手抓着自己的脖子。女人丢了名片，尖叫一声，扑向孩子。光头男人也奔了过去，他推开女人，从背后抱住小男孩。他的两臂围过小男孩胸腹，使劲往上提，一下，一下，又一下，小男孩有时被他提离地面，但终于，小男孩"噗"地吐出了一颗开心果仁。

女人一把抱住小男孩，急得乱摸他喉咙："还有没有？！"

小男孩在思考。重新恢复的呼吸，大概让他舒服，他仰头看着光头。

女人有点歇斯底里："说话呀！还有没有！"

光头男人："怎么可能？"

小男孩一脸新奇和疑惑，他指指自己喉咙，对着光头男人说："一震，就吸进了……"

女人起身，把光头男猛推一趔趄："都你撞的！"

女人蹲下，上下摸索孩子，果然，她发现孩子额头发际处有个发红的、微微鼓起的山核桃大小的包。女人按压着，小男孩躲闪，说："壳子……"

女人大惊："果壳？也呛进去啦？！"

光头男人："怎么可能！"

男孩又摸自己的头。女人喊："很痛？！"

小男孩只摸不说话，他走两步，蹲下来看自己吐出来的开心果，又仰脸看光头。

女人站起来，捡起名片，然后掏手机。光头男人一看她按110，连忙把她按住："别！私了吧，我帮你修车。我的车我也自己负责。"

"——那小孩呢！！"女人凶神恶煞，和刚才的惶恐迟疑截然不同，她的面目变得十分凶悍。

男人深吸一口气，蹲下，仔细检查了一下男孩。男孩始终眼神清澈地看着他。想吐吗？男孩摇头。男人站起来，说："他没事。"

"没事？！你说没事就没事？！——去医院拍片！"

"他真没事。你相信我。"

"放屁！我信你一个酒鬼！"

"我告诉你！以我的酒量，两小杯只是消毒口腔！"

"酒气都喷我脸上了！你哈口气——鸟都掉下来！"

"你以为你是酒精检测仪啊！"男人被她骂得有点想笑，但他的心情太糟，依然铁青着脸。女司机环顾四周，这才发现，刚才那个路见不平的白领男人突然不见了，黑车也开走了。女人再次掏出手机，又骂了一句粗话："行，混蛋，就让警察测！"

"——好了好了！我他妈都赔你！我全责！我带小家伙去医院——检查检查检查！"男人怒气冲冲。

"去大医院！协和！我必须五点前回到龙帝大酒店！"

"协和起码九公里，周六病人多，你回来来不及的。去儿童医院吧，三公里多。不信你自己导航。"女人掏手机导航，男人说，"现在两点四十，这样好不好，你先回酒店休息，也让我休息半小时——我三天没睡——就半小时后！我去酒店接你们去医院，保证五点让你们回到酒店！"

女人怒眼圆睁："你他妈当女司机都弱智？酒驾逃逸，罪加一等！"

光头男人咬紧牙关，他掏出驾照，给女人看："我不逃。算我求你了，我真的四五十小时没睡觉，现在，我头昏脑涨。"

女人劈手夺过驾照："先去医院！人没事你就滚！"

男人咬牙切齿。他给车行朋友打了电话，把车钥匙交给路边银行里的保安。

光头男人上了她的车。他估计这辆该死的进口SUV，够他赔一两万元了。他的那辆黑色途锐，归即将离去的老婆了。如果今天它们对撞，应该不会像红色的老车那么狼狈，但可能得赔更多银子了。

七

这个叫刘博的倒霉男人，他也没想到，去儿童医院的路，突然被修路围挡，车得绕行。女人猛拍方向盘，摁出了七八拍的恐怖长喇叭音。工地上的工人，全部直身在看她。光头男人狠狠抓住了她疯狂的手："全市禁鸣你不懂吗！"

松手！女人左手突然有了一个黑色喷筒，它对准了光头。光头猜那是防狼喷雾。他怒吼着："神经病！禁鸣多少年了，开惯了乡下土路吗！把交警按来了，就让交警给你儿子做体检吧！"

女人反唇相讥："来呀，我看他是先测你，还是测我儿子？！"

"行，你摁！什么颅脑血肿、颅底出血你耽误得起，你就继续摁！"

女人老实了。男人恶损了人，自己还是心肺闷痛。今天就是见鬼了！离家一步之遥，偏偏被一个神经病缠上。女人拉着黑脸按他指导的新路开，一脸不信任的叵测表情，明显是提防再遇围挡阴谋，但她又不得不隐忍着，因为小男孩在侧。小男孩在后排，则不时发出零碎的小声音。光头男人觉得，那也是一个小神经病。

开出龙帝温泉大酒店大门后，女人脑子还是一片空白。满腔油泼似的怒火，让她像一支熊熊火炬。开始她只是模糊觉得，今晚绝不在酒店过了，太恶心！现在，她需要购买一批有机种子，尤其是儿子指定需要的紫色椰花菜。买了，她连夜回家，让生日快乐通通见鬼去吧！多一分钟她也待不住了，回去她就着手离婚。但很快，她觉得不对。复仇！她必须先复仇，必须狠狠地复仇！这是狗男女对她的家庭、她的生活最严重的侵犯。这个家，她付出了太多！

得让小三死无葬身之地！得让混蛋的背叛者无地自容！

五点，她必须赶回酒店，回到战场。开过第二个天桥，她就把车靠边了。她已经理清了思路。熄了火，她开始打电话。第一个电话，打给大綦的秘书小唐，先确认大綦晚上的会议，大概几点结束。唐秘说，綦总好像不太想参加了，说肠胃有点不舒服，想早点回房休息，让曹副总去。看不到老板娘脸色的小秘书自作聪明地说，嘻嘻，说不定綦总想给自己过生日吧。第二个电话，她打给蛋糕店，定制了一个生日蛋糕。她加价，要求下午五点务必送到酒店总台。第三个电话又打给唐秘，说，如果晚上有空，多找几个小伙伴，来918房间吃蛋糕。不过，准确时间待定，只要确定人在酒店就可以。还有，最重要的——请大家一律严守秘密。

唐秘兴奋得嗷嗷叫。

计划严密，没想到才布置完不久，就撞了车——这该死的酒驾！

绕路显然远了很多，女人不断因为路况，指桑骂槐地撒野泄愤。光头也阴沉着臭脸，不时回击她咎由自取，是孩子不系安全带的结果。车里的愤懑对峙情绪，张力十足。直到后排的小男孩呼叫："一条！一条！一条！"前排的两个大人都没有反应，小男孩拍了光头男人的椅背，想引起他的注意。光头男人潦草地转了转头，他明白小男孩是看到了辐辏云条。他刚才就看到了，那折扇骨一样的辐辏云，其实很淡，不是爱云人，不是专业观察者，很多人都会忽略。

显然，小男孩很想让陌生人关注到自己的发现。车到湖边，小男孩再次夸张惊呼：

"线！云线！"

小男孩猛踢椅背。

光头男回了一句："那叫航迹云，飞机干的。"

小男孩又踢了一脚椅背。光头男人说："是飞机尾气形成的凝结痕迹，不算云。"

男孩眼睛闪闪发亮，很快的，他喊："这边——马！小马！"

光头男偏头看了，说："那叫碎积云。"

"还有！大大花菜云！——妈妈要种紫色的花菜！"

光头男人说："都谁教你的——那叫高积云云塔。这些都是很普通的云，分数很低的。"

小男孩完全兴奋了，他撅着屁股，半站着，不是扒在光头男的椅背上，就是反转身子看天窗，满天找宝一样指云。保姆解读的云，都被陌生而了不起的名字改变了。那个叫刘博的光头男人，终于被童心点燃，也多少是想摆脱无聊，他不仅有问必答，后来还摇下车窗，伸臂竖起三个指头，用指测法，教男孩区别了一座云是层积云还是高积云。

越来越崇拜他的小男孩，要求停车，他要下车。女人的腮帮在连续鼓起，金鱼一样吐气。捉奸的核弹引爆在即，时间已经太紧了，可是，她也不明白，这个自闭症一样的孩子，莫名其妙地和这个面目可憎的光头男亲近。她不得不承认，孩子的这个状态是让她舒心的。

停车熄火，但她不下车，就在驾驶室，她看着一大一小两个男人，在湖边的草地上，伸长手臂，竖起三根手指，对着天上，做着直臂测云动作。两人重新上车，受小男孩的邀请，光头男人也坐到了后座。小男孩的问题非常多，这样的健谈，让前面的女司机暗暗吃惊。光头对孩子的语气，越来越温和，女人不觉得是男人对付孩子有一套，而是觉得自己的孩子原来这么聪明讨人爱。男人介绍了云的三大家族，描绘了低云族、中云族、高云族，在天上的高度和变种。他还让小男孩知道了，雷暴云有多狂暴雄壮，为什么积雨云又叫"云彩之王"，高层云为什么无聊得像塑料膜。

女人为了表示领情，参与话题说："没想到成年人也会对虚妄的东西感兴趣啊。"

光头指着一片像风过沙漠涟漪般的云片，把男孩脑袋拨过去看："收集云彩，不是要抓住云，我们只是看它，爱它，记住它，这就足够了。云知道的。"

男孩一直点头，还击鼓似的同步抖击小拳头。女人感到被男人排斥在话题之外。他还是对她窝火。女人觉得自己更恼火，但她为儿子的意外快乐而宽容，所以，她又厚着脸皮问了一句："你气象站的？"男人说："我母亲曾是。"女人说:"你在哪上班?"男人说:"……维修厂。""修什么?""看人家需要吧。反正,钳子、夹子、刀子、电锯、锉刀、锤子,我都顺手。"

"所以,你的车可以自己修?"女人忍不住悻悻一句。

到了儿童医院急诊室,女人又怒火暗起。首先,急诊并不是你一挂号就给你看,还得排队。候诊长椅,已经坐等了八九个人,还有不断来去的人,不知是否也是候诊人。其次,总共就两个急诊医生。导医小姐说,一个小学参加区运动会的车被撞了,一下子送来六七个孩子,已经在调度加派医生。而两个值班急诊医生和护士们,在几个急救间之间奔忙。小学生的家长正陆续冲进来,大呼小叫,还有哭哭啼啼的。剩下一个轮转见习医生,满头大汗地接待普通急诊。只能排队干等。

女司机站起又坐下,坐下又跺脚,焦躁得不行。

"喂,"光头男人说,"你看不出来吗?这么长时间了,他没呕吐,神志清楚——他没事!"

"闭嘴!"女人说,"我同学,摩托车撞了,全身哪都不疼,他也感觉没事。回家到晚上才发现鼻子、耳朵,有一点出血。幸好他女朋友坚持去医院,结果,你猜怎么样,什么左颧骨右颧骨,血肿骨折骨裂,脑袋里被撞得像打散的蛋,差点完蛋!——医学的事,你最好闭嘴!"

"行行,我去个洗手间。"

"你可别想溜!酒驾的人证、物证,我齐了!"

光头男人转身走。女人掏出他的驾驶证,又把那个路见不平的好心人名片仔细夹在里面。这时她才发现,名片上写的是律师。律师?这下子,女人心更安了。

八

叫刘博的光头倒不想溜,但是,他太想打个盹了。候诊时,那个精力旺盛的小破孩,根本不让他闭眼。他知道门诊二楼有个咖啡座,洗手间出来,他转上自动扶梯,但是,刚要到二楼,就看见咖啡座玻璃墙里,有个熟悉的同行的脸。他不想让人发现他麻烦缠身,只好又掉头而下。他郁闷烦躁至极。

回到急诊大厅,他座位边多了一对夫妻,妻子抱着一个五六岁的男孩,看那腿脚，应该和那个爱云娃差不多大。光头一走近，就听到丈夫在低声斥责："我们小时候，谁蜜蜂蜇了当回事！我告诉你，他是男人，你再这样宠他，就是废了他！"

光头这才注意到，那个被蜂蜇的男孩，手腕红肿，头脸似乎也有点肿，松弛无力的嘴巴张着，露出虫蛀的小门牙。爱云的小男孩，也是个方圆脸，眼睛旁的太阳穴特别饱满宽展，加上光洁的大额头，软软肉肉的有型下巴，看起来还真比一般孩子漂亮。一看光头回来，小男孩收回对蜂蜇男孩的傻看，马上挨到他身边，还掏出了两张玻璃纸。

他又开始和光头谈起了云。男孩想用两张彩色玻璃纸，制造彩云。那个蜂蜇男孩，在看他们。女司机在看手机，但心思都在儿子这边。

……

"我还见过这样的！"小男孩把食指和拇指弯成半个圆圈，"天上，就一个小门，姐姐说，是鸡笼门。因为，那么小，只有天上的鸡才能进出……"

光头男人比画了一个弯月手势，小男孩热切点头。男人心不在焉地"哇呜"了一声，"那是马蹄涡！非常非常稀罕的云，最多持续一分钟就蒸发了。看见它的人有好运！太厉害了你。"

"那它多少分？"

"四十分吧？也许五十分。"男人说。他开始为身边的蜂蜇男孩分心。蜂蜇男孩闭着眼睛，他的头脸越来越肿，但那对夫妻依然专注于指责对方，他们一直在压抑性地攻击对方，父亲的语气像说黑话："蜂来富！燕来贵！你的笨蛋儿子说不定就从此转运变聪明了！"孩子的母亲四两拨千斤："你经常被蜂蜇，是蜇出了科长，还是局长。你爸连马蜂都蜇不死，怎么还是全村最穷的人？我们结婚他……"

那个做丈夫的"腾"地站起，急赤白脸，胳膊抡起又放下，他狠狠瞪了一眼正看着他的光头男和女司机，硬生生收了抡掌动作，然后，怒出候诊大厅。被瞪的路人甲和路人乙，第一次互相看了对方一眼，眼神都是默契的悻悻与无辜，还不约而同耸了耸淡漠的肩。蜂蜇男孩的妈妈，把脸贴着疲倦昏沉的男孩，一边张望着就诊通知屏幕，一边掏出手机。她在电话里，不知对谁，历数丈夫的种种自私、懒惰与不靠谱，声音越来越大。

"那最最多分的云，什么样？"小男孩说。

光头看着这个孩子，他不明白，他为什么不能安静一会儿呢？

男人仰头闭上眼睛。小男孩用力推他。男人说：

"开尔文—亥姆霍兹波，它就像一排排整齐的海浪，卷起的花边……"闭着眼睛的男人，听到了异常的吸气性喉鸣音，他睁眼看蜂蜇男孩，并站了起来。那个年轻母亲还在失望控诉。蜂蜇男孩的脸肿得厉害起来，他额发湿透，面色青紫，呼吸有明显的喉鸣音，手腕伤口周围，出现了一大片明显的疹子。他妈妈在泪水的控诉中，已经谈到离婚事宜。

爱云小男孩坚持要牵光头的手，要他坐下。

光头男人漫应着："开尔文……也只有一两分钟，看到它的人，所向无敌……"

光头男人突然重拍蜂蜇男孩的妈妈，一手抱孩子一手拿手机通话的女人也跳起来，她也看到了自己孩子的异常。光头男人冲进了诊室，那个见习医生跟着出来。

"喉头水肿！"见习医生让孩子母亲抱娃进了抢救大厅，他要护士过来测孩子血压，并准备静脉输液。光头男人看着几近昏迷的男孩，语气粗暴："立刻！环甲膜穿刺！马上！"

见习医生显然不买光头的账，因为他自己看起来就是打架打输的急诊脸。但是，年轻医生又被光头的霸道气势镇住了。看孩子的样子，也的确像高危的喉头水肿，所以他一扭头，就向急诊大厅另一角落，高喊一个急诊医生的名字。光头厉声大喊："快！再慢，就来不及了！"

一名护士奔回来，拿出环甲膜穿刺盒。但是，躺在急救台上的男孩，因为呼吸受阻，越来越挣扎，穿刺术变得非常困难。没有经验的见习医生无措地又想去搬救兵，光头忍无可忍，戴上手套就拿起穿刺器械，说："别动！就一下！我是医生！"

孩子的环甲膜穿刺本来就很不容易，何况一个想摆脱窒息的小孩，但光头男人出手利索准确。男孩气道通了。见习医生差点跪了下来，是感激，是后怕，也是松弛。年轻的医生知道，若插管延迟，患者可能在半小时内病情恶化，而那时，气管插管及环甲膜穿刺都非常困难。一句话，过敏性急性喉头水肿，一耽误就是致命的。

生死一线间，SUV女人感受到了紧张。她在大门外，隐约看到光头忙碌的身影。她和爱云孩，两次企图混进抢救大厅，都被护士赶出去。第二次又被赶出来的她，翻出了扣留的光头驾驶证，没错，上面没有单位信息，名字叫刘旗云。照片上头发颇多，看起来还蛮讲道理的脸，和眼前凶狠不耐烦的光头不太像。女人想了想，决定给那个路见不平的人打个电话。

电话通了。先是一个女声，问明需求，然后那个白领男的声音就出现了。没想到他第一句话是："女士，算了，冤家宜解不宜结。"女人说："我是外地人，马上要离开锦天，还想请您处理善后呢，您这是……"

律师咳嗽了两声，说："直说吧，这人不坏，他救过我儿子，手术到下半夜，完了还丢出红包。我认出他来了，所以，我走了。"

"他是医生？"

"对，非常有名的医生，只是老了很多，胡子都花白了——如果我没有认错人的话，就是他。但不管怎样，冤家宜解不宜结，退一步，天地两宽。就算是律师给你的人生忠告吧。"

"万一他不是呢？"女人说。

"那，"律师喘出一口粗气，"如果赔偿合理，你还是放他一马吧。总之，一个好医生，他也不知道会在哪里收获回报，甚至长得像他的人也跟着有福了——OK？"

九

离开医院的白色SUV，往龙帝温泉大酒店而去，时间是下午四点二十一分。

在光头阴郁郑重的恐吓下，女司机终于放弃了等候。周六本来病人就多，再加上校车出事，那些随后闻讯赶来的爷爷奶奶、外公外婆、姑姑舅舅等，把候诊厅吵得像春运火车站。女司机烦躁不堪，她明白五点钟，是不可能赶回酒店了。女人说："行。晚上八点后再来。"

光头男人拒绝再上车，女司机砸了两拳车喇叭。

"言而有信，你是男人吧？"

那个叫刘博的倒霉蛋说:"我不是。你要体检吗?"

"上来!"女司机说,"没时间了。请——上车!"

光头男人不动,他坚持说女人八点的活动结束,他一定在儿童医院恭候——虽然,男孩绝对没有问题——对此,他愿意打赌两万块。

女人喝令他上车:"信不信,我现在报警,警察还能测出你酒驾!"

男人转身而去。他在医院大门外的超市,买了一瓶矿泉水,大喝几口,想想,他又买了两瓶。

女司机赶上来说:"你也知道法网难逃啊,风筝线拽在我手上呢。"

光头男人说:"我告诉你,驾照补办很简单,我徒弟一天就能搞定。至于酒驾,你爱举报就举报吧。老子非常非常需要睡觉!如果杀了你才能让我睡一会儿,我可以切开你气管!"他往副驾驶座重重扔下两瓶水,转身而去。

机动车道上,SUV 车发了一会儿呆,又追了上去。她狂按喇叭,光头男人一转身,小男孩立刻手舞足蹈,大喊:

——爸爸!来!

光头男人简直七窍生烟。那个额头宽广的小男孩,对他打出了马蹄涡云的手势。光头男人胸口温热,几个沉重的深呼吸,都没有化解掉那个暖和感。他还是走回了 SUV 车。

我不是你爸爸!男人还是没好气。

女人咆哮:"他也没当你是真爸爸!只是因为你救了他,他习惯把帮他的人都叫爸爸,他还叫过一个十五岁的中学生爸爸——这是他的礼貌——你以为你是什么东西!"

男人阴郁地说:"你说呢?"

女司机口气忽然转暖:"算你帮我一个忙吧,求你了。"

男人虽然上车,但冷着脸。小男孩把他的手打开,把自己的小手,像豌豆粒一样放在他手心里;另一只小手,示意大手掌把里面的手,豆荚一样包裹起来。

女司机说:"酒店的活动,也许少儿不宜,我需要你陪陪他。如果他耳朵、鼻子开始出血,你最知道怎么办。再说,善始善终,做人基本责任,对吧？"

男人还是冷漠无言。一路无言地开了一会儿，小男孩趴在男人身上睡着了。沉默有令人厌烦的尴尬，女人打破尴尬，声调亲和得有点低三下四：

"喂，我是不是——很像保姆？"

"不像。"

"那你，第一眼觉得我像什么？"

"像被欠薪的保姆。"

女人抄起车门边的喷雾。

男人说："彩带喷筒。你下车的时候，我看了。"

女人音量猛提，看不出是玩笑还是愤怒："我保姆？！你还像个人贩子！我今天才知道什么叫遇人不淑！"

男人说："是，我就是懒得拐精神病的人贩子。"

"你的破眼镜和紫鼻梁，怎么回事？"

"被人打了。"

"你打输了？"

"对。我们没有正当防卫的资格。"

"明白了，你们被人捉奸在床了。"

"恐怕比那更糟。"

女人语气再次低伏下来："谢谢你！我儿子今天说了比一年还多的话。"

男人没有回应。

女人说："看得出来吗，他自闭？"

男人没有回应。

"你看不出来吗？"

女人在后视镜里，看到男人闭着眼但微微摇头。

女人说："其实我非常苦恼。已经在约心理医生了，说先试一个疗程，五次一疗程。"

"他没自闭。"

"他爸说，他四个同学的孩子都自……"

"他没自闭！"

"专家说，现在有很多自闭症的孩子……"

"能目光对视，能食指指物，能正确表达，没有重复古怪动作——他很正常！"

"他这么看云，不古怪吗？"

"很多人爱云。我母亲去世的时候，正好看到窗外的虹彩云，她笑了，都忘了说遗言。"

"你妈是专业……"

男人高声："——他、不、自、闭！钱多你就约去。"

"……呃，还有，我儿子……"

"你能不能让我打个小瞌睡？对，你不是欠薪保姆，你就是欠薪保姆中的女流氓！"

女人笑了。男人闭着眼，没有看见她的笑。

十

酒店大堂的世界各地时钟中，中国时间十六时四十一分。女司机一路接了三个电话，可能怕光头再发火，她都是压低嗓子通话的，但光头还是听了个大概。一是那个活动要延迟一刻钟左右，上个会议推迟了；二是有人送来的什么，女人让他交给门童，让门童放在总台；三是703房间可以休息。这些零碎的信息，让光头以为他可以到703房间休息一会儿，没想到，女人把他们领到咖啡座，随后，服务员送来了糕点和咖啡。女人说，我带他上去一下，你先吃点东西。

小男孩甩开了女人的手。他不走，不仅不走，还试图和光头男人挤坐一个沙发座。男人退到双人座上，男孩立刻也坐过去。女人看着光头。咖啡、曲奇饼干、坚果和布朗姆蛋糕，女人把咖啡杯推移到男人面前，男人无动于衷。

你喝点提神，我很快。她走了两步又回头，耳语般说："天网恢恢。人贩子，我儿子信任你，我也想信任你。"

男人看着她，抄起精致的咖啡杯连托碟，重重蹾放到了隔壁空桌，咖啡汁荡漾弹溅到乳白的桌面。这是直截了当的拒绝，他们互相瞪视着。

小男孩大口吃蛋糕，自己给牛奶加了很多糖。女人往电梯方向而去，还不断回头看。

光头男人从手包里拿出纸和笔，开始画云。小男孩果然上钩，要求自己画。他在自己的双肩包里掏出了一本云绘本和一盒彩色蜡笔。男人去总台要了三张 A4 纸，和一条捆扎用的彩色纤维捆扎绳。男人说："我们说过的辐辏云，就是天街的那种，条条大路通罗马，对不对？看起来是连到天上车站的。天上的车站！你把它画出来，还有两张纸，你再画你看过的最喜欢的云。画满三张，我马上睡着，谁也不许讲话。你画得好，我就能梦见你画的云，只要我俩的脚用绳子连接好——不能断开。到时候我醒来就能告诉你，你画了什么云。"小男孩兴奋得两手直压自己的脸颊。

光头男人终于让自己躺下了，他侧蜷在双人靠背沙发里，小男孩跪坐在他身边的单人沙发上，他小心保持绳子的连接，他一点也不想吵醒光头。小男孩全神贯注，在和光头男人的梦云比赛。二十分钟左右，一个穿黑色西服的苗条挺拔的女人过来了。

男人在酣睡，小男孩在酣画。女主管一眼就认出了这个男人，尽管他侧脸灰暗、胡子拉碴，胶带缠住的眼镜更是邋遢狼狈。但女人为了确认没有认错人，特意绕着观察了两圈，然后，她轻轻在小男孩脑袋边耳语：

画得这么好呀？

小男孩置若罔闻，专注上色。

女主管说，他是谁？

小男孩依然在画。

女主管拿起了桌上的小象，小男孩一把按住。

女主管说，你要不要吃软心巧克力？

小男孩不睬。

女主管说，他是谁？

小男孩依然上色。

女主管厚着脸皮，哎哟，你是画前天来的七彩祥云？

男孩这才抬头看她，点头。

女人微笑，他是谁？

爸爸。小男孩边画边说。

女人发蒙，怀疑自己听错了。她再问男孩他是谁，小男孩一把推开了她。

女主管回到总台，示意大家不要打扰咖啡座的人。她自己走出酒店大堂，开始拨打电话。

SUV 女司机下楼了，她边走边接电话，出了电梯往咖啡座而来。时间是下午五点三十。

咖啡厅奶棕色的地毯完全吸音，光头男人在沙发上侧身蜷睡。女司机重新叫来热咖啡和糕点。服务生离去后，女人看了看时间。她不准备马上叫醒他，她拿起手机，为蜷睡的男人和作画的小孩拍了合照。相连的黄色纤维绳，得到了细节突出。女司机脸上浮起笑意。

男人微微睁眼，又闭上了。桌边流光溢彩的身影，令他有点迷惑，揉了揉鼻根他坐直了，渴睡的眼睛还是非常生涩。揉捏鼻根动作，让受伤的鼻梁钝痛，他清醒了。戴上破眼镜，明白都不是梦境：那个休闲邋遢的虎狼女司机，已经判若两人。她坐在他右侧、面对大堂的单人沙发上。女人的头发洗吹之后，干净轻盈、丰茂微鬈；一身紧致垂悬的黑裙，被她的二郎腿，勾勒出漂亮的腰臀曲线。黑色的高领下，是一片倒扇形的白皙裸露。没有任何首饰，也许自信，也许忘了戴。以光头男人的眼光，如果她再丰满一点，肯定更令人窒息。但显然，这女人不在乎，二郎腿上跷着的那条腿的脚尖，挂荡着考究的黑高跟鞋；她的锁骨和挺直的平整颈背，倒散发着知性的美与果敢。光头男人伸了下懒腰，感觉自己就像走出了通宵鏖战的手术室，完成了一个复杂的高危手术，终于回到清新的满天星光下。这是他从深夜的手术室出来，经常有的舒服感觉。

女人好像都是魔术师啊，到底有多少女人会来这一手：一放任，就鹰头雀脑；一收拾，就貌若天仙？

但男人看到了她端咖啡的手，他几乎顿起反感。那只拿咖啡杯的手，无名指的指甲缝里，有着明显的灰线；另一只放在手机上的手，食指和大拇指指甲缝里，也一样有细细污线。男人恶心至极，转开视线。女人看起来在悠闲地喝咖啡，实际她的眼睛越过咖啡杯，一直盯着大堂里进来的人们。女人很敏感，她还是感受到了男人的反应，立刻把手机上的手，藏到桌下。

光头男人站起来，女人不看他，但一把拽他坐下。他顺着她的视线看，大堂那边，一个高大的白衬衫男人走向总台，他取回了自己的房卡。手搭棕色外套的"白衬衫"，身高体厚，气宇不凡，他一路低头看着手机。他身后几步远，一个栗色斜发髻的紫灰长裙女人跨进大堂。她双手拿着手机，边走边双手按键，在回复着什么。从她的侧脸看，十分甜蜜可人。

光头男人不明就里，他还是想离桌活动一下筋骨。女人却死死拽住他，一边在回应打进来的电话。男人嫌弃地看着她拽着他衣服的手，既厌恶那条指甲灰线，又忍不住被那些污线吸引，这让他情绪更加恶劣。他摔开女人的手。

"你的重要活动，就是鬼鬼祟祟喝咖啡吗！"

女人收起电话，看着男人。

她似乎也有点不知所措。她的眼神黯淡飘忽，有点像病房里濒临死亡的病孩眼睛——他们还不认识生，就要接受死亡了，那双眼睛困惑大于恐惧。那个叫刘博的男人，不想回应这样莫名其妙的无助眼神，他转开眼睛。

女人开口了，嗓子很哑，就是突然近乎失声的沙哑，她说："我在捉奸。"

男人心里一震，低头看她。女人幻灭的眼神，挫败而自卑，和她强劲高贵的黑裙，形成显著的反差，这不由令他恻隐。他又坐了下来。小男孩还在画云，那是创造者的入迷状态了。女人深深垂下头，男人有点害怕女人哭泣，但只是数秒后，她一甩长发，又侧扬起了脸。这张脸是俊美光洁的。刚才被她的曼妙身形席卷的男人，这才注意到她额角宽广饱满又线条清晰的脸。小男孩很像她。原先秋茄子一样的嘴唇，因为用了车厘子色的哑光口红，比丝绒黑玫瑰的花蕾还性感。之前，他也不记得女司机是什么形状的眉毛，现在，他看到一对流动蓬勃的帅气眉毛；但随着脸一扬，这张脸又出现了倔强和不羁，男人不由联想到了斗兽场。作为男人，他还隐约虚荣地觉得，她需要他。他回应了她。

十一

女人手机信息提示音震了一下，她一看马上站了起来。随后，她嗅了嗅儿子的头发，又意义不明地拍了拍光头男人的肩，快步离开。男人看了一眼总台的时间墙，总台的中国时间指向十八点十四分。男人无聊地看着那个匆促的黑色背影拐进电梯通道。收回目光后，他又百无聊赖地直身，想看看小男孩的画作。小男孩立刻用手遮挡，并用小象挡出隔离线，表示拒绝。男人便重重后仰，闭着眼休息。

唐秘和三个小伙伴，和老板娘在等候电梯的大通道胜利会师了。有人提着总台取的漂亮蛋糕，有人捧着大束鲜花，有人拿着彩带喷筒，一行人兴奋得叽叽喳喳。这些干练的行政员、市场推广的灵巧人，激动亢奋中，没有忘记给老板娘以密集的"惊为天人"级别的热烈夸赞，夸得女人忍不住一直偷瞄电梯镜子里自己的样子。她并不喜欢这类富贵感的衣裙，但是，她确实看到自己的美。这是一个相当正面的激励。女人抿嘴看着摩拳擦掌的"捉奸小分队"，唐秘还神气活现地晃了晃手里的文件夹，用她的话说，一切精准到位！

一出九层电梯，一行人就互相嘘噤声食指，其实，通道里的厚地毯完全吸音，但他们就像鬼魅一样，诡秘夸张地飘行到了918房前。看年轻人狂喜亢奋的乐活表情，女人也有过闪念，是不是踩下急刹车，不要就这么昭告天下，但是，年轻人眼神默契地最后互相确认"准备好了"的信号时，她也不由点了头。

唐秘镇定地敲了敲门。笃笃。里面鸦雀无声。

笃！笃！唐秘再次敲了门，这次敲门声更重了。

又隔了几秒钟，唐秘正要再次敲，里面传来含糊的男声："谁？"

这个声音，女人太熟了。她感到自己口干气短，脑门发凉。

唐秘语调沉稳："是我，綦总，小唐。"

"什么事？"

"锦天市政府发来一份传真急件，曹副总请你签字。"

"什么内容？"

"不知道，可能跟晚上会谈有关。"

"我肠胃不适，晚上我不去。"

"曹副总说得你签发走个流程。"

又过了十来秒。

制造惊喜并期待惊喜效果的年轻人，简直快被他们预想的高潮憋疯了，他们彼此扭曲着身子，互相狰狞着鬼脸，故作僵直地摇摆长臂，缓释着临爆的压力。

门，终于开了，但是，开得很小，綦总伸手拿文件夹。

一束花重重压在他手上，门差点被推大，但高大的綦总控制住了。与此同时，楼道里爆发出突击式的恐怖欢腾，彩带乱喷，生日快乐的狂欢呼啸里，市场部的那个奔放女孩，把指头放在嘴里，吹出了足球场上的那种尖厉呼哨。綦总立刻拧起眉头，他借这个疯狂的呼哨，表达了不悦。其实，他一眼就看见了他的妻子，她笑盈盈的脸，莫名地令他极度愤怒。

没有惊喜。门里的男人，表情复杂，他对手下拱了拱手，脸色冷峻。但年轻人都以正常的想象力，把这个表情解读为"老板彻底反应不过来"，这个傻傻的小分队反而更亢奋了，他们试图奋勇进屋切蛋糕。綦总一声沉喝："谢了！我需要休息。敢把我从马桶上骗开门，也算是心意吧。谢谢大家，我发冷我很难受。"

女人把蛋糕交给唐秘，顺水推舟："綦总肠胃不行，你们就拿去分了吃吧。"

女人手上黑色的彩带喷筒并没有交出，但突然的急刹车，让年轻人面面相觑。这么有趣的事，一下子就冷场了？是继续热心热闹走完庆生流程，还是包容理解老板病痛立马暂停。彷徨迟疑中，就在这个时间点，远处，电梯门开了，一个呼喊而近的嘹亮童声，在通道里云雀一样高叫。

女人急速挥手，示意年轻人快走。

十二

光头仰靠在沙发上，消失的睡意再也蓄不回。他不时微眯眼看专心作画的小男孩，大部分时间就闭目养神。他没有注意到，更想不到，那位黑西装主管，若无其事地再次无声地来到他们桌子边，掩饰着用手机给他和孩子都拍了照。

男人的电话响了。就在他低头掏手机的时候，女主管立刻转身离去，但光头还是大致辨认出她的背影来。来电是院办负责人："那个泼妇，被你揪头发的那位，说腰被你甩得让病床撞断了骨头，越来越痛，要求拍片。"

光头说："拍去！有问题，费用我出；没问题，她自理！"

"孙院的意思，你休息好了还是马上进来，别让事情发酵。反正也是你的病人家属，就说点软话，哄哄绝对能摆平。"

光头说："让我道歉？！"

"不是，道歉的话，护士长和我们院办都说了一箩筐了。闹事的夫妻，还是怕你。"

"怕我？！我眼镜还没修呢！他们赔吗？！"

"院长的意思，大事化小小事化了。不然，他们乱发朋友圈、微信什么的，很损坏医院形——"

小男孩是突然站起来的，他手指着大玻璃墙外的天空，两眼发直，直瞪着外面的天空，张口结舌。光头男人被男孩的石化动作惊到，他"嗯嗯"回应着电话，顺势看向酒店外面。露天停车场那边的天空，已是一大片的粉绿、深蓝、浅紫，如明丽的丝缎飘展在高空。他不是因为惊讶不再回应电话里的声音，而是小男孩拔腿就跑，而孩子忘了自己和光头脚上相连的绳子，绳子一绊，小男孩一个狗啃屎跌了出去，男人也一个趔趄，手机摔飞了。

小家伙一骨碌起来，因为解不开绳子，像青蛙一样，双腿乱蹬。光头男人赶紧按住他的腿，为他解绳。男孩急得捶地。"别急，"光头男人说，"它至少会持续二十分钟。"小男孩已经激动得面红耳赤，呼吸急促，他一摆脱绳子，就向电梯通道飞跑。这个不擅奔跑的男孩，跑姿有点跌跌撞撞。男人顾不得解开自己这头的绳子，从另一个桌子的沙发下捞出手机，也猛追。小男孩的奔跑已经无人关注，因为很多服务生和客人，都往大堂门口而去，在各色人等的大呼小叫、赞叹和跳跃中，人们纷纷掏手机拍照。

没错，虹彩云来了。

男人很怕小男孩跑丢，他边追边喊："你去哪？"

这个沉默是金的小家伙居然大声回应："918！"

男人差点再次摔跤，他被遗留在脚上的一段纤维绳绊倒，往前冲了好几步才平衡了身子，但他还是用另一架电梯追上了九楼。

小男孩冲向 918 房间。

抱着大蛋糕、闹生日未遂的年轻人的讪讪队形，被一往无前的小男孩穿越而过。918 房间门口，夫妻俩互相对视，男人的深沉冷峻，对抗着女人的莫测巧笑。"我来得不是时候？"稳操胜券的女人，显然想做出一个温柔的眼风，但是，她的表情不够圆润。丈夫看穿了女人的心机与叵测的妩媚，他按抚着自己的腹部，一只手潦草拥抱了女人。

也许丈夫在等闹生日的年轻人走得更远，也许妻子在等待小男孩走得更近。夫妻俩沉默而潦草地拥抱着，间隙不是亲吻，是泰山压顶的对视。

这活火山一样的拥抱，同样被一往无前的小男孩穿越。

小男孩冲进房间，一把拉开窗帘，同时踮脚跳叫：看！——看！

夫妻俩呆怔的瞬间，临时监护人也随之闯进，他在小男孩开辟的通道里，直奔窗前，他帮助孩子彻底拉开了沉重的双层遮光大窗帘。

做丈夫的男人反应比妻子快，他一把搂转女人，把她连拥带推，搂送到窗边。此时，他们一家三口都站在了看得到虹彩云的窗前。大衣柜在他们的身后，因为角度不理想，丈夫把妻子推向贴窗位置，他简直要抱起妻子，而不是矮小的儿子。而光头男人早已后退避让，他看到了大衣柜下露出的紫灰色长裙的一角。

光头踩上去一拧脚尖，裙子机灵地缩回衣柜。

酒店窗子只能推一条不大缝隙，但即使开窗有限、角度有限，窗框还是显示了云彩后半部的传奇异彩，它已经超尘脱俗、美轮美奂。小男孩发出原始人或者兽类的尖叫。那个做父亲的，脸贴着妻子，呼应着儿子，也发出原始人一样的夸张号叫。

光头男人再次回头，衣柜内置灯亮着。他知道那个女人顺利逃亡了。

与此同时，小男孩突然急推父母，掉头就往房门口跑。光头迟疑了一下，他当然明白那对夫妻斗兽场般的血腥对视，休战只为儿子的虹彩云。光头男人不得不重拾责任追了出去。小男孩一路直奔九楼转下半个楼梯的自助餐厅，来时他就看到餐厅另一头连接的千米大天台，那是天高地远的"龙脊"所在。而光头多次在那用餐，也在那银河星光长廊里散过步，小男孩一往那个方向跑,他就明白了。

大地暮色渐起,天上的云彩,却明丽如新日发轫。这一份与人类不般配的世外美丽,使天地都虚幻起来,而虹彩云是活体,它在呼吸、在舒展,它迤逦曼妙,令人呆怔。

只有心事如铁的人,才不会被它点燃。918房间内,女人看到了大衣柜灯由亮转暗的灭灯一瞬。这明灭交替感转瞬即逝,就像不曾存在过。被武力搂抱着推向窗边的女人,其实第一眼就看到了午间合并的大双人床已一分为二,又恢复为原来的标房小床。是的,那双一次性的拖鞋彻底消失了。女人看着虹彩云瑰丽奇幻,再看一脸发青的冷峻男人,她的大脑,有一种类似缺氧性困顿:他们身手真快啊,半分钟不到。

门虚掩着,但楼道悄无声息。男人过去把门开得更大,碰死。

门开再大有用吗,谁能跑得掉?女人嘴角一直保留着躺人的甜蜜,男人看透了这份躺人的笑意而进入更严酷的防卫模式。七彩祥云在天,窗里的人,只感到看不见的剑影刀光。女人端详着丈夫:理亏而不妥协的气盛,说明了什么,说明了女人的价值已经损耗到不值得维护了,不是吗?女人夸张笑容里的诱惑和无知感,是山河破碎的自我抵抗,却令做丈夫的男人格外恼怒。他太清楚这个女人的聪明,而柜子对他而言,是个致命的悬念。他咬着牙床,回避她的注目,拿出电话打,他要对方给他马上买点肠胃药送来。女人在大衣柜边踱步,轻声慢语犹如对当年热恋的嘲讽:

"一日不见,如隔三揪——揪不是秋啊。但我是想给你惊喜的,没想到惹你这么不高兴。"

"我只是肠胃难受没心情。你来我高兴啊。"丈夫坐在沙发上,一手按摩着腹部,"一阵阵抽痛恶心,我可能发烧了。七点多还要开会,做男人很累。"

女人坐在了男人身边,歪头看男人。男人伸手搭了一下她的肩,又开始按摩自己的腹部。

"你一直没有正眼看我啊。这黑裙,你说好看,我就买了,八九千呢,值得吗?"

"喜欢就值得。"男人看着窗外,说,"晚上我可能回来比较晚——那些官员你知道，都是一场二场连三场。"

"既然这么难受，就让曹副总去好啦。"

"涉及投资转移，我不去，他不敢拍板。"

"哟，你在出汗，痛得很厉害吗？"女人抚摸男人额头。男人偏开脑袋，说："一阵阵的。吃点药就好。"

"真没事？"女人笑，"那运动一下？以前你总叫它祖传偏方百病消。"

别逗了。孩子和药，马上就进来。

女人以妖娆甜糯之姿，重重地坐进男人怀里。她开始拉拉链。

男人一把推开她，站了起来。

女人不为所动，依然保持夸张的燕语莺声："当年柳下惠……"

在大衣柜面前，男人愤怒焦躁得几乎崩盘，但他只能还以温柔，快去看看你宝贝儿子吧。

女人起身走动，她手拿黑色的喷筒，扶风摆柳在衣柜前来回走，突然，她对着大衣柜门喷射，深蓝色的玉米粉，纵横交错喷在柜门上，整个房间立刻蓝雾腾腾。丈夫目瞪口呆，随之他弹起身子，像要保护柜门，但他马上意识到没有意义，因此，他站直了，干瞪着女人。女人哂笑：

"綦志伟！你别再紧张出汗了，也许里面是空的。"

男人的困惑表情很到位。这个表情是真实的，他是希望柜子里的女人趁乱出去，但他心里没底，她是否身手敏捷，抓得住这闪电般的天助机会？同样的，他之前一直寄望妻子没有发现柜子异样，现在，显然，一切都证明妻子的表情内涵复杂而阴暗。

女人却引而不发。她不开柜门，但她的手在柜门上的蓝色粉末中，来回游走，像是弹钢琴。男人几乎窒息，他感到柜子里的人，会被这样的弹奏弄休克。

"说吧，怎么回事？"

"你疯了？！你看不出我病了？你以前从不这样！"

"对，以前！以前我会做三十七种男人所需的滋补靓汤；以前，你一不舒服，我就帮你艾灸、精油按摩、送药；你和儿子，就是我全部幸福生活的人质。只要你好他好，我赴汤蹈火零落成泥碾作土，甚至粪土也心甘情愿。"

"唉，我都知道，但你今天好好的发神经干吗？我是病人啊！"

"对，今天来了虹彩云。"女人对窗外挥手，满面嘲讽感的夸张春色，让男人想狠狠揍她，女人说，"你现在装病晚了！下午两点，我就站在这个位置。请问綦总，你们自己搬运的双人床，会比大床房更好做体操吗？"

"这房间从来都是标房！小唐没有订到大床房，还被我骂了。不信你去问！"

"两双穿过的性感拖鞋，女款的也不见了哦，可能连腿还藏在衣柜里——你要不要亲自开门看看？"

"吃错药了你！"男人爆出了吼声，但他很快稳定了语气，"别发疯了，我很难受，一直反胃想吐，我要上卫生间。你去管儿子吧，我们再谈吧。"

"有人看护着呢。綦志伟，说真话吧，我想听一句实话。"

"这就是实话。我不知道服务员是不是给你开错了房间。这样吧，我们都冷静一下，你去看儿子，我去趟洗手间，我上吐下泻……"

女人挡住了他。

"你以为那个物理系的高才生是白读的吗？中午一进来，她就拍了精彩床照。卫生间里，那女人拉下的两样东西，她也拍了——其实，不是傻，是给你个说实话的机会。很遗憾，你没有通过。"

男人两只手捧着腹部，仿佛胃痛难忍。

女人猛地拉开柜门，柜里空洞明亮。

女人略微一震，也有奇怪的轻松感，但她一笑而出，并摔上了房门。

十三

天空蓝得有点发紫。在人们看不见的深空，一定有清泉水在一遍遍荡涤，只为那个时刻，那个丝缎般时刻的到来。也许它不是神祇过境、仙女西行，它只是让有的人，看到自己在天上的美的倒影；只是让有的人，看到自己真正的老家。

龙帝大酒店S形的千米龙脊，已经被镀上香槟色的薄薄夕晖。西二郭湖整个水面，金箔闪烁。光头男人站在星光餐厅通往龙脊长廊的玻璃大门口。近千米长的宽展龙脊，的确是最好的观云地了，但因为饭点时刻，那飘带式的超长平台上人影寥寥，更显得那个五岁的孩子，在天地之间的细小孤单。自助餐厅里的食客，没有人发现大玻璃墙外，旷世的奇云，在高天招展；大餐厅内，灯光美食的香氛氤氲里，人们穿梭于一盆盆新鲜的佳肴美味间。在人间，美食就是许多人最美的天。不习惯看天的人很多，一辈子不抬头看天的人也不少，人们低头于在地面奔忙、饕餮、追逐、获得而心满意足。

小男孩面向西天，细小的双臂张大到极限，十个指头，也大张如某种带吸盘的小动物。小小的身影，在用力拥抱，他似乎要把天上的各色云彩，全部揽抱到他瘦小的怀里。他可能是意识到了云太大太大，颓然垂下了小手，看起来像认输的云俘虏。

多次邂逅虹彩云的光头男人，也被今天这浩大的云天画面震撼到了。太磅礴了。

天边，西二郭湖的水面由金转棕，水库边的树梢和山峦，颜色黑棕庄重。大地的肃穆，更映衬出西天高空上，流丽万端的虹彩云。宝蓝一泻的天幕上，兀自绵延气象万千的那抹宝石般的瑰丽，因为过分超然与靡丽，有了收摄魂魄的迷幻感。光头男人觉得，这是他见过的最磅礴飘逸的虹彩云，它简直就是高天里横过人间的仙锦魔缎，在天空自由飘扬。

也只有到了龙脊，天高地远，才能看清今天虹彩云的全貌。它就像一前一后两只迎风而飞的天鹅翅膀，后面这扇漫天巨翅，从翅膀根的紧实到翅膀末飞羽的轻扬，颜色阶梯，在流丽渐变。翅膀根上，可能云层太厚，只有薄的边缘，被透着橙光的金绿色勾勒了轮廓，然后，整个飘飞的羽翅，在湖蓝、湛蓝、果绿、淡黄、粉紫、紫蓝、柠檬黄、金棕中，晕染魔变，逆风飞翔，又犹如仙丝柔道在高空梦幻翻转。大翅膀渐渐拉长，但始终在色变中保持明丽的绚烂，有时候是天蓝、粉绿缠绞着淡紫罗兰；有时候，整个底部陡然灰红又翻出清新的灰紫蓝，随后是柠檬黄转淡绿浅粉，最后，翅膀的亮度开始渐渐散淡。就在光头男人以为虹彩云就要谢幕之际，天空的巨翅从中间开始，就像高光核爆，腾涌出耀目的白金色，以它的亮黄金色为中点，金粉绿、金橙、金黄、金红次第铺展开，天空瞬间光亮沸腾，越来越炫目。这才是真正的高潮，它就像一种浩瀚的呼唤，正普天而降。

小男孩仰天呆立，就像电击过的小布偶。光头男人走到了他身边，孩子已经泪流满面。光头把手搭在孩子小小的肩上，搂着他的小肩头。小男孩没有回头看光头男人，他的眼里只有天上的虹彩云，就像在谛听云的呼唤。

餐厅的自动大玻璃门又开了，黑衣女人站在门口。

犹如一个天人之约，她看到了万里长天上，最绚烂的绝世云彩。

她扔掉了手臂上的风衣，向他们走来。虹彩云照亮了她的微笑，天上地下，各自明丽万千。她就像走在 T 台上的模特，蓬松的发卷，随着弹性的步伐在脸边自信跳荡。当小男孩和她一对视，女人立刻俯身，平伸双臂，对高空的虹彩云，做了很不模特的大波浪身形。一脸泪痕的小男孩，因为激动，因为有了生命中最为重要的见证人而再次泪如泉涌。他哭出了声。

女人奔过去，贴脸了小男孩，把自己的手机递给他。

光头男人有点困惑，他一时不能理解这个捉奸的暴虐复仇者，怎么忽然如此若无其事、意气风发，918 房间里发生过什么？是丈夫成功地摆平了妻子？还是另一场恶战，正在酝酿中？本来，光头男人以为女人没空赏云的，现在看起来，容光焕发的女人，没有错过虹彩云的云约。她看起来似乎正在滋长恢复自我、修复破绽的能力。

光头男人退往身后的长椅，坐了下来。小男孩亢奋于各种拍照中。

女人绕着草坪走到光头身边："看到了吗，我走过的这一块，和我家天台上种植的菜地差不多大。之前，人家告诉我，一家人，只要有席梦思那么大的一块菜地，就吃不完了。我不信，我一口气种了两张半席梦思那么大的菜地。"

光头男人点头。

"地大，品种节奏能更好掌控。完全不用去市场买菜，我儿子、先生吃到了最新鲜、最安全的有机蔬菜。因为吃不完，我每周开车二十多公里，把新摘的蔬菜，送到我公公婆婆家，顺道送到我小姑子家。再多，我就送给左邻右舍，送给物业。"

光头男人隐约感到了沉重，他凝视着若无其事的女人。

女人则望着开始黯淡的天空。他才意识到，她平静正常的声音，其实很悦耳。

"他两三岁都不说话，我决定放弃工作。医学研究证实，农药与自闭症密切相关。我信任有机食品的治愈力，我信任食品是人类与大自然最深刻的连接。我没有种过菜，但是，我从头学。我去水源最干净的农村菜地，买了三万块钱的泥土，拜了三位老菜农为师。我知道怎么清洁土壤，每次使用后，又怎么修复它们；我知道用鱼粪、厨余垃圾、香蕉蛋羹、灰烬、豆渣，自堆有机肥；我去购买加工处理过的鸡粪、牛粪；每天，两三个小时，我在天台上浇水、施肥、捉虫；周六周日，除了陪伴儿子，我都在打理天台的绿色菜园。每个季节我的菜园都生机勃勃，芥菜、青椒、空心菜、油菜、莴苣、芫荽、西红柿、秋葵、丝瓜、豆角，还有迷迭香、薄荷、芝麻菜……"

女人声腔里有清美的齿音，渐渐失色的虹彩云余光，依然让她的微笑，柔暖和善。

"有一次，我公婆因为我送菜耽误了他们的门球比赛而劝我不要种那么多。我丈夫说，你们就知足吧，你媳妇是可以把火箭送上天的人，这样的人来给你们种菜、送菜，你们是上辈子修了高速公路，还是造了跨海大桥。"

女人一直笑着，就像说别人的段子，可是，光头男人感到了寒意。她春风明媚的脸上，第一颗泪珠越过睫毛后，其他的便一颗连一颗地掉了下来。她依然努力微笑："我儿子爱吃我种的菜——不过，现在，他爸爸已经觉得农药与自闭症的关系，是专家扯淡。"

女人对着光头张开她的十指，手心，然后是手背。那个叫刘博的男人，看到了那双手，手指修长，但手心粗糙，至少有三个指头的指缝发黑。光头男人的恶心感略减，但还是不舒服。

"你该戴手套。"

女人说："两三天就要拔草。最难根除的是酢浆草和天胡荽。酢浆草看起来茎细好拔，但根系下面却留着透明大颗粒，在土壤深处，手指得插下去才能摸索到，才能清除；天胡荽的根，也是环绕纠缠。你只能铲起泥土，掰松，像清理蜘蛛网一样，才能拔除。戴了手套，手指就不再灵活。插入指甲缝的土，可以剔出，但被污染的弧线是清洗不掉的。如果场合需要，我会腾出时间去美甲，把它们遮掩住。不过，这些年，已经没有什么需要我的重要场合了。"

女人始终微笑着，隐约露出洁白的牙齿，莫名令人酸楚。那些流淌的泪水，荒谬得像是别人在流泪。

光头男人很想安抚这个女人，就像拥抱那个小男孩；但是，女人的微笑又令他迟疑。他干咳了几声，说："呃，呃，我不是说你，而是……那个……很多女人，为了一个男人，把全世界关在门外，很蠢。就等于把自己关在牢里，男人回家，她就像被探监一样高兴。她不知道虹彩云，也不知道人间的紫灰裙子。"

女人一下瞪大眼睛。

"你看到啦？！"

光头男人摇头。

"——你看到了！"

光头男人耸了耸肩："我一定懂你的意思，但我和他，"男人一指小男孩，"我们两个男人都认为，地上的任何裙子，都没有天上的虹彩云美——你愿意让你儿子——看到哪一样？"

女人终于言行一致地哭泣了。她放声痛哭。

光头也终于感到了女人的脆弱无依。咖啡厅的那个眼神，那个濒死患儿般无辜绝望的眼神，是孤苦真实的。女人哭得呛咳，她跪在地上咳着哭。

小男孩听到了妈妈的哭声，他急忙往回跑，他站在两个大人跟前，轮流审视着他们，眼光里生气又有点狐疑。女人看出了孩子的担心，她把双手平伸给光头，那个叫刘博的男人，把自己的手覆盖上去，他们互相牵住了对方的手。小男孩羞怯地笑了，他扔下手机，把自己的小手，也叠放上去。

女人说："我知道封闭体系里的熵增与死亡，我更知道，抓住了胃就抓住了男人是个愚蠢笑话。我也知道所有的爱情，都会被操持家务磨损……"

玻璃门那边，那位黑西装女主管身边，还站着一位着套装的短发女子。她们是亲姐妹，她们都拿着手机，在给三个彼此握手的人拍照。

虹彩云已经全部转灰。

十四

白色SUV车开出了龙帝温泉大酒店的林荫道，时间是晚上八点二十分。

光头说:"你确定不去儿童医院了?"

"嗯。"

女司机说:"在儿童医院候诊的时候,我就知道我儿子没问题了。"

"那好,你按我的导航开吧。"

女司机点头。小男孩不怎么看星空,他还是喜欢云天,他问:"明天,它还来不来?"

两个大人都没有回答他,他就打了一下男人的手臂,这个动作,把问题归属了。男人说:"可能还来。"小男孩一指驾驶者,说:"她有一条很多颜色的裙子。"

男人说噢。

那么多颜色从哪里来?

也只有男人接得住孩子跳跃的思维,他说:"穿过薄云的太阳光发生了衍射,薄云里有均匀的细水珠——均匀的冰晶也可能——小冰晶的云是贝母云,我们说过的,它是高云族——反正它们都是均匀的小水珠或小冰晶,把太阳光藏着的赤橙黄绿青蓝紫都散出来了。只要云很薄,很均匀,很自由……"

小男孩说,妈妈的裙子,风吹到天上,也是虹彩云。

当然。所有的妈妈都是虹彩云。她下来给你种菜做饭,就变成雨水;她要做她自己,就又会飞上天变成虹彩云。只是呢,很多妈妈忘记自己是虹彩云,所以,就变成天天下雨的雨水了。

二十分钟后的夜街头,就能看到超过杧果行道树很高的协和医院鲜红的大招牌。导航说,过红绿灯就进辅道。女人一看到了协和医院大招牌,就扭脸看光头。那个叫刘博的男人,在低头看新进来的微信,随之黯然一笑。

女司机说:"彩票中大奖了?"

男人念:"一、重婚罪,指在有合法配偶的情况下又与他人结婚或建立事实婚姻所构成的犯罪;二、离婚冷静期,过错方和非过错方,照样可以调整财产分割五五比例。过错方拿小头。"

女司机说:"法律课?"

男人说:"对,最后一课。再过三小时,有个女人也要变回虹彩云了。"

女司机忽然感到失落，自问自答般："有多少虹彩云为别人变成了雨水？"

男人摇头："水云选择，不在婚姻，也不在男人，全由女人自己决定。女人都是天空大地的养子。你儿子都知道，只有最轻盈、最自由的云，才可能变成虹彩云。"

协和医院大门口，车子靠边，那个叫刘博的男人下车。车子启动而去。

行驶了十几米，车子停了。男人疑惑着走过去。

女人把一本驾照还给男人。男人接过，再次挥手让行。他看着白色车在杧果行道树的斑驳光影下远去，但是，二十米不到，车又靠边停下了，打着双跳灯。那个叫刘博的光头男人，跑了过去。

女人降下玻璃窗，说："他还有事。"

后排玻璃窗也降下，男人看着孩子。

小男孩说："我的书，什么时候给我？"

男人有点忘了。

"给云打分的。"男孩说。

"噢，《云彩手册》。让她把地址发我，买好了，我寄给你。"

"她刚刚不高兴了。"小男孩说，"还嗷了一声。"

女人扭身敲打小男孩的头。

光头走到驾驶座那边。过往的车灯里，女司机脸上的泪痕在暗亮着，她僵直地看着远方迷离的灯光车流。男人伸手，拍了拍她的头顶："别连夜往回赶了，拐弯不让直行的人，夜里更危险，还带着孩子。"

女人点头，声音暗哑："其实，夜间开车我眼睛很花，但我，不知道去哪里好……"

女人又说："你现在去哪？"

男人说："去找一个该死的人道歉——你别回去了。"

男人又说："到家都半夜了。"

每一辆过往的车灯，都让女人的新泪汩汩暗亮。

男人说："真的，别回去了。"

女人说："我在想，我是不是该去找我儿子最喜欢叫爸爸的那个人。"

男人倾身拍了拍车窗框："喂，小伙子，你有几个好爸爸？"

后座的小男孩伸长两只手臂并拢后，双剑合璧般，直直指向车外的光头男人。

那个叫刘博的男人，忍不住笑了。

他对着女司机说："别回去了。听话。"

他声音很轻，后排的小男孩听不清他说了什么。

女人的老家在天上（创作谈）

　　有年在（马来西亚）沙巴，潜水的时候，一个朋友的脚被海胆扎了。之后，我们一行格外关注海胆，看它们一群群趴在水里，安静如修仙，我们已心存敬畏。我们关心它们的友谊，关心它们的爱情。结果揭晓了：浑身是剑的它们，到了生命收成的季节，按老天的安排，各自往水里排放种子，然后雌雄相遇，新生命就在水里漂摇而生。作为种子源头的海胆依然群居，依然各自静逸。

　　如果说婚姻是对彼此生命完整性的冲撞与磨损，小海胆就给我们上了一课。因为爱的真正本质，就是享有和保持自己。但这真的很难。婚姻的结构形式就是突破了个体的"一米线"，爱越多，或者说，付出越多者，就可能受伤越重，直至互相伤害到关系变形。前一段，看到一个新闻，报道了一个反动至极的婚姻，说一对吵架五十年、事事AA，连鸡蛋都要贴各自记号的夫妻，直到五十七年后的耄耋之年，才解除了婚姻。他们就像社会实验室里的小白鼠，用尽青春、用尽一生的年华证明，在婚姻的一米线内两败俱伤的日常，所能达到的极致，也证明了尼采的说法——婚姻不幸福，不是缺乏爱，而是缺乏友谊。

　　再说个女友，名校物理系的高材生，富有才华。爱上她的小伙子，倾倒于她的美貌。婚后，小伙子的事业发展气势如虹，女友就同意辞职在家照顾孩子。单位力阻她离职，因为她出众的工作能力及人见人爱的好人缘。但她还是回家了。我有理由担心她的自我囚禁将折损自己，但幸运的是，她似乎没有忘记自己天上的老家，在相夫教子之外，她开始了书法、篆刻的学习。因为天赋及热爱，她获得许多肯定。她送给我一枚篆刻章，非常漂亮。生命价值以新的方式，回馈她不依附于任何人的独立光华。

那么重新寻觅的支撑自己生命的价值感，能不能抵御所有婚姻、爱情的磨损？没有答案。实际上，小说呈现的是极端暴烈的情景，而真正的生命损耗，是滴水穿石的。记得疫情防控期，有个特殊的溯源足迹触动了很多人。那对小夫妻，妻子的足迹不断在奔忙：购买早餐、超市购物、市场买菜、接送孩子、带孩子看病、外出拿药、为孩子购买文具。丈夫的日常轨迹则是每天外出上网咖，在网吧附近吃饭，然后回家。这样丧偶式的婚姻，想想看，谁是那位倒刺扎向自己的人？这关系能持久吗？如果选择隐忍妥协，婚姻的意义在哪里？

上野千鹤子的《一个人的老后》有一句话，"如果女人赚得和男人一样多，那么婚姻制度就几乎没有任何好处"。她还说过一句——我理解为调侃"只要把烦人的丈夫送走，成为'后家'（中国话叫寡妇），女性就迎来了春天"。泡温泉、看戏、玩乐、夜生活、海外旅行，只要女人拥有健康、时间、金钱，她就能享受婚姻终止的"后家乐"生活。

我不是婚姻反对派，我只是注意到，由于生理限制，由于母爱本能，由于对家的奉献感和责任意识，女性在两性生活中，更具有易损、易耗的质地。所以，享有和保持自己不仅需要清醒的意识，还需要自我维护的物质基础。伍尔夫当年说，独立的女人需要500英镑年收入和自己的一间房，当然不仅仅是文学女人的文学生活的前提，而是所有女人生命独立的物质条件。

所以，日子不管怎么进行，那些富有牺牲精神的女人，要记得来时的路，记得自己原本的样子，记得自己天上云端"闺房"，要随时返回美而自在的自身。只有最轻盈、最自由的灵魂，才能不断往返于天地，在云端、在地上穿梭，也才能折射并成为虹彩云。

男人的故乡在地上，女人的老家在天上。婚姻取消了人和人之间的"一米线"，失去了"一米线"就是两个结果，要么亲密，要么伤害。所以，勇于选择婚姻的人，只能尽力维护精神上、物质上的"一米线"。从这个意义上说，海胆比人聪明。它们彼此有永远的"非磨损距离"。同样的，那些随时到云端充电，随时下地发光的女人也是聪明的。她们进退有据，在婚姻家庭的"一米线"内，始终警惕婚姻的副作用，保持抗衡活力，葆有自我。她们随时像虹彩云一样，让小生命光华万里，哪怕转瞬即逝。

天真的老妇人

盛可以

《天真的老妇人》授奖词

  盛可以的笔触隐忍、凝重，充满耐心地缓缓揭开单调生活背后所隐藏的心灵疼痛。秘密没有给人带来释然之感，而是深切的喟叹。两个同样失去儿子的母亲同病相怜，互为镜像。她们或者自由自在地周游世界，或者仅仅独守在一幢大房子里，空虚、落寞与不尽追思是她们的内心深处的共同感受。小说场景不大，却在有限的场景中注入饱满的内涵，形成一叶知秋的艺术效果。作者成功地营造出一个女性的空间，准确把握两个女人间的情绪起伏，并且在结尾为冷寂空洞的生活赋予一丝暖色。

——林那北

一

　　七月初，阳光已经长熟，正午更是透出几分辛辣。我在约定的路口等待，同时打量周围环境，判断治安状况。马路对面，一个年轻女孩向我招手，无疑是房东 May——网站上注册的名字。这里且称她为梅。

　　梅身着布量极少的黑色吊带连衣裙，梳着短矮马尾，抱着一条棕色小贵宾犬，优雅中透着少女的甜美。横过马路走近她，才发现这纤瘦秀丽的姑娘，是个上了年纪的妇人。脸上松弛，有零星老年斑，眼睛湿浊，头发麻灰稀少，但仍设法弄出一绺来，用小卡子别住，遮盖过于光秃的前额，制造一缕少女幽魂。

　　不知道梅是哪国人。她那张没有轮廓的圆脸像是来自韩国——抱歉，忘了说明，这是纽约长岛的黄金海岸，传说中的富人区——简短交谈之后，知道都是中国人，于是改用汉语。梅的声音柔和，不紧不慢，传递养尊处优、家境良好的生活背景，其从容与安逸映衬我风尘仆仆的粗糙。

　　梅的后背几乎裸到腰际，两瓣纤细的蝴蝶骨被一层长着老年斑的薄皮覆裹，随着身体运动，它们既显得轻灵，也透着枯槁。她的脊椎仍异乎寻常地笔直，似乎随时准备翩翩起舞。这个高贵的背影并不令人觉得美丽，而是气韵已逝，那憔悴的骨子里仍然传递出上流阶层的傲慢——梅说话时并不看我，仿佛紧随其后的，只是个刚来报到的下人。

二

　　通过房前的车辆，杂草丛生的草地，可以看出这是一个蓝领社区，勉强算得上整洁——原来长岛并不都是传说中的豪宅。梅住的是一栋联排别墅，两梯两层四户，实质属于公寓。外墙贴了红砖，大门是中国乡下正流行的不锈钢玻璃门。整栋楼无遮无挡，暴露在正午的辣太阳下，几棵小树远远地站着，也帮不上什么忙。前庭屋侧没有绿化，许是为了省钱省事，周围铺成了水泥地面，给人一种莫名的焦躁感。

　　梅开门时，钥匙找不准匙孔。她的手不太灵活，像所有上了年纪的人一样。梅住在二楼，进门就是狭窄的楼梯，借着门外的光，能看见脚下颜色混沌的地毯，依据曾有的养狗经验，我从屋里那股浓郁的怪味中，分辨出狗的尿味及腥臭味。楼上是另一种衰败与霉腐的气息。

梅向我介绍各区域功能，以及注意事项，那腔调与表情，仿佛她住的不是一套三室两厅的小居室，而是一座辉煌复杂的宫殿。

客厅那张已经变形且颜色暗污的布沙发，经过时间的摩擦，结满了绒球，沙发架构有点倾斜，已经失去了负重与提供休憩的功能，只有狗才敢跳上去。

一只中国风味的斗柜，红花绿叶的漆画，明清风格的黄铜耳朵拉手，是梅过去从海南淘来的。窗边那条古朴的单人高脚凳，凳面两端上翘，二手家具网站上标价是八百美金。两张灰漆驳落、造型不错、布垫脏旧破腐的木椅，我忘了梅说它们是法国风格，还是来自法国，同样只具观赏功能，即便梅允许，也不会有屁股愿意落下去。

两椅间的小几上摆着一摞书，包括日本作家的畅销作品，不入流的中国小说，时装杂志，巴黎游记。这一摞东西整整齐齐，却脏旧蒙尘，仿佛已经存在了几个世纪。

客人通常只能在自己的房间活动，梅绝不允许别人使用她的餐桌。这个褐色圆桌四边可以折下去，变成小方桌。腿瘸了的餐椅背靠墙，勉强立住。这张旧餐桌看上去就仿佛能听到其吱呀作响，但它也是法国的，或法国风格的，梅依然珍爱，允许它盘踞在自己的生活中。

我站在厨房里，感受一个家庭最重要的地方。窗台上的玻璃瓶里，插着鲜艳欲滴的月季。绿萝伸出一根长藤探向洗菜盆。乳白纱帘上布满污斑。梅始终抱着那只贵宾犬。我仍像是她新来的下人。她不喜欢油烟味，客人通常都叫外卖，但最终她同意我限次使用那个满是锈垢和油污的白色炉灶，要我注意卫生，保持干净。

厨具丑陋不洁，我确信这里有一个不喜欢烹饪的主人。

厨柜手柄掉了，一扇柜门关不拢。一瓶香槟和一尊小雕塑组合，摆在灶台一角，凸显艺术气质。日常使用的苹果醋、橄榄油、小盐瓶装在托盘里。我很快就会看到，梅用这只托盘将煮好的咖啡和半只苹果端进房间，至于正餐，多半是豆芽豆腐蘑菇卷心菜，郑重地端进房间享用。三个房间都在过道尽头，像一柄圆勺，狭窄的过道累积了尘灰和狗毛。

不管她吃什么，令我印象深刻的是，她端着托盘走向房间的体态，仿佛她手中的东西，以及她拥有的生活无比珍贵，是别人永远不能企及的。

梅怀里的贵宾犬淡漠地看着我，吐着舌头，喉咙里发出哮喘似的杂音。

我这才感觉到屋里非常热。梅也像正在桑拿一样，肤色通红，满脸是汗，连额头上那绺"少女幽魂"也错乱了。我环顾四周，梅立刻淡淡地说，她不喜欢用空调。我理解为老年人受不了空调的寒气，便附和吹空调不好的观点，"但热天还是得靠空调度过"，我这话还没说出口，贵宾犬忽然朝我吠叫，充满爆发力的破金属嗓音聒噪刺耳。

三

房间陈设和网上的照片一样，只是地板上有一团发黑的黏状物，那张可爱的小型布艺沙发有几处破裂，露出白色填充物。床单上的陈年污迹让人恶心，被子和枕头一股刺鼻的人臭味。我没什么心情计较。收起床头柜上庸俗的工艺品，用自己的毛巾擦干净地板——梅没有任何清洁工具——所有床上用品塞进衣柜，去平价商场买回新的替换。

我的窗户朝西。窗帘一拉，窗杆脱落，墙灰洒了一地。清理洗手间的时候，差点呕吐。浴缸周围深度积垢。玻璃门缝里尽是毛发。洗手液是用光了之后兑进的水，厕所清洁剂也是一样。墙上的东西一碰就掉：装卷纸的铁盒掉下来，毛巾架铁管落到地板上，浴缸里的水龙头哐当一声差点砸中脚指头。

一个什么样的女人，会让自己的家这么破败？

梅肯定听到了这接二连三的声响，但她并没有过来问询，看看我是否需要帮助。她对我的态度不屑，说话不看我的眼睛，连脸都不会朝向我这边。如果我过于青春亮眼，她避免从我身上看到自己的衰萎也就罢了——我感觉她排斥中国人，尤其是住便宜旅馆的。

第二天，我坐帆船出海，在日暮余晖中回到住处，一进门，那只贵宾犬对着我狂吠，还是那种破金属的声音。

梅照样不看我，只是抱起狗，安抚它，在它耳边轻嘘。

我眼角余光瞥见，她身着宽松的白色吊带背心，依旧是前后暴露，牛仔裤短到只裹住了屁股，双腿笔直修长。我也没理她，径直回自己的房间，在过道上碰到一个年轻多肉的白人姑娘，她是来看房子的，潜在的下一任租客。她朝我友好一笑，并侧身让我通过。

我很快听到厨房传来交谈声。梅的笑带着旋律，大约四五个音符长，音符有高有低，长短不一，笑声中带出一丝隐藏的风骚，让人觉得她过去对付男人，应该是有两下子的。我听见年轻多肉的白人姑娘介绍自己，因为一个新结识的男孩，她从佛罗里达州过来，找到了一份消防员的工作，有时需要上晚班。梅说那很酷，她曾经多次去佛州度假，住有名的酒店，仅迈阿密海滩就耗去了她很多词语。紧接着她的笑声像水草般摇曳起来，幻化出一个身着比基尼，迎着海风秀发飘扬的年轻女子，双腿笔直修长。

四

我第一次做饭，调至小火焖炖牛肉，然后回了房间。半小时后出来，发现炉火被关，梅抱着狗在灶台前忙碌。

饥肠辘辘，炖牛肉却节外生枝，我心中不悦，重新打开炉火。

"要炖那么久吗？我以为是你忘了关火。"梅说。

"牛肉至少要炖半个小时。"

居然做这种小手脚，我想我遇上了一个古怪刁钻的房东。为避免与她接触，我试着调整做饭时间。但是梅的生活毫无规律，要么很早起来煮咖啡弄早餐，要么十点钟才出来直接做午饭，不幸很快狭路相逢。

出乎意料的是，梅主动和我攀谈，依旧不看我的脸。她问了些中国的事情，说她来美国多年，极少回去，对那边已经完全不熟悉了。当我给她一些信息，她总像无知少女般讶异地说：

"真的吗？"

我认真对待她的疑问，会更详尽地解释一番，但我很快发现，这不过是她的口头禅。她的手不时摸一摸被夹子别住的那绺"少女幽魂"，以确保它在妥帖的位置。

她的脸近在咫尺，我因此看清更多细节。她说话时嘴角肌肉往右侧提升挤压，右脸明显比左脸小，眼睛也是，似乎曾经中过风；耳鬓光秃秃的，像扣了个假发套；头发干枯无光，不太洁净，缺乏滋养和护理——我估摸她很久没用过洗发水了。

事实上，梅是专挑我在厨房时过来的。她独自居家，尽管总是和贵宾犬交谈，毕竟无法形成互动。贵宾犬的智商据说在犬类中排名第二，梅的狗使人怀疑这一结论，它只是瞪圆双眼，没什么表情，通常在梅的臂弯中像猫一样安静。

梅的厨具少得可怜，只有两把刀：一把长半尺，宽不过两厘米的带锯齿的刀，应该是切面包的；另一把只有寸许长，可能是切黄油的——毫无疑问，这两把刀肩负了所有烹饪必需的切割任务。

鉴于梅对生活的高贵讲究，我谨慎地问她，哪把刀专切肉，哪把刀切水果。

"这个……倒没有区分。"她用了一个"倒"字，可见她对我的提问是敏感的，这个"倒"字，说明了刀不作区分，是个例外，其他很多事情，她是挺讲究的。

我没提到抽屉里的斑斑污迹，只是认真清洗了刀具。我不想说出她家肮脏的事实，更不会真的像个下人一样，什么都替她收拾。她说的擦碗布，搭在烤箱拉手上，比抹布还脏，我很想取下来洗干净，但我没去碰它，我知道她不愿与客人共用任何东西，就像下人不能和主人同桌吃饭一样。

在我看来，这是一次夹杂抵触与试探的交谈。

梅就这样一手抱狗，一手煮咖啡，漫不经心地说话。她以前到处旅行，遍尝世界美食，说到"还有邂逅"时，她脸色亮了一下——仿佛在男女之事的灰烬中，闪现一星隐秘的阴燃之火。

我有点讨厌她，只是简单敷衍，保持基本的善意。

她问我明年会不会去巴黎看"世界杯"，现在就要着手预订机票和酒店了，不然就没地方住。我说我不是球迷，巴黎什么时候都可以去，不一定非要赶在全世界的人都往那儿跑的时候去扎堆。梅认为"世界杯"四年一遇，专程去巴黎看"世界杯"，和平时旅行不太一样。

我后来才理解梅的意思，早早预订航班和酒店，重点不是看"世界杯"，而是去看"世界杯"这回事。这里头有身份品位和生活等级的象征，与穷游巴黎是两码事，即便同样是坐在街边喝咖啡，专程来看"世界杯"的人，下巴都要昂得高一点，二郎腿也跷得更悠闲。

梅说她正在着手准备这一切，包括选择哪家酒店，哪个有名的咖啡馆——普可罗布、双叟、花神，是她必去的；她讲了点萨特和波伏娃的故事——酒店嘛，得带种满鲜花的阳台，早上起床推开窗花香扑鼻，抬眼便看得见埃菲尔铁塔和塞纳河。

她一面将一件未来之事描绘得浪漫美妙，一面端起咖啡锅，欲将咖啡倒入杯中，不料咖啡锅早已松动的手柄忽然断裂，锅砸中杯子，锅杯同时落地，在破铜烂铁和玻璃碎裂的"交响乐"中，咖啡溅画出满地曲谱。

我想，梅只需稍微降低一点巴黎酒店的规格，就可以买全套精致好看实用坚固的厨具，修理好家中所有破败之处，同时给贵宾犬买合适的颈圈和狗绳——现在的颈圈太大，靠一颗别针收缩，和狗绳一样脏污油腻，从来没有清洗过——她还可以清洁地毯，护理她自己干枯的头发，清除根部的油腻。

当然，我不能说这些，这冒犯别人的生活方式。

梅清理现场时，为掩饰我已经窥见了她的窘迫，我开始说话，并表现得兴致勃勃。我说巴黎那几家咖啡馆我都去过，我坐在红皮椅上接受了法国一个杂志编辑的采访。接着我补充了萨特和波伏娃的故事，也说到海明威当年在巴黎，如何在饥肠辘辘中为避免闻到咖啡馆诱人的香气而绕道去博物馆，在饥饿中更深刻地理解了塞尚的作品，这直接影响了他的文学创作。

或许是蹲地劳动的缘故，梅站起身时满脸通红。她询问我的职业，我隐瞒了真实身份，谎称自己是个服装设计师。

五

狗名叫Luck，梅与它母女相称。梅说世界上有太多流浪狗，但她的"小公主"永远不会被抛弃，她会全力保护它，不让它受到任何伤害。夜里头，她在房间里和"小公主"聊天，一人分饰两个角色，不时大笑，笑声带着哭泣的尾音。我想到希区柯克的《惊魂记》，从山坡下的小旅馆望向坡上楼房，可见老太太和儿子的身影在窗前交替出现，听见她和儿子的大声争论。事实上，老太太已经死去多年，她患有精神分裂症的儿子同时在扮演她。想起这一幕，有点不寒而栗。

受龙卷风天气影响，我两天没有出门。夹在我和梅之间的那个房间，门一直关着，没看到租客进出，也许被预订了，因为梅没有把它直接租给白人姑娘，而是让她等着入住我的房间。梅的卧室也始终紧闭，她进出房间时，仅小心地推开一道缝隙侧身通过，仿佛门后堆了什么东西。通过梅端着托盘，以雍容华贵的姿态步入卧室用膳的情景，我推测她所有的讲究都集中在卧室里头。

梅养狗如同养猫，人和狗都关在屋子里，有时与狗谈笑风生，有时异常安静。晚上六七点钟，经过漫长的等待，那只狗会得到一天中唯一的食物——鸡肉青豆拌甜醋。饿狗吃食，通常是一扫而光，但梅的狗不同，它表现得很节制，像小孩子舍不得把好吃的东西吃完，沿着碗边一圈圈慢慢地舔，一丝不苟，最终把不锈钢碗舔得跟镜子一样明亮。

梅聊起狗的事情，会变得精神起来。说她如何定期带狗看兽医，做体检，狗和人一样容易生病，肥胖症、糖尿病……病了很可怜，所以她尤其注重狗的健康饮食，不会乱给它食物，尤其是无聊的狗粮。她每周买一大袋鸡肉回来，一次炖熟，用塑料小杯分装，每一只杯盖贴上便签，上面用英文标注狗的名字和用餐时间，从周一到周日，共七份，码在冰箱里。

我喂了狗一块牛肉，狗表现出饿狗的吃相，肉入嘴直接滑下肚，像青蛙舔吃蚊虫，疾如闪电。

我向梅描述这一情形。

"真的吗？"梅说，"我从来没有买过牛肉。"

她笑容讪讪，依旧有股苦味。五美金鸡肉，狗可以吃七天，而同等价钱的牛肉，狗只能吃一两餐。梅肯定算过这笔账。

也许是替梅掩饰她的窘迫，我主动聊起了一条叫"芥末"的狗，它如何活过，又是怎么死的，我亲手为它钉制了一个小木盒，它如今躺在湖边一处风景优美的杨树林中。

我没有提及儿子。

梅抱紧了她的狗。她说到狗带来的快乐，它的聪明和脾气。我发现她实际上是一个不懂狗的人。她将狗的兴奋激动，理解为害怕与恐惧，将所有的狗吠视为攻击，看到两只狗打架嬉戏就担心会出狗命。

我没有说梅不懂狗性，不会冒犯她八年与狗相依为命的日子。

我曾经委婉地说，德国人将遛狗写进了法律，规定每天至少遛半小时。

"噢，真的吗？"梅漫不经心，一边伺弄厨房的花草。新换的绣球花替下了枯萎的玫瑰，厨房重新焕发生机。这些花曾经开在别人的花园里，她只需随身带把剪刀，晚上遛狗时顺手牵羊，夜幕遮掩下也不用捡狗屎，尽管她源源不断地从超市带回"免费"的塑料袋——那本是专为顾客装蔬菜水果的。

有一回，我看到狗在楼梯口急绕圈，知道它又要在那儿大便。我叫梅过来看——我只是想暗示她，至少应该带狗出去大小便。梅来时，狗已经躬腰撑腿撅屁股，梅惊讶地大喊大叫，仿佛第一次发现狗在家里大便。我说别吓坏它了，人也有三急呢。梅就转身去拿厨纸，为了防止客人使用，她把厨纸藏在卧室里。她很熟练地处理了现场。但狗屁股上沾着稀屎。梅抱起狗径直去了厨房，将狗放在洗菜盆里。

这一次轮到我大叫，那可是做饭的地方。

我忽然感觉，梅脊椎笔挺的不是华贵，而是生存碾压中挣扎的力。

六

每天有一段极庄重的时刻，梅坐在她的法国餐桌前，管理出租预订，回复评论，有时打电话给网络平台，让他们介入协助解决问题。那姿态仿佛坐拥巨大的财务集团，处理与租客几十块钱的纠纷时，好像洽谈一桩上亿的买卖。

大约是有客户评价梅的家里脏，还有只乱叫的狗。梅抚摸着趴在大腿上的狗，对着电脑屏幕说道：

"你觉得我家里脏吗？简直是胡说八道……我家宝贝什么时候乱叫了？它可是最乖的 girl。"

我不确定梅是否在跟我讲话。

"遇到这种不讲理的评论，真是没办法……还好大多数客人都是公正的，要不然我的房源也不会这么抢手。"

我正准备进浴室洗澡，在门口停顿了一下，还是没有搭理她。

洗澡失败。浴缸下水道早就堵了，积水要几个小时才能洇干。现在莲蓬头又出了故障，只有水珠滴答。此类故障在厨房和洗手间交替发生。洗漱盆也曾坏过一阵，下水缓慢，只能使用最细的水流，勉强洗漱清洁；洗菜盆也发生同样的事，都不至于完全堵死，洗碗水好不容易流干，留下满池油污。

我向梅反馈，她像是对某件事情不感兴趣一样，淡漠地"嗯"了一声，后来说联络了维修，过几天会有人来。

有点缓兵之计的意味。我猜是梅在搞鬼，她想节约水流。她就是这样靠节省每一滴水生活的。她自己不怎么使用淋浴，很少听到她房间里传出用水声。这就是为什么她的头发总是脏的，身上总带着一层不洁。她也从不给狗洗澡。

梅不喜欢我这样的客人，做饭用水烧燃气，这些都会增加她的账单付款，她并不想看到洗菜盆周围的黑霉，被我用流水哗哗地冲走。她一天只做一次正餐，就是那种豆芽包菜豆腐等东西一锅烫，不放油，佐料是老干妈。甚至用腐烂的蔬菜做沙拉，连烂叶子都不拣出来。狗食同样简易，从冰箱里拿出煮熟的鸡肉撕碎，拌上青豆和调味醋——还说这个牌子的醋，带甜酸味，她的狗最爱吃。我很想说"你没有给狗别的选择"，但这过于残忍，我不会这么做。相反，我一直在配合她，比如我会称赞狗聪明，说她的饮食健康，低糖低碳水。

澡没洗成，人很不舒坦，很想吃一顿麻辣火锅。此前炒菜，梅总是闻声而出，以手当扇，细喘娇咳，将抽油烟机开足马力，推开所有窗户，一点也不掩饰内心的嫌恶。

无论如何，我得敞开胃口吃一顿。我从亚洲超市带回麻辣火锅底料、虾、鱼、螃蟹、青口、北极贝，在橱柜里找出一口脏汤锅，用铁刷子里外刷干净了，煮上清水，一边炒底料，麻辣香味毫不客气地四处飘散。

梅抱着狗走进厨房，娇咳几下，居然饶有兴致地攀谈，问我做什么菜。她不认识北极贝，也不知道青口——当然，高贵的主人只品尝美味，接触食物原材料、分得清五谷杂粮的都是农民和下人——我说我做的是四川麻辣海鲜火锅。梅于是说起了她的父亲，一个地道的四川人，常在家里做火锅，她最爱吃父亲做的菜，一直也是重口味，不过现在吃得清淡了。

我心想，说"寡淡"也许更贴切。

梅感叹再也吃不到父亲做的饭菜了，他前几年去世，她都没赶得及送终。唯一感到慰藉的是，她母亲在天堂不孤单了。

麻辣火锅勾起了梅的伤感，她带着想倾诉，却又不愿表露心迹的矛盾——仿佛在下人面前，保持着一个主人应有的尊贵。

有一瞬间，我感觉梅的内心伸手可触，且一碰即碎。我拿出全部的诚意打算聆听更多的故事，但她却抱着狗去了客厅，留下一个双肩平端的背影。她默默望了一会儿窗外的远方，然后安静地反身回了自己的房间。

我给梅盛了一大碗海鲜，放在她每日必用的托盘中，然后发送了一条手机短信："我做的麻辣火锅，也许没你父亲做的好吃，你且尝尝看。"

幸好梅没在厨房继续讲她的亲人，否则我很可能要忍不住说出心中的悲伤：我五岁的儿子死了。我没有明确的旅行线路和时间，不过是在这个世界上来回晃荡。

七

一楼住的是三口之家，一对五六十岁的印度夫妻，和他们已经成年的儿子。这家人经常在后院莳弄花草，也种瓜果蔬菜：丝瓜像扁担一样长，番茄红红绿绿。我下楼扔垃圾时，总会顺便看看这一园子长势喜人的作物。

这天黄昏，梅收齐了所有的脏衣物去洗衣店，拎着挎着背着，她的手臂竟然很有力，不小心暴露出吃苦耐劳的习性，使劲时青筋突起。相比之下，她的双腿显得较弱，甚至可以说不太利索，下楼梯时有点如履薄冰。我帮了她一把。我从客厅窗口看着梅被袋子淹没的纤瘦身体，像蚂蚁顶着巨物前行，忽然想起了独居的母亲。

蚂蚁消失在道路尽头，我转身收拾厨房，照例将垃圾扔进楼下垃圾桶，盖好桶盖。印度夫妻正好在园子里，他们面貌友善，但也严峻，眉间不太舒展。

印度先生走过来，明显不悦。他对我说，你用我家的垃圾桶，我没有意见，但是纸盒要叠好，放在可回收的桶里。我颇为尴尬，说很抱歉发生这种事情，我以为这是梅家的垃圾桶，那么……她的垃圾扔哪里呢？印度先生扬手说，扔到很远的鬼知道的什么地方。

明知道我将垃圾放进楼下的垃圾桶，却不告诉我垃圾桶是别人的，故意让我犯错误，不知道梅是什么心态。也许她不愿低下高贵的头颅，承认她正在节省每个月的垃圾管理费，不愿暴露她高品位生活中的瑕疵。同时我也明白，梅为什么要在厨房放两个垃圾袋——各处理各的。她不想她的垃圾被我扔进楼下垃圾桶，这意味着她不占印度人的便宜；她也不愿帮我处理垃圾，那东西扔到外面挺麻烦的，而且有道德风险，因为公共垃圾桶都有黄字提示：请勿投放家庭和办公室垃圾。

"我们打算把房子收回来，不租给她了。"印度先生说道，"我们……真受不了她。"

"房子是你们的？她是租客？"我先前的疑虑被证实了：没有人会让自己的家这么破败。

"是啊，这是我们的房子，她没告诉你吗？"印度太太抢着回答，"租房子的时候，她说是和儿子一起住。三年了，我们从来没有见过她的儿子。她把房子放到网上短租，客人进进出出，这个是她亲戚，那个是她朋友……全都是撒谎。哎，关键是不爱惜房子，什么都往下水道倒，地毯也从不清洁……我们的房子，要被她毁了。"

"原来是这样……怪不得……"我说，"浴室和厨房的下水道都堵了，积水要等半天才下得去。"

"前不久，我们才花了两百美金疏通过。"印度先生的眉头皱得更厉害了。

"……天气这么热，她应该打开空调，这是客人应该享有的。"印度太太提醒我维护自己的权益。

"她家没有空调。"

"有。一个墙式空调，在客厅右侧的窗帘后面。"印度太太说道。

怪不得梅从不拉开那一扇窗帘。

"她只是想省电吧。"我说。

"她出门可是背LV包。"印度太太说。

"无论如何，她不诚实，也不好相处。"印度先生摇摇头，"这么热，不开空调……她收你多少钱一个晚上？"

"三十美金。"我说。

"她要得多了点儿。"印度太太撇了一下嘴,"你到我家来看看,干净,有冷气,卧室又大又漂亮。我们只收你二十五美金一个晚上。"

我说我很快就要去伦敦了。

"我们也不是抢她的客户,只是看你是个不错的人,应该住得更舒服一些。"印度太太接着说。

我感谢他们的善意,赞美了他们的花园。第二天我买了一只大西瓜送过去,应门的是一个姑娘般腼腆的小伙子。

八

梅开始正脸对我说话,态度友善,甚至有成为朋友的趋势。我没把和印度人聊天的事情告诉她,心里隐隐不安,觉得自己好像在出卖她,而且还假装不知道她的秘密。

也许是出于这个原因,我陪她的狗玩了一阵,捉迷藏,抛掷纸球。这只狗聪明机灵,精力充沛,而它过去的八年时光,竟然是伏在梅的膝盖或者臂弯中文静度过的,这有违它活泼好动的天性。

我没有征求梅的同意,擅自带狗出去蹓跶。

狗一路欢奔,东嗅西闻,不停地撒尿。

陌生的风从陌生的街道跑过。陌生的树叶跳起陌生的舞蹈。

街道两边的房子长得一样,幸好狗认得回家的路。

梅正在将洗过的被单衣物晾晒在客厅,搭在沙发和椅子上——她精明地省下了两美金的烘干费。

狗一进门就奔向梅,她抱起狗连亲几口,好像失而复得一般,还问了我一连串的问题,比如是不是紧紧地拉住绳子,看到别的狗有没有赶紧躲开,她非常担心狗受到伤害。

"它交了两只狗朋友,一起玩得很开心。"

"真的吗?"梅脸色都变了,是那种惊喜与恐惧混杂的表情,"这太危险了,要是被 Rape 了怎么办?"

"如果它顺从,证明它想要;它要是不乐意,会反抗吠咬的。"

"我也想过给它找个伴……"梅捧着狗的脸,"可是,宝贝呀,妈咪还没有做好当奶奶的准备呀。"

我说它很会玩游戏,要是有一个球,它会获得更多乐趣。

"真的吗?"梅像一个发现孩子具有某种天才的母亲,抱紧了狗,"哎呀,宝贝,妈咪对不起你呀,妈咪一定要给你买一个球。"

我意识到我的话正在渗入梅的生活,必须立刻闭嘴,因此,我没理会梅的抒情,本能地转身去洗手间,搓洗油腻得作呕的狗绳和颈圈。

水哗哗地流淌……

儿子是为了救掉进水里的"芥末"淹死的……

那是一条棕色小柴犬,我送给他的四岁生日礼物……

儿子和狗的玩具依旧堆在他的房间里……

我始终被一个问题折磨:为什么不送他一只猫……

屋里已经没有晾狗绳和颈圈的地方,梅的那些洗完后仍然色泽暧昧的东西到处都是。最后我将它们挂在橱柜的拉柄上。

夜已经罩住世界。气温比白天略低。因为狗的话题,我们留在客厅,站着说了一会儿话。梅坐在她的法式餐桌边使用笔记本电脑,写写画画,我在厨房隔着半截墙栏回应她的问题。

她从不会邀请我坐上某张法式椅子。她就是那样一副架势。

"时装设计师最懂服装潮流了,我有几件旧衣服,你看看有没有过时。"梅回房间拿出一件黑色圆领针织衫,一条碎花长裙,"这是三十年前的衣服,我现在还是很喜欢。"

我摸了摸衣服质地,点点头,说好看。

获得认同,梅的声音高了起来:"这针织衫是英国的,老牌帝国的衣服,质量多好。看,还像新的一样,当年就花了两百英镑……我跟你说,买衣服一定要买品牌的,买最爱的,几十年都不过时,而且照样喜欢。"梅将衣服贴在身上,下巴抵着衣架看着我,仿佛我是一面镜子。

我依旧点头称是。

"这么说吧,衣服就跟男人一样。有的买回去就不喜欢了;有的勉强能穿几次;有的呢,不怎么穿,也不愿处理掉,偶尔看到,又忍不住要试穿一番……我想，每个女人的柜子里，应该都会有一件穿了几十年，甚至哪儿破了都舍不得扔的最爱……是不是？"此时的梅语态有点活泼。

"是的。"梅这番话让我深有同感，不觉有了些交谈的兴致，"我有一件在伦敦买的风衣，十五年了，里衬都穿烂了，还是像当初一样喜爱……去年换了新里衬……怎么形容那种衣服的感觉呢……就像……"

"就像你的皮肤一样，让你舒适自在……任何时候都是。"梅再次说到我的心坎上。

"是的，通常不同的衣服适合不同的心情，但就那件衣服不是……"

"绝大部分衣服是错买的，因为女人对自己存在误解……"

"但柜子里又少不了其他的陪衬。"

"我现在绝对不会轻易买东买西了。"梅几乎是松了一口气，"这碎花裙是法国的，版型很不错吧？等秋天一到，配上高跟鞋，还是很时髦的。"

梅就怀着期待秋天到来的表情，飘向那条通往寝室的幽暗过道，且很快从那边再度飘来，这回手里拿的是灰色冬衣。

"这也是很多年以前的，现在不流行貂皮大衣了，我的设计师朋友给我改成两件短的。"梅举起貂皮短装和马甲，"我早已经不追求这些东西了，再说还得小心动物保护主义者——怎么样，这个设计师挺厉害的吧？一件变两件。"

很明显，一件大衣被糟蹋了——也许数量上取胜，不过，我不忍破坏梅的兴致。

"还有，这个 LV 包，是不是依然很漂亮？现在我也不想用了，放到二手商店，应该还能卖个两三千美金。"梅挎着包扭走了几步。

梅的脸看得越清楚，越不忍描写。不太洁净的肌肤中，隐现着一种窘迫与苦涩，眼睛是黄浊的，夹杂些许红丝；得益于她所谓"低碳水饮食"修来的身材，因为太瘦，皮肤显得格外松弛，尤其是极端裸露的平坦的胸脯，就像被风吹往一个方向的水面，泛起不规则的波纹。

廉价洗衣液浸染了客厅晾晒物的每一根织线——梅就在这股廉价洗衣液的气味中，继续展示她的陈年旧物。她一直致力于向她的客人呈现她过去的富有生活。她曾试图将一双名牌尖高跟旧靴卖给那个年轻多肉的白人姑娘，自然，她失败了，穿着自由散漫具有平民风格的白人姑娘，对淑女贵妇装扮毫无兴趣。昨天下午，她很认真地给这双靴子上油，让我看它焕然一新的样子，问我穿多大鞋码。

遛狗时渗出的汗水，此时已变成一层凝膏紧蒙在皮肤上，汗臭味隐约可闻。我惦记着浴缸里的积水什么时候流干，还有洗菜盆内无法清理的油污。

"你戴的是卡迪亚吧，我也很喜欢这款表。"梅一发不可收，又拿来了一只旧手表，"我这只卡迪亚也有好些年了，多漂亮！不过已经停止不走了，花两三千美金应该可以修好……"

"花那么多钱维修，不如买一只新的。"我说。那只表看起来不值钱，也算不上好看。

"一直没找到合适的零配件……还好，我原本就不放心，谁知道那些维修师傅会做什么手脚……"

我有点倦怠，叫了一声狗的名字，希望它能带来一点乐趣。狗兴奋地跑过来，围着我的腿弹跳，腥臭味扑鼻。

我问梅是否同意我给狗洗澡。

"怎么，它有味道了？"梅很惊讶。

"我反正闲着。"

梅慢悠悠地收拾好她的压箱旧货，准备了一条破了大洞的浴巾、小瓶装已经见底的洗浴液——来自某酒店的免费品，说她的宝贝对洗澡抵触。她嘱咐它听话，吻别它之后，将它交到我的手中。

狗在盥洗盆里颤抖，湿水后它比一只老鼠大不了多少。我用我自己的洗发水给它搓洗，一边哼着没词的曲调安慰它。我很快意识到，那正是我给儿子洗澡时唱的一首儿歌。

梅开始做红豆冰沙，破壁机充满痛苦的惊人噪音，像地狱里传来的千万个鬼魂受刑时的齐声惨叫。

九

我在长岛最东端的蒙托克灯塔小镇消耗了一整天。爬那一百三十七级通往塔尖的台阶，有一瞬间我希望这是一条远离尘世的路，一直升到天国，在那里与所有已逝的亲人团聚，开始新的生活。

我从未见过这么辽阔的景象，整个大西洋仿佛人生一般渺茫，让人不知所措。那是一种挑动食欲的蓝色，像小时候舔过的冰棍。天空是海面的镜像。鸟如枯叶翻飞。它们也在途中，不知道是往还是返。

我查过去伦敦的航班。距离上次在那里所作的一个月停留，我已经六年不曾踏足。算起来，他也不年轻了，不消说，他肤质细腻、脖颈细长的妻子，依旧挽着他的手臂漫步海德公园。他们就住这皇家公园附近。无疑，他的三个儿子都已成年，每一个都接受了良好的大学教育。他们过着传统的英式生活。他浑然不知自己是一桩大事的主角，曾经拥有第四个儿子，也失去了第四个儿子。

与其说是不忍心去搅乱这样的家庭，毋宁说那是一种自知之明，当你情感独立经济自由，就更不会去打扰他们。没有充分的理由——为了让他认下这个孩子？要他脱离家庭奔到你身边来？这些都不是我所想的，这只会破坏固有的情谊和彼此的生活。

我没有告诉他，这是我个人的事。儿子在新年夜诞生了。我只需解决某类现实问题：如何做一个单身母亲。

"我本来做得不错，"在返回的车中我这么想，"……如果我送给儿子一只猫，而不是一条狗……"

他是儿子的一部分。他是儿子的遗迹。他是儿子的附体。如今，我只能像造访历史古墓般，去他那里考察挖掘，重温属于儿子的细节特征——这样做对我更好，还是更坏？我不确定。

梅似乎在等我。她的笑容比此前扩展了许多。从我踏进客厅开始，她就一直抱着狗跟我说话。她说起一则突发新闻，一对情侣开车全国旅行，在网上发表旅途见闻与照片，吸引了很多读者。旅行半个月后，他们的网站停止更新，男青年独自一人回了家。十天后警察在俄州的森林里找到女青年的尸体，同时发现作为犯罪嫌疑人的男青年早已失踪。梅发表了一通关于男人的负面言论，说在两性关系中，总是女性在吃亏受伤害，几千年来都是这样。

"一个潜在的杀人犯，未必平时看不出端倪？"梅仿佛四平八稳坐在太师椅上，注重遣词用句，"男人真是最可怕的动物……你不觉得吗？"

她的狗吐着舌头，喉咙里又发出哮喘声。

我无法回应她关于男人的观点，笑着说："真的吗？"

"绝对的！"梅并没有意识到我在学她的语气，她用的是一个英语单词，似乎这样才能确保她的笃定，"而这些可怕的动物当中，律师算是最坏的。我认识不下一打律师，他们只认钱，而且想方设法，替有罪者辩护，为杀人者开脱。律师就是干这个的。越是有名的律师，干的坏事就越多。"

"儿子的遗迹"也是一个律师，但他心怀公平和正义。我不想跟梅说这些，也从来没有跟她辩论的兴致。她有一种近乎俗气的天真，也有与她的瘦弱形体极不相称的固执。说"绝对"时，她还腾出一只手来挥砍了一下，狗差点掉下地去。

我在厨房弄餐，把耳朵留给她倒也无妨。

梅跟随我在厨房移动，而且追着我的脸说话，我洗菜的时候，她的头几乎探进了洗菜盆，似乎只有这样才能把她的想法传达给我。

我不忍冷落她，心不在焉："你为什么认识这么多律师？"

我的回应正是梅所期待的，她拥挤在嘴边的话得以顺势而出："我一直在打一场官司……"说出更多的秘密之前，梅脸上浮现得意与窘迫相混的表情。不知道为什么，她的每一种笑容，都有股抹不掉的苦涩。我怀疑她接下来所言，是一个真假交错的编织物。

"我换了好些个律师……等我打赢这场官司，我非把其中几个告到律师协会去不可。"梅没说她在打什么官司，也许是为了补充事件背景，她第一次说到儿子：耶鲁大学毕业，学金融的，住在布鲁克林，谈了一个女朋友。

"差不多结婚了吧……拜托，我可不会帮他们带孩子……God，想想我那些当了奶奶的中国朋友，一辈子都在带孩子……"

"没准等你看到孙子，他们不给你带，你倒会生气。"我说。

"绝对不会。"梅用了两个英语单词，"我有自己的生活。我那么喜欢旅行，向来是想走就走的。"

但是，来纽约几十年，梅竟然没去过灯塔小镇，这让我感到意外。梅说她对海没感觉，她喜欢游泳池，尤其是高档酒店的游泳池，游几圈，回躺椅上放空脑子，闭目养神，侍者将酒水和食物推到身边——她说的是"侍者"，而不是服务员——梅通过这个书面用语，将自己推向上流阶层。更意外的是，她邀请我一起去，在布鲁克林就有一个这样的地方：

"七百美金一晚哦。"

我此时正用梅那把可怜的锯齿刀切牛肉，最后一缕牛肉已经变成丝，但怎么也切不断，而她却跟我说住七百美元一晚的酒店，仅仅是为了那个游泳池？且不说厨房生活和游泳池享受哪一样更为重要，对于热爱厨房与烹饪美食的我来说，眼下迫切需要的是一把锋利的切肉刀。毕竟日常生活占据大部分时间，没有人是在游泳池边老去的。

我有一点恼火，也许是为这把切不断肉的锯齿刀，也许是为梅不切实际的生活态度：

"我不会住七百美金一晚的酒店，除非我的年薪超过五十万美金。"

十

梅煮好鸡丝拌青豆，分装在三个塑料杯里，贴上便签，上面写着狗的名字和用餐日期。这个"向来是想走就走的"女人，决定周末去酒店享受游泳池与侍者服务，我答应照顾好她的狗，遛狗时抓紧绳子，保证它不被Rape。

整个上午梅都在准备行头，房间里传来翻箱倒柜的声音。那个年迈的妇人，似乎在落满尘灰的历史中翻找光鲜的过去。

下午三四点，梅长时间捯饬的结果呈现在我的眼前：

头戴一顶圆草帽，像是要去收割地里的黄豆；豹斑墨镜透着塑胶的廉价味，还瘸了一条腿，缠着胶带；袒胸露背的黑色吊带印花镂空裙偏大，像上过米浆，使她的身体和骨头更显枯硬；黑色布面拉杆箱拖出了毛边，几近脏破，装得鼓鼓囊囊的；身上斜挎的小黑包，拉链坏了，张着嘴，露出里面的杂碎；手臂上吊着一个超市蛇皮购物袋，里面也塞满了物品——公园的长椅上常躺着这类装扮的人，那是些无家可归的流浪者，而梅不同，她是去超五星酒店，享受游泳池与侍者服务。

临出门，梅再次将狗托付给我，说周一晚上一起去吃希腊餐。这意外的慷慨让我略感讶异。不忍看梅在十几级阶梯上颤颤巍巍，我主动帮她将行李箱拎到大路边，祝她玩得愉快。我留下内门敞开，以便新鲜空气从楼道涌入，冲淡屋里气味。

透过客厅窗口，我看见被行李拖挂的梅，疲惫而缓慢地穿过马路，像一个逃荒者。她终于立定在公交车站牌下，腾出手来擦汗——她又变成了一个打扮入时、身材纤瘦的姑娘———辆公交车驶过，梅像个污点般被涂掉了。

我原本想去大都会博物馆看达·芬奇的绘画手稿，不知道为什么会答应梅，为了她面无表情的狗放弃出门。我又查了一次去伦敦的机票，鼠标停留在确认键上，然后起身去了厨房。灶台边，马桶上，是两个宜于思考，灵感迸现的地方，事情卡壳时，我总是这么解决的。

梅一出门，那条狗就和我寸步不离，那股依恋与信任让人心中柔软。它紧跟我到了厨房，跳上那把没人敢坐的脏餐椅，下巴枕着前爪，两眼紧瞅着我。

这一条自尊心很强的狗，有着梅的不肯低头的倔强，即便是巴望我弄点什么给它吃，也不会摇尾讨好，表情不卑不亢。

梅说她的狗很有个性，的确如此。

我到处翻找零食，或者任何可以给它打打牙祭的东西。柜子里只有一些没用的瓶瓶罐罐，大量印有咖啡馆标记的纸杯和纸巾，证明梅在各种地方干顺手牵羊的事。

"你妈真抠门。"我对狗说，"连零食都不给你买。"

这只吃了八年鸡肉拌青豆的狗听到我说它妈的坏话，立刻双耳后撇，翻出了眼白。我摸摸它的脑袋，表示道歉。从冰箱拿出牛肉切成小方块，用清水煮熟，当作诱饵来教它坐下或卧倒——我以前就是这么训练"芥末"的。这只狗证明了它的智商，可惜梅从没给过它展示的机会。

抵触，躲避，怜悯……现在，我能够面对一条狗——尽管我的心还是不时地感到刺痛。

夕阳落下去，兴风作浪的热气被收进魔瓶。我从未见过那样的天空，半边天着了火，薄云随风赋形，巨幅天穹是抽象画，仿佛上帝之手的杰作。屋顶上有一种黄雾般的氤氲飘浮，周遭呈现不真实的色调，连人间杂声都变得柔和起来。

飞机从附近的拉瓜迪亚机场起飞，缓缓游入高空。抬头看见飞机的白肚皮，像一条大鲨鱼——我很快会坐在它的腹中游向伦敦。

那对印度夫妻赤着脚，坐在大门口的石阶上喝茶，碟子里放着饼干和坚果，手机里正在播放印度音乐。

我还没离开，还在持续将垃圾扔进他们的垃圾桶，这让我感到过意不去，仿佛自己说了谎。穿过他们的"静好岁月"时，那只狗居然对着他们吠叫。

"……我正在订购去伦敦的机票……"就像他们问了我什么似的，我率先说道，"估计下周三左右。"

"你要是想住得凉快一点，我们家随时欢迎。"印度先生说，"后院有独立的大门进出，我们不会打扰你。"

"谢谢你们。住不了几天了，搬来搬去挺麻烦的。"我说。

"请抓好绳子。"印度太太怕狗。她递给我茶碟，要我吃坚果，"这狗今天挺干净的。"

"我给它洗澡了。"我摆手称谢。

"她付钱给你吗？"印度太太问。

我说这么做，只是因为我喜欢狗。

"她带那么多行李，去哪里了呢？"印度太太问。

"她说要去度几天假。"

"度假？"印度先生很惊讶，"下水道通了吗？"

"临走前她买了瓶什么东西倒进去，很快就通了。"

"那是化学品腐蚀，瞧她在对我们的房子干什么呀！"印度太太心疼地叫起来，"我们真的要和她谈谈，越快搬走越好。"

我有点后悔说出这个细节，又一次觉得自己在出卖梅。但是鬼使神差地，我接下来顺着他们的情绪，表达了对梅的不满，似乎在这片刻友好交谈中结成同盟，一起把梅孤立起来。

"自己出去玩，把狗扔给你管，她理当付你工钱。"印度先生说，"人不应该白白使用别人的时间。"

西边的绚丽悄然熄灭。夜色由远而近，最终落在印度夫妻身上，他们深肤色的脸变得更加暗黑。出于安全考虑，我没去遛狗，索性和他们一起并排坐在台阶上，像忙完庄稼的农夫那样正式闲聊起来。

繁星满天。园子里虫子鸣叫。偶尔一辆车划破寂静。

许是夜色撩拨，回首往事，更易推心置腹。这晚上，我知道了发生在这个印度家庭的一桩不幸。八年前，他们学习优秀的次子在一次校园枪击案中丧命。两兄弟本来都住在二楼，出事后大儿子搬下来与父母同住。房子空置五年后，他们才决定租出去。自称与儿子同住的梅搬了进来，却当起了二手房东。印度夫妻曾经几次警告梅，不希望她做转手短租，不然要请她另找地方。但是他们从未真正采取行动，没催促她，更没有强迫她搬走。

"她的儿子暂时不能来，可能还没有结束手头的工作，也许是在监狱服刑……"印度先生大胆猜测之后，叹口气，"家家有本难念的经。"

"她看起来也没有朋友，去年中过一次风……我丈夫老是说，让她这个样子找房子，搬家，于心不忍。"印度太太的声音柔和低缓，末了重复丈夫的话，"是啊……家家有本难念的经。"

他们深棕色脸上的表情隐匿在夜色中，只看见眼里闪烁的星光清晰明亮。他们就那样等着梅的儿子出现，也像是等待自己的次子回家。

也许是感到了孤独，梅的狗爬到我的腿上蜷伏。

十一

梅在第二天下午给我打电话，问我和狗相处如何。我说狗已经吃了牛肉和猪排，一切都很好。

"你在宠坏它，我都感觉有点抱不动它了。""宠坏"一词，梅用的是英语。听到牛肉和猪排，她明明是喜悦的，却偏要假装顾虑，好像那都是不良食物。

狗长了肉，这是真的，而且它已经挑剔梅的鸡肉青豆拌甜醋，每到我吃饭的时间点，就抓挠梅的房间门。梅通常会温柔地制止。我把肉给它留着，梅一开门，它就会从我预留的门缝里钻进来吃个精光。我离开之后，也许短时间内它会不太适应，但很快会忘记牛肉和猪排的味道，重回鸡肉拌青豆的日子，我委实不用替一条名叫"Luck"的狗担心。

狗的话题只是寒暄，重点才是酒店的豪华高档，游泳池的淡蓝梦幻，以及在那里感受的舒适惬意，梅甚至发出"这才是生活""人就应该这样款待自己"的人生感悟，还说我没有去真是太遗憾了。

挂了电话，她发来一张图片，那是个巨大的带分隔线的长方形泳池，水中池岸空无一人，连梅自己也不在其中。

我本想说这酒店生意过于清淡，可惜了漂亮的泳池，但为了不让梅察觉我在怀疑她——不知道为什么，我始终不相信她的豪华假日——我只说请她尽情享受美丽的泳池和比基尼，因为夏天一晃而过。

"我忘了带泳衣。"梅说，"这里也没有看到合适的。"

我没有回复。我猜测她发这条信息时的表情和心理。然后我想象一个上了年纪的老妇人，兴致勃勃，专程去高级酒店享受游泳池，却忘了带泳衣，于是穿戴整齐地躺在游泳池边的躺椅上，接受侍者服务……这情形多少有点滑稽——莫非她单纯那样痴痴地注视游泳池，就能获得愉悦与满足，达到款待自己的效果？莫非这不过是她对旧事的缅怀形式？

星期天晚上，梅发信息提醒我，关于周一的希腊餐。她用一大段夸张的文字描述了那间餐馆的特点，地中海式的蓝白装饰风格，雕梁画栋，鲜花缠绕，浪漫的环境加上美味的食物：多汁的羊排，尤其是芝士和无花果冰淇淋……最后以"人生得意莫过于此"画上句号。

梅在描摹享乐之事时，总是运用她全部的文学才能，倾尽脑子里所有的华丽词藻，且表现出罕见的热情活泼，把眼下的生活甩到九霄云外。

我答应周一去希腊餐馆，并暗自决定不让梅买单。我会告诉她，我已经订了周三的机票去伦敦。我不会提到，那是因为我忽然十分急切地想见到"儿子的遗迹"。我构思了我们会面的细节、谈话的内容，想象他的言谈举止和宽厚的笑意。是否将儿子的照片展示给他？我一直没考虑清楚，场景卡在这儿动弹不了。我带狗出去遛了一圈，还是没有突破。我同样不确定，在周一的希腊晚餐中，我是否会向梅说出我内心的犹豫，这个六十岁的老妇人，是否能带来一点启发。

周一中午，熟透了的太阳以一种强硬的姿态压迫空气。我将狗放在客厅窗台上，这样梅回来它就能一眼看到她。我们盯着蓝得虚无的天空、静止的树叶，以及来往的行人和车辆。

公交车吐出梅的身影时，狗吠了起来。它不是认出了她，而是梅全身挂满行李的样子十分奇怪。她比去的时候显得更加潦倒，依旧戴着草帽和墨镜，几乎是步履蹒跚地穿过马路。狗紧张地注视着她，有一瞬间它屏住了呼吸，直到她来到楼底下，才兴奋地摇起尾巴吠叫起来，那情绪里包含着对梅的嗔怨、委屈，以及看到她回来时全身心的欣喜。

我打开门，狗扑向梅，梅扔下手中的东西，双手搂住了狗。我主动帮梅将行李拖上楼——像一个真正的下人那样——又下来拎剩下的东西，梅只顾着母女俩亲热，没有向我道谢。

梅重新坐在她的法国餐桌边，看上去异常憔悴，脸色发暗。她继续跟狗说着亲热话，像一个真正的母亲和孩子久别重逢。

狗吐着舌头，喉咙里发出哮喘的声音。

下午五点钟，梅从她的房里出来，似乎略微恢复了一点气色。她换了一条并不合身的蓝白细格吊带长裙，说穿这件去地中海风情的希腊餐馆最好不过。

餐馆在中央公园附近。我们由公交车转乘地铁。车厢里没有空座。梅削尖屁股果断地落在一对拉丁裔母女的空隙中，被隔开的母女面面相觑。在美国生活几十年的梅，居然还保有这种中国式的生存本领。此时，站在孩子旁边的父亲面色不悦，指责梅没有礼貌："在你挤进这个座位时，至少应该说一声，'Excuse me'。"

梅朝空中翻了一个白眼，没好声气地说："Excuse me."然后做闭目养神状。

我眼前这个固执的老妇人，浑身带刺，充满敌意，两天的游泳池享受也没让她的头发变得顺滑，瘪着嘴，一张脸像没洗干净，收拾打扮后的样子仍然显得不洁与寒碜。我没法帮她说话，也不想替她向别人道歉，尴尬中悔不该跟她一起出门。

梅一直没睁眼，我也保持沉默。地铁到站，她昂着下巴穿过车厢，我像个仆人般紧随其后——人生地不熟，我也怕走散了。来到地面，阳光已经略带绵软，地上还是热烘烘的。穿过一条街，突见辉煌落日夹在高楼间，金光倾泻，整条街上的车都停了下来，人群拥堵在街上，拍照或痴望。

"你运气真好，正巧碰到了辉煌的曼哈顿悬日奇景。"梅背对着夕阳，她的身影被斜阳拉长，在墙上折了一道。

我听说过"曼哈顿悬日"。两百多年前，建筑师将曼哈顿设计成工整的南北和东西走向的网格结构，随着地球沿轴线转动，太阳沿地平线微移，在一年中的某一个时刻，朝阳或夕阳将正好与东西走向的街道对齐。因此每年会有四次、每次十五分钟的悬日美景。

悬日爆炸光芒，仿佛神迹显现。

恍惚中，我看到了儿子和"芥末"。

梅有意避开，在背光处随便坐在地上等我。

悬日渐渐沉落，绚烂归于黯淡。我们继续前往希腊餐馆。但此时梅忽然失忆，在街上兜了几个圈，辨不清方向，像无头苍蝇乱飞乱撞之后，凝滞在某个十字路口。或许是在回忆搜索，或许是对现实不知所措，她的脸上呈现迷茫和委屈，还有苦涩的憔悴。

人潮如水，从她身边匆匆淌过。

地铁车厢里那个固执而充满敌意的老妇人，变成了一只迷途的小羔羊。

我只好打开手机流量，使用国际漫游导航。

到达希腊餐馆，梅松了一口气，她好像刚刚遭遇了什么，有点被击垮的样子。

蓝白餐馆大门边竖着一块小黑板，是关于养老理财讲座的介绍。梅像贵宾驾临，虽疲惫不堪，在本子上签名时，手中的笔仍然龙飞凤舞。服务员问我们要不要留下来用餐，得到梅的肯定之后，在我们的名字后面打了勾。

我们是专程来吃饭的，什么叫要不要留下来用餐呢？餐厅的异域风情扑面而来，人声嘈杂。我还没弄清楚怎么回事，梅就将我拉到最后的空椅上坐稳，同桌的都是陌生人。

餐桌中间摆着鲜花。

服务员斟满了酒水杯。

每位餐碟上放着设计精致的菜谱卡片。梅拿起她面前的那张，以端庄的姿态阅读研究起来。

一个西装革履的职业人士拿着麦克风走到台前，用一番风趣幽默的自我介绍将满座逗乐之后，开始进入他的讲座正题。

"忍上十分钟，马上就可以大吃特吃了。"梅低声对我说，"你看晚餐有多丰富。我最爱多汁的羊腿肉，对了，要配茴香酒……还有这个……鹰嘴豆泥，噢呀，芝士，还有……必不可少的冰淇淋……"

"为什么非要听这个？"我早已饥肠辘辘，"我英语水平不行，听不懂。"

"晚餐是讲座主办方提供的……没关系，咱们就装模作样听一听……主要是吃。"梅已经磨刀霍霍了。

我现在才明白，晚餐是免费的。忽然想到国内专门在各种酒席上蹭饭的人，不觉羞愧袭上心头，脸上也火辣辣的。暗自观察其他食客，这些肤色各异的人，无不衣着整洁得体，面色从容，仿佛都是受邀请的贵宾，分不出谁是真心听讲座，谁是习惯性蹭饭。

服务员给每个人发了一些印刷资料和一张空白表格。梅驾轻就熟地填好了。

我进退两难，很不自在。菜一上来，只是埋头吃，缓慢地咀嚼，以免眼前杯碟空了，失去掩护的道具。

食物不太合我的胃口，也不习惯茴香酒的味道。但梅吃得津津有味。我第一次发现她的饭量惊人，近乎饕餮。她吃空了所有的碗碟，同时也消灭了我无福消受的大部分食物，灌下不少酒水饮料。最后吃甜点时，她抻了抻腰，轻轻打了一个嗝，继续将甜点小勺送进嘴里。

"我当年的婚纱照，就是在悬日背景下拍的。"为讲座的结束鼓过掌之后，梅忽然说起了她的婚姻，"噢，对了，也是在今天，7月12日。"

屋里有一阵小小的骚动。餐桌上刚认识的人握手道别，酒足饭饱后陆续离开餐厅。

"还有一件更重要的事情，也是发生在今天。"梅头也不抬，根本不在乎宴席终结，人们正在纷纷离场，"关于那个游泳池……"

"我们边走边聊吧，不然回去太晚了。"我冷冷地打断她。我讨厌她让我成为一个蹭饭的人。

梅耐心吃完最后一口甜点，艰难地站起来。去地铁站的那一段路，她走得格外缓慢凝重，仿佛刚下肚的食物使她不堪重负。她穿的是有半寸鞋跟的硬底拖鞋，鞋子不太跟脚，与衣裙也不搭配，斜背着拉链坏了的小黑包，姿态像幼儿园的小朋友。

这恐怕是入夏以来最热的一天。经烈日炙烤的街道散发出来的热气被高楼围困，千万台空调一起运转，往来不绝的汽车尾气，空气在一个大熔炉中，被加工锻造得混沌浑浊，万物都蒙着一身汗腻。

城市的繁华夜景已经粉墨登场，梅却落寞了。

我无心说话。梅也没有继续说她的婚姻，紧闭细薄的嘴唇，上车就闭眼打盹。

我看到她的脸垮掉了，嘴角、眼角统统朝下，整个人沉陷在座位上，像一件破旧物品。

"必须尽早和这个人脱离瓜葛。"我暗自思想，"简直是太糟糕了。"

隧道内部的照明灯不时闪现，微弱的白光有节奏地敲击着车窗。

驶过一段长久的黑暗之后，梅开始说话。

"等我打赢官司，拿到钱，我要在中央公园旁边买一个带阳台的公寓。"她头靠着车厢，微睁双眼看着我，"那是一笔不小的数目。"

"祝你好运。"我不想打听更多。

"我是离婚以后发现的，他曾经捐了一笔钱出去，这笔钱没有经过我的同意。"梅稍微正了正身体，以便聊天更舒适些，"找对律师，对打赢官司来说，太重要了……我现在的律师很优秀，他说我胜算的可能性很大。"

"他确实不应该瞒着你支配你们共同的财产。"她的话我并不当真，这时候说出来更像是恍惚中的梦呓。

"我们是大学同学，毕业后一起来美国读研，然后留下来。他有头脑，懂技术，开了一家公司，赚钱，他做得很成功。"梅脸上的苦涩也苏醒了，"儿子十二岁那年，他想回国创业。他说祖国越来越富强了，全世界的人都去中国做生意，他也打算搬回中国——他还说，他在美国从来就没有归宿感。"

"理解。的确有很多人选择回归，这里有身份认同问题。"

"我不想回中国。"梅疲惫地摆了一下手表示否定，"在这里，我才有归属感……自在，我是我自己，或者……我谁也不是……无论如何，我只愿待在这里。"

"回去，或者在此终老，听从内心，都无可厚非。"我提起精神，"那他最终还是回国去了吗？"

"回国创业，报效祖国，都是谎言，骗子……"梅重新闭上眼睛，"他在北京已经有了一个女人和孩子，要不是我们共同的朋友——安妮，她在我离婚后才告诉我这个事实，否则我可能到现在都蒙在鼓里。"

"这种事，朋友夹在中间，也很为难。"我不想评价她前夫的行为，相对于伦敦那个家庭，我也属于那样的"一个女人和孩子"。

"我不知道，他老早就开始转移财产。他跟我谈，如果我同意他把儿子带回国，他会给我一千万美金，否则，一分钱都没有。"

无疑，梅选择了儿子。我心里顿时涌起对梅的无比崇敬，她那副潦倒的疲态，刹那间显得格外伟大而悲壮。

"儿子是无价之宝。"我说，忽然间就敞开了心扉，"我也是一个母亲……曾经是……仅仅五年……"

"为什么？"梅睁开眼，眼眶是湿的，泪水似乎倒流到心里去了，"五年？什么意思？"

地铁在隧道中拐弯，摩擦出尖锐的噪音，像梅的破壁机那样发出千万个鬼魂从地狱中发出的凄厉的惨叫。我捧着嘴巴，像呕吐般弯下腰来，我听见我嗓子里发出的声音盖过了地铁尖锐的噪声，又或者我嗓子里没发出任何声音。我不知道。也许那声音原本就不是地铁摩擦轨道发出来的，那就是我憋屈已久的号叫。持续了多久？几秒钟？几分钟？我不知道。直到我感觉有只手搭在我的背上，轻轻摩挲。我看到梅的脚指头从那双不跟脚的拖鞋前头冒出来，大脚趾上的粉红色指甲油已经残缺，脚指甲里头也不洁净。我用手掌擦脸时，梅递给我一片纸巾。

黑暗将窗玻璃涂成了镜子。空荡荡的车厢，惨白的灯光，像太平间。我看见自己，也看见了梅。两个颓丧的幽灵。在地铁的行进中，明明灭灭。

出了地面，准备转公交车时，梅拦住一辆的士，她说 Luck 一个人在家时间太长会很焦虑——它原本就是一条流浪狗，特别害怕被再度抛弃。

十二

梅回家就进了房间，没听到她和狗交谈，也没有传出洗漱声，房间里异常安静，只看见门缝里透出微弱的灯光——她怕黑，这灯光通宵都不会熄灭。

地铁车厢里爆发的情绪还没有平复，我睡不着，在屋子里漫游，从卧室到客厅，往返狭窄幽暗的过道。我第一次注意到，有微光从另一个房间的门底下透出来——也许里头有了租客。

厨房和客厅的夜灯总是亮着，是柔和的银白，仿佛月色满屋，等待夜归者。

有点不知身在何处。我索性开始收拾行李，想象与"儿子的遗迹"再次见面的情景，想着我是否会止不住痛哭失声。我随身并没带多少东西，行李箱一半是空的，其中还有儿子每晚抱着睡觉的柴犬玩偶。收拾完行李，我又没事可干了，夜晚重新变得漫长。下半夜昏昏沉沉，勉强睡了一阵，窗口终于显出灰白。

黎明透着黄昏的气息。我出去跑步，顺着那个长了大叶睡莲的湖转圈。一对沉睡的鸳鸯泊在湖中。蝉已经开始鸣叫。我心绪不宁，没跑多久便打道回府。习惯早起的印度夫妻坐在前门台阶上，赤着脚，享受清早的幽凉。我跟他们打了招呼，一坐下来，就告诉他们我明天去伦敦。他们替我高兴，同时也很遗憾，他们觉得我好相处，和梅不一样。

"你走了，马上会有新的人住进来。"印度太太说道。

"另外一个房间里晚上有亮灯，好像是有新的客人。"我说。

"她从没出租过另一个房间，那是给她儿子留着的。"印度先生摆摆手，"也许她儿子的确不时回来过，我们没遇到而已。"

"她怎么样？看起来好像是生了病的样子。"印度太太略显担忧，"脸色很不好看。"

梅度假回来，的确更显憔悴，但昨天的晚餐食量，说明她没毛病。

"上一次中风，要不是我太太及时发现，后果不堪设想。"印度先生说，"后来我们每天都要跟她发信息，联络一两次……她身边要是有个人还好一点，我们也不用这么焦虑。"

印度夫妻像饱经风霜的农民，担忧恶劣天气摧毁庄稼。太阳爬出来了，他们脸上的单纯和真诚镀上了金光。

我喜欢和他们聊天，但没遮没挡的台阶裸露在阳光中，有点燥热，我起身离开。

我把冰箱里的菜全部拿出来，做了好几样，准备等梅一起吃。过了十二点，梅的房间里仍然没有动静。门底空隙里有一团阴影，我知道狗伏在门口，它已经闻到香味，等着出来分享我的午餐。

我饥饿难耐，正打算敲梅的门，忽然收到她的短信：

"门没有锁。麻烦你，给我倒杯水喝好吗？我实在起不来了。"

我第一次走进梅的房间。空气浊热，一股霉味和狗腥臭。

狗兴奋地蹦跳。

梅直挺挺地躺在那张复古法式床上，我吓了一跳。幸好她抬了一下手臂，证明她是活的。

她根本动不了，整个人硬邦邦的，只有左手可以小范围活动。我扶她坐起来，她摆着手痛苦呻吟："慢……慢点儿……痛……"

我从没照顾过病人，她那又薄又脆的肩胛骨，仿佛随时可能折断。好不容易扶她达到一个可以喝水的角度，累得满头是汗。

她喝光了杯中水。头发湿漉漉的，枕头上也留着汗水印。

"你这是怎么了？"我担心她又中风了。

"大概是在大酒店被空调冻着了。"她声音相当虚弱，"以前出现过这种状况，骨头痛，穿衣都费劲，但不至于像这样，起都起不来了……"

母亲也有这毛病，随便受点凉就全身疼痛，几近瘫痪。她生了五个孩子，从没坐过月子，照旧下地干活，冷水热水没条件讲究。

"需要去医院吗？"严峻的情形下，我只能想到医生。

"去医院……还不是一样躺着？"梅似乎也不信任医生，"没什么大碍，休息两三天就好了。"

我无法反驳梅的经验之谈，而且我明天要走了，这辈子不可能再有机会见面，也无联络的需要。

"我给你弄点吃的过来。"我在她背后垫上枕头，让她斜靠着，便于用餐，"我做了炖牛肉，相当好吃。"

"真的吗？"——这是我脑海里的回音。梅的这个口头禅不知从哪天开始消失了。她并没有说话，全力对付被挪动时产生的阵痛。她的表情是绝望的，也像悲伤，是太深的苦涩使她产生一种绵延不绝的脆弱，似乎只要她放弃，只要她不挺直后背，她就会像根羽毛被命运卷上云霄。

梅的深棕色托盘，有一层肉眼看不出的油腻，粘着食屑，我"擅自"将它清洗干净，盛了饭菜端进梅的房间。第一次见梅，感觉自己像个下人，紧跟着她高贵笔直的后背，踏进她的"皇宫"，戏剧性的是，现在我真的在行使下人的角色，伺候起她来了。不但饭菜端进房间，而且还要喂食——她那只小范围活动的手，就像溺水的人，只能用来呼救——我搬把椅子坐在床边，打算好人做到底。

梅的吃相和昨晚判若两人，像是被逼迫进食，缓慢且痛苦地咀嚼着。我避免直视她那张焦枯落魄的脸，手背上静脉曲张的血管。此时打量她的寝宫不算冒犯：法式床底下乱堆着鞋盒和鞋子；衣柜门胀裂开来，缝隙中夹着的衣服拖到地板上；窗帘杆上晾挂着衣裙和短裤；窗前的小茶几夹在两把变形的藤椅中间，上面有些脏乱杂物；小书桌摆在角落里，一个老干妈空瓶子里插着已经蔫萎的红玫瑰；狗窝摆在她视线能及的地方；吸顶灯裸露灯泡、电线和蛛丝，外壳已经不知去向。再过一会儿，我将会看到洗手间的乱象：白瓷盆里的渍垢，模糊不清的镜子，似乎很久没使用过的浴室，长着黑霉的砖隙……当梅说要上厕所时，我才意识到还要面对这种尴尬时刻。我这辈子只给儿子把过屎尿。我尝试带她去洗手间，但一碰，她就痛得直呻吟，那只小范围活动的手拼命摇摆，好像一离床她就会散架。除了那只拌沙拉的大木碗，她家里没有可以充当便器的东西。我有点束手无策。

狗很懂事，待在它的狗窝里安静地注视着我们，眼睛里弥漫着深深的忧愁——第一次发现它有这么丰富的表情，我着实吃了一惊，不免为先前对它的蔑视感到惭愧。

安顿好梅，喂饱了狗，迫不及待地带它出来遛弯，我比它更需要新鲜空气。只要能离开梅的房间，太阳可怕的炙烤，以及皮肤紫外线过敏都不算什么。

狗今天表现奇怪，情绪低落，三步一停，老想要回家。

"你怎么啦？"我摸了摸狗的脑袋，"不想到公园见别的小朋友吗？"

狗看着我的眼睛，吐着舌头，然后望着回家的路。

也许它惦记着梅，她的异常使它缺乏安全感。

我忽然也感到莫名焦躁。我还没跟梅说明天飞伦敦。提前了一周离开，我认为她有足够的时间处理房间迎接下一位客人。不管怎样，我只是一个临时租客，明天将继续我的行程。但眼下她病倒在床，我在她不能动弹的时候走掉，至少要去和印度夫妇谈谈她的情况，兴许能想办法联络到什么人来照顾她，比如她儿子，以及她偶尔提到的所谓朋友。

太阳下我已经感到脸上过敏发痒，也无心继续往前，于是掉头返回，狗立刻拽着我奔跑起来。

我按响了印度人的门铃。他们腼腆的儿子告诉我，父母要到晚饭后回来。这无疑延长了我的焦虑。狗飞奔上楼，甩下我去了梅的房间。我肚子咕噜咕噜响，才意识到自己忙得忘了吃饭。于是随便热了一下饭菜，站在灶台边吃完，洗碗收拾厨房，连炉灶上的陈年污渍也擦得干干净净。

"你能做一次红豆冰沙吗？"梅给我发信息，"我太想吃了。"

红豆冰沙是梅每天必不可少的"鸦片"。当我将那台粗笨的机器弄出地狱群鬼般的惨叫时，机身痛苦地震颤，毫无出路的冰块在透明封闭的容器中奔逃，刺向耳膜的是撕裂与破碎，哀伤与悲恸，尖锐与深入……这声音让我获得难以言喻的释放与快慰。我用手机将声音录制下来，以备在某些可以预见的难挨夜晚播放聆听。

"破冰声的美，胜过所有的音乐。"这是梅要讲故事的前奏，"我做冰沙，并不是有多爱吃冰沙，我只是对破壁机工作的声音上瘾。它像发自你的肺腑，你不觉得吗？"

我没去承认梅这番话正中我的心坎，只是像以往一样配合她。"嗯。刀片与冰块的较量，一次次输得粉身碎骨。"

"最开始，我恨我前夫，不是恨他的不忠和私养孩子，而是恨他在拥有那么多之后，还要夺走我生命中仅有的东西，钱一分不剩，连儿子也要拿走。"梅这次说话并没有多少铺垫，几乎是单刀直入。

"他最终还是带走了儿子？"我有点难过，"这真是过分了。谁也没有资格和一个母亲争夺孩子，谁也不应该试图从一个母亲身边抢走孩子——如果他算得上仁慈。"

"我也恨了一段时间的命运……可是命运这东西毕竟太虚无，而且它多半是无辜的。"梅似乎想幽默一下，缓解我的严肃，"最后我恨自己……一直恨自己，没再改变。"

"惩罚自己，是不用背负任何道德罪咎的。人都善于这么做。"我这么四处游荡，只有我自己深知，这不是旅行，这是放逐。

"我要是和前夫一起回去，我们的家庭是不会破碎的，这一点我还是很清楚。"梅闭上眼睛，似乎极为困倦，"我已经是这片土壤里生长的植物……我太固执……如果可以预知未来的话，我会和他一起回国。"

我想向梅提问，但忍住了，相信疑问会随着她的讲述自动呈现答案。"事情都过去那么久了，不去执着对错了吧。"把道理递给别人，总是显得容易。

"时间就是水滴石穿。你会发现，事情不会随着时间流逝而模糊不清，恰恰相反——除非那不是一件让你悔恨终生的事。"

梅的话让我对未来产生了恐惧，我真害怕到了她这样的年纪，懊悔和痛苦会比现在来得更加严重。

"儿子发出过警告，但是我们都忽略了。"梅垂闭的眼皮涌起血色，我知道那里面正在生产眼泪与痛苦，"他很难在父母之间，选择任何一方。"

"这是一道世界上最难的选择题。"

"其实……我去带游泳池的酒店，不是享受，而是惩罚。"梅说。

这句话又塞给我一团疑云。

十三

晚上八点钟，我再访印度夫妇，将一直随身携带的龙井茶送给他们，算作礼貌告别。印度太太破例请我进屋，我正好要和她谈梅的事情，因此没推辞。

屋里清凉。一尘不染。电视机里正在播放印度语新闻。客厅摆设略多，但拥挤中显出温馨。印度先生从地下车库上来，将一盆开得正艳的淡紫色兰花放在茶几上。印度太太要让我尝尝她做的草莓冰沙。厨房是开放式的，她一边忙活，一边和我说话。她说这个夏天恐怕是近些年最热的，她佩服我能吃苦头，居然能扛上这么些天，要是长痱子的话，她家里有印度带来的药。

"你得小心，别被这个破壁机的怪叫声吓着了。"印度先生对我说，"我用隔音棉降低噪音，她倒说裹起来闷声闷气的，听着别扭。"

"可不是吗，就好像一个人正在尖叫，却被人捂住了嘴……"印度太太笑着打了一个比方。她有一双大杏眼，眼角的鱼尾纹很是动人。

我也笑起来。"应该没有比梅的破壁机更大的噪音了。我第一次听到时确实吓了一跳。不过细听之下，那声音还是很独特，纯粹、极致、一针见血。"

印度先生重新回到地下车库修理什么东西。

印度太太说，男人总有自己的排遣方法。儿子刚出事那阵，丈夫一天到晚闷在车库里捣鼓。"我呢？也不能老是哭吧？我就是那时候迷上了做冰沙。每天做冰沙，冬天也不例外。"印度太太搬出一台乳白底座的破壁机，"前面已经报废五台了。每一个人有自己的嗓音，每一台机器的声音也各不相同。你说得很对，这种声音太迷人了，纯粹、极致、撕心裂肺。"

冰块被倒进破壁机。大块的坚冰，透明，冷峻，像钻石。薄薄的刀片寒光闪烁。

万物沉静。

"有去现代博物馆看油画吗？"印度太太问道。

"去了。第一次看到那么多世界名画同聚，很震撼。"

"我特别喜欢这台机器的声音。"印度太太像介绍传家宝似的，"你注意到爱德华·蒙克的那幅油画了吧？一个骷髅人，双手捂住耳朵在呐喊……"

"是的。"

"你仔细听……"

我屏住呼吸。

"这就是那个骷髅人发出的尖叫……"印度太太按下破壁机按钮。

天地崩裂……

痛苦 / 呐喊 / 尖叫 / 诉泣 / 呜咽 / 疯狂 / 绝望 / 哀求

……

冰屑飞溅，如飞蛾扑火。

眨眼间粉身碎骨。

一切戛然而止。

我们有一阵没说话。

直到印度太太将冰沙分入玻璃小碗，尖细清脆的碰撞声才击破了某种沉寂。

"梅的那台机器带着干渴沙哑……"我努力将眼里的泪水逼回去，"这个听起来声音更飘逸，就像……"

"就像脱离尘埃，穿越洁白的云层……飞向天国……"印度太太展示她好看的鱼尾纹，眼睛里有一股澄明与安详的光。

"正是这样的感觉。它使人安宁……超脱……"

"我就知道我们能聊到一块……你要是能多待一阵就好了，我请你到家里吃印度菜。"

"下次来，一定住在你们家。"我做了一个深呼吸，感谢印度太太的友善，"你知道吗，梅昨晚病倒在床，起不来了，说是外出度假受了寒……"

"希望不是中风。"草莓酱使冰沙变成粉红色。印度太太最后倒进牛奶椰汁，撒上磨碎了的坚果，"这次一定要通知她儿子。"

十四

印度太太和我一起去见梅——尽管吃冰沙的时候，她再次对梅表达各种不满：一个女人最基本的职责，就是将家里收拾洁净，而不是弄得臭烘烘的——她非常担忧梅的状况，上一次中风，她曾亲耳听到医生的警告。

狗对印度太太吠叫，可见梅和楼下是不往来的。她那只像溺水者的手活动范围更小了，几乎是象征性地动弹了一下。更糟糕的是，她说不出话来，嗫嚅着嘴巴，在吸顶灯昏暗的光线下，生产不出表情的脸色显得焦黄，所有的表达都集中在眼睛里，那里面一下子拥堵了很多东西。

印度太太一看事态严重，言行也急促起来："你听着，我们必须送你去医院，我马上拨打911。"她转头对我说，"请你找一下她的证件，医疗卡……看看通讯录，联系她的家人或朋友，总之得有人过来……越快越好。"

印度太太疾步下楼，覆盖屁股的衣摆随之舞动。

我还不太相信，喝一杯冰沙的工夫，梅就这样了？我把手机递给她，说："给你儿子打个电话吧，让他回来照顾你一阵。"

梅两眼望着天花板，眉头紧锁，肌肉已经妥协，眼眶四周变红，泪水溢出了眼角。

她好像正在死去。我有些慌神，这才开始寻找印度太太提到的东西。那只张着鳄鱼嘴的小黑包，里面全是些乱七八糟的垃圾，几张光芒闪烁的信用卡早就过期，单独放在安全的小隔层里，获得额外的小心保护。我脑子里想着证件和医疗卡，已经顾不上斯文，像个窃贼一样翻箱倒柜，打开每一个抽屉，只不过发现了更多没用的废品。其中有张字迹漂亮的新年贺卡，我虽无意偷窥，但仅瞥一眼就读到了那几行字：

May：
　　请原谅，我没有尽早告诉你实情。我不确定，说出真相，是在帮助你，还是伤害你，尤其是你们的婚姻看上去那么美好。
　　我知道，作为一个母亲，这半年你过得多么艰难。我也是有孩子的人，这痛苦如同发生在我自己身上。
　　到西雅图来过春节吧，我们全家在这里等你。

Anni

2008年1月1日

我继续寻找。打开衣柜，霉味扑鼻。衣服凌乱堆积，鞋子和背包横七竖八，像批发仓库。我迅速摸遍所有的衣服口袋，翻查每一个背包，但一无所获。空气闷热，心里着急，感觉到汗水在全身流淌。绝望之时，我看见了衣物中隐现的行李箱，是梅拖去享受游泳池时的那只，依旧鼓鼓囊囊的，四周浮起毛边，有些地方几乎快要磨透。

这是梅家里最后一处没被打开的地方，我猜想所有的重要物品应该都藏在这里。

我将行李箱拖到房间中央，狗知道这代表出门旅行，高兴地跑过来东嗅西嗅。我嫌它碍手碍脚，凶了一嗓子，它沮丧地躲开了。

我首先拉开外层的拉链，摸到了一些陈年机票车票酒店收据以及地图和旅行手册之类的东西。主箱拉链掉了手扣，里头塞得太满，只能用手指尖慢慢推动拉链，箱子像真空包装似的，随着空气的进入而蓬松，鼓胀得更加厉害。

出乎意料，里面尽是属于小男孩的衣物：西装、领带、T恤、运动鞋、棒球帽、沙滩鞋、跳子棋、太阳镜，以及五颜六色的泳裤……衣物大小不同，应该属于五岁至十二岁左右的男孩。为避免证件夹裹在相册中，我不得不逐页翻查。相册从男孩子出生那天开始建立，下面写着出生日期。后面的照片也是按时间顺序整齐排列，清晰地看见孩子的成长轨迹。

年轻时的梅小家碧玉，肤色白得耀眼。她和男孩的合影很多。她并没有剪掉她的前夫，照片中他依然在构造幸福的三口之家。游泳池几乎是照片的主题。男孩站在同一个游泳池边上，摆出同样的姿势，照片中他的身体渐渐长高。一张独占一页的照片格外醒目，在蓝白相间的太阳伞下，梅戴着大框墨镜，身穿天蓝色比基尼，和儿子下跳子棋，旁边是红衣侍者，一只手托着酒水饮料盘，一只手背在身后，朝梅和男孩微微躬腰。背景是酒店的花园风景。

街上传来救护车的尖叫。印度太太疾步踩响木质楼梯。我手指头抽搐般一通乱扒。终于在箱子最底层找到一个布质软包，里面有梅的护照等所有证件。印度太太一跨进房门，我就将整个布包递给了她。

"你不用给我。"印度太太说道，"带去给医生做登记。"

"啊？"这我可是毫无思想准备，"我的英语恐怕不够应付。"

"那你联系到她儿子了没有？"印度太太问，"有没有人可以替代你？"

"你是她的房东，和她更熟更近一些……而且，我明天就要……"

"你是她的租客，你和她住在一起，也最了解她的情况。"印度太太很严肃，"要不是你在这里，她出这种事，我都不知道会有多少麻烦。"

"我们一起去吧。"我稍作妥协，"毕竟我是个外国游客。"

十五

梅的情况不乐观。我本来担心得整夜待在病房里照顾梅，幸好医院不需要陪护，除了联系她的家人，眼下没什么需要操心的，什么都不用管。我和印度太太在凌晨两点回到家。她在家门口再次嘱咐我，务必联络梅的家人或朋友，似乎唯有那样，我才能摆脱照顾梅的职责。

我打开门，狗坐在楼梯上端，它安静而客气地摆了摆尾巴，然后待在原地，继续盯着大门。

"你妈生病了，恐怕这几天都不会回来。"我将剩下的牛肉倒进狗碗，叫它吃饭。它礼节性地过来嗅了一下，又重新坐在楼梯口。

我既累且困，很想倒头就睡，但印度太太托付的任务压在心头，顾不上安抚狗，更无心睡觉。我穿过幽暗狭长的过道，打算去梅的卧室，查一查她的笔记本电脑和手机。这时候我又看见另外一个房间里透出了黄色微光。

我忽觉后背凉飕飕的。

夜里头我是一个胆小鬼，我就是那种洗澡时停电会大声尖叫的人，尽管我看过的恐怖片和灵异故事屈指可数：风靡全球的《午夜凶铃》开始十分钟，就果断关掉了电视；张国荣主演的《异度空间》，大部分时间我都捂住眼睛；看斯蒂芬·金的《闪灵》，我努力使自己注重心理学部分。

此时神秘房间里透出来的灯光，让我毛骨悚然。翻找梅的证件时所产生的疑虑重新浮现：梅为什么要拖着装满儿子幼年衣物的行李箱去酒店？为什么后面的相册页是空的，不再有儿子成长的轨迹，连梅引以为豪的耶鲁大学的毕业照都没有一张？

夜静得出奇，仿佛万物屏息，无数双隐蔽的眼睛盯着我。我在房门口停顿两秒，迅速返回客厅，打开了屋子里所有的灯，然后抱起坐在楼梯口的狗。

"有人在吗？"我敲响房门，大声问道。

狗吠了几声，仿佛给我壮胆。

我凝神倾听，希望有脚步声过来。

又试了两遍，依旧没有任何动静。

"我们进去看看好吗？"我对狗说，"如果有客人居住，好歹得让人知道，你妈妈住院了。"

狗听到"妈妈"一词，耳朵后撇，圆睁双眼盯着我，仿佛在说："真的吗？"

"我希望你妈不会怪我擅闯私人房间……毕竟她也给我添了不少麻烦。"我手上使了点劲，将狗抱得更紧，一只手轻轻转动房门把手。我暗自期待门是锁着的，但它竟然梦幻般地开了，昏黄的微光裹挟奇怪的气味辐射过来，仿佛进入梦魇世界。

狗似乎感觉到什么，挣扎着想逃离我的臂弯。

"别怕。"我对狗说，同时双手将它抱得更紧，因为恐惧，脑子里已经嗡嗡作响。

我按下了墙上的开关。吸顶灯亮了，虽没有增加多少光明，但眼前已清晰可见。屋子里摆设简洁，井井有条，干净得像信徒家中的藏经室，让身在其中的人觉得自身的不洁。单人床靠墙，上面铺着蓝白细格子被单，经过细心的拉抻抚平，没有一丝皱褶。枕边放着一只毛茸茸的棕色贵宾犬玩偶。床头柜上有台灯和一个红色闹钟。一支算得上新鲜的玫瑰插在玻璃瓶中。床沿下摆着一双儿童球鞋，鞋后帮被踩出了几道皱褶。

使整个房间充满艺术气质的是那个棕色案几。两盏法式烛台。一个复古式陶瓷台灯，扇页形布面灯罩。一个尺来高的相框，照片是一个男孩跳进游泳池的瞬间，他像鹰一样飞了起来——这个游泳池，和梅度假时发给我的照片一模一样——案几正中间是一只古色古香的黑色雕花木盒，像女人的小首饰箱。我中了魔似的，被钉在原地。

我知道那是什么。不久前，我亲手将儿子装进了这样的盒子里。

我一点也不害怕，之前的恐惧也忽然消失，心落下了地。

梅没有撒谎。她的确与儿子住在这里。

我沉坐床沿，很久没有挪动。

我想象梅布置这间房子的情景。

渐渐的，梅变成了我……

不知道什么时候睡过去的,醒来时发现自己倒在单人床上。狗趴在过道里,守着梅的门。窗外曙色已经盖过屋内的灯光。

极度疲惫之后,得到充分休息,我有一种轻松感。

"为什么不送给儿子一只猫……"这只盘旋在我脑海里的黑鸟,已经变成了一只洁白的鸽子。

世界明显产生了某种变化,不知道从梦境回到了现实,还是从现实来到了梦境,有片刻连我自己的存在都变得可疑。

我回到自己的房间,登陆航空公司网站,取消了前往伦敦的机票,给"儿子的遗迹"写了一封长信,也讲到了梅的故事。他一定对我的隐晦修辞感到迷惑,但永远不会意识到其间隐藏的秘密。

狗两次进房间,每次看着我,停留片刻就走了。它有些焦虑。

我打算带着它去医院看梅。

十六

梅的手机屏幕壁纸,是那个男孩在泳池边一跃而起的照片,像一只鹰。

我在房里来回走动,猜想梅会选择哪组特殊的数字作为登录密码,希望自己像电影里的侦探那样,皱着眉头踱几个来回,就能恍然大悟。生日？结婚日？离婚日？大学毕业日？首次获得签证日？直觉告诉我,梅会使用生命中重要的信息,最爱的人,刻骨铭心的记忆,难以磨灭的深情……凭着五年为人之母的经验,我确信孩子是一个母亲的最爱,是母亲一生幸福的密钥,梅的密码也必然与儿子有关。

我重新翻开梅的相册,找到婴儿照片底下的出生日期:1995年7月12日。我试着输入 950712。提示密码错误。我缓慢地再次尝试,同样失败。梅也没有使用自己的生日作为密码。剩下的可能,无异于大海捞针,我完全失去了方向。

梅没有日记本,也没有保存什么书信,唯一能读到的东西,就是西雅图安妮写来的卡片,那上面也没有特别数字,只有一个落款,2008年1月1日,这个数字没有任何意义。我并不抱希望,但还是反复阅读这张卡片,仔细推敲安妮的留言。我在其间发现时间的痕迹。她提到梅那半年的艰难时光，从卡片书写日期往前推算，那件事情应该发生在 2007 年 7 月。安妮说，"我也是一个有孩子的人"，证明发生的事情与孩子有关；安妮所指的痛苦，并不是梅的丈夫出轨或离婚。

我忽然想起曼哈顿悬日那天，梅谈到她的婚纱照，并说出那一天是 7 月 12 日，紧接着在希腊餐馆，她进一步提到了这个日子，说还有一件更重要的事情，与游泳池有关，但我急于逃离餐馆，打断了她的谈话。

我确定，安妮在卡片里的留言，以及梅在希腊餐馆提到的"更重要的事情"，都与梅的儿子有关。

这件事应该发生在 2007 年 7 月 12 日。

"070712"我用一根食指尖点击手机按键。

没错。儿子的忌日，是梅的开机密码。

我没有透露太多信息给印度太太，也没有提到骨灰盒。我只是把梅的手机交给她，告诉她通讯录里面最重要的人，是梅在西雅图的多年好友，名叫安妮，她应该会过来帮忙。

"你们都是中国人，沟通起来更方便，"印度太太让我联络安妮，她忽然也表现出对我的强烈依赖，"而且，你也是一个见证人，不然我这个房东会有麻烦的。"

碍于那杯草莓冰沙的友谊，我不好推拒，当即用梅的手机拨通了安妮的电话。一个温和的女中音在电话里头叫出了梅的名字。我解释了一番，并将电话交给了梅的房东。印度太太又讲了很久，从梅租房到现在，这期间发生的种种事情，当然也免不了埋怨作为二手房东的梅以及她从不出现的儿子。

"谢天谢地，她还有您这样的好朋友。"印度太太最后说道，"您要是联系不上她的儿子，请务必过来一趟。"

安妮沉默半晌，说见面详谈。

晚上九点钟，安妮风尘仆仆出现在梅的家里。她的年纪与梅相仿，一头蓬松的短发，显得精神干练。她跟我说了很多，关于她们的友谊，关于梅的婚姻，关于梅的固执。她证实了一件事：梅的儿子只活了十二年。

"他就是跳进这个游泳池自杀的。"安妮指着那张像鹰一样张开翅膀飞翔的照片，"梅一度精神崩溃。说实话，我也不太理解她，这些年，她不断地去这个地方，去看这个扎人的游泳池。"

我心里打了一个冷战，手脚冰凉。

"孩子的父亲，后来也无心做生意，垮掉了。"安妮说道，"发生这种事，生活很难回到正常的轨道。"

"梅说她还在和前夫打官司，要回一笔她并不知情的捐赠。"

"她太固执。"安妮摇摇头，"她需要钱，去那昂贵的酒店游泳池继续惩罚自己，难免会异想天开。"

我默不作声。

安妮还说了些别的，对我来说已经无关紧要。

我太疲惫，在梅的那张法式餐椅上坐下，狗跳到了我的腿上蜷伏，我默默地像梅那样揉摸着它。

破壁机的尖叫（创作谈）

　　住民宿遇到各种房东，无论其热情好客，还是冷淡麻木，不过是萍水相逢，转身就忘，唯独这个天真的老妇人，经常闪回脑海，记忆犹新。她是一个天然的小说人物。出于职业病"一窥究竟"的好奇心，我忍受了她的悭吝古怪、性格扭曲、装腔作势，以及层出不穷的小花招。莫里哀塑造了著名的吝啬鬼"阿巴贡"，两百年后又诞生了巴尔扎克的"葛朗台"，而这个悭吝到令人发指的老妇人，则让我异想天开，野心勃勃地打算塑造一个名载史册的女葛朗台，女阿巴贡。不过后来几次动笔，都因单薄无核作罢。于是像对待其他备用素材，将老妇人贮存于个人的文学地窖，多年发酵，最终酿成《天真的老妇人》，主旨却偏离了初衷。

　　我从仅知的关于她的三个关键词虚构了这个故事：离婚、官司、从未露面的儿子。这三个关键词架构出巨大的想象空间，故事有无数种可能性。为了写她，我想象了她的故事，或者说，我想象她是这种故事的结果，是这种故事导致了她的现状。

　　从来没有这么自在松弛地写一篇小说。在灰心与低迷中，抱着一种"写点什么，无所谓好坏"的心态，单纯地写着记忆里的老妇人，反倒能专心雕刻她的肌肤褶皱，性格纹理，漫无目的地循着她枯槁的发丝，古怪的行为，描摹她讨人嫌惹人怜、引人发笑、让人怜悯的样子，内心竟慢慢有一股悲凉洇润。虚构过程中，与人物产生强烈共鸣，竟比与她相处之时更真实，内心的情感体验也更复杂，更深刻。

我自己觉得在写这篇小说时，有一种均匀的内在节奏，没有发生苦思冥想的停顿，全程是静静流淌的小溪。一个重要的转折是，意外在某个节点打开了小说的内部空间，形成了小说的主题："人们如何在时间中面对死亡与创伤。"

第一次听到老妇人使用破壁机，那充满不祥与灾难感的巨大噪音，吓得我迅速逃出卧室，看到厨房一幕：老妇人立在厨台前，一动不动，望着窗外的浮云。她安静的背影与疯狂运转、高分贝惨叫的破壁机形成鲜明的对比。

破壁机成为一个象征。

生命充满痛苦，世事无常，人类需要更高的智慧，自我疗愈与救赎。如果人生是一件残破的陶器艺术品，高明的金缮修复师，会用金粉或涂漆来修补它，并不是为了掩盖裂缝，反倒是勾勒与突显，接受裂缝成为作品的一部分。也许，不完美与缺陷，包容意外与错误，与痛苦和解，是人生艺术中的侘寂与禅境。这自然是不易抵达的境界，因此才有芸芸众生、滚滚红尘，才有了小说这味药。

水落石出

刘 汀

《水落石出》授奖词

刘汀的《水落石出》为中国式的兄弟故事提供了新的范本。小说结构考究，营造出宽厚的叙事空间。旁枝逸出的细节，枝枝现实，负担宏大使命。故事触及城市与乡村、传统与现代、他人与自我，在生动细致的生活经验背后，可见一片精神面积的草原，绿色的，动荡的，风吹草低，乡土社会在现代转化中的曲折性、复杂性象牛羊一样呈现出来。讲中国故事其实是一个怎样讲的问题，《水落石出》是一种可靠而可喜的讲法，也展示了这一代写作者的责任和担当。

——苏童

一

老梁是某体检中心男外科的工作人员。

人体有一小块特殊的区域,老梁平均一年要看上万次,这两年因为疫情有所减少,那也不低于八千次。看完了,在一张单子的一项上打个钩,签上蚯蚓般扭曲的几个字。很少有人能认出来,那几个字是他的名字——"梁为民"。第一次干这活儿的情形早想不起来了,已是几年前的事,记忆里没存下任何准确的细节,只余一种似是而非的感觉:哦,原来如此。现在,老梁已经彻底适应了这项工作,整天坐在一个小屋子里,戴着口罩,检查完一个,签字,喊下一个。

就进来一个。

老梁说,包放旁边,坐凳子上。那人放好包,坐凳子上,略显紧张与无措。老梁走上前去,先按按腹部,问哪儿疼,然后走到身后,捧起他的脸,两只手顺着淋巴结摸到甲状腺,继而捏捏颈椎,沿着脊柱往下捋,再按按腰椎,说几句脊柱有点儿侧弯之类不痛不痒的话。说者无心,听者也无意。其实,他从来没摸出什么真正的毛病来,不过是做出一整套动作,让自己的行为显得很有必要。

裤子褪下来,撅屁股。老梁接着说。

如果是第一次来体检的,一脸蒙,不知道这是要干吗。倘若来过的,且被老梁或者老王老黄老全之类的检查过,立刻就明白怎么回事了。不管上一次这种情况过了多久,一瞬间,这些人都会不由自主地身体一紧,心里发颤。新来的犹豫着脱了裤子,心里头骂着一句话……行了,剩下的场景就不描述了,大家自己意会。总之,老梁如今每天主要的活儿就是这个,偶尔也客串一下其他没什么技术含量的科室,比如测疲劳、中医科什么的,总之都是穿白大褂、戴口罩、签字、喊下一个,区别不大。

老梁对自己现在的状态挺满意,工资不高不低,活儿不轻不重,用他朋友圈里的话就是"一切刚刚好"。如今,他已经过了对生活有高要求的阶段,不要早也不要晚,不要多也不要少,刚刚好就是最好。偶尔,来体检的顾客比较少,尤其是临近中午的时候,老梁孤独地坐在那间没有窗子、有些昏暗和逼仄的诊室里,也会走走神,过去的一些人和事毫无规律地从记忆中浮出来又沉下去,像雨天河水里的木头。沉下去的已无从考证,浮上来的多是一些往事的碎片,有时只是一句甚至半句话,比如那句"屁股决定脑袋",本是说一个人的身份位置,会影响他的思考和想法,现在的老梁有了全新的理解——别人的屁股决定了他的脑袋。他希望这些屁股犹如滔滔江水,不可断绝,那他就能一直赚着这份小钱,过这份闲散日子。老梁心里清楚得很,人能活到刚刚好,已经用尽了大半辈子的力气,剩下的事就是勉力维持住。

在外面,除了一起喝酒的几个朋友,他从不谈自己的具体工作。他知道,这活儿多少有点儿招人嫌,哪怕人家大大方方地说,嗨,都是革命工作,干什么不是干;或者用另一句老话来宽慰他:三百六十行,行行出状元,你这也算是"首屈一指"的状元。但是,又有谁愿意当这种状元呢?有人问起,他只说在体检中心打杂。体检中心,没去过的也听说过,脑海里立刻浮现出拿着小木棍测视力之类的形象,也就应付过去了。他轻易不跟别人握手,以示尊重,当然,偶尔遇见比较烦的那种人,他也会握住使劲摇晃,不撒开。后来,他在网上看到一个视频,是讲印度人的生活习惯的,说他们吃东西和上厕所竟然都用手,不禁愕然并释然。那个视频还说,古人有云:道在屎溺。道且如此,他这样一个俗人又何必较真呢?渐渐也就荤素不忌了。

跟老黄、老全、小孙一起喝酒时,老梁最放松,畅所欲言,因为他们四人是同一个工种,只不过在不同分店里上班。他跟老黄、老全年龄相当,都是年过四十的人。那个视频又说了,四十不惑,对不惑的长篇大论他没太懂,却记住了这个词,不惑嘛,按字面意思就是没啥疑问了,超脱了。那时老梁对生活还有不少疑问,惑得很,但近年他对这两个字有了自己的心得:所谓不惑,就是认命。认命之后,何来困惑?因此,碰杯时他们多有真真假假的感慨,一半是人生只能如此的无奈,一半是人生不过如此的从容。前者呢,又主要是对年轻的小孙,后一半才是对他们这种半老不老的人。酒干了,便唏嘘几声,说小孙才二十出头,长得也白白净净,正经有一门手艺,竟然也沦落到这步田地,可叹可叹。不过小孙自己对此倒不甚在意,忙时干活,闲时打游戏,假期跟朋友出去游山玩水,逍遥自在。算下来,他已是〇〇后,隔着二十年的沧海桑田，脑回路跟他们不同正是理所应当。

把吱吱响的干锅里最后一个麻辣鸭头夹走，小孙边啃边说，咱们四个也是一个组合，"淘粪boy"。淘粪无须解释，自嘲而已，boy就是男孩的意思，他们也明白。小孙大概还可称男孩，另外三个如何叫男孩？鸭头瞬间变成一堆碎骨头，被辣得咧着嘴的小孙说：你们才四十多，怎么就老了？再说，老了又怎么不能当男孩，老男孩，老男孩，说的就是你们这种。众人便举杯，砰砰砰，致敬老男孩，致敬"淘粪boy"。老梁心里想，还得是年轻人，荷尔蒙支配大脑，也不惑，但人家不惑是不向这世界问问题。不问问题，自然就没有问题。随即自己年轻时的那些事如啤酒上的泡沫，方生方破，即便不破，灌进肚子里，一个酒嗝打出来，一样是无影无踪了。

小孙生在京城的远郊，出门解个手，一使劲，都能尿到河北的地界去。他从小就好打游戏，不爱念书，也不是不爱，初中时也真下了两年苦功夫，奈何熬得近视眼、颈椎病，成绩却像被点了穴，纹丝不动。班主任戏称他为"定海神针"，因为每次考试，其他同学的名次要么升了，要么降了，总之有变化，唯有小孙，十次倒有九次是倒数第三，好不容易有一次倒数第二，还是因为真正的倒数第二生病缺考了。中考时，勉强过了高中录取线，想着这书再念也是没有盼头，不如早点儿寻活路，于是听从电视广告的召唤，去了蓝翔技校，学开挖掘机。不知是游戏打多了，手眼协调、动作灵巧，还是天生是这块料，他在机械这方面倒有天赋，什么挖掘机、大卡车、翻斗车，上手就能摆弄得玩具一样。毕业前夕，作为优秀毕业生，还给地方电视台表演过用大卡车的轮胎拨打火机：近两米高的轮胎，轻轻擦着小巧的打火机，噌，一个小火苗腾起，掌声一片。那节目最后一屏是几个大字：孙师傅点起了希望的火焰。学业结束，小孙在工地干了一年，觉得太枯燥了，主要是没有女的，除了钢筋水泥砖头瓦块，剩下的全是老爷们，便辞职不干，七转八转到了体检机构。这里就不一样了，都是女护士，二十多岁，而且大部分跟他"门当户对"，是从村里、镇里到城市来讨生活的普通女孩。做同事这件事虽比不得谈恋爱，门当户对也很重要，比如说，你要请人吃个饭，去花花椒椒酸菜小鱼或者姥姥家春饼，一百多块钱就能吃饱，口味也说得过去。可要去隔壁海底捞，三百打不住。在北京，海底捞又算啥高档餐饮？真贵的那种想也不要想，一个月工资还不够一顿饭钱。近水楼台先得月，不到一年，小孙就在体检中心里谈上一个女朋友，姓吴，河南周口人。小吴长了一张瓜子脸，杏仁眼，都挺标准，下巴尖尖，额头圆圆，属于传统的那种耐看的姑娘。但是有一个缺点，就是左脸颊上有块暗红色的胎记，如果没有这块胎记，小吴至少能去宫斗戏里演个丫鬟，最差也能到直播平台当个小网红，但现实就是如此残酷，因为这块胎记，她只能在体检中心当护士，每天穿浅粉色制服，引导体检的人在B超室外面排队，或把一部分送到老梁、老全、老黄和小孙的诊室里。按说小吴是正经读了医学院的，学的是针灸，只是找工作不顺，原想进大医院，没门路，自己要开个针灸馆，又没资本。她还有个执念，就是一门心思要去北京工作，所以一毕业就抛开家里奔赴北京，然后发现北京居大不易，硬撑了一段时间，经一个师兄的介绍，到了如今的体检中心。对自己的命运，小吴已经不甘心了二十年，到现在，仍是不甘心。但知道不甘心什么用都没有，只好先接受这一切，就像她接受小孙一样。小吴的不甘心，遭遇上小孙，小孙也只能不甘心，面对女朋友周期性的不满现状，小孙常用那句朋友圈里的流行语安慰她："一切都是最好的安排。"女友好不容易被哄出笑脸，小孙心里却一沉，他知道，长此以往，两人实难走到头。

某一天中午一点，老梁下班了。体检中心都下班早，毕竟抽血需要空腹，能熬到十二点不吃早饭的，也没几个。通常，老梁他们的最后一个任务是跟车把一些标本送到实验室，进行统一化验。到此，一天的工作基本结束了，"淘粪boy"四个人大都是在这时候碰头的。凑到一起之后，常就近找一家小馆子，要几个小菜，开始喝酒，一直喝到天黑，等于把午饭和晚饭一起解决。这顿饭，是大家轮流做东，如果哪一天人不齐，只有三个或两个，就AA，等到下一回再按顺序往下轮，从不错乱。他们已经习惯了一切都按序排号的日子，也把这个习惯带到了生活里。也因为这个，四个人从没在请客吃饭的钱上闹不愉快。

从小酒馆出来，他们身体摇晃，摁亮手机看看点儿，又按顺序上了四个方向的公交车，东南西北，各自回去睡觉，第二天再重新回到那间没有窗子的诊室，机械地喊"下一个"。

这天，喝完一瓶二锅头，四个人出了饭馆。老黄老全摆摆手，坐车走了。老梁眼看自己的48路开过来，正要往前凑，小孙说，梁哥等下，我有几句话说。老梁心里纳闷，想这小孙有什么事，要单独跟他说。平时他都叫他老梁，今天突然喊梁哥，看来这事不是工作上的事。

"没喝好，咱哥俩再来点儿。"小孙拉着他，又进了旁边一家烤串店，要了肉串、板筋之类并两串大腰子，两瓶啤酒。

等大腰子吱吱冒油端上来，老梁听明白了小孙要跟他说的事。原来不是小孙有事，是小吴有事。小吴觉得两人都在体检中心上班，既没有钱图，更没有前途，猴年马月才能买上房子结婚？虽然小孙的户口是北京的，也有自己的一处房子，可毕竟是远郊，一个客厅也换不了城里三环的一间厕所。他们虽不至于狂妄到要在三环买房，可就算是五环，均价也四五万了。

老梁咬了一口大腰子，说，我懂，但是咱们挣多少你也知道⋯⋯

没等他说完，小孙连连摆手说，哥，你别急，我不是跟你借钱。

老梁嘿嘿一笑，说，你可以借，但我没钱借给你。

小孙说，哥，你在隆昌肛肠医院待过？

老梁一愣，心想，这话问的，以前聊天的时候说过，自己在好几家私立医院都干过，这不是明知故问吗？他便嘴里含糊地嗯了一声。

小孙端酒杯，说先干一个。

酒干了，小孙专心对付火候比较轻的牛板筋，不停地撕咬咀嚼，但就是不咽下去。老梁心里想，这小子到底有什么事，支支吾吾、磨磨叽叽。搁以前，他是个急性子，这时候肯定忍不住问，但现在老梁有了耐性，你不着急，我急什么？也不等小孙让，自己倒了酒，端起来自己喝。

两瓶啤酒见底了，小孙终于按捺不住，说，哥，我听说你跟肛肠医院的柳院长，曾经特别熟⋯⋯

老梁心里一个咯噔，心想，这小子打听得还挺细，这种陈年往事都翻出来了，究竟想干什么？

小孙见老梁既没否认也没承认，知道这事不是空穴来风，或是酒终于到位了，他不再磨叽，索性一股脑儿说起来。原来是，小吴近些天一直想换个工作，把简历投到了隆昌肛肠医院，这个医院有个中医门诊，和减肥美容挂上了钩，还挺火爆。但那边一直没给信，前几天小吴打听到，一起去面试的有人已经拿到通知了，就担心自己落选。然后她之前偶然听小孙提到过老梁在那儿干过，想让他托老梁找人给问问，如果能给推荐一下，就更好了。不想这小孙是个有心思的人，得了女朋友这个命令之后，并未直接找老梁，而是自己去做了一番调查，这一调查不要紧，把老梁的一件陈年往事给查出来了。

也不是什么大事，就是老梁和隆昌肛肠医院的院长柳丹有过一段恋爱——也可能不是恋爱，但传播消息的人这么说——至少是有过不一般的交情，他便想，如果老梁能帮小吴出个面，这个事成功的概率肯定提高不少。

说完事，小孙并没有打住，而是叹口气，然后继续跟老梁说，哥，我以前跟你们说的话，有真有假。比如说，我说我家在京郊，撒泡尿能尿到河北去，其实正好相反，我家在河北，只能尿在河北，要想尿到北京，还得走半个小时。再有就是，我说我是独生子，其实也不是，我还有个哥哥，比我大两岁，但我这个哥，从小就有病，出生脑积水，然后脑瘫，到现在也就六岁孩子的智商。我从三岁开始，就不是弟弟，是哥了，等我再长几岁，他就不是我哥，相当于我儿子。我小时候不懂，等大一点儿，我才明白自己为啥出生。就是为了我哥，我爸我妈担心将来他们都死了，没人管我哥，才又生了我，我天生就是来接盘的。爹妈本想着把我培养成大学生，生活能力强一点儿，将来的压力就小点儿，偏生我又没有学习的基因，怎么学成绩都上不去。每天放学回家，看我哥在那儿撒尿和泥，一想到这是我一辈子的责任和负担，心里就沉得像座山。我现在赚这点儿工资，要想扛起这个任务，简直是"愚公移山"。一想到这个就心烦，就跑出去，跟朋友们到网吧打游戏，大多数时候，我没钱打游戏，就只是在旁边看眼，或者帮他们去买份快餐、买烟酒，他们累了休息的时候，让我玩一会儿，过过瘾。

听到这儿，老梁心里叹口气，抬头看看小孙，可能是醉眼蒙眬，这么看去，小孙一脸愁容，好像也没比自己年轻多少。

老梁说，家家有本难念的经，你也是不容易。他招手，又要了两瓶啤酒，几串羊肉和鸡胗。

小孙继续说道：

后来我不是去蓝翔了么，毕业了，到工地开挖掘机，其实收入不错的。

我跟你们说是太无聊，所以不干了，其实不是。是出了个事。有一回，我跟几个人一起干活，前一天晚上我妈打电话，问我发工钱了没。我兜里一分钱没有，你也知道，这年头就没有不拖欠工钱的工地。挂了电话，我难受极了，就跟工友去喝酒，都喝醉了。第二天上工，一个个酒还没醒，可能是买着假酒了。头晕乎乎的，手脚拿不准，机器操控得张牙舞爪。然后我亲眼看着一个筛沙的工人，被旁边一个挖掘机的大爪子敲中了脑袋，安全帽和脑瓜子碎成一摊，人当场嗝屁了。我吓坏了，好几天没睡着觉，再也不敢开那玩意了，只要一看见铁爪子举起来，就觉得后脑勺发凉，手脚哆嗦。我怕死，我更怕我死了，我爸我妈我哥都没法活了，我就是他们的活路。所以辞了工地的事儿，兜兜转转，成了现在的"淘粪 boy"。老黄你们不是老笑话我为啥年纪轻轻不去干点儿别的，非要整天看别人屁股吗？就为这。也就罢了，谁让你出生就是要接盘的呢？谁叫你胆小呢？可现在我又跟小吴谈了对象，将来要结婚，我哥的事，我其实不是北京人的事，我都没敢跟小吴说。我怕说了她就不跟我好了，这年头谈个恋爱也真难。我就想着，如果我能把她弄进她想去的医院里，她就算对瞒着她的事心里不满，顶多埋怨我几句，不至于跟我分手，是不是？哥，你会帮我吧？你肯定得帮我。

老梁被他说得心里发酸，一瞬间，跟胃里的酒肉一起翻涌的，还有他自己的往事，正所谓酒不醉人人自醉。但老梁心里始终绷着一根弦，帮忙这事，真帮成了，那是情分，可要是帮不成，虽说不至于结仇，以后再相处也肯定不畅快了。于是，他压住心里对小孙的同情，含含糊糊说：看情况，看情况。

小孙见他不给准话，拧了下鼻子，拎起一瓶酒，咕咚咕咚，一口气干了，然后说：哥，我后半辈子可全靠你了。

老梁不说话，眼神发呆，好像断片了。

小孙见如此，也不再催问，说自己有点儿喝多了，要吐，就往门外去。老梁低头默了一阵，小孙还没回来，他就想，这顿我请吧，不让他花钱了，就到前台去结账。前台说结过了，老梁正想小孙还是讲究，趁着出门呕吐把账结了。他刚要转身，前台说等一下。老梁回过头，前台递过一张代金券说，你朋友刚才结账的时候用了一张代金券，忘了签字了，你帮他签一下。

签谁名？老梁问。

都行，你的他的。前台说。

老梁歪歪扭扭地签上梁为民三个字，心里头一闪念：小孙到底是真醉，还是假醉。真假无所谓，只是他提起柳丹，勾起老梁很多回忆，让他忍不住心生感慨。今天酒有点多，心里颇后悔，过量了，过犹不及啊。老梁想压住这种中年人矫情的怀旧，哪承想它如弹簧一般，愈压愈强，便索性任它大坝决堤般泛滥。

二

柳丹原来不叫柳丹，叫柳红梅。

五年前，老梁一身干净地——是真干净，婚离了好几年，小公司注销，但跟很多欠了一屁股债的同行相比，他已经算不错的了——从中关村海龙大厦的小柜台出来，走投无路，回归了自己多年前干过的老本行，进了一家医院。那是一家民营医院，名字叫隆昌肛肠医院，是一个福建莆田人开的；也可能未必是莆田人，听口音并不像，但老板对外一直自称是莆田的，治肛肠是家族传承。靠着一本发黄的卫校毕业证和对这类医院的了解，老梁聘上个外科大夫（名义上的，其实没有行医执照），主要值夜班；柳红梅是内科大夫（她是正儿八经的），周一到周四都是白班，只有周五值夜班，所以他俩在周五晚上才有机会碰面。按说这两个人相遇的概率不大，干了半年，只是偶尔走廊里碰到几次，都戴着口罩，知道彼此是同事，相互点个头而已。但人和人相处久了，总会发生一个什么事，把他们纠缠起来。有一个周五，凌晨两点了，老梁窝在诊室的沙发里打瞌睡，柳红梅急匆匆冲进来，喊救命。肛肠医院的夜班诊室，其实就是个摆设，谁犯急病了大半夜到这儿来？肯定是叫救护车奔公立医院去了，所以所谓的值夜班，主要就是打瞌睡、刷手机、看电视剧，相当于一个打更的。

老梁不爱玩手机，也不喜欢看玄幻、宫斗剧，多数时候都在半睡半醒地瞌睡。柳红梅来之前，老梁做了个梦，梦里头是更早些年，他在卫校念书时候的事儿。比如说三年级第二学期，他们班开了解剖课。卫校本来没有解剖课，主要原因是穷，没钱建解剖室，尤其是没有足够的人体标本和长期储存标本的条件。但是就在这一年，卫校新来一个校长，姓谭，有点儿能耐，不但通过私人关系从自治区卫生厅要了一笔钱，建起了简易的解剖室，还和某监狱建立了战略合作关系，那些无人认领的死刑犯的尸体，有一部分运到了卫校的福尔马林池子，其中较为完整的，被做成了标本。解剖课由谭校长亲自主讲——除了他，学校里也没有能完成解剖的外科大夫——他手持手术刀，指挥着梁为民和同学把尸体从池子里捞出来。标本池里荡漾着红色的防腐药水，解剖室独有的腐味刺激得人恶心作呕，但浓重的消毒水味又令人的脑子保持着清醒，让你觉得身体和意志之间拉拉扯扯、藕断丝连。梁为民和一个叫"豪哥"的同学，把两个铁钩子伸进池子中，很快便碰到了一个物件。他们小心翼翼，不敢用力。谭校长大声喊：怕什么，赶紧捞出来。他们感到自己并不是怕尸体，而是怕铁钩子把脑海中想象的那具肉体划破。这想象让他们微微颤抖，皮肤紧缩，胃部的痉挛也随之加剧。在谭校长持续的叫喊中，他们终于突破了心理上的障碍，手臂用力，把那个物体钩了上来，事实上，它比想象中要轻一些。让所有人意外的是，那具身体看起来，跟他们的年纪差不太多。

在几个同学的帮助下，他们把标本抬到了手术台上，校长开始了他的解剖表演。梁为民处在一种麻木的震惊中，无力去观察周围的同学到底是什么状态，只是隐约看到有的女生捂住眼睛，有的开始干呕，但碍于校长的权威和冷静，无人离开。只是，谭校长的解剖表演成了一场灾难，由于并没有相关人员的协助，那具尸体送来后的处理并不规范，当谭校长的手术刀划破肚皮，正要跟同学们讲解人体内部结构时，一堆肿胀变形的内脏喷薄而出，泥石流一样堆满了手术台，分不清哪个是心肝哪个是肚肠。看着眼前的景象，谭校长也蒙了，手术刀掉在地上。这时候，一半以上的同学终于彻底把胃里的东西吐了出来。

那次解剖课后，整个班级陷入一种怪异的状态，大概一个星期的时间里，人人都精神恍惚，上课走神，吃饭会把菜塞进鼻子，而且大家都惧怕洗澡——公共浴室里灯光昏黄，满是氤氲的湿气和白色的身体。尽管两个地方环境、气味迥异，但人的头脑有能力把一切场景幻化为想象的样子，如果头顶的水龙头流下冰凉之水——这实在是常有的事，在这个北方小城学校的公共浴室，因为缺少足够的燃料，洗澡水常年是温吞吞的，许多时候甚至直接就是凉水——他们会恍然以为是谭校长的手术刀在身上游走。但是这一天，不知道是什么原因，浴室里异常闷热，洗澡水几乎达到了五六十摄氏度，梁为民把一块香皂打在身上，不停地搓洗着身体尤其是双手，突然感到头晕目眩，重重地摔倒在地上，而且顺着滑腻的地砖滑行了一米多远。后来，是一起洗澡的豪哥把他拖到了男浴室门口，掀开门帘，让凉风吹他的额头，又接了一杯水灌进他的嘴里。几分钟后梁为民终于悠悠醒来。他被热晕了。

等梁为民彻底清醒，豪哥说给他压压惊，就带着他去离学校几里地的一家小饭店，喝了一顿大酒，喝到两个人蹲在马路边，把吃进去的所有东西全都吐出来。那一年，他左腿成年，右腿未成年，好像骑在一堵不知该往哪边下的墙上。他们摇摇晃晃走在春末的土路上，路边田野里庄稼茂盛，植物清新的气息让两人感到一种畅快，他们于是躺倒在玉米地里，沉沉睡去。醒来时满天星斗，梁为民感觉身体和精神都被洗刷了一遍，解剖课所带来的后遗症终于彻底消失了。豪哥，谢谢你，他略显煽情地说。豪哥擂了他肩膀一拳，说：你酒量可以。从上学以来，豪哥一直对梁为民多有照顾，他不但是宿舍的老大，还是整个班级男生群里的老大。不过，豪哥的老大不是靠拳头或威严获得的，而是靠他的智慧和耐心。他几乎帮过所有人的忙，他善于协调学生们跟学校各个部门的关系，甚至有能力劝说食堂在中秋节杀一头猪，给大家改善伙食。在学校里，豪哥是唯一知道梁为民过去的人，他在许多次酒后搂着他的肩膀说：为民，我们不是亲兄弟，胜似亲兄弟。梁为民心里荡漾着感动，他想，只要有豪哥在，自己就能一直享有这种让他内心安定的照顾。

但是在毕业前半年，豪哥出事了。某个夜里，他带着一个女同学翻墙出学校，骑着借来的摩托车去城里舞厅跳舞，返回时，在一个路口被对面疾驰而来的卡车撞倒，豪哥断了一条胳膊一条腿，那个女同学当场死亡。在大车灯的照耀下，断手断脚的豪哥看见同学开肠破肚，犹如谭校长那次并不成功的解剖现场，他已经忘记了疼痛和叫喊。从此之后，他再也没有说过话，整个人都痴痴傻傻，像块石头。一开始，人们都以为他是装的，只为逃避责任和惩罚，但是后来随着时间的流逝，一个月两个月，半年过去了，他依然如故，人们便知道他真的吓傻了。还有人说，他的魂被那个死去的女孩带走了。

接下来的一年多时间，豪哥一直住在赤峰郊区的疗养院里，他的父母日夜守护，期待着奇迹的发生，但是周围的人都有着同一种不能说出的想法——奇迹在远方，奇迹从不会降临在这么偏远的小城和普通人身上。离开学校前，梁为民去疗养院看他，豪哥穿着类似病号服样的衣服，坐在铁架床上，新剃的头上露出带着疤癞的青色头皮，两只耳朵显得特别大。豪哥脸上有两道疤痕，一道是车祸时留下的，另一道是那个女同学伤心欲绝的父母用饭缸子砸的。伤疤像两个对称的括号，在左右脸上括住了他口鼻，仿佛他整个人只是这起事故的一个备注。

梁为民用网兜拎来两盒糕点和两瓶罐头，跟豪哥说了一阵子话。说他们一起经历过的事儿，说自己找不到工作只能回老家，说那一次他们大醉之后的酣眠，说着说着，梁为民流下眼泪，豪哥依然盯着房间墙上他用饭菜汁涂抹的不规则图案，似乎他已经迷失在自己建造的迷宫里。临走时，梁为民把罐头和糕点拿出来，放在豪哥床头的小柜子上，把网兜拿走了，他宿舍里还有些零零碎碎的东西没地方装。关门的时候，他仿佛听见豪哥说了一声"兄弟"，回头去看，床上端坐的依然是一双空洞的眼睛。

柳红梅冲进来时，梁为民又一次梦见豪哥从床上站起来，跟他喊"兄弟"。从柳红梅气喘吁吁、断断续续的叙述中，梁为民听明白了事情：一个半醉的人来看急诊，刚进诊室就晕倒，心脏骤停，失去了知觉。柳红梅来找他求助。梁为民来不及细想她为何不按流程急救，赶紧跟她去内科诊室。一个男人瘫倒在地上。梁为民说，你给他测脉搏了没？柳红梅说，测了，没有，我判断就是心脏急停。梁为民说，那还等啥啊，赶紧做人工呼吸啊。柳红梅说，他是个男的，还一嘴酒味。梁为民一愣，说，你这什么意思？柳红梅说，梁大夫，帮帮忙，你给他做吧。老梁才明白柳红梅火急火燎找自己的原因所在。人命关天，他也顾不了跟柳红梅计较，赶紧蹲下给那个醉汉做人工呼吸。梁为民念的卫校虽然不怎么样，但急救这种基本常识还是比较熟练。过了一会儿，醉汉恢复了心跳，渐渐苏醒过来。梁为民和柳红梅一起把他抬到旁边的床上，柳红梅给他挂了一个点滴。这时，醉汉的家属也跟着120急救车赶来了，据说家人本来叫了急救车，但醉汉自己跑了出来，误打误撞进了肛肠医院。家属和急救车绕着附近街道找了半天，才打通他的电话——柳红梅接的，告知了醉汉的情况。他们又把他抬到车上，往附近的公立医院而去。

　　肛肠医院重新安静下来，柳红梅说，梁大夫，今天真是谢谢你啊。梁为民心里想，这个女人真矫情，就因为嫌病人嘴里有味儿，见死不救。见梁为民没搭话，柳红梅说，梁哥，是不是生气了？柳红梅说着，摘了口罩，说我也不是嫌弃他，主要是不方便。梁为民第一次看见柳红梅的真面目，人中正中间有颗痣，嘴里戴着牙齿矫正器，让她的整张脸看起来有些怪异，但脸型仍能看出好看的轮廓。特别是那双眼睛，戴着口罩的时候，只觉得仿佛总有千言万语欲说还羞，口罩一摘，它们却又显出一种笃定和沉静，但这笃定和沉静里，依然是有话要说的样子。

　　柳红梅指了指牙齿上的矫正器说，你瞅，我戴这个也不好做人工呼吸。梁为民说，也是。柳红梅掏出手机，说，你扫我。梁为民就加上了她微信。梁为民回到诊室，先好好刷了个牙，然后开始刷柳红梅的朋友圈，发现是三天可见，什么都没有。他点开她微信头像上的照片。照片上的人跟她有几分相像，但似乎不是她，不知道是不是P过的图。梁为民继续打盹，心里还想着会不会接上刚刚的梦，瞌睡就迅速袭击了他。的确又做梦了，但梦的内容是他在给柳红梅做人工呼吸，他的舌头被她的牙套刮得血肉模糊。

　　这之后，梁为民和柳红梅逐渐熟络起来，每到周五一起值班，柳红梅就给他送点儿麻辣鸭脖、干果，一瓶饮料什么的，在她的诊室或他的诊室随意聊着。那些漫漫长夜里，在医院这个奇特的地方，人特别容易冲动。不知道什么时候，他们就在诊室里冲动到了一起。他们的冲动直接而激烈，只是梁为民从来不敢吻柳红梅的嘴，他觉得那是不言自明的禁区。

　　梁为民想，这算是恋爱了吗？仿佛算，但事实上，除了每周五的见面，他们从未在其他时间约会过，也没有一起看电影、吃饭，更未对其他人公开。两个单身的人，像是两个已婚的偷情者。只是这种事是藏不住的，医院的同事私下里聊天，都说梁为民在追求柳红梅，但柳红梅始终没点头。梁为民也不解释。

　　这种情况持续了半年，突然有一天，柳红梅不见了。一开始，他以为她调班，不再周五晚上值班，便给她发微信。柳红梅没有回复。后来他到医院人事部打听，她们说柳大夫去参加培训了。

去哪儿？他问。

她们都摇头，说不清楚。

又半年后，梁为民再次见到柳红梅，竟然是在老板新开的分院的开业典礼上。柳红梅坐在主席台上，挨着老板，面前的桌签写着：柳丹。梁为民前些天听说了，老板要开一家分院，分院院长叫柳丹，没想到就是柳红梅。她已经摘了牙套，人中的那颗痣也点掉了，整个人似乎脱胎换骨，加上一身职业装，跟当初穿白大褂的柳红梅判若两人，却跟她微信里的头像完全一致了。

梁为民坐在台下，时不时看看柳丹。柳丹也会看向他，可能并未看向他，而是看向下面坐着的一众员工。老梁觉得，她的眼神和豪哥的眼神一模一样，他唯一的疑惑在于，她是怎么如此迅速地从柳红梅变成柳丹的？主持人热情地请新任院长柳丹发言，柳丹娉婷地走向话筒，鞠躬，发表了情绪激昂的讲话。老梁和大家一起麻木地鼓掌，心里想，每周五有过的幽会，或许只是自己的幻想和梦境。

三

老梁出了烤串店，四下没看见小孙，不知道他是醉倒在路边，还是已经坐车回去了。他深呼吸了几口，冬日冰冷的空气让他的胃里也有了凉意，人清醒了一些。倒了两趟车，坐了十八站地——比平时多坐了四站，因为坐过站了——老梁回到了位于大兴的家。说是家，也还是个出租屋，他之前跟人合租，每天抢厕所，后来认识一个房东，房东在一层有个小仓库，改成了一间房，他就租了这间房，享受独门独院。房租不贵，一个月一千。他一个月赚六千，房租一千，吃饭一千，还剩四千。这四千就是他的存款。老梁一年能存下五万块钱，十二个月四万八，毕竟还有点儿年终奖。

老梁看了看日历，就快放假了，心里想，小孙托的事儿年后再说吧。今时不同往日，现在冒昧地去找柳红梅，如果碰一鼻子灰，整个年都会过得憋屈。再说，自己和小孙的交情也没那么深，犯不着这么急火火地去帮他。有些事，得慢慢来。这话也是对梁为民自己说的，因为他已经感觉到，心里有些东西被小孙的话给鼓动得蠢蠢欲动了，冲动是魔鬼。他现在，早已有了控制魔鬼的法术，那就是不管对什么想马上就做的事，都再等等。如果等等还想做，那便去做，但以他的经验，大多数事等一等、熬一熬，就不想去做了。

腊月底，拿着五万块钱，老梁去北京北站买一张高铁票，两个小时后到赤峰站。出站花十二块钱打车到汽车站，再坐两个小时，就到林东镇；又从林东坐公交，约一个小时，车一左拐，二十分钟后，眼前出现一个村子，村子叫丰水山。进村那条土路，已经换成了水泥路，不过显得窄，像一条绳子，把整个村子给扎成了一个庄稼捆。丰水山是老梁的老家。

丰水山不是一座山，而是一片山。

丰水山得名，也不是因为山，而是因为丰水洞。这里地处内蒙古北部，干旱少雨，农民种的多是山地，水浇地很少，但这个丰水洞却常年有细流在洞壁上流淌，这股水旱年不干，涝年不涨，仿佛是从哪一片大水中引出的一个水龙头，永远只开到这个程度。

老梁还是孩子的时候，方圆上百里就流传着一句话，说丰水山的这个丰水洞，寒冬不冻，酷暑不干，这水是从天上来的圣水，能治百病。后来，村里有一年求雨，演京戏《西游记》，戏文里有一个水帘洞，是齐天大圣的所在，孩子们便说丰水洞就是水帘洞，时间一久，水帘洞便替代了丰水洞。

传言最盛的那年夏天，十里八乡的人们都赶着马车、步行去水帘洞接圣水，因为水帘洞的水流很小，队伍排了二三里地，像一条打了许多结的麻绳，太阳落山了，这些结还没解完。有人拎着大桶，灌满得半个小时，大家伙就不愿意了，总不能让你一个人把圣水都接了，便找一个人，掐着表，每人灌水不能超过五分钟。

梁为民的大伯梁建章也捆在麻绳上。他是村委会副主任，未来的村支书接班人。他倒不贪，就拎着一个小塑料桶，灌满能装二斤水。梁建章说，灵丹妙药也不能多吃，吃多了就不是好东西，成毒药了。人们说，梁主任，你咋还亲自排队，你到前面去加个塞，谁还敢说啥？梁建章说，不能不能，求圣水，当然得诚心诚意，自己排队才算诚。

大伯之所以在这里，是因为他想生个儿子。这会儿，他们家已经有俩闺女了，一个五岁，一个三岁，按照计划生育政策，再也不能生了。他不甘心，还是想生儿子，他倒不怕计划生育罚款，而是生完俩闺女之后，他媳妇再也怀不上了。他来求圣水给媳妇喝，这圣水既然能治百病，自然也该能让他媳妇生个儿子。

　　这一年，梁为民两岁，刚脱开裆裤，学会了自己拉屎撒尿擦屁股。

　　大娘喝了大伯接回来的圣水，孩子没怀上，却闹起了肚子。所有喝圣水的都闹肚子，因为说圣水不能煮开，必须原汁原味喝，否则就没了效力。大部分人闹肚子，茅房里蹲半天，便觉得身体里的秽物和晦气排泄出去了，神清气爽，胃口大开，便说圣水果然有神力。也有拉虚脱的，不得已跑到卫生院去抓药，甚至打吊瓶，这种也不说是圣水不行，而是说自己身体不行，虚不胜补。大娘也虚脱了。从卫生院回来，整个人瘦了一圈，精神不振，且落下肠胃炎的毛病。大伯就叹气，说连水帘洞的圣水，也给不了他儿子，自己上辈子作了啥孽？

　　这时候，梁为民他妈却又生了老二，还是个小子。

　　大伯代表村委会来家里，一边催梁为民父亲梁建成去给梁为民上户口，一边催他缴纳违反计划生育政策的罚款。梁为民的户口本来大半年前就该上了，刚好那时候怀了老二，梁建成就想，现在给老大上了户口，老二就成了超生，不如先拖着。但孩子生下来，计生办的人得了信，还是给他定了超生，照样罚款。在梁建成家里，梁建章看着满地跑的梁为民和刚出生的小侄子，忽然有了个想法。他跟梁建成说，把老大梁为民过继给他，给他当儿子。"你要这么多儿子有啥用，儿子可是烧钱的货，到了我家，我想办法给他上户口，你家老二还不算超生了。"梁建成不敢自己定主意，说等跟媳妇商量商量。晚上，两人躺在炕上翻来覆去地烙饼，盘算了大半夜。大伯当着村干部，经济条件好，又是本家本姓，去了肯定吃不了亏、受不了苦，自己这俩小子，将来盖房子娶媳妇，可是不小的折腾；再说了，抱养到大伯家，他就不是自己儿子了？还是。这笔账怎么算也不亏，就答应了。所以刚近三岁的小梁为民就过继到了大伯家。村里的规程是，过继之后就改口，管大伯大娘叫爹妈，管亲爸亲妈叫叔和婶。

小梁为民的确过了两年好日子，衣来伸手，饭来张口，不管是后爸后妈还是俩姐姐，都把他当成家里的宝贝疙瘩哄着惯着。后妈也就是大娘开着小卖店，除了日常杂货，还有孩子们喜欢的水果糖、果丹皮、汽水，虽然日子算不上多富裕，但总还能抠出点零嘴来给他们吃。毕竟是当传宗接代的儿子养的，后爸后妈便十分宠爱，抠出来的水果糖、饼干都先给梁为民，然后才是俩姐姐；特别是后妈，经常搂在怀里亲不够，一口一个我的儿如何如何。后妈给他温存和照顾，尤其是给他好吃的，他也就认，一口一个妈地叫，再在街上遇见亲妈时，张口就叫婶，亲妈心里一酸，想抱抱他，他却一拧身挣脱了。亲妈脸色暗着板着，回到家里跟他亲爸梁建成埋怨：真是有奶便是娘，白生他一回了，还不如生个猪娃子。说完了，立刻抱起小儿子狠亲几口。小儿子没糖吃，但嘴巴比吃了糖还甜：妈，妈，妈，一连叫，脑袋直往她怀里拱，两岁了还找奶吃。亲妈立刻心里化成一摊水：还是我老儿子亲，人啊，真是看养不生。从此梁为民在他妈心里，就真成了别人家的儿子。

好日子过了两年多，忽然有一天，蹲在田里薅草的大娘突然感到一阵反胃，起身干呕几声。她没当回事，但过了一会儿，又干呕起来，蓦然想起这种感觉似曾相识，不像是吃坏肚子，倒像是怀孕。大娘心里咯噔一下，默默推算了一下来例假的日子，还真有可能。晚上回去，马上跟大伯说了。大伯不信，吃了那么多药都没用，连圣水都喝了，肚子还是瘪着，现在怎么突然就怀上了？不信归不信，心里总还是不踏实，于是借了辆自行车，载着媳妇去乡里的卫生院检查。大夫拿着化验单连说恭喜，还真怀孕了，两人心里又意外又惊喜。回去的路上，两人商量，这事暂时不能往外宣扬，如果将来生出来是个女孩，抱养的儿子自然还是儿子，如果将来生出个男孩来，那眼前这个梁为民说不得要送回去。自此后，他们对梁为民的关心，不知不觉就减少了，尤其是孕后期，大娘越来越喜欢吃酸的，更是由"酸儿辣女"这俗语判定肚子里肯定是个儿子，大伯时时按捺不住心中的喜悦，贴着媳妇肚皮叫：儿子哎，你赶紧出来吧，爸等不及了。甚至拿村委会的公章盖在媳妇肚皮上，说：我给你盖个红章，铁定就是儿子了。有一次，上小学的大姐新买了橡皮，梁为民看见了，非要玩儿。大姐无奈，只能给他。结果，梁为民不小心把橡皮掉在了炉灰里，好好一块橡皮烧得只剩下一丁点儿。大姐心疼得直哭，她知道，按照父母对这个弟弟的宠爱，自己得不到任何补偿。不承想，大伯知道了此事，竟然给了小梁为民一巴掌，说他是狗改不了吃屎的败家子，把几个孩子都打愣住了。

梁为民感觉到了有什么东西变了，但他又说不清楚。几个月后，大娘生产，因为有些难产，接生婆请了好几个，叫喊了一整天。梁为民骑在院子的墙头上，够刚要红的杏子，一边酸得倒牙一边跟姐姐说：妈是不是要死了呀？姐姐明白怎么回事，白他一眼说：你才要死了呢。

等到黄昏，大娘终于把超重的孩子生下来，果然是个男孩，举家欢庆。梁为民也跟着呜嗷喊叫，还不知道这个孩子一出生，自己的好日子就到头了。

刚出月子，大伯就把梁为民送回了自己家。那时候，父母也不愿意收他，因为他弟弟本来就是超生，把他过继给大伯后，弟弟梁为国就成了头胎，办户口本时占了长子的户头，也就是用梁为民的准生证上了他弟弟的户口。本来大伯当初答应要给梁为民上户口，可过继之后，赶上大伯要竞争村主任，政治上更上一层楼，也就没敢折腾这个事，拖来拖去，梁为民五岁多了还是黑户。如今梁为民一回来，再上户口，肯定又成了超生，要被罚款。不过大伯把他送回来的条件就是，罚款他出，户口他帮忙办。父亲也没法反驳大伯的理由：我现在有了亲儿子了，再把孩子留家里，不合适。我也不可能跟亲儿子一样对他，我儿子念书，他去放猪，你要愿意就行，我就当多个劳动力。父亲终是不忍，开门让他回了家。这时候，因为在大伯家住了两年，他反而对自己家生分了。尤其是弟弟，对这个突如其来的哥哥十分不满，一张床要分给他一半，所有吃的玩的本来都是独占，现在都得分。

在大伯的周旋下，梁为民上了户口，不过他的出生年月跟弟弟换了个儿。他本是1979年生，现在成了1981年生，弟弟成了1979年生，当成虚岁，周岁按1980年算。哥哥成了弟弟，弟弟成了哥哥。他在大伯家那两年，村里刚好搞联产承包，合作社解散了，田地和牲口分给了个人，梁为民因为不在户头上，没分到地；这么说不准确，应该是他那份地因为户口的关系，分给了他弟弟梁为国。

梁建成觉得自己吃了大亏，儿子白给梁建章叫了两年爹，回来连一亩地都没分到，又去找他理论。梁建章一摊手，说我也没招，你也看见了，分地都是公社的人主持的，我这个村主任啥权力没有。梁建成回去，郁闷地喝了几碗苞谷酒，他媳妇见他窝囊，又瞅见梁为民在旁边和泥玩，泥点子溅得到处都是，气不打一处来，拎起梁为民到大伯家门口大街上。梁为民他妈一把扯下梁为民的裤子，对着那两瓣黑瘦的屁股就是一顿鸡毛掸子。打是真打，但她本来倒也没想打得多狠，可鸡毛掸子一下去，梁为民嘴里一哭号，她对大伯家的种种不满、对梁为民曾经忘恩负义的火气就积攒到一块，腾一下着了火，手下就没了轻重，噼噼啪啪，梁为民的屁股给抽得红肿一片。梁为民叫唤得嗓子都哑了，大伯家也没人出来，是旁边的邻居实在看不过，伸手拦住了梁为民他妈：再打，孩子就让你打死了。他妈鸡毛掸子一扔，坐在地上哭号：我上辈子做了什么孽啊，我生个儿子管别人叫妈，看见我眼皮都不抬一下，别人不要了，就把他一扔，吃没吃喝没喝，一分地都没分到，还不如把他饿死算了。

到天黑，大伯家的屋门也没开一条缝。

那天晚上，大部分人家熄灯了，梁建章悄悄进了梁建成的院子。他带来几贴膏药，让给趴在炕上不敢翻身的梁为民贴上。梁建章跟梁建成说，白天出去走亲戚了，家里一个人没有，不知道为啥打孩子，晚上回来才听人说的。还说毕竟管我叫了几年爸，看着打成这样，心疼。

梁为民妈冷哼一声，她看得清楚，晚饭时他们家烟筒还冒烟了。

梁建章说，分地的事是真没办法，但是我跟村委会那儿争取了，你们家西坡地的底边，有一块撂荒地，是个不规则的三角形，可以自己收拾收拾，随便种点什么。等过两年，村里谁家老人没了，地空出来，第一个给为民分。

事已至此，梁建成也只能认，跟媳妇两个人跑到西坡那块荒地，花了一整个冬天才把杂草除尽，把土里大大小小的石头挖出来，拉回家里，垒了半面猪圈墙。第二年开春种地时，还是让漏网的石头崩坏了犁铧，拿去让铁匠炉焊，花了二十多块钱。谷子种下去，放苗的时候，就比旁边的正经地矮，多施肥、多浇水，到了秋天收秋，还是矮，谷穗又小又细。再割回去，用碌碡滚了许多遍，用木锨迎风吹去谷壳，米粒小，发白。捞出来的干饭，吃着像吃稗子草籽。每次吃，为民妈都冷哼一声敲敲桌子：梁为民，瞅瞅你这块地打的粮食,喂猪猪都不愿意吃。梁为民大气不敢出,头埋在搪瓷碗里扒拉饭。碗里已经没米粒了,只听见筷子划碗底的刺刺啦啦声。全家人里,大概只有梁为民觉得这块地打出来的粮食,跟别的粮食一样香甜。但是他心里头满是委屈:又不是我要去别人家的,是你们把我送走的,咋都怪我呢?但这委屈他不敢说,甚至也不敢表现出来,但凡露出一点儿这种苗头,他妈必定会借题发挥一下。梁为民心里也多少明白了,自己在大伯家这两年,的确表现得"乐不思蜀",也就怀着些愧疚,对他妈老是针对他表示了理解。许多年后,等他到了他妈那个年纪,才更多明白他妈的心态,人到中年事事哀,却又没处发泄,如果跟他爸念叨,两人就得吵架甚至打架,正好有梁为民这个现成的活靶子,子弹不往他身上飞往哪儿飞?

四

1988 年,梁为民和弟弟梁为国一起上小学,还在同一个班。不过在老师和同学眼里,他是弟弟,梁为国才是哥哥,学籍上的出生年月写得明明白白。老师交代个什么事,都说:梁为民,你跟你哥一块去给炉子添点煤;梁为民,今天放学你跟你哥留下值日。一开始,梁为民还挣扎:老师,我比他大。老师多少也听说过他们兄弟俩的事,就说,好好,你大。可下一次,老师还是这么说,说着说着,他习惯了,大家都习惯了,这也就成了真的。更关键的是,梁为国学习成绩比他好,人乖嘴甜,谁都喜欢,还是个副班长,派头拿得比班长还足,同学也自然而然觉得他更像哥。

梁为民因为当了两年过继儿子,再回家后总是感到自己是个外来的,很多事很多话,梁为国和爸妈说得热乎朝天,他在边上听不明白,心里就惴惴的。时间一久,他在这个家里的存在感越来越淡,吃饭的时候,他妈只拿三只碗三双筷子到桌上。三个人扒拉半碗饭,才发现旁边还瞪眼坐着一个梁为民,就说:要吃饭不自己拿碗拿筷子,还等谁伺候?你以为你还是别人家的少爷独苗呢。梁为民跳下炕,趿拉着鞋去柜橱里找碗和筷子,又到饭盆里盛满满的一碗饭。不管什么时候,他只吃一碗饭,怕吃多了招人嫌,所以他有时候看见他妈少拿了碗筷,也不提醒,好等着自己盛饭,能盛得满满当当。

父亲对他和弟弟倒没那么大差别,当然算下来,还是更宠梁为国,这家伙每天晃荡在他身边，爸爸爸爸叫着。父亲干活回来，他第一时间给他舀一瓢凉水，学着样子帮他捏捏肩膀，其实总共也捏不了十下，但梁建成还是心里舒坦，觉得这个儿子知道心疼自己。这时候，梁为国趁热打铁，把自己考了一百分的卷子，或者是满篇对钩的写字本递给他。梁建成满意地在他脑门上弹一下：嗨，我们家这是要出文曲星了。转头又问梁为民，你的呢？梁为民便把自己揉得皱巴巴的试卷和卷边的本子递过来。卷子刚及格，写字本里的字被老师圈的大圈小圈，都是写错的或不标准的。梁建成眉头一皱，想发火，但及时控制住了，他心里想的是：怎么也不能俩孩子都是文曲星，一个聪明一个笨，也不亏了。

到了二年级，梁为民终于忍不得梁为国事事都压自己一头，想打个翻身仗。他的希望来自隔壁班的一个姓张的同学，张同学因为户口问题，上学晚了一年，但聪明好学，一年级刚结束，他已经自学到了三年级的水平，期末考试考了全县第一，一下子直接跳级到了三年级，反而比他班上的同学还高了一个年级。梁为民心里盘算，如果自己努力学习，到二年级期末考个全县前三名，那他也能跳一级，直接读四年级，这样就比梁为国高一个年级。

他真下了苦功夫，放学回家，在灶坑烧火都抱着语文书背课文。灶膛里填进去半捆麦秸秆，他一手捧着书，一手用烧火棍通灶膛，如果这时屋顶上空刚好一股风吹过，风倒灌进烟筒里，又顺着烟筒吹回灶膛，闷在灶膛里的秸秆就会腾的一下燃起一团大火，并且随着风从灶膛吹出。火苗蹿得很高，把梁为民的头发烧焦了一缕，甚至将他手里的书本烧掉一角。

很可惜，不管他下多大功夫，花多少心血，期末一考试，成绩也还是那样，不但考不进全县前三，连全班前三都考不进。梁为民心里不甘又无奈，他想不明白，自己这么努力，怎么成绩就上不去呢？倒是梁为国，始终能和一个女生交错着霸占前两名。

父母看着兄弟俩的试卷，亦喜亦忧，喜的自然是梁为国的一百分，忧的却不是梁为民的成绩，而是他妈那句话：这孩子怎么回事，就在别人家过了两年，咋啥啥都随他们家呢？他妈的意思是，梁为民笨，这笨跟她和梁建成无关，而是和梁建章有关。她这种想法也不能说没道理，毕竟梁建章家俩姑娘，没有一个学习好的，等后来生的小儿子上了一年级，成绩更差，稳居倒数第一名。梁为民不吭声，心里想，这还不算完，还有机会，只要他在考大学之前能跳一级，就能超过梁为国，夺回本该属于他的老大的位置。

这个心思，梁为民没有跟任何人透露过。

到了初中，梁为民成绩提升了，梁为国的成绩则下滑了。原因也简单，梁为民有要夺回老大位置这件事吊着，时刻不敢放松，日积月累，基础自然扎实，虽然不至于一下子名列前茅，但稳步提升也是理所应当。而梁为国因为当惯了学霸，到了初中有了更厉害的对手，心态不适应，再加上初中开始在镇子上读，可玩可看的东西多了，也时常被同学拉着钻进游戏厅里打游戏，心思渐渐散了，成绩下滑自是必然。这一个当然一个必然，两兄弟便经常在班级二十名左右相遇，有时候你超我两名，有时候我落你三名，一直到初中毕业。

在二十世纪九十年代中期，丰水山附近十里八村还没有过大学生，哪个村里出一个中专生，已经是祖坟冒青烟，值得请放映队放场电影庆祝了。按家里的想法，兄弟俩的成绩考中专肯定没希望，考高中则有戏，但是高中读完考大学又成了比考中专还难的事，所以算下来最经济的做法就是就此辍学，出去打工或回家种田。两人都不想继续种田，但各自心思不一样，梁为民想考高中上大学，万一考上了，他就是村里的第一个大学生，从此一雪前耻；而梁为国则已对念书毫无热情，一心想着去深圳、广州的电子厂打工，村里过年回来的打工人向他描述了那里的繁华和热闹，他早已蠢蠢欲动。

不过，梁建成对哥俩的前途有自己的主张，他和媳妇商量，俩孩子不能都种地，也不能都出去打工，梁为国毕竟聪明，就是这几年玩野了，如果能上高中，收收心，说不定真能考上大学。梁为民老实，再努力成绩也到顶了，不如直接回来种田，留在身边养老。本来，按照村里的规程，都是把大儿子送出去打工出副业，小儿子留在家里照顾老人。但这个家里毕竟名义上梁为国是老大，梁为民是老二，这么安排也说得过去。

中考前，梁建成把俩儿子招呼到跟前，媳妇在炕梢给他俩缝裤脚。这俩孩子长得快，裤子穿三个月，裤腿就短了，为民妈就找一条旧裤子，把裤腿截下来一段，接在现在穿的裤脚上。这哥俩的裤子就随着身高一点一点往上长，裤腿像是各种颜色的套圈摞起来的。不过，裤腿能接，裤腰接不了，以至于他们的裤腰都比较低，一猫腰就露出半个屁股来。裤子穿在身上，总觉得要掉下去，梁为国对此倒是表示欢迎，他已经从录像厅里看到了城里人穿的低腰裤，觉得自己正好赶上这波潮流。梁为民不适应，总觉得腰上凉飕飕的，习惯性地提一下裤子，但其实裤子没往下掉，只是裤腰短，他再使劲提也没用。

梁建成跟儿子们说了自己的安排，俩人都梗着脖子不搭话，一个往左边梗，一个往右边梗，像一棵树上不同方向的两根树杈。兄弟俩对父亲的安排都不满意，又不敢说，各自心里琢磨。梁为国想的是怎么磨叽他妈，让他妈同意他拿到初中毕业证就出去打工，见识花花世界。梁为民想的是另一件事。他知道，父母的撒手锏是报名费，只要不给他中考报名费，他考高中的愿望就不可能实现。不过他早就留了一手，这几年把自己仅有的零花钱，还有捡麦穗、捡废铜烂铁、夏天挖药材卖的那点钱一直攒着。他其实并不是为报名费攒的，只是从小的家庭地位让他早早学会了未雨绸缪，觉着手里攒点儿钱，说不定什么时候能用上。

现在就到了用的时候。可惜，道高一尺魔高一丈，他自己偷偷交钱报了名，却不知他爸早就料到了这一招。也不是梁建成能掐会算，而是梁为国从老师那儿知道了这件事，为了讨好父母就告诉了他妈，他妈告诉了他爸。梁建成去了一趟学校，跟老师说梁为民的报名费交错了，这钱其实是给梁为国报名的，参加中考的不是梁为民，而是梁为国。老师很为难，梁为民报名的时候他问过，孩子特意说这钱是自己攒下来的，还让他保密。他没给保住密，催梁为国交钱的时候说漏了嘴，现在让他偷桃换李、暗度陈仓，太对不起梁为民。但是梁建成是家长，家长的意见也不能不尊重，左右不好办。

等到中考前几天，兄弟俩都拿到了准考证。梁为民那个，最后是老师自己替他出了报名费，不过没给他报高中，报的是中专，心里想反正考不上，也算对他和他父母都有了交代。考试那天，吃过早饭，梁建成用借来的自行车载着梁为国，从家里去往镇上考试。梁为民不敢让家里知道，自己背着书包从山路跑，差五分钟开考才气喘吁吁进了考场。

梁为民走出考场，迎面碰上在外面等着的梁建成，知道这事瞒不过去也没必要瞒了。梁建成瞧见他，明白怎么回事了，事已至此，倒也没说什么，两个人一起等梁为国。梁建成吧嗒吧嗒抽烟，梁为民踢着一个小石子转圈，梁建成白了他一眼，他立刻不踢了，把石子碾在脚下。直到看门的老头锁大门，也没见梁为国出来。梁建成赶紧过去问，老头说早就清场了，现在学校里一个人都没有。梁建成蒙了。这时候，有一个跟他们同级的孩子跑过来，问梁建成：你是梁为国他爸吧？梁建成点头。那孩子递给他一张折了两折的纸，他打开，上面写着一行字：爸，我跟同学去深圳打工了，我一定赚大钱回来，给你盖大瓦房。纸条下还有一张纸条，是一张欠条，写着欠谁谁二百元，让他爸把钱给还了。这钱看来是借去跑路的钱。

梁建成脑袋忽悠一下，天上的云快速地旋转着流动起来，学校浮到了半空中，砖头瓦块噼里啪啦往下掉。梁为民伸手扶了扶他，顺眼看见了那张纸条上的字。

其实，梁为民知道梁为国计划在考试这天离家出走，但是他没跟梁建成说。一是怕说了自己就考不成试；二是觉得梁为国只是一时冲动，根本没那个胆量。没想到他真走了，他心里一阵轻松，也一阵不安。他走了，自己就是这个家里唯一的儿子了，如果他在外面出点什么意外，那……他不敢往下想，但心忍不住跳得厉害，脸上一阵红一阵白。

梁建成还以为他在担心梁为国，叹口气，拍拍他说：没想到你还这么关心你弟。

梁为民听了，差点流出眼泪，这是这些年来，他爸第一次说梁为国是他弟，而不是他哥。

回去路上，梁建成没骑车，推着车走，梁为民也就只好跟着走。一路上，梁建成都在琢磨，梁为国哪儿去了呢？跟谁走的？快到村口，他停住了，回头看梁为民，好像要从他脸上看到答案。

梁为民把头扭了扭，不敢跟他爸对视。看了一会儿，因为光线暗，也因为心里头其实没谱，梁建成不看了，突然狠狠地骂了一句：他可真敢，一下子借了两百块钱。

梁为国离开之后，梁为民的日子并没有多大变化，甚至更糟了。他妈把小儿子离家出走的罪过都算到了梁为民头上，认为是他非要考试把梁为国给逼走的，还催着梁建成去找，可天大地大、人海茫茫，哪里去找？

一个月后，邮差一下给家里送来两封信，一封是梁为民考上了赤峰卫校的通知书，一封是梁为国的信。梁为民有运气，重新组建的赤峰卫校第一年招生，没什么人报名，为了招满额，分数线降了又降，梁为民被卡线录取。梁为国在信中说，自己跟同学到了深圳，已经在一个电子厂上班，流水线，每天给电子板焊电路，一个月四百块工资，干得好，一年后当小组长，一个月就有五百。"我要发大财了，爸妈，"他在信中踌躇满志，"等我赚了足够的钱，我就回去给你们盖三间全砖的房子，给我妈买裙子、雪花膏、擦手油，给我爸买带过滤嘴的香烟、玻璃瓶的白酒。"他也没忘了梁为民，"还有我弟，他要考上中专，以后的学费我包了。"

"我们学校不要学费，还发生活补助呢，我上学不用家里一分钱。"梁为民说。这是他的底气，更是他对那句"我弟"的不满。

这句话确实硬气，他爸他妈没法对此质疑，只能念叨：也不知道为国在那边累不累，吃不吃得惯。或者两个人互相说，唉，这要是两个儿子都跑出去，咱俩老了病了没人管，直接喝一瓶敌敌畏，死屋里干净。躺在炕梢假寐的梁为民不接他们话茬，他知道，这些话里的意思，还是想把自己留下。他不会留下的，虽然没能如愿考上高中，能上个卫校也不错，只要离开这儿，哪儿都是广阔天地。

五

四年后，梁为民卫校毕业，身份证上他刚十八，实际年龄已经二十了。除了必须看证件的时候，其他时间，他对人都说自己二十。这四年，他学了点儿东西，可也不多，他那点儿天分一到真正的专业学习上，立刻显得捉襟见肘。他还是肯花力气，但有些东西要靠悟性，死记硬背能记下不少知识，可看病尤其是中医这个领域，个人的灵性和灵活性更重要。都是感冒发烧，对不同的人就要用不同的药，梁为民能把药方多少克、谁和谁相冲背得清清楚楚，却不会随机应变做调整。于是，四年下来，所有知识性的考试，他都能拿个七八十分，所有实践性的考核，他只刚刚及格。他那点锐气全都磨没了，也知道自己天分如此，不可强求，只劝慰自己，及格就是刚好，刚好也是好。让他没想到的是，毕业时不包分配了，全部推向社会自主就业，那群同学里，谁有医院的门路就去医院，谁有卫生系统的资源就去卫生系统，啥都没有，哪儿来的回哪儿去，自谋生路，自求多福。梁为民无处可谋，折腾一圈，又回到了丰水山村。他毕竟有个卫校毕业证，很容易在县里申请了一个执照，在村口开了家小诊所兼小药店。无论如何，倒是不用跑到田里，顺着垄沟受苦受累了。

二十岁的梁为民每天坐在诊所里一张从小学淘汰下来的榆木桌子后面，给村里人号脉、开药、打针、输液，跟全中国其他村里的赤脚医生没什么分别。不过，由于谨小慎微的本性，他只看小毛病，开药也是尽可能按最低剂量开，三天能好的，他给治到五天。时间久了，村里人自然不满意，别人治感冒，顶多吃一个星期药，你这咋吃十天？我这不是得多花三天的钱吗？他倒是提前想好了应答，拿出药盒，从里面找出一张薄薄的药物说明书，指着用药禁忌和副作用说：你瞅瞅，是药三分毒，下药猛，病当然好得快，可是中毒也深啊。咱们这又不是大毛病，多吃两天药怕啥？药不在多也不在少，而在刚刚好，是吧？众人听了，觉得也有几分道理，关键是村里就这一个大夫，除非你再走几十里去镇上卫生院。没人愿意舍近求远，久而久之，便也都习惯了他的慢，甚至有时候还说：梁大夫性子慢，但是稳当。

村里只有一个人不在他这里看病抓药，就是他妈。他妈觉得他可能给自己下毒。这当然是杞人忧天了，别人都不相信，只有他妈一个人言之凿凿：这孩子从小就有心眼，变着法地把他哥弄走，他自己考了中专。再说了，他恨我。梁为民也不解释，他知道解释没用，他妈的病，根儿还在梁为国身上。当年，梁为国跑到深圳打工，头一年还往家寄钱，第二年钱就越来越少，到第三年，不用说钱，连信也几乎没有了。梁为民快要毕业前，梁为国回来了。他不是一个人回来的，还带来一个女子，说是自己在外面谈的媳妇。这媳妇说一口谁也听不懂的话，梁为国说那是南方话，至于是南方哪儿的话，他也说不清。他俩在一起有段时间了，连比画带猜，能明白彼此的意思。说是媳妇，但这个女子是外来的，没有户口，也办不了结婚证。办不办证其实不重要，只要他们住在一块儿，再请亲戚朋友吃个饭，也算是结了婚。既然结了婚，他妈便不想再让他们去打工，把两人留在了村里。梁为国不爱干农活，他毕竟去过大城市，见过大场面，知道现在时兴什么，拿打工赚的那点儿钱，到城里买了一个台球案子，摆在村口的广场上，五毛钱一局，十块钱包场半天。后来，他的台球生意收费更精细化，一分钱击打一次球，要不然有的人一局球就能打一个下午。连那些只有几毛钱的半大孩子也忍不住试一试，叮叮当当，只几下，零花钱就进了梁为国的腰包。梁为国搬一个树墩凿成的小凳，坐在旁边，嘴里嚼着早就没了甜味的泡泡糖，每隔几秒钟吹个泡泡。泡泡吹起来，瞬间破了，泡泡糖粘在他的鼻子上，他就伸舌头，把泡泡糖舔进嘴里，继续嚼。如此循环往复，不休不止。他带来的那个媳妇，后来喝多了酒说漏嘴，其实不是中国人，而是从南边哪个国家来的，叫阿妹。在他的酒话里，演的是一出英雄救美的戏码。阿妹家里困难，有人介绍她偷渡来中国打工，来了之后，所有的钱和证件都被介绍人收走。梁为国和阿妹就是在工厂认识的，有一次，阿妹被厂里的小混混欺负，梁为国路见不平拔刀相助——是别人拔刀，他胳膊上被划了一道口子，好在人确实救出来了。他喜欢上了这个小个子女孩，阿妹既感激他的相救，又因为举目无亲，两人迅速熟络。后来厂子倒闭，厂长跑了，介绍人也不见踪影，阿妹无处可去，加上她又没正式身份，梁为国思来想去，能走的路只有一条：回家。阿妹也只好跟着，她清楚，回家就意味着他们正式成了一家人，再也回不到自己的国自己的家了。可她别无选择。

　　一开始，家里人村里人都不习惯这个阿妹的称呼，叫她为国媳妇，她听不懂，叫她阿妹，她就抬头笑笑，渐渐大家也就叫惯了阿妹。阿妹能干、勤快，深得婆婆的欢心。为民妈带着她下田薅草，阿妹干得比她还快，还仔细。梁为民他妈在后面看着她撅起的大屁股，心里十分欣喜，大屁股生儿子，更重要的是这个媳妇身体好。城里人不知道，农村人娶媳妇为啥要娶大屁股、身体健壮的，以为只是因为"大屁股生儿子"的笨想法，其实还有其他考虑：身体好，也就能干活，能干活就会过日子；还有，身体好的人，没那么多矫情，也不容易生病，生病不但不挣钱，还要多花钱。谁家里愿意整天养一个病秧子呢？

　　有阿妹跟着父母种田，操持家里，梁为国安心地在做他的台球生意，赚点儿钱，买一瓶雪花膏哄媳妇，买二两小蛋糕孝敬他妈，再打两斤散白酒孝敬他爹，剩下的他都自己抽烟喝酒啃猪蹄，隔十天半个月，他骑摩托车跑林东镇，录像厅里看一整宿录像，后来网吧开始流行，他就在网吧里QQ聊天，第二天黑着眼圈回村。他妈整天围着小儿子和儿媳妇转，没有工夫管梁为民，梁为民也觉得自己跟家里人不亲，不想热脸去贴冷屁股，渐渐习惯了一个人生活。过年的时候，他会回去，跟他们一起吃顿团圆饭，点两个爆竹，看着它们在深黑的夜空里炸燃，急匆匆地发出一声吼叫一点光亮，然后坠落在大地上。饺子一吃完，他便回到自己的小诊所，把炉子烧热，用铝饭盒热点谁家杀猪时给的杀猪菜，再摆几颗花生，一个人看春节联欢晚会，喝二两酒，然后在零点的鞭炮声中沉沉睡去。睁开眼，又是新的一天，新的一年。生活循环往复，好像能永远如此。偶尔，他也会盯着病人滴答滴答的输液瓶想，自己的重复和梁为国的重复，不是一回事。但具体有什么不一样，他一时也想不清楚。

一年秋天，大伯梁建章家铡干草，就是北方农村人家，把收完的谷子秸秆，用一种专门的机器铡成两厘米左右的小段，存在仓子里，冬天的时候用来喂牛羊。大伯家养了二十只羊，每年秋天都得铡一仓房干草。柴油机突突突摇着了，铡草机轰隆隆转起来，大伯发现人手不太够，就喊旁边玩的大丫头的儿子、自己的外孙毛豆：去二姥爷家找你大舅来帮忙铡草。毛豆得了令，飞奔而去。他先是碰到了梁为民，他刚给一个突然犯高血压的人输液回来。梁为民问他，毛豆，跑什么呢？毛豆说，舅啊，我姥爷找你去帮忙铡草。梁为民自从当年离开大伯家，对他家便心里存有了怨气，不想去给他们帮忙。便说，你姥爷咋说的？毛豆说，我姥爷让我找大舅去帮忙铡草。梁为民说，毛豆啊，你忘了从小你喊谁大舅啊？毛豆忽然反应过来，说：哦，我知道了，你不是我大舅，你是我二舅，我大舅在村口打台球呢。梁为民掏出一块酸酸甜甜的山楂丸给他，说：聪明。

毛豆嘴里含着山楂丸，继续跑，跑到村口看见因为喝酒整天红着面孔的梁为国，便说：大舅大舅，我姥爷让你去帮忙铡草。梁为国一愣，心想自己也没咋干过这活啊。刚好那会儿没人玩台球，他又好热闹，知道干完活肯定要吃饭喝酒。一吃饭喝酒，人们就会问他出去打工的事，问他广州什么样、深圳什么样，还问他到底是怎么把不知哪国的媳妇拐到内蒙古来的。他就能借着酒劲跟他们一通胡侃，附以网吧看来听来的各种新闻，把那些人听得惊叹不已。在这真真假假的胡侃里，梁为国能感到一种特别的快乐，仿佛他又重新出了一趟门。现如今不用真出门了，他只要能上网，就能知道天南海北的事。他计划着，等攒够了钱，自己也买一台电脑，摆在台球案子旁边，有人打台球，有人打电脑游戏，那才叫热闹。

梁为国抱着两根台球杆，让毛豆把花花绿绿的十几颗球装进袋子拎着，两人一起往梁建章家去。毛豆得了拎台球的活儿，心里升起些骄傲，把嘴里那颗糖嗦得吱吱响。

梁为国一到，大伯也愣，他本意是让毛豆去找梁为民，在他的想法里，梁为民才是老大，但是毛豆他们从小被梁为民他妈教育，喊梁为国大舅，喊梁为民二舅。在孩子眼里，大舅只有一个，就是梁为国。来也来了，他大舅他二舅都是他舅，这种活年年干，没多难，很容易上手。

梁为国凑到铡草机跟前，看了两眼，说：我还当多难呢，简单。便开干，他很快掌握了技巧，干得很溜，心里头有点小得意：我妈老说我不会干活，这有啥呢？

半个小时后，惨案发生了。梁为国毕竟喝了酒，更主要的是别人干活都穿轻便衣服，把袖子挽起来，他穿个的确良衬衫，袖子老长，让他挽上，他说不用，这样更潇洒。结果，铡草机的齿轮咬住了他潇洒的袖子，还没等他反应过来，就把他整只左手碾进了铡刀里，喊里咔嚓，骨头太硬，憋灭了柴油机。梁为国哀号惨叫，旁边干活的人都吓傻了，半天才反应过来，大喊救人啊，救人啊，可又不知道怎么救人。这时摆弄柴油机的师傅从屋里奔出来，看了一眼，心里知道完了，梁为国的手保不住了。他用最快的速度把铡草机拆开，梁为国已经疼晕了过去，刀片和齿轮上都是碎肉碎骨头，地上的干草一片血红，血腥味飘满场院。梁为民这时候也拎着急救箱赶来了，迅速给梁为国包扎，又用一个大塑料袋把混合着碎手的干草一股脑兜起来，大喊：快，去林东县医院。

有人找了一辆皮卡，众人把梁为国抬到车上，头下垫着一床被子，防止颠簸时碰撞。车一发动，他悠悠醒来，嘴里哀号着疼，还没意识到自己没了一只手。

那只手毫无接上的希望，那甚至已经不是一只手，而是一堆手了。当梁为民恳求大夫一定保住梁为国的手时，县医院的外科大夫笑了，因为是同行，偶有业务上的交流，他认识梁为民。他笑是因为你梁为民好歹也是个大夫，怎么会说这么没谱的话？这手别说在县医院，你就是到北京到上海，甚至到美国去，也不可能接上。

两个月后，梁为国出院回家，整个人都颓了，阴郁里是一股破罐子破摔的劲儿。他的台球，他的电脑梦，统统随着那只手灰飞烟灭。他妈更颓，但他妈的颓包含着恨，她第一个恨的是梁为民大伯家。不是你们家铡草，我儿子怎么能丢一只手？大伯家当然是理亏的，治疗费住院费肯定要出，除此外，又凑了些钱送过来。梁为民他妈把钱丢出去，不过没丢到大街上，而是丢到了门口往里一点。丢到大街上，大伯肯定就要捡起来，丢到门里一点儿，既表示了她的不屑不接受不甘心不忿不满，又能在他走了之后捡回来。这样拿回来和直接接受是完全不一样的，直接接受就表明赔偿已经结束，而这样拿回来就说明你们的赔偿远远不够，你还要持续不断地赔下去。

他妈第二个恨的，是梁为民。为什么是梁为民？因为她已经打听清楚了，大伯最开始让毛豆喊的是梁为民，梁为民不承认自己是大舅，说梁为国是大舅，毛豆才又喊了梁为国。或者说，就算应该有一个人丢一只手，也应该是你梁为民，不是梁为国。如果你梁为民去了，这事可能就不会发生，谁的手也不会丢了。不是嘛，每年村里都铡草，铡了几十年了，别人怎么都没铡掉一只手呢？连根手指头都没少啊。恨着恨着，想法就更多了，她甚至觉着梁为民来急救时是故意拖延，让小儿子的手错过了最佳接上的时间。她跟梁建成如此念叨，梁建成说她疯了，这怎么可能？为民再不满，也不会这么狠毒的。她说怎么不可能，梁为民恨咱们，他小时候被送人，后来回来后妒忌我们对为国好，他想考高中你也不让，把报名费截留了，等等等等，这些事他都一直记着，心里头恨咱们。有恨就有报复，他就是趁机故意报复为国。

梁建成叹口气，心里乱得像暴雨过后的麦地，一片枝枝蔓蔓，还都沾泥带水。

梁为民尝试跟他妈解释，但他妈不听他的解释，甚至说：你越解释就说明你越心虚。后来，他也就不再解释了，但他自己心理压力挺大，他妈对他的怀疑虽然毫无道理，可在逻辑上，的确是自己让毛豆去找的梁为国，然后梁为国断了一只手。

梁为国住院那些天，是梁为民和阿妹轮流陪床。阿妹比他们想的坚强，知道梁为国断了手，没掉一滴眼泪。婆婆心里嘀咕：这个媳妇是不是对为国没什么感情？只是阿妹对梁为国照顾得无微不至，几乎是日夜守候在医院里，她也说不出什么。

不陪床的时候，梁为民自己躲在小饭馆里喝酒，喝着喝着，浑身发抖。他脑海里老是梁为国那一堆碎掉的手混合着干草的样子。在医院里，当医生宣布绝不可能把碎手拼好接上之后，塑料袋里那些碎片瞬间失去了血色，从一只手变成一堆毫无生气的骨头和肉。他拎着那个塑料袋，不知该怎么办好。他不可能丢掉它，因为梁为国醒来之后肯定会找自己的手，即便接不上，他也会找。他就一直拎着弟弟的手住在医院旁边的小旅馆里，晚上，他会梦见自己窒息，在几乎死去的边缘又惊醒过来。那只手放在床底下，同时也在他的脖子上，只要他睡着，它就会扼住他的喉咙。

后来，梁为国从手术中醒过来，终于明白自己的手接不上了，哭了几天。

梁为国说，哥，我的手呢？

这是这么多年，他第一次喊梁为民哥，以前他都喊梁为民老二，从外面回来后就喊他大民。这个大民叫得委婉，既不是哥也不是弟，但大字多少还算是有点对梁为民的尊重。

梁为民指了指地上的塑料袋。袋子已经有一种腐味，他不得不又套上两层，尽量系得紧一点儿。

梁为民说：都在这儿呢，我一直随身带着。

梁为国看着塑料袋，嘴唇动了动。

梁为民知道他的想法，说：你别看了，看了更难受。如果你实在想看，就看看自己的右手吧，左手就是右手颠倒了个儿。

梁为国闭上了眼睛，说：左手就是左手，右手就是右手。

又过了一会儿，叹口气说：找个地儿埋了吧，看着闹心。

梁为民没把那只手埋掉，他托人找到镇子上的火化厂，让火化工把它炼成了灰，装在一个小瓶子里。他把小瓶子给了梁为国。

"你自己好好留着，将来你老了，放在一起。你总不能死了之后还少一只手。"梁为民说。

梁为国找了根红头绳，把小瓶子拴住，挂在自己怀里，像挂了一块怀表。

因为长期失眠，梁为民的精神状态很差，三天两头给别人拿错药，输液的时候看不清血管，平时两三次就能扎上的针，有时候要六七次。村里人说，老天爷带走了梁为国一只手，好像还带走了梁为民整个的魂儿。针多扎两次没事，但药用错一次就完了。梁为民没想到，还有更大的事故等着他。

村里有人肺炎发烧，要输青霉素。他记得青霉素过敏的事，按照流程给那个五十岁的妇女做了皮试，没问题。这一次血管找得准，一次就把针头扎上了，青霉素和葡萄糖滴滴答答输进妇女的血管，不到五分钟，就起了严重的过敏反应，他一边急救一边打电话找车，没等送医院的车开来，人就没气了。梁为民一直想不明白，自己明明做了皮试，不过敏，怎么一输液就过敏了呢？无论如何，人没了。但是在农村，人们认为大夫有责任，但妇女自己也有责任，她的责任就是她命该如此。梁为民把这几年赚的所有的钱都赔给那户人家，关了诊所和药店，他只能离开这儿，他没脸在这儿活了。人们已经在传说，他是一个天煞孤星，他不但克了梁为国一只手，还害了村里人一条命，只要他在，大家不定遭什么灾祸。

在离开丰水山村去沈阳的长途客车上，他突然间想明白皮试的事儿了。那段时间，他一直在忙着照顾梁为国，早就忘了皮试的有些药过期了，根本试不出是否过敏。

梁为民看着车窗外连绵的山，忍不住苦笑了一下：看来，他的责任也是他的命。

想明白这一点，他心里松快了不少，瞌睡还是不来找他，他就想起自己念卫校时的许多事。

几年前，他刚去卫校上学时，怀着逃出山沟的激动，觉得自己也许就此有完全不同的人生了。尽管那所学校是在赤峰市的郊区，偏僻、荒凉，离最近的小镇都有二十公里，比丰水山村到林东镇还要远，但是，他看着那新建不久的红砖青瓦的房子，还有贴着白色瓷砖的五层教学楼，心里仍止不住激动。上课下课时，响彻整个学校上空的电铃声也是高亢悦耳，比他在初中所听到的敲钟声要好听。更让他激动的，是看见那些从赤峰各地而来的学生，甚至还有自治区乃至外省市的人，他们的神态、口音和穿着，都让他有突然置身万花筒的感觉。

宿舍里八个同学，两个来自赤峰郊区，四个来自赤峰的其他旗县，还有一个是通辽的，一个是河北承德的。按实际岁数，他应该排行老大，但是他实在不好说自己和弟弟的年龄互换，其实比身份证和学籍上的年龄大两岁的话，便默认了1981年出生——如果他是1979年的话，会被辅导员选为班长，班主任的选择标准十分简单，就是找年龄大的。"年龄大的稳重。"其实毫无道理。这让梁为民遗憾了半个学期，直到后来班级的同学熟络起来，特别是同级的女同学们，明显对八〇后的同学更热情一些，他又感到年轻一点儿的庆幸。

梁为民读卫校，父亲不置可否，但本心还是高兴的，母亲却十分不满，因为家里少了一个计划中的劳动力，还是只有他们老两口侍弄那十几亩山坡地。年岁时好时坏，有时一整个夏季都是干旱，太阳仿佛把全部的热量都给了这一个村子，只有水帘洞里还有阴凉，石壁还滴着水，可那点儿水像是输液管最后那点儿药，滴滴答答，什么也救不了。

"神仙也渴死了。"人们说。

村里的土井有一半都干了，水管又往地下砸了四五米，也只打出浑黄的泥沙。梁为民他妈一边在烫脚的地上薅草，一边咒骂，有时候是咒骂他爸爸，说的还是晚上睡觉的事，骂他能吃、爱放屁，睡觉打呼噜、窝囊。有时候是骂老天爷，说它瞎了眼，不下雨，这是要收人。更多的时候，则是骂梁为民："败家子啊，念完初中还不行，还跑出去花钱。你看前头老孙家的两个儿子，赶着马车，从十几里外的水库拉水浇地，我看到了秋天，咱们全家就饿死吧。"没什么新鲜话，如果有一些天没有骂梁为民，那一定是他从自己的生活费里省下一点钱，汇到了家里。她用那些钱去代销点买黄油饼干和大山楂丸，逢人却说这是小儿子梁为国孝敬的，对梁为民只字不提。

晚上，躺在土炕上睡不着，他妈听着他爸的呼噜声，以及老鼠从地角跑过的声音，心里会生出一些愧疚，想梁为民其实没做错什么事。但是想着想着，便又想起小儿子远在千里之外，责任又都归在梁为民身上了，心下不免再次生出愤恨。偶尔，她会觉得自己这种愤恨来源于她几十年一直治不好的哮喘，来源于她从小就过的苦日子，来源于她生活里的一切，可是她得找一个具体的憎恨的对象才行，总不能每天对着虚空咒骂。她不太敢往下想，想深了，她就谁也不敢恨、不舍得恨了。

前几天，梁为民寄回来的钱多了一倍。她想不明白，他怎么能寄回这么多钱？她觉得梁为民寄钱，不是为了证明自己不靠家里也能念成卫校，而是来笑话她的。

梁为民能多给家里寄钱，是因为他找到了一份勤工助学的工作。说起来，这个活儿也算不上工作，特简单，你只需要把身体贡献出来就可以了。他们毕竟读的是卫校，老师讲课时经常需要一具身体，说说奇经八脉在哪儿，摸摸肠肝肚肺在哪儿之类的，这就得有人当医学模特。很多学生都不愿意干，有的是因为抹不开面子，觉得丢脸，有的是因为瞧不上那几十块钱补助，这正好给了梁为民机会。自一年级下学期有了实践课，他就成了班里御用的医学模特：把胳膊伸出来，让全班同学练习扎针，满胳膊针眼；躺在病床上，假装病人，任实习生随处捏按；站在解剖室里，抱着一具骷髅，给同学们展示全身的三百多块骨头是怎么组合在一起的。别的年级、别的班也有医学模特，但他们要不做的时间不长，干两节课就不想干了，只能换人；要不就是配合度不够，也不是故意不配合，而是总放不开，扭扭捏捏、犹犹豫豫，听诊器还没伸到衣服里，心跳就上了一百。只有梁为民，他当医学模特的时候，特别职业，让摆什么姿势就摆什么姿势，哪怕是穿个短裤，光着上身，几十个人轮流摸他的颈动脉、甲状腺、乳腺甚至腋下，他也能不动声色，仿佛真是一具假人。久而久之，梁为民成了卫校的一个不大不小的传奇，连上级下来检查，学校的课堂展示也专门请他去当模特。多少年后，梁为民每天摸别人的颈椎、甲状腺，看别人的屁股时，偶尔会愣神地想起念卫校时自己当模特的事。脑子里浮动着一句话，"三十年河东三十年河西"，这句话形容他的情况并不准确，在他的人生中从来没有一条泾渭分明的河，就算有，他也是一直在河流之中，而不是岸上，更没有此岸彼岸。不过，他找不到更贴切的形容了，时间如流水，哗哗从他身边淌过去，他无能为力。

六

2000年左右，中关村的电子一条街开始占据各种网络头条，甚至还有了"中国硅谷"的外号。老百姓对那些高大上的电子研究所、高新技术看不懂，他们更关心那些时兴且实用的新玩意，所以网上、报上是硅谷，在普通群众口中，还是叫电子一条街。

海淀黄庄附近的每一栋大厦的每一层，都排满了一个挨一个的玻璃柜台。柜台里摆着硬盘、电脑主板、鼠标、键盘、数据线，你能想到的所有电子零件，都能在这些短则一米、长不过两米的柜台里找到。其实这些二道贩子倒卖的东西远不止如此，投影仪、摄像头、显示器、各种充电器、DVD影碟机、优盘、光碟，包括那些不能拿到明面上来的毛片，应有尽有，所以在理论上说，你只要走进一栋大厦，随便问一个小柜台，就能买到当时的任何一种电子产品，区别只在于价钱和质量。这里到处都是生意，也就到处都是套路，那些不熟悉行情也不懂专业的学生、打工仔和办公室白领，经常连一层都没逛完，就买到了自己要买的东西，甚至还被推销了几盘光碟、一个优盘。

海龙大厦于一年前落成，在此之前，中关村大街的东西两侧都是路边摊，是最早的"电子一条街"，也有人叫电子大排档。春江水暖鸭先知，敏感的人不但预感了电子行业在新世纪的发展壮大，更看到了规模化的效应，于是迅速花钱建起一座大楼，路边摊摇身一变成了玻璃柜台。人还是那些人，产品还是那些产品，但一进到楼里，一切仿佛都高大上起来。那时候在海龙，最快最赚钱的业务是组装电脑。一台品牌机，少则八千，多则两万，而类似功能和配置的组装机，全买下来也就五千块而已，当然，你如果要运行大容量数据库或者打高清游戏，可以加钱提高配置，比如把电脑内存升级、硬盘空间升级、显卡升级、主板升级，甚至连键盘和鼠标都有专门为游戏设计的高灵敏、高精度的。在这里，钱就是电子，就是数据，就是科技，就是未来，它们相互之间催生，像雪球一样越滚越大；反过来也一样。

一座大厦，就是一个江湖，而整个中关村，虽然名为一个村子，实则是一个更大的江湖。人在江湖飘，谁能不挨刀——这是那些年在北京高校论坛上流传的一句话，说的是人们走进中关村，或多或少都要被这些精明的小贩宰一刀。海龙投入使用的第二年，梁为民带着自己所有的积蓄，一个猛子扎进了这个江湖，他当然算不上一条龙，至多是水里的一条小泥鳅。这条小泥鳅，信心满满，觉得自己也能跟周围的人一样，借着电子产品热的东风大赚一笔。

听到那些百万富翁的传说时，梁为民还在沈阳的一家民营医院里当护士兼大夫，那是一家肛肠医院。离开内蒙古之前，他还从来不知道全中国竟然有这么多肛肠医院，更不知道有这么多人有肛肠病。几乎每个城市里，你走几个路口，就能看见一家肛肠医院，或者是肛肠医院立在布告栏上的广告。念卫校的时候，老师似乎说过，这些年，随着经济条件越来越好，中国人的饮食习惯和工作方式发生了巨大的变化，肛肠病越来越多了。比如说，很多肛肠病跟长期久坐有关系，这说明办公室的白领比例明显增长了，另一些则是因为吃的口味过重导致的，这也能从大街小巷越来越多的湘菜馆、川菜馆、麻辣烫、串串香里得到印证。

他不懂肛肠科，其实整个医院也没几个人懂肛肠科，他们医院里，大部分都是跟他一样的半吊子大夫。他们学了一些基本知识——你只要比病人懂得多一点儿就够了，大部分肛肠病也无非那几种——痔疮、肛瘘、肠炎，上升到肿瘤阶段，就超出他们医院的业务范围。到这里看病的，大都是"难言之隐"，他们的套路通常是无事找事、小事化大，先给病人做常规检查，但凡有一点儿指标不符合既定标准，一定危言耸听地告诉你病情严重。其实，很多检查不过是为了让病人对诊断更加信任而已，总之一个宗旨，就是让病人觉得自己情况不容乐观，但是——万事就怕这个但是——但是，我们医院完全可以做到手到病除。手就是手术。只有做手术，才能赚到钱。而做手术的大夫，大部分是他们从公立医院里高价请来的，双方分工明确，找到病人、安排手术，大夫来了主刀，手术完拿劳务走人，他们再负责把病人尽可能多地留在医院。很多人来的时候只是略微便血或者瘙痒之类的小毛病，他们便貌似客观地提出建议，建议的主要方式就是给他们展示那些病情严重者的恐怖照片，以及拖延下去对生活的严重影响，大部分人都会在这个环节败下阵来，在手术告知书上签字。

这其中，有三分之一的病人其实都没有痔疮，根本不用手术，但他们有的是办法让患者同意手术。这种手术，他们就会让医院的医生自己做，其实什么都没割下来，不过是在肛门割一个小口子，再缝上，然后开一堆消炎药。做戏做全套，病人经历一个完整的痔疮手术的过程，仿佛真有个瘤子被割了去。一周后，病人带着白挨了一刀的屁股满心欢喜地痊愈出院，还不忘帮他们做宣传：这家医院的大夫水平高，做手术一个星期就好了。

那几年，梁为民还是攒了点儿钱。后来，又转战了几家民营医院，干的活大同小异。直到有一次，他亲眼看着这家医院把一家农村来的人骗得倾家荡产，然后那个本来没什么大病的男人死在了手术台上，才彻底离开了这一行。割个假痔疮，骗点儿小钱，他没什么心理负担，可把一个肝部的囊肿非说成癌症，还要开刀治疗，结果把人治死，这的确超出了他的心理承受范围。尤其是，他许多次想起因为自己失误而过敏死亡的村里人，也想起梁为国碎掉的那只手。这么多年了，那只手一直没有放过他。无数个夜晚，他梦见那个村妇打着吊瓶，幽幽向他走来。抬眼一看，输液管上面哪里是什么吊瓶，是梁为国的那只手，血缓慢地往下滴着。

他醒过来，再也睡不着，开始想自己到底该去哪儿，该干什么。有一天，他值夜班，值班室的电脑死机了，怎么也鼓捣不开，他索性把主机拆下来，又组装回去，一按，启动了。他又想起那些中关村百万富翁的传说，心中一动，明白到了离开这里的时候了。

不久后，他身上揣着这几年攒的一万块钱，徜徉在北京的街头，不知往何处去，也不知该干什么。某个夜晚，他在游荡中想起在沈阳时听到的那个传说：北京有个中关村，那里每天诞生一个百万富翁。而这些百万富翁，都是卖电子产品起家的。当时的他听得心动不已，只是觉得自己这方面的知识一点都不懂，只能是想想。现在，他既然已经在北京了，便不能只是想，总得做点什么。于是，他在中关村附近游荡了半个月，每天去跟那些摊贩聊天，发现其中一多半以上都不是学计算机的，都是门外汉。他得到的结论也得到了鼓励：做二道贩子，不需要专业知识，卖鸡蛋的从来也不下蛋嘛。那时候，国家鼓励这类新兴产业，各种证件办起来就快，两周的时间，梁为民就拿到了经营许可证，也租到了一个小柜台。万事开头难，但这事相反，开头简单，真经营起来难。先得找合适的进货渠道，更得摸清整个海龙大厦同类小店里的运行方式，当然更得吸引客源，哪一个环节不通畅，钱都不会流进他的腰包。所以，梁为民很快就明白了，一条河里都是鱼，并不代表你跳进去就能捞到鱼。不过，他能从周围人那里感觉到，这条河的确有鱼，每隔一段时间，他都能听说某家小店升级为代理商之类的消息。这让梁为民觉得，成为百万富翁仍然是可能的，前提是必须坚持下去。

还好，他撑住了，在这个每天都有新公司成立和老公司倒闭的地方，活下来了。

那一年，梁为民仓皇离开，梁为国留在了家里。大伯梁建章在从村主任上退下来之前，干的最后一件事就是帮梁为国安排了工作，算是对侄子在他家丢一只手的补偿。他花钱找人给梁为国弄了个进修学校的文凭，然后用这个文凭，把他弄到村里的小学当了老师——无论如何，他总还有教小学生的能力。否则，这个一只手的人能干什么呢？

梁为国所有的冲动和心气，都和那只手一起消失了，他一夜之间就从一个浪荡子变成了一个中年人。不久，阿妹怀上了孩子，竟然还是三胞胎，三个儿子。这让梁建成一下子挺直了腰板，虽然梁为国没了一只手，可是他有仨孙子，一个孙子两只手，比谁家的手都多。

梁为国在小学里上课，左边袖子空空的，走起路来晃荡着，后来他便让妻子把它裁短，或者卷起来。没过多久，梁为国渐渐发现，人其实不需要长两只手，所有事一只手都能完成，只是完成得慢一点儿、麻烦一点儿。他甚至从自己的不方便中发现了某种乐趣。他一只手翻书，一只手掐着粉笔在黑板上写"鹅鹅鹅，曲项向天歌"，一只手骑自行车，一只手解开裤带撒尿，一只手擦屁股，然后再用一只手把裤带系上。裤带是他媳妇阿妹特制的，左边是一条带子，右边缝成一个环扣，把带子伸进环扣里，折回来，这边裤带上缝着一排扣子，他只要根据肚子的大小，把带子上的扣眼扣在不同的扣子里就行了。唯一让梁为国觉得一只手不如两只手的，只有在抱孩子的时候，不管他右手多有劲，一次最多也只能抱起两个儿子，另一个抓着他空空的袖子，爸爸爸爸地哭叫。他只好让他搂住自己的脖子，把他吊在胸前。两分钟后，小家伙胳膊酸麻，又从他胸口出溜到地上。

他已经习惯了一只手生活，对造成这件事的人的怨念，也逐渐变淡、消散，因为痛哭和咒骂过太多次，梁为民一去不返，大伯家赔钱、给他安排了工作，他的恨除了让自己重温痛苦，已经没有任何其他意义。尤其是阿妹，此前的生活里，他偶尔会担心她偷偷离开。当然，她不识字，普通话说得磕磕绊绊，甚至都弄不清楚自己现在到底身处何地，要走也没得走。那只是一种感觉，他们成了两口子，睡在一铺炕上，一个锅里吃饭，但总感到阿妹的心里在想着什么事。有时候，他半夜醒来，会发现她仍坐在炕梢，瞪着眼睛，仿佛不需要睡觉。但是他不敢去问她在想什么，或者说，他自己对此有所猜测，他怕猜测成真。他想尽办法要给阿妹上个户口。大伯梁建章给他出了主意，在周围的村子里四处打听，终于找到一个年纪相仿的姑娘，姓岳，叫岳小琪。岳小琪几年前失踪了，活不见人死不见尸，失踪人口户口是不注销的。梁建章的主意是，花钱从她父母那里把岳小琪的户口借出来，让阿妹用岳小琪的名义领了结婚证，也顺便把户口落在梁为国家里。但这事不好办，得一点一点来。

当那只手没了之后，他却从阿妹的眼睛里看到了心痛和怜悯，那是之前从未有过的情感。刚出院那会儿，她帮他穿衣服，轻手轻脚、小心翼翼，生怕一不小心弄疼了他。他觉得，她那颗不安分的躁动的心正在消失，夜间，也越来越少睁着眼睛枯坐，开始沉睡，甚至打起了呼噜。某几次，半夜里，她的手伸过来，握住了他那段带着伤疤的骨头，他就任她握着。

但有一个人不这样，就是他妈，他妈对这件事的怨恨恰恰相反，似乎越来越强，家里的任何事情，她最后都能绕到这件事上来，一切错误都是梁为民和梁建章的。这成了他妈活着的理由，也是她忍受半生辛苦的理由，她的哮喘、她的腰腿疼、她的偏头疼，她几乎快掉光的头发，甚至家里一只鸡被路过拉矿石的车碾死，这一切的罪责都是梁为民造成的。"败家子啊，扫把星。"她的咒骂和唠叨充斥在这个家里所有的时间和空间，阿妹起初听不太懂这里的话，不知道婆婆每天在咒骂什么，还以为她骂的是自己，心里总是惴惴不安，怕他们打她，就没黑没白地干活。后来，她渐渐从闲聊的其他妇女那里知道了梁为民和梁为国小时候的事，也听懂了梁为国丢掉一只手的前因后果，更因为怀孕生了孩子，便不再害怕，甚至全家人里只有她敢跟婆婆怼上几句——婆婆听不懂她说的到底是什么，但能判断那是一种反对。婆婆对媳妇的那点儿不服从和反击，不但没有恼怒，反而感到欣喜，她本来对这个外国媳妇是不满意的，个子矮小，皮肤白净，白得一看就不是本地人，说话怪腔怪调，但后来看她很勤苦，还一下生了三个孩子，尤其是发现这个小个子女人不是没脾气，而是挺会察言观色地忍耐，等待时机一击而中，便越来越认可她了。她觉得，梁为国和这个家都需要这样一个女人，一个跟自己很像，最好是自己的加强版的女人。从三十几岁开始，她便觉得自己可能随时死掉，她需要在死之前找到合适的接班人。梁为国的手没了的半年后，她曾悄悄去三十里之外的西沟村找一个神婆算过，神婆说的当然跟她想的差不多："你们家那个大儿子啊，天煞星下凡，本来没啥事，可惜你们把他给送人了，他在别人家里那几年，把他们家的霉运全带回你们家了，所以你们家接连发生祸事。"

梁为民他妈恨恨道，果然啊，还是他们害的。她请神婆给个禳治的办法，梁为国已经丢了一只手了，这辈子不能再有什么意外了，再有意外，全家都活不成。神婆告诉她，梁为国有个守护神，就是他那个拐来的媳妇，只要他媳妇支棱起来，以后就什么都不怕了。"你别看他媳妇又瘦又小，可她身上有南方山里的地气，等这地气上来，她能护男人一世周全。"他妈立刻深信不疑，心里想，神婆从没见过儿媳妇，竟然知道她又瘦又小，可见真有神通。她哪里知道，在"见多识广"的神婆眼里，所有的南方大山沟里的女人都又瘦又小。

这之后，他妈一点一点把柜子的钥匙交给了梁为国媳妇，让她当了家，除了户口本，家里的钱物都归这把钥匙管。不过，她还是留了个心眼，钥匙不止一把，她把钥匙给儿媳妇几天后，趁她去乡里产检，自己开柜子一样一样检查存折、几件不值钱的首饰，发现一样没少，连摆放的地方也丝毫没变，这才放下心来。

她偶尔会在偏头疼和哮喘同时发作、整夜整夜睡不着的时候想起梁为民。她的心情十分复杂，面对着虚无的漆黑夜空，听着偶尔响起的老鼠的窸窣声，她突然间恨意全无，脑海里漂满梁为民小时候的琐事——送到梁建章家之前的点点滴滴。这孩子从小嘴馋，看见吃的，两条腿便像被点了穴，一动不动，大嘴张着，口水能流到半尺长。那时候的吃食，又能有什么呢？一块放了不知道多久的水果糖，几个刚刚透出红晕的果子，庄稼地里的甜瓜，作为大儿子，那时的梁为民在同龄孩子里绝对算不上缺嘴，甚至比大部分孩子吃得都多都好。但他就是馋，经常半夜里拱她的怀，叼着乳头使劲吮吸，把她从一个梦吮吸到另一个梦。那时候，梁为民已经断奶快一年了。他不是想吃奶，就是馋，可大半夜没有任何东西可吃，他便去吮吸母亲，用这咂摸抵抗对食物的渴望。许多年后的今天，她在无比清醒的夜里，在哮喘稍微平息的空当，突然想起那个梦，心里咯噔一下，仿佛明白了自己为何从梁为民小时候就不喜欢他了。

　　那是怎样的梦呢？是她从未对任何一个人讲过，甚至连自己也刻意忘记，多少年都不曾想起的梦。那是个春梦。在梦里，是她年轻时喜欢的那个南方来的弹棉花的老客，两个人在秋日开满金黄色花朵的葵花地里，赤身裸体，他捧着她的乳房，先是用舌头，然后是用嘴去吮吸，她颤抖着，呻吟着，更享受着。没有其他动作，只是这仿佛天长地久般的触电一样的吮吸，就让她抵达了从未体验过的快乐。就在这时，她醒来了，忽然发现怀里是自己几岁的儿子，羞耻感如一轮朝阳，瞬间照亮整个黑夜，她的身体仿佛置身冰水里的炭火，在冷和热之间焦灼着，吱吱啦啦，发出刺鼻的煳味。她狠狠地给了梁为民一个耳光，那孩子在迷迷糊糊中被打，立刻号哭起来：妈……啊。我想吃东西。她看见了他黑洞洞的嘴巴，感到厌恶极了，坐起身，把他扯起来，一把从炕上丢到了地下：吃吃吃，就知道吃。

　　现在，她摸了摸自己的乳房，它们已经干瘪得像空了的面口袋，想起梁为民，也想起当初梁建章来商量抱养他时，梁建成还在犹豫，是她一锤定音，把他送走了。她忽然觉得心脏收缩，身体也跟着蜷缩起来。过了一会儿，感觉好些了，她伸手推了推丈夫。梁建成醒了，问，干吗？

　　"老大多久没来信儿？"她问。

　　梁建成嘟囔一声，都在一个院里住着，来什么信，你是不是做梦了？

　　"我是说为民，他都多少年没回来了。"她补充。

　　梁建成立刻清醒了，这是几十年来，老婆第一次把梁为民喊为老大。

半年多了，上一次他打电话，我没跟你说。他说他谈了个女朋友。

她哦了一声说，谈女朋友好，睡吧。

七

梁为民结婚那年，回了一趟家。他不能不回家，他的户口还在村里，不回家办不了结婚证。结婚对象是海龙电子城的收银员小霞。两人的结合过程十分简单，就是梁为民的小柜台，有一次有人拿着假收据来提货，梁为民没仔细看，把两台电脑直接让人拿走。后来对账对不上，就去找收银员。小霞挨了一通骂，心里委屈，一查底单，根本没这笔款子，怒气冲冲去找梁为民，把一杯刚泡好的胖大海倒在了他身上。梁为民也发现那张收据是伪造的了，知道冤枉了小霞，任凭她发泄。后来，他又去找小霞，说请她吃饭，赔礼道歉。一来二去，两人就熟络了。半年后，他俩住在了一起，又半年后，谈婚论嫁。

梁为民已经有些年没回林东镇，没回丰水山村了，他偶尔在初中同学群里看见他们发的图片，知道家乡已经大变样。车进了林东镇，他指指这里指指那里，跟小霞介绍说以前这儿是粮食饭店，他们家大师傅烙的酸菜馅饼特别好吃，我哪回离家去赤峰上学，都要去吃一斤馅饼。这个兴隆商厦，原来就是一排小平房，有一个租书厅连带台球厅，我跟同学来玩过几次。有些东西变了，有些东西没变，比如道路变了，原来的土路都变成了砂石路，但路边的庄稼没变，玉米还是玉米，大豆还是大豆，卖西瓜的摊位上的西瓜，依然是绿皮红瓤黑籽，可吃起来，味道又变了。他停下车，买了两个西瓜。以前那些事，梁为民都跟小霞说过了，让她做好心理准备，如果他妈说什么不好听的话，就当没听见。只要拿到户口本，把结婚证领了就成。小霞嘴里答应，心里打鼓，手在包里把自己的户口本捏得紧紧的。

快进村时，梁为民停了车，下去抽了根烟。丰水山在不远处，看上去怎么比原来矮了呢？

小霞也下车，说："山清水秀。"

梁为民扑哧一声，说："你没冬天来，冬天来一片光秃秃。"

小霞往远处指了指，说："那个山有名没？"

"丰水山，"梁为民说，"那上面有个水帘洞，我跟你说过。"

小霞踢了踢脚边的石头，合着我嫁了一个花果山的猴子。

梁为民踩灭烟头，说："上车，回家。"

事情办得很顺利，他妈的态度让梁为民意外。他以为她肯定会挑毛病找麻烦，没想到他妈什么话都没说，把户口本给他找了出来。第二天，他开车去乡里派出所，直接扯了结婚证。回去，他妈说，证领了，婚礼怎么也要办一个，才像样。梁为民和小霞回来前，没打算在老家办婚礼，他们想能把结婚证顺利办下来就不错了。他妈这么一说，又觉得确实应该办一下。

婚宴定在乡里，那儿有一个不大不小的饭店，叫好客来，够摆十桌。每桌三百元的标准，鸡鸭鱼肉都上大海碗，酒是草原白，八十八一箱，烟是中南海，已经算村里婚宴的高配了。很多人家都有了小汽车，马路上一看，跑的都是大众、马自达，还有奥迪宝马，好像这个村特别富，其实都是二手车，从节能减排的大城市淘汰下来的，他们在林东镇看见一溜二手车行。连梁为国都买了一辆，不知道他一只手是怎么考下驾照来的。后来在去镇子饭店的路上，梁为国说，驾照是他找一个堂弟替考的，别看他就一只手，开车稳当着呢。确实，从丰水山村到饭店几十里路，弯弯绕绕，经常还跑出一只狗、两只鸡，但梁为国的车始终很平稳，连一个急刹车都没踩。

"因为我专注，"梁为国说，"自从那次走神，没了一只手，我干啥都特别专注。我又不是哪吒，有三头六臂。"

乡下的婚宴，流程都是固定的，无甚可说，一整套下来，累得人仰马翻，全家人也没机会在一起坐坐。回去时还是梁为国开车，到家里，他妈把提前打包好的饭菜回锅热了，摆了一大桌，这才吃了个团圆婚宴。他们没和其他人一样在饭店吃，一是时间紧，他们后面还有一个办白事的，怕冲了不吉利；二是想着赶紧把客人都送走，才能放下心来，索性就没吃东西，每人垫吧点儿干粮和熟食。

新婚之夜，梁为民和小霞住他爸他妈的屋子，他爸妈去邻居家借宿。两个人躺在火烫的土炕上商量：婚也结了，得想想事业。梁为民把自己的盘算跟小霞说了说，小霞点了点头，梁为民的手伸进了她的衣服里，握着她丰满的乳房，第一次有了对未来的笃定感。

　　回到北京，小霞把收银的工作辞了，两个人一起经营小柜台。生意不错，尤其是梁为民开拓了投影仪业务之后，只要搞定一个学校或公司，一个订单就能吃半年，但是经常半年才搞定一个订单。他开始频繁在外面应酬，现在的生意，已经不是坐在柜台后面，守株待兔一样等着客人上门了，你得自己去谈。再加上网上购物越来越流行，特别是京东商城这一类货到付款开始，人们逛商城的兴致明显降低。电子产品开始标准化，品牌机的价格也逐渐下调，人们已经不再热衷攒电脑了，便宜千八百块钱失去了吸引力，然后显卡、主板、硬盘老是出问题，修来修去，这一千块钱就又搭进去了。梁为民主外，小霞就成了整天坐在柜台后的那个人。大楼里她这样的女人多得是，她们戏称自己是"坐台女"。

　　那时候，来柜台买东西的人已经很少，大部分都是刚开学的学生，走过来，这看看那看看，你问他买什么。他就说，看看。再问他要什么价位的，台式机还是笔记本，品牌机还是组装机，多少内存，多少显卡，多少硬盘，他们便说出一堆数据。其实毫无概念，应该是在论坛上做了些功课，显出一副很懂行的样子，答出来的话却相互矛盾、漏洞百出。有时候，小霞能说动他们在她这里买东西，更多的时候，聊了半天，他们走了。她就知道，他们来这里根本不是诚心要买，只是来了解行情，然后回去再从网上下单。

　　时间久了，小霞变得十分慵懒，歪在一张二手老板椅上，整天对着一台旧显示器看连续剧，林志颖在《天龙八部》里一会儿多出一个妹妹，《还珠格格3》里的小燕子已经变成了黄奕。商场里顾客不多，但永远是嘈杂的，每个柜台都在放片子或音乐，还有整个大楼的音响系统里各种促销、广告轮番轰炸。但是小霞的电视没有声音，她也不戴耳机，像一个天生的聋人一样，只看画面。她觉得，电视剧里的种种场景，跟她所身处的背景声之间形成了独特的般配感，男主对女主的嘶吼，正好是大促销广告中的声嘶力竭，女主梨花带雨的哭戏，配上隔壁女店主一边听歌一边跟着哼唱的变调声，也有一种奇特的效果；而电视里的打斗场面，也时常能遇到商场里因为售后问题而发生的争吵。总之，现实里的一切和电视里的一切，都毫不相干又天衣无缝地混搭在一起。这整个世界就像一个低配版的组装机，各种零件，努力运行着最新的系统。

在昏昏沉沉中，她感到一阵反胃，心里想，不会怀孕了吧。计算自己例假的日子，的确很有可能，她应该让别人帮忙看一会儿，自己去楼下的金象大药房去买一个验孕棒，然后到又脏又乱的厕所去验一下，但她懒得动。她心里有着犹豫，如果真怀孕了，她就得离开这全中国除了核电站反应堆之外辐射最严重的地方。她的四周有成千上万台电子产品在发光、闪烁，放射出各种波长的电波。楼里传言，有的女老板整个孕期都坐柜台，后来生了一个怪胎，但是没人能说清到底是哪一层的哪个柜台。不过，这个传言出来后，那些试图备孕的女性们，都穿上了防辐射服的孕妇装。当然，在更早这里有着另一个传言，那就是男人们因为长久被辐射，体内的精子都被杀死了，十个有八个是不孕症。这个传言也没有人承认。后来，周围人来来往往，许多人也有了孩子，到底是传言毫无根据，还是人家有了别的法子，就不得而知了。

小霞和梁为民自然也听说了这些传言，心里头拿不准，还去海淀妇幼做了个检查。检查结果出来，不好不坏，梁为民的精子数量确实比平均水平低不少，活跃度也不够，但大夫说，这也不能说明就一定不孕，人的精神状态也很重要。当然了，如果不放心，还可以去看看中医，开点中药调理调理。梁为民心里清楚，自己的身体都是这两年跑生意应酬熬的。尤其是半年前那次，是最直接的原因。

去年冬天，梁为民去鄂尔多斯谈一个校用投影仪的项目，这个项目不但关系到他这个小公司的生死存亡，也关系到他和小霞的婚能不能结成。项目是他当年卫校的同学小胡给介绍的，小胡现在是鄂尔多斯市下面一个县卫生局的副局长，而他岳父则是教育局的正局长，他介绍这个活儿，当然是希望从中得点儿回扣。这也不是大不了的事，项目嘛，都是如此，熟人反而好谈些，拿一成还是两成，说定即可，也更安全。梁为民过去签约，不想那几天这个小胡出了点事，他在洗头房里跟一个洗头妹发生了关系，洗头妹也不是省油的灯，给他录了一段视频，拿着上门敲诈他。小胡不愿掏钱，就找公安局的朋友去查洗头妹卖淫，洗头妹被抓进去一个月，出来后用视频威胁小胡，不给钱她就发到网上去。小胡无奈，只能掏钱，哪想洗头妹拿了钱，还觉得不解气，便把视频发给了他老婆。老婆一气之下跑回娘家，岳父听了大为光火，梁为民这个项目也捎带就要黄了。但这边，梁为民一百多万的货已经从厂家提到北京，退货他得赔几十万，不得已亲自开车把二十台投影仪和相关设备运到鄂尔多斯。

在羊肉馆见到小胡的时候，他一脸沧桑，胡子拉碴，看来也被老婆丈人折腾得不轻。现在，他的整个前途攥在人家手里，再说，错的毕竟是他。一见面，小胡就给梁为民赔不是，说点儿背，常在河边走，哪想这次不但湿了鞋，甚至水淹到了脖子下。梁为民问他，这事到底还有没有转圜的余地，哪怕他一分钱不赚，把账抹平也行。小胡唉声叹气，说除非搞定我老丈人，否则没戏了。梁为民来的时候，带着一箱茅台，一盒鹿茸，那盒鹿茸是他黑龙江的大舅子给他的，听说他们要备孕，让他补身体的。

梁为民跟小胡说，只要能帮我把你丈人约出来，其他的我来搞定。小胡想了想说，行，如果这次还不成，我就真没辙了，只能对不住你了。

那天夜里，梁为民一个人走在县城荒凉的街道上，前几天刚下的积雪已经融化不少，残留的雪堆里都是灰黑之色。县城的西北方，有好几座露天煤矿，这让这里的天空常年都是煤灰色的。他能清晰地闻到生煤、小店里燃烧不充分的煤焦石烟的味道，它们仿佛不是烟尘，而是颗粒，顺着呼吸道一直进入肺里，扎根下来。他只好点燃烟，狠吸几口，以毒攻毒。路灯昏黄，每隔几盏就有一盏坏了，那段路也就显得更暗一些。他想起童年时老家的雪路，尤其是读初中时的冬天，他们住在土坯房宿舍里。南北两铺大炕，每铺炕上十个孩子，身上的虱子多到串种，虮子在衣缝里密密排成一条白线。坐在教室里，经常能看见前座同学的脖子上有虱子在爬。冬天，他们把虱子捉起来，放在烧红的炉盖上，虱子立刻噼噼啪啪被烤死，发出一种穿了很久的内衣被炙烤的臊腐味。他们说，那就是死亡的味道。他想起过敏而死的那个妇女，她早就已经化为泥土了吧，如果坟头长出了青草，是不是那种臊腐味也会置换为青草味。

他走到了小县城的尽头，砂石路消失了，接驳的是一条刚修好不久的柏油路，据小胡说，因为县里区里有冲突，这条本来穿城而过的柏油路，擦着县城而过了。柏油路向西延伸，远处隐隐约约的灯火，那已是几十里外的另一个镇子。

梁为民感觉到有些冷，他踱着脚，在柏油路上跺几下，又到砂石路上跺几下，然后到路边的土地跺几下。不同的地方，是不同的感觉。脚上血液加速流动，有一种酥麻感沿着脚踝向小腿延伸，但是因为跺脚，裤腿偶尔露出缝隙，也让冷风顺着腿向上蔓延，上面的风则从衣领进入，然后向下侵蚀。两股势力在他肚腹之处会师，让他感到一片冰凉。

鄂尔多斯可真冷啊，他想，比北京冷，比老家林东也冷。但是鄂尔多斯的夜晚和林东一样黑，北京的夜晚从来没有真正黑过，总有各种灯光亮着。有灯没灯，一个人走夜路的孤独感是一样的。

八

第二天晚上，在一家全羊馆的小包间里，梁为民见到了小胡和他那个蒙古族老丈人。他足有一米九的个子，典型的蒙古族人的高颧骨，面孔粗红，讲话带着奇特的音调。梁为民特意没选大饭店，而是找了这家全羊馆，他已经打听过了，这里是教育局那些人最常去的聚会之所。

烤全羊和羊杂汤、羊盘肠上来，梁为民绝口不提生意的事，一口一个叔地叫着，敬酒，奉承。他跟小胡谈论着当年念卫校的事，小胡虽然搞不懂他葫芦里卖的什么药，但很配合，两个人你一言我一语地回忆出许多细节来。酒喝到半酣，梁为民顺势讲起自己的童年经历，怎么被送给大伯家，又因为什么被退回家，怎么从老大变成了老二，怎么一个人去卫校念书，怎么给同学们当医学模特。说到伤心处，他涕泪横流。小胡老丈人在酒精的作用下受了感动，终于松口说：那批货，我们也不是不能买。梁为民立刻说，叔，你说怎么着就怎么着。老人看着面前的酒说，这样，你干一杯酒，我买一台。一共二十台，你只要喝到二十杯，我都买。喝酒的玻璃杯是二两一杯的，二十杯就是四斤酒，何况他们之前已经喝了两斤。以实际酒量看，三个梁为民也喝不了这么多酒。

小胡想说话，梁为民一摆手，让他啥也别说，喊服务员拿二十个杯子。

二十个杯子拿上来，二十杯酒一溜倒满。梁为民说：叔，你是场面人，肯定说话算话。我拉货的车就在外面，今天我喝一杯，小胡你就搬一台机器。如果我三杯就倒了，你就搬三台，我喝十九杯倒，你就搬十九台，只要我喝不到二十杯，这些仪器都算我白送的。我喝到二十杯，你们再付钱。

梁为民干了一杯。辣，一条火龙从喉咙钻进他的胃，那里翻江倒海，但是他的脑海却风平浪静，他从未如此清醒、笃定。不知为何，他信心满满，他觉得他肯定能喝二十杯，能把这笔生意谈成。喝前十杯时，老人和小胡都一动不动看着他，等他端起第十一杯，小胡忍不住了，跟老人说：爸，再喝下去怕要出事。老人还是一动不动。梁为民继续喝，喝到第十九杯了。他的头脑依然清醒，但是眼睛耳朵和整个身体都像飘浮在空中，又像是沉溺在深水里，晃晃荡荡，无所依凭。我成酒仙了，他想。他之所以自信，是因为饭局上的一切，并没有超出他的预想，他知道今天是一场硬仗，虽然不知道到底会怎么打。他做好了牺牲的准备。当老头说出二十杯酒二十台仪器的时候，他知道，今天的事成了，至于成了的结果和代价，那是明天考虑的事儿。

梁为民喝掉了二十杯酒，尽管第二十杯刚灌进去，他就呕吐起来。他伏在椅子背上，身体向前探着，前面是木盘上那只几乎没动过的烤全羊，金黄的羊肉已经冷却，呕吐物很快掩盖了这只羊。老人仍然没说话，他站起来，出门时拍了拍小胡的肩膀，说：别让他死在这儿，明天，你回家吧。小胡知道，梁为民的事成了，自己那件事也过去了。

他上前扶住梁为民，他已经浑身瘫软，像一根刚灌好的羊血肠，满身腥臭，软滑。小胡找了两个服务员，帮他把梁为民抬上车，又跟他到宾馆，一起把他抬到房间的床上。他从包里掏出两盒中华烟给服务员。他们走后，他在梁为民旁边坐了一会儿，发现他呼吸均匀，脸色从刚才的惨白中缓过来，渐渐红润。他走出房间，发现手机上有一个未接来电，还有一条短信，都是他老婆的。短信上就几个字：还不回来？他回了一个，马上回。

两天后，梁为民开着面包车，行驶在回北京的高速上。小霞告诉他，那笔仪器的钱已经到账。但是，这次出门也给他留下了永久的伤害，不是酒精直接造成的，而是另一种。

那天晚上，他半夜口干舌燥，起来找水。房间里没有水，前台的人已经睡着，大门关着，但并未锁上。他穿上大衣，走出小旅馆，想去找一家开着的小商店买水。

他走出宾馆时，看见天上有一轮月亮，又大又圆。他觉得自己看错了，这里的天空不管白天黑夜都是雾蒙蒙的样子，怎么会有月亮呢？但是月亮的确在眼前，而脚下的路，也变得洁白而平坦，像是雪后的大地。他走了上去，越走越远，越走越远。

第二天一大早，宾馆的服务员发现有一个人扑倒在门口的雪堆里，还以为他冻死了。他喊醒了梁为民，发现他的裤带解着，猜想他是跑出来撒尿的，可是宾馆里有厕所，为什么要跑出来撒尿呢？挨冻的时间不算长，人还没有失温，但是他的下体因为刚好倒在雪中，已经是半冻僵状态。他回去后，暖和了很长时间，下体仍是红肿的，但看起来并不严重。他想，它终究会好起来的吧。这时，他接到小胡的电话，小胡说不能送他了，那批货，小胡会找人来接手，货款肯定没问题。

梁为民在宾馆里躺了一天，晚上，他再次走出宾馆，夜空漆黑，哪儿来的月亮？他猜想，自己昨晚看到的可能并不是月亮，而是太阳。幸好是太阳，那时离天亮很近了，否则，他一定会冻死在外面的。

高速上车很少，他开得放松，但是下体却麻痒无比，他知道这是冻伤的后遗症。小时候，他们三九天在外面玩，回去后用火盆烤冰冷的手和耳朵，一受热，它们就会麻痒难忍。他的一只手忍不住伸进裤子去抓挠，有几次差点儿撞上隔离带。

他还是平安回到家了，正是这笔钱，让小霞相信了他说的让她过上好日子的话，答应跟他回老家去领证结婚。但是，他的心里一直忐忑不安，因为他不确定自己的下身是不是冻坏了。回到北京，回老家之前，他去医院男科看了，大夫听了他的讲述，皱起眉头，不过后来看着检查结果说：你这个……比较难判断，按说功能应该没什么损伤，但是不是有什么器质性的改变，只能观察。他没时间观察，过几天就要带着小霞回老家了，如果他将来成了一个废人，那就是害了小霞，他们也不可能过一辈子。大夫给他开了一种药，说，关键时刻可以试试。

那几天，他们在一个最合适的机会，做了一次爱。他终究是没信心，在之前偷偷跑厕所吃了一颗药，谢天谢地，一切都还好，他还是个男人。完事后，小霞沉沉睡去，他在厕所里点上烟，看着自己略显发福的身体，说了句：万幸。

那次冻伤的后果是后来才显现的，他能扮演一个丈夫的角色，但是却没有了当父亲的能力。接下来的另一家权威医院的医学检查让他确认，自己已经不能培育出正常的精子。梁为民没敢跟小霞说这事，只是告诉她，一切都有希望。他在想，现在医学这么发达，总会有办法的。

但这个希望迟迟未至。

一年多后，父亲梁建成来北京看病，两人在小饭馆里聊起这件事。父亲问他到底是谁的问题，他讲起那次的鄂尔多斯之行。父亲明白了。两个人开始沉默着喝酒，回去前，他去车站送父亲，老人说，你可以没有孩子，但是小霞不能没有，她没有孩子，你俩就过不到老。道理是这样的。道理之所以是这样的，是因为生活中绝大多数人都是这样的。梁为民反驳不了这种道理。父亲回去之后，他找了个机会，把自己生不了孩子的事跟小霞说了。小霞听了，没哭没闹，甚至都不意外。她说她早就猜到，一直怀不上，她自己偷偷去做了妇科检查，没任何问题，大夫说，问题只能是在你老公身上。她只是不知道到底怎么回事，现在明白了，是那一次鄂尔多斯之行冻的。

要说，这事我也有责任，小霞说，那回要不是我逼着你，你也不至于大冬天一个人过去谈生意，也就没有后来的事儿了。

以前的事不说了，梁为民说，咱们说以后。

但以后不是说出来的，需要他们做决定，如果继续在一块，就必须面对一辈子没孩子的状况，如果无法接受，那就只能分开。结婚证是九块钱，离婚证也是九块钱，可以做加法，九加九等于十八，也可以做减法，九减九等于零。但是日子哪里只是加减法的事儿？

咱们再想想办法，我听说，现在有一种新技术，就是大夫把你的小蝌蚪取出来，放我肚子里，一样能生孩子。小霞说。

那也得小蝌蚪活着，我这……都是死的。梁为民凄然一笑。

小霞不再说话。

路没了，或者说，路只剩下一条了。她还年轻，还能再找别的男人，跟他养儿育女，梁为民则将孤家寡人一辈子。他心里也存着一点幻想，就像当年大伯家一样，突然间老天开眼，让自己重新好起来。但是转而又想，哪儿来那么巧的事呢？生活又不真的是轮回。小霞也没着急，对她来说，这个理由很充分又很不充分。无论如何他们当年是以爱的名义走到一起的，如果要分开，也应该是以不爱的理由分开。现在算怎么回事呢？因为没有孩子，所以离婚？到民政局，工作人员问，你们为什么离婚？他们怎么说？是按照电视上、网上的说法：感情破裂，感情不和，还是说真实的情况——因为我们没孩子，而且永远不可能有孩子了。她也想，要不要跟着潮流，顺便就做了丁克算了，她身边这样的人也不少。但是大部分做丁克的人，都是主动选择的，他们有可能后悔也有可能不会，被迫的丁克，如何能一辈子都心甘？

他们心照不宣地在期待一个意外来打破这种别扭的默契和平衡，这意外迟迟不来，另一个意外却突然而至。

这一年的中秋前，父亲打电话问他们回不回来过节。梁为民说不回，这么远，手头事情又多，过年团圆一下说得过去，中秋节哪有时间往回跑？他都没跟小霞提这个事。第二天，他去外面打包午饭。海龙大厦里有一个食堂，主要卖快餐，刀削面、炒饼、炒饭、水饺，吃了好多年，实在吃腻了，如果梁为民或小霞一个人看店，他们通常吃口面包、香肠泡面解决问题，如果这一天两个人都在楼里，梁为民就去新中关地下二层的小店打包些小吃。不知不觉，新中关的地下一二层成了网红店一条街，尤其是电影院和附近的家乐福超市开起来之后，当年海龙大厦人头攒动的景象，已经移植到了新中关、欧美汇这里。麻辣小龙虾、网红马卡龙、干锅牛蛙、桥头排骨，眼花缭乱，很快，丹棱街两边又开起稍微高档一点的餐厅，云南菜、台湾菜，甚至泰国菜、越南菜，然后是大排档又流行，南京大排档和各类炸串小吃各有一席之地。街上的景物随着时间在更改变换，行色匆匆的人们很少专门注意，除非去翻老照片进行对比，否则会觉得这个世界始终保持着最初的样子。但人的嘴巴比眼睛更敏感，梁为民和小霞就是用舌头体验着整个中关村和北京的变化的，许许多多他们以前没吃过甚至没听说过的食物，逐一摆在他们面前：毛肚火锅、打边炉、羊排烤包子等，而丝袜奶茶之类口味繁多的网红饮品，就更是眼花缭乱了。

梁为民在新中关地下转悠了一圈，又沿着丹棱街走到小吃街，还是没决定好吃什么。他想起自己有个初中同学，好像也在附近上班，这家伙貌似是个什么作家，有一年在班级群里推送了一个链接，是他的一篇小说，题目就叫《人生最焦虑的就是午饭吃些什么》。他看了，就是说两个同事每天中午转悠着找饭辙的故事，那时候，对他来说吃什么完全不是问题，问题是赚到吃饭的钱。如今呢，吃饭的钱是有了，吃什么倒成了问题。最后，他在大排档给小霞打包了一个螺蛳粉，自己买了两个萝卜糕，在等螺蛳粉的间隙里直接吞掉。

回到海龙，小霞刚放下电话，对他带来的螺蛳粉看都没看，皱眉说：你跟家里说中秋节要回去了？梁为民一愣，随即明白这个电话是父亲打来的，听小霞的意思，还是想让他们回去。他让小霞先吃饭，自己问问到底怎么回事。小霞拎着螺蛳粉，到楼道间里吃，这东西味儿太大，旁边的人受不了，虽然整个一层都没什么好味道，但是没人愿意再增加一种酸臭味。

过了一会儿，小霞吃完回来，说，问清楚了？梁为民点头，说，得回去一趟。咋了，小霞问。

妈犯病了，脑出血，抢救回来了。

哦，小霞心里怀疑了一下，真的假的，得病为什么不直接说呢，有啥可隐瞒的？

中秋就在一个星期后，他们盘算了一下，觉得提前几天回去，然后中秋前回来，倒不是一定跟这个中秋团圆较劲，而是中秋临近十一假期，是一个小销售旺季，整个下半年全靠十一和春节两季拉销售呢。既然是回去看病人，关键是看，是不是中秋看并不重要。

这回不坐火车、汽车，开他们平时拉货的依维柯回去。前一天梁为民又到王府井去送了一趟货，办完事出来，瞅见停车的地方要收停车费，每小时两块五，不足两小时按两小时收。他算了下时间，他才停了一个小时零五分，这会儿开走，也是交五块钱，觉得亏。又想来都来了，顺便去天安门广场转转，等快到两小时再回来就是了。

广场上人不少，临近十一，很多地方已经摆满了花车花篮，流动车兜售小红旗和北京市地图、中国地图。他随手买了一张地图，给人十块钱，那人递过来两张地图。梁为民说我就要一张，那人说，一张北京的一张全国的，没准哪天出门有用呢。他一想，明天要开车回老家，说不定真用得着，便接了过去。

那两张地图，他把一张标上了一路要过的主要站点，随手放在副驾驶座位上。实际根本没用到，高速公路的指示牌都标得很清楚，手机上也有导航。这一路，偶尔想起这件事，他就在心里骂自己一句：傻子。

九

梁为民他妈的确病了，也的确是脑出血，但十分轻微，在县医院拍了片子，打了两天吊瓶，出血很快吸收，头不晕不疼，就下地干活了。他们俩拎着一堆月饼和库尔勒香梨进家门时，他妈正在院子里追一只芦花鸡。鸡仿佛预知了自己的命运，拼命想飞过院墙逃掉，但是它毕竟是鸡不是鸟，翅膀扑棱了半天，眼看着要到墙头上，又掉了下来，只好咯咯叫着逃跑。在一个墙角处，被他妈揪住了一只翅膀，拎了起来。那只鸡眼珠乱转，嘴张着，露出小巧的鸡舌，两只黑爪在空中弹了两下，不动了。这一会儿，它又似乎坦然接受了命运。他妈伸手，穿过茸茸的鸡毛，在鸡胸上摸了两把，感觉到厚实的胸脯肉，脸上露出满意的笑容。一抬头，看见院门口站着的发愣的梁为民两口子，她也愣了。

晚上吃饭，他爸把梁为国一家都喊来。梁为国左边袖子空荡荡，右手夹着烟卷，一脸灰黄。一年多没见，他竟老得厉害，如果和梁为民并排站着，外人一定会觉得他比梁为民大四五岁。梁为民心里忍不住想，如今，他确实像个哥哥了。阿妹的个子变得更矮了，也可能不是矮，是她变胖了，曾经瘦得如豆角，如今却像一颗饱满的土豆。她最让人惊奇的就是两件事，一是生了三胞胎儿子，是方圆几百里的第一个；二就是从南方到内蒙古这么多年，她的脸依然是光洁的，完全没有当地人那风沙和紫外线造成的高原红和皴裂。现在，那些跟她熟络的妇女们，会在一起到田里干活时开她玩笑：你这脸蛋到底擦的啥，咋还这么嫩呢，不会是你家那口子天天晚上给你舔的吧。

她就笑，然后用怪腔怪调的普通话说：就是，你赶紧回去让你男人舔，把你全身都舔了。

对方哼一声说，我才不让他舔，他满嘴烟屁味。

一个陌生的人，到了一个陌生的地方，能够和这里的人一起开这样的玩笑，那么她也就彻底融入这里了。听说，她还跟着三个孩子一起学会了认字，虽然不多，但常用字大都认得了，也能歪歪扭扭地写。如果说，她还有什么不太一样的话，就是看电视喜欢看天气预报，中央台的、地方台的天气预报都看。有时候烧火做饭，梁为国见她拿着烧火棍在地上划拉来划来去，画得猫不像猫狗不像狗。他瞪她一眼，她便笑一下，用脚把地上的四不像抹了。

那三个男孩已经五岁多，炕上炕下跑跳、闹腾，仿佛要把屋子拆了才罢休。他们把梁为民带回来的水果糖含一会儿，又吐到手心里，看形状变化。阿妹帮婆婆烧火做饭，梁为民和小霞坐在炕头，端着一杯热茶，炕更热，他们有些坐不住。

梁为民把自己带回来的中华烟给他爸，他爸拆开一盒，抽出一支点上。梁为国伸手，要过一支来，夹在耳朵上。

也给你带了。梁为民说。

饭菜好了，一家人围坐在地桌旁。阿妹却仍站在旁边，胳膊搂着三个孩子，他们此刻出奇地安静，嘴里正品味巧克力复杂的味道。小霞招呼阿妹和孩子一起吃饭，阿妹却摇头，把孩子抱得更紧了。两人都有些发蒙，弄不清是什么情况。

接下来，父亲的一席话，把他俩推向了悬崖边。

原来，这次把他们喊回来，并非是因为他妈的病，这种病在农村实在是小事情，每年都要闹几场，不过也和这两年老人感觉身体越来越差有关。梁为民他妈他爸夜里躺在炕上，回想起很多年前孩子们还小的年月里的事，说起把梁为民送给大伯，说起为了给梁为国上户口，把梁为民的岁数改小，说起自己的偏心，说起梁为国那只丢掉的手。他妈最常用的一个词就是"要是"，要是当初没把老大送给你哥家，要是这孩子嘴不那么馋，要是老二当年好好考学，要是那天为民去铡草了……所有的"要是"感叹完，她悲哀地发现，这一切重来一遍的话，还是会原样发生，什么都不会改变。

如今，他们又到了一个做决定的十字路口。

上个学期，县教育局撤校并校，村里的小学在秋天撤掉了。不撤也不行了，附近的村小学都一样，每个村子一个年级还不到十个人，却要配四个老师，财政根本支撑不住。何况，根据现在统计的状况看，以后学生也不可能多，只会越来越少。再者，很多人把家搬到了镇子上或县城里，就算没搬去的，也想尽办法把孩子弄到那里的学校去读书。为了解决这些问题，县里指示乡里，决定在几个村的中间地带，办一所联合小学，所有村小学全部集中到一处，住校读书。

在丰水山通往县上的路中间，原来有一座矿山，地下还能挖出矿石的时候，矿山在路边盖了几栋砖瓦房子，围出一个院子，用压路机压得很平整。乡里找人把房子修整粉刷了一遍，又在钢管厂打了几十张上下床，买了锅碗瓢盆，黑板桌椅什么的把各村小学里好一些的选过来就够了。这个联合小学就成了。

然后，就不得不开始裁员。梁为国这种身体有残疾的，本来是受照顾的对象，但因为新的政策，他没有大专文凭，当年那个进修学校的毕业证远远不够，成了首当其冲被裁掉的。

梁为国失业了，三个儿子却越来越大，不但吃饭穿衣，将来还要上学，还要成家娶媳妇。这会儿，农村娶一个媳妇，至少要二十万，这还不算七七八八的钱。等他们长到二十多岁，如果念不成书，还不得五十万？一个五十万，三个就是一百五十万，他都不知道自己脑袋上的头发有没有一百五十万根。

他妈他爸晚上除了回忆往事，就是商量怎么办。这愁苦里还夹杂着另一个担忧，就是梁为民他们没孩子，一个愁孩子太多，一个愁生不出孩子来。聊着聊着，过去和现在就融合到一块儿了，有些话仿佛是屋顶上的灰尘，常年累积着，突然有一天就掉落下来，直接钻进他们的脑袋里：要是，让老大从老二那儿领一个孩子，咋样？这话落下来时是轻的，还不如一片叶子重，但到了心上，却仿佛是座山，压得两个人半天没声，脑袋蒙蒙的，也空空的。

这是第一次谈到，然后就有第二次、第三次，他们愚公移山一样，不知不觉就把心头这座山给挖空了，至少是打了个隧道出来，哗啦一声，那边就透出了光亮，这个主意就越来越顺理成章了，甚至偶尔觉得这就是老天爷的意思。

  他们之前跟梁为国两口子商量，梁为国和阿妹都不同意，但态度算不上多坚决。如今的梁为国，深知自己本就是半个残废，又没了教书的工作，几乎就是整个残废了。阿妹只是摇头，说三个孩子，她哪个都不舍得。阿妹最近心情不错，因为梁为国告诉她，她的户口快下来了。有了户口，她就算正式的中国人了，当然，名义上她得叫岳小琪。

  饭桌上，梁建成还是把这个想法说出来了。梁为民像被雷劈了一下，小霞更是受伤，这等于给她的幻想判了死刑，她一个身体健康的女人，却要把别人的孩子当成自己的养一辈子。梁为民感觉自己重新跌入三十多年前的轮回里，像一只城里孩子养的仓鼠，在一个小笼子中，沿着一个旋转的阶梯爬，那是一个三百六十度旋转的轮子，爬一步，往下转两步，仓鼠永远爬不上去，尽管出口就在顶端。有一天，圆梯因为轴承卡壳停住了，他终于趁机爬了出去，哪想现在又要重新跳进笼子里。不同的是，这一次，他不是仓鼠，是梯子。

  小霞无话可说，拿起筷子吃饭，她像什么都没发生一样，拎起一只鸡腿啃起来。三个孩子咽着口水，他们饿了。

  梁建成又说，这个事不用急，我跟你们妈也都是为你们的将来考虑，你们兄弟自己商量。

  梁为民他妈拉三个孙子来吃饭，小孩们不晓得此刻的情况，只知道可以吃了，立刻对那只炖好的鸡和其他菜发起进攻。小霞被噎得打起嗝，阿妹给她端了杯水过来。她们彼此看了一眼，谁都不晓得该说什么。

十

  饭后，梁为民喊梁为国一起出去走走。

  他们沿着村后的路，往丰水山上走。太阳被一朵乌云遮住，那山远远看去，青黑的一片，峰峦褶皱都隐在了暗影中。又走了一会儿，转了个小弯，在夕光的映衬下，山显出了一边的轮廓，山半腰的水帘洞也露了出来。他们还是孩子的时候，水帘洞的洞口常年有人把守，因为那时候它流出的水还是圣水，既要防止有些人来偷，也要防止牛羊闯进来污染。他们从来没进过这里。等到他们长大后，水帘洞的神话早已破灭，还原为一个普普通通的石洞。也不知确实是为了配合神话的消失，还是地质变化的原因，在一次极为小型的地震之后，水帘洞里再也没有清水滴出，很快，它就被山上的牛羊、野兔占据。大一点的孩子也钻进来烤地瓜和玉米，堆放自己捡来的当作珍宝的各种垃圾。下雨天，这里会聚集附近田里的农民，他们坐在洞口，看着外面的雨幕和村庄，聊起当年排着队接圣水的事儿，仿佛在说一个遥远的故事。

　　这是兄弟俩第一次一起走进水帘洞。小时候，当水帘洞还笼罩在圣水的传说中时，孩子们根本不被允许进洞。后来随着时间的流逝，传说的魅力一点一点消散，人们便不再守着洞口。孩子们出于好奇，一波又一波拥进洞里。在他们曾经的想象中，如果它不像电视剧《西游记》里的水帘洞，至少也应该是曲折、幽深，如他们在电视里看见的其他洞穴。但是水帘洞让他们失望极了，里面黑乎乎、潮嗒嗒的，完全没有电视上那种仙雾缭绕的样子。于是，这个洞就变成他们玩乐的场所。梁为民和梁为国分别来过这里，跟伙伴们追逐打闹，或者点燃一堆茅草，烧还未成熟的玉米和小土豆。他们未曾有过同时在洞里的记忆。

　　洞口下本是一处斜坡，接圣水的那些年里，人们用石条垒了台阶，如今石条深陷荒草和黄土，只能依稀看出台阶的模样，再过两年，又会重新变成一个斜坡。梁为民手脚并用爬上去，回头时，看到梁为国趔趔趄趄。他伸出手去拉他，却一把抓住了一截空衣袖。梁为国顺势伸右手，拽住了哥哥衣服的下摆，脚一蹬，也上到斜坡上。洞口残留着许多牛粪、马粪、羊粪，已经风干，还有灌木丛里挂着的各色塑料袋、卫生巾、包装盒，像一个天然的垃圾站。

　　我已经几十年没进来过了。梁为国说。

　　此处光线仍充足，能远眺十几里地之外的村庄，甚至连林东镇也有隐约的影子。

　　我也是，梁为民说。他先一步往前走去。越往里，光线越暗，石壁参差干燥，洞底零散着一些绊脚的石块，显然是在许多年的人来人往中积攒下来的。

　　兄弟俩似乎达成了某种默契，像两个专心探险的孩子，只专注于水帘洞，而不谈论山下的事情。这时候，两人同时想起，在孩童时代，他们从未有过这种静默而温情的时刻。几乎从梁为民被送到大伯家开始，他们就不再是亲兄弟了，而成了莫名其妙的敌人。

梁为民打开了手机的电筒，照着脚下，两人更加小心地往里走。有些地方极其狭窄，只够一个人侧身而过，有的地方却宽阔到能摆两张桌子，好在洞顶一直很高，整体并不显得逼仄。他们终于到了曾经流下圣水的那块空地，并不是山洞的最里面，而是最空阔处。洞壁有一块巨石凸出，下方的石板上，仍能看见常年水滴侵蚀的痕迹。有人在石板上刻画了一些字，对着电筒光辨认了一下，似乎是几个成语"水滴石穿""水落石出"之类的，估计是来玩的孩子们写的。

当年圣水就是沿着那块巨石滴下来的。巨石并不高，灵巧的人一纵身就可以够到，顺势爬上去。

上去看看？梁为民说。小时候，他们曾灵巧如猴地爬上去，然后大着胆子跳下来。有人为此摔断了腿。

梁为国举了举那只不存在的手，笑一下。

我拉你。梁为民说，但随即发现，拉并不是个好办法。

最后，他用肩膀抵住梁为国，帮他先上去，然后他再爬上去。

两个人上去后，感觉那块石头晃动了一下。

梁为民一惊，轻轻跺了跺脚，巨石如山，纹丝不动。难道刚才是幻觉？他想。

兄弟俩坐下来，手机电量不足，梁为民关掉了电筒。一小阵黑暗之后，他们发现，山洞并非毫无光线，在穹顶最高的地方，仍然有一线光亮透进来。不晓得是从来就有的，还是地震之后才出现的。

是不是有什么声音？滴答滴答。的确，是水滴的声音，不过肯定不是当年滴圣水之处，而是其他地方，山水浸湿、聚集到一定程度，然后滴下。只能听到声音，完全无法判断声音来自哪里，那滴水可能不等继续流淌，就已经干涸了。

如果有酒就好了，梁为国说。

如果把饭桌上那只鸡拿来下酒就更好了，梁为民说。

然后两人哈哈大笑起来。

他们说起童年，随即发现，两个人似乎并不是在一个地方、一个家庭长大的，他们所经历的同样的事，感受竟然天差地别。梁为国说起他十岁，梁为民十二岁（或者，梁为国十岁，他八岁）时的一件事。

那年，他俩上四年级，就是后来梁为国上班的小学。元旦，学校要搞一个小晚会，孩子们提前一个星期就兴奋不已。老师让学生各自组团准备节目，节目好的推荐到学校的元旦晚会上去，据说县电视台的还要来录像，很可能春节期间在全县播出。梁为国他妈知道了这件事，跟他说，咱们必须得好好准备，这可是在全校露脸的好机会，如果电视台播了，你就是在全县露脸，将来考学评三好，都能受照顾。其实，她也并不清楚能受到什么照顾，只是觉得机会难得，而且谁让梁为国从小就有点文艺天赋呢？不说别的，就说唱歌，一个高音能翻到云朵上去，只是他声音略显细，飙高音的时候像女孩子的声音，他轻易不唱。从三岁开始，他妈先是让他跟着录音机学，后来有了电视，让他跟电视学。家里来了亲戚朋友，少不得拎出来让他唱一首。梁为国特别讨厌这个环节，但是每次他唱完，不但得到大人们惊叹式的夸奖，还经常能得到他妈和亲戚们给的水果糖、小蛋糕，他便从未拒绝过。时间长了，唱歌对他来说就是一件能换来好吃的事儿。所以，当他妈说争取到学校晚会上唱歌，争取上电视台时，他也没觉得有什么不妥。

梁为国唱了一曲《亚洲雄风》，非常顺利地入选了学校晚会节目。

看见母亲张罗弟弟去参加晚会，梁为民也想参与，只是他没什么特长，唱不会唱，跳不会跳，曾跟着电视里的魔术师学表演扑克牌魔术，也没练好，总是抓不稳牌，在班级选拔的时候就落选了。

等到晚会的导演排节目时，发现各班级选上来的大都是独唱，光《亚洲雄风》就有三个，晚会几乎变成演唱会了。导演十分不满意，准备刷掉几个，梁为国也在其中。梁为国被刷掉不是因为唱得不好，而是因为个子矮，《亚洲雄风》变成了剩下俩男生的二重唱。面对这个结局，梁为国心里有些失望，但也觉得正常，可他妈非常接受不了。在她眼里，全世界她儿子唱得最好，凭什么不让上？拿个子矮说事，一定有黑幕。他妈带着梁为国和两瓶黄桃、两瓶山楂罐头去找导演，也就是学校的音乐老师，请老师一定要让他上场。

音乐老师把罐头往外推，说：你的心情我理解，哪个家长不是望子成龙望女成凤，这个机会这么难得，谁都想要，但是我得考虑整台节目的效果。梁为国拉他妈袖子，意思是别为难老师，赶紧回去吧。这时候旁边围了一圈排练的学生，他羞臊得脸发胀。

他妈不为所动，依然在坚持。这时音乐老师很不耐烦地说了一句，你看我这里多少唱歌的，还都是男孩，他要是个女孩，哪怕唱得不好我也要了。他妈仿佛一瞬间得到了提示，说：导演啊，那你可说着了，你别看为国是男孩子，他嗓子细，唱歌跟女孩子一个音。

导演愣一下，说：反串啊？

他妈不知道什么叫反串，还以为是农村的土话骂人的，在村里，人们经常把那些不同品种杂交后的东西叫串子。她心想，这老师怎么骂人呢？

音乐老师也是农村人，反应过来自己这句话可能不妥，连忙解释说：反串是一种艺术形式，就是男的扮演女的，女的扮演男的，京剧大师梅兰芳就是反串。

梁为国她妈还是没有听太懂，但知道这个反串跟村里的串子不是一个意思，赶忙说：对对对，我儿子能反串，您让他试试，如果不行，我绝不麻烦您。

梁为国就被他妈逼着，当着几十个同学和音乐老师的面，用女生的嗓音唱起了《亚洲雄风》。一开始，他唱得气息不匀，声音带着嘶哑，音乐老师皱眉，围观的同学窃笑。他妈着急了，冲上去就给他一巴掌，这是长这么大她第一回打小儿子，虽然打得不重，但对他的内心相当于投了一枚原子弹。一害怕一委屈，高音就上去了，嗓音也细起来，听着和女生没有任何区别。如果闭上眼睛不看唱歌的人，只听声音，你会认为那就是一个女孩，而且是一个特别会唱歌的女孩。

导演目露惊讶，围观的学生也被歌声惊呆了，就连他妈都愣神了。她单知道儿子的声音细，没想到能细成这样，一时间不知该喜该忧。

还没等唱完，音乐老师冲过去抱住了梁为国，嘴里大喊：太棒了，太棒了，我给你安排独唱。

结果，梁为国不但能上晚会，还挑大梁唱了压轴的歌曲，当然是反串。

随后的一系列事情，让他后悔至极，导演跟领导商量之后，决定让梁为国彻底扮成女的，穿上裙子，化了妆，头上戴一顶插了花的帽子。

晚会那天，梁为国出场后声音一起，就赢得了掌声，把晚会推向高潮，电视台的录像机对着他的脸拍摄。唱完后，导演还设计了一个解密环节，就是让梁为国一样一样把帽子、首饰摘掉，用湿毛巾把妆容抹去，露出男儿真身。这时候现场观众发出巨大的惊叹声，他们无论如何也想象不出刚才那时而高亢嘹亮、时而温柔婉转的歌声是一个男孩子唱的。掌声再次雷鸣般响起。

演出极为成功，梁为国独唱的这段录像在县电视台连续播放了很长时间，甚至市电视台的栏目组闻讯赶来，也想找他去录节目。但那时梁为国的嗓子却突然哑了，不但唱不了女声，甚至连平时说话都是哑的，错失了成为大明星的机会。人们说，这孩子的变声期来得太不是时候了。

"你知道我嗓子怎么变哑的吗？"梁为国像是在问自己，也像是在问梁为民。

梁为民说，不是说变声期到了么。

梁为民轻笑一下，抬起那只没有手的胳膊，用半截袖子擦了擦脸。

梁为民瞥见他眼睛湿湿的。

"其实是我自己弄哑的。"梁为国说。

"啥？"

"我那几天晚上睡热炕，偷偷从盐笸箩里抓盐吃，还吃特别辣的辣椒，嗓子又干又咸又辣，我就忍着，不喝水。最后就成这样了。"梁为国说的时候，脸上露出得意的笑容。

梁为民震惊不已，那时候，他对弟弟所享有的风光无比妒忌，他想过，如果不是跟弟弟互换了年纪，也许他才是耀眼的那个。那些天，他跑到山沟里，偷偷练习学女生唱歌，想自己也许跟梁为国有一样的天赋。但是他尖着嗓子的声音，连自己都听不下去。

"你为啥要这么干？去电视台当明星不好吗？"梁为民问。

"好啊，当然好，"梁为国说，"谁不想当明星呢。可是你知道代价是什么吗？自从那次……反串……之后，同学都嘲笑我，说我是个二尾子。你知道二尾子啥意思吧？就是不男不女、不阴不阳，就是变态。他们还说我下半身啥也没有，是太监。男孩不愿意跟我一起玩，女孩也躲着我。"

梁为民心里头一沉。他记得这些话，甚至他还记得自己也说过这些话。不但说过，那时候有人偷偷问他，梁为国到底有没有小鸡鸡时，他告诉他们，有，但是很小很小，像一条小泥鳅，等于没有。他还说过其他类似的话。他只想打击弟弟那时候的红火，不知道这些话给他这么重的伤害。

这一刻，他感到无比愧疚和羞耻，可他没有勇气为此道歉，只能继续沉默。

"哈哈，"梁为国继续道，"许多年后，我从外地回来，有人喝醉了说起这件事，还要扒我裤子看呢。直到我生了三胞胎，才彻底把这些人的嘴堵上。他们谁也没生出三胞胎来。"

然后，他们又说起中考的事。梁为国给梁为民道歉，为他给父亲告密他偷偷报名的事。梁为民说，我其实也知道你要逃走，但我没告诉爸妈。我想让你离开。可你为啥要跑呢？

"为了离开这个地方，主要是离开妈。"梁为国说。

"妈？"

"哥，我知道你从小就妒忌我，觉得我的出生抢走了你应得的一切。后来为了给我上户口，还把你的年龄改小了好几岁，你本来应该比我早上学的。又因为在大伯家的几年，妈特别不喜欢你，特别宠着我。可你不知道，我多羡慕你啊。爸妈是疼我，什么好吃的好玩的都先给我，但是他们把我管得太严了，从小到大，我穿什么衣服、跟谁玩、吃几根冰棍都是妈说了算的。你不知道我多羡慕你，谁也不管你，你是自由的，你想跟谁玩就跟谁玩，你想穿个背心跑出去，他们看见都装看不见，我呢，我如果这样，他们肯定揪回来，让我按照他们的要求穿好衣服才能出门。你想下河摸鱼就下河摸鱼，我连站在河边看看都会被妈念叨，好像我只要看见水，就会被淹死一样。为了中考时的逃走，我策划了好多年，我攒着零花钱，我从电视里、朋友那里打听该去哪儿，我不断去汽车站，问到沈阳该咋坐车。我想过所有的可能性，一样都没发生，我特别顺利地逃出了学校，到汽车站买到票。我坐在车上等发车的时候，还觉得妈会突然上车，把我抓回去。但是没有，准点发车了，我终于离开了丰水山，离开了林东，到了一个谁也管不着我的地方。那是我过得最自在的日子。"

梁为民心里的愧疚，渐渐被一种震惊和奇特的感觉替换了，原来他曾以为特别苦逼的童年，在梁为国那里是自由，原来自己拼命想要夺回的那种生活，却是另一个人想拼命甩掉的。

"后来，我还是回来了，回到了原来的轨道，原来的日子。"梁为国说。

"自由没那么重要，是不是？"梁为民说。

"我以为有了这几年的闯荡，我在家里能摆脱妈的控制，但是我想得太简单了。"梁为国说，"你知道我真正放松下来，是什么时候吗？"

梁为民抬眼看他，这是他许多年来第一次如此正式地端详他，他的脸异常平静，眼神里泛着讲述得意之作的那种欣喜。他在梁为国的瞳孔里看到自己模糊的影子，连影子也算不上，只是一个黑点。

"就是手断掉的时候。没了一只手，当然难受啊，当然痛苦啊，可是后来让我接受这个惨剧的，不是无可奈何，而是我发现随着这只手一起断掉的，还有妈对我的束缚。从那以后，她在我面前变得小心翼翼，再也不像以前那样什么都管了。我可以随意发脾气，大喊大叫，我想怎么样就怎么样，她只是在旁边看着我。虽然我不喜欢她那充满怜爱和同情的眼光，但我享受这肆无忌惮的过程。"

梁为民伸出手，握住了那一小截空空的袖管，小声说："这事，还是我对不起你。"

梁为国把袖子抽出来，甩了甩，有轻微的风在脸上拂过。"没啥对不对得起的，这是我的命。"

过了一会儿，梁为国解开一个扣子，从怀里把那个小瓶子掏出来，说："我的手从来没有丢过，只不过不长在腕子上了。"

梁为民摸了摸那个装着梁为国一只手灰烬的小瓶子，有点温温的。

"揣起来吧。"梁为民说，心里想，在有些事上，梁为国比他想得透。

天已经黑下来，村庄里的灯火显得飘忽不定，但始终在那里浮动着。他们坐在高处，看过去时村庄的上空凝聚着一层淡淡的云雾，不知道是晚饭的炊烟，还是别的什么东西。

两个人摸索着从洞口爬下去，灌木丛伸出无数细小的手挽留他们，但是他们毫不停留。从山脚往村里走的时候，他们说起小时候听过的鬼故事、鬼打墙之类的，并不觉得害怕，反而有一种幸福感。这半个小时弯弯曲曲、坑坑洼洼的路，是兄弟二人唯一一起度过的童年。他们没有商量，但心里对家里那一摊事有了各自的答案。

十一

三天后，梁为民和小霞回到了北京。

跟弟弟聊完的那天晚上，躺在老家一间小屋的土炕上，他跟小霞说，明天回北京。小霞问，你妈说的事怎么弄？梁为民说，不用管，现在啥年月了，哪能随便就把孩子换个人家。小霞说，那咱俩咋办？梁为民说，咱俩……回去再说，该咋办咋办，在这儿说啥都没用。第二天，他们先开车到了林东镇。梁为民说，好不容易来一趟，以后啥时候回来还不知道，我带你转转。他开车带小霞去了附近的几个景点，石房子、昭庙、辽文化博物馆，其实都没什么可看的，就算有，他们也看不出来。在昭庙时，小霞问，没草原吗？到内蒙古，应该看看草原才是。这儿没有，梁为民说，咱们开车回北京，路上会路过，不过跟你在电视宣传片上看到的肯定不一样。小霞不再说话，抬头望着昭庙附近桃石山上的那块大石头。石头形状似一枚桃子，立在一座山崖处，远观过去，桃子仿佛就要从山崖上坠落，但是风吹日晒，桃石依然挺立在那里。前些年，就连一次四级地震也只是让它晃了晃，然后继续顽固地立在山崖之上。

"这像桃子吗？我看更像心脏。"小霞说。

梁为民抬头看看，这儿他也是第一次来，以前知道，在学校的布告栏上看到过，以为很大，实地看比图片上小很多。那块石头布满风化后的裂纹，这样看，的确更像布满血管的心脏，而不是毛茸茸的桃子。他见过猪和羊的心脏，在宰杀之后，如果长时间放置，就会变成紫黑色。这枚石头心脏也是紫黑色。

昭庙里空无一人，没有游客，也没有僧人，甚至佛像前的香都燃尽了，灰是冷的。梁为民和小霞在佛像前站了站，脚下是给跪拜者准备的两个蒲团，倒是有八成新。他们各自想，对方会不会跪下去？如果他或她跪下去，那她或他似乎也应该跪下去。还好，他们都没有动。

从庙里出来，两人上车，再没回林东镇，直接开上附近的国道，一路向南，直奔京城而去。那块心形的石头，压在了两人的胸膛里。

路上，两人就说了一句话，是梁为民问，小霞答的。在过承德的时候，下错了一个高速口，可能得绕到顺义而不是密云。停到服务区后，梁为民说：你看看你座位上有没有一张中国地图，我怎么找不到路了？小霞挪了挪屁股，掏出一张地图来，打开一瞅，是北京地图，又找了找，没看见其他地图，就说："没有，只有北京的。"梁为民想，可能掉座位空隙了，算了，继续上路，只要往北京方向开，总能到的。

两人感到婚姻前景不乐观，但是仍抱着希望，现在要生孩子，总还是比过去多了很多选择。尤其是小霞，她又打听到，如果男人的精子质量不太好，也有一种办法，就是通过医学手段，直接从男人的精囊里选取最活跃的一颗精子，然后给女的进行人工授精，据说成功的概率也很大。她从网上找了一个相关的科普帖子，发给梁为民，他看了，自然明白是什么意思。但是梁为民没有给她任何回复，她不知道他是不同意这个方案，还是不相信这种办法。她也没有直接问他。他们就这样按照既定的生活轨道往前走，开门出摊、拿货卖货，每天置身海龙大厦喧闹的柜台里，看着人来人往，有时候——当然并非是同时——他们会想，就这样过下去也可以，不一定非得有孩子，婚姻说到底还是两个人的事。但另外一些时候，他们想得更多的是互相歉疚，她觉得自己对孩子的渴望绑架了他，而他的无能只是身体上的伤害造成的，并非故意如此；他呢，又觉得由于自己的原因让她没有机会成为母亲，用婚姻绑架了她。于是，他们看起来比之前更客气和小心了，那种细节上的关心也变得更多，甚至显得刻意了，比如她爱吃冰激凌，他便经常跑到家乐福旁边的哈根达斯店去买，贵得离谱，可是仿佛不这样去表示，就不足以证明他对她的歉疚。她也是，经常给他几百块钱，说你去找朋友撸个串、喝个酒，开心开心，仿佛跟她在一起都是不开心的，必须出去跟别人一起才开心。她心情复杂但装作十分投入地享用冰激凌，他接过钱，没有去撸串喝酒，而是给她买了一件新上市的衣服，也贵。

终于有一天，他们都累了，知道这段感情已经走到了尽头，好合好散吧。这时候，各自心里又想，幸亏没孩子，如果有了孩子，日子再难也得在一起熬着，哪像现在这么容易放下。不但没孩子，也没房子，财产嘛，存款十几万，一辆破车，一个摊位，半年一交租，其他的什么也没有。小霞很爽快，车和摊位给梁为民，存款归她，算下来差不了几块钱。梁为民本以为小霞会狮子大开口，让自己净身出户的，没想到她这么仗义，心里头很感动。又想，唉，这要是有个孩子，可能真不会走到这一步。就连这个摊位，也算不上什么资产，他刚入这个江湖时，流行的话是"人在江湖飘，谁能不挨刀"，那时候他立志做一把刀，在时代这块肥肉上割到属于自己的那一块。如今的流行语则成了"出来混总是要还的"，折腾这么多年，还没吃到那块肉，却得往回还了。

但是要真离婚，也没那么容易，还得有一套流程要走，得去一方的户籍所在地，也得拿上双方的户口本，把本人那一页的婚否栏里从已婚改为离异。也就是说，要离婚，他还得跟小霞回趟老家，或者拿上户口本，到小霞的户口所在地办，都挺麻烦，两人便一直拖着。

梁为民想，自己不好再回丰水山，不妨让梁为国来一趟。这么多年，还没邀请他到北京来玩过。梁为民打电话，让梁为国带着媳妇孩子来北京转转，这时候是五月初，天气转暖，到处柳绿桃红，小月河两岸海棠花落英缤纷，故宫的红墙绿瓦在阳光下熠熠生辉，长城两边浓荫匝地，挺适合游玩的。梁为国有些意外，说是商量商量，商量的结果是，他跟媳妇来，就不带孩子了，仨孩子带着，实在折腾，这要是跑丢了一个，还不得急死。

梁为民让他顺便把户口本带过来，自己要用一下，也没说干什么用。

五一过后，六一之前，梁为国带着媳妇来北京。第一天，去吃了北京烤鸭，逛了圆明园，第二天开面包车去长城，反正就是拍照打卡，玩得挺高兴。第三天本计划去故宫的，但一早起来，阿妹不见了。三个人想，或许是醒得早，到附近去转转了，便等着。等到十点钟，还不见人影，觉得要出麻烦。他们想，阿妹是不是出了什么事儿，迷路了，被车撞了，还是怎么了，赶紧跑到周围去打听。直到中午，才在门口一个小摊贩那里问到，说一大早，有个小个子胖女人跟他打听路，问他火车站怎么走。

梁为国听了，感觉天晃动了一下，地势突然有了高低。梁为民和小霞随即也猜到了阿妹的意图，她要离开，不，是要逃走了。梁为国一屁股坐在地上，然后马上跳起来，说："她都没有身份证，根本买不了车票。"

户口本，梁为民喊了一声。

梁为国赶紧翻包，发现户口本、钱都不见了，却找出一封信来。歪歪扭扭，是阿妹的字：

阿国，我走了，我想家了，这些年我一直想回家。当初跟你来这里，我稀里糊涂，说不上是自愿的，也说不上被骗的。自从跟了你，我一直想走，但是我也感谢你当年救了我。我给你生了三个孩子，对得起你。我想了好久了，这一次终于有机会了，我知道你是不会让我走的，所以我只能偷偷走。好好养儿子。阿妹。

她可真能忍啊，小霞突然说。

"难不成你知道她要跑？"梁为民说。

"我不知道，"小霞说，"我就是刚才突然想起来，那回中秋节，咱们从老家回北京的路上，你让我找地图，我没找到你说的中国地图，但老觉得自己见过。我现在记起来了，在家里，我看见阿妹拿过一份地图，红红蓝蓝的，当时我还以为是孩子的图画书呢。她多能忍呢，拿了地图一年多，才趁这次机会跑。"

梁为国浑身都抽动起来，抬起空袖管，想擦汗，却抹在眼睛上。

我早就该发现了，梁为国说，我说她为啥每天都看天气预报呢，她那是记地图呢。她还学认字，说是将来可以辅导孩子写作业，原来都是装的。她不是能忍，她是为了等户口办完了，她正式拿到户口。有了户口，她才能买车票。

哈哈，梁为国突然笑了。梁为民和小霞一开始觉得他笑得突然、尴尬，不合时宜，可听他笑了几声，他俩也忍不住跟着笑起来，哈哈哈，哈哈哈，三个人笑得前仰后合。梁为国是边笑边哭，亦笑亦哭；梁为民笑得没心没肺，仿佛听了一个绝世笑话；小霞笑得放松而舒畅，如同积压在心里多少年的疙瘩解开了，一个莫名的郁结烟消云散。

"咱俩一时半会离不了婚了。"梁为民说。

梁为国止住笑声，愣了一下，又反应过来，说："你让我带户口本，原来是干这个的。"

"是，"梁为民说，"谁能想到成了阿妹离开的通行证呢？说起来还是怪我，地图是我买的，北京是我让你们来的，户口本也是我让你带的。"

"哥，"梁为国说，"你也别这样说。"

他举起他已经不存在的左手，继续道，"就像它，根本上还是我自己送进铡草机的，我那天如果没喝酒，如果没自以为是，也就不会丢了手。阿妹啊，有了孩子，我以为她早就放弃了回家的想法，没想到她这么多年一直在默默准备。走了好，她回去了，我也心安了。谁会不想自己的家呢。"

过了半分钟，梁为国抽泣起来："我回去咋跟爸妈和孩子说呢，往后的日子咋过啊。"

梁为民走过去，让他的头靠在自己的肩膀上，他瞅见梁为国杂乱的头发里，有了不少白头发了。这一刻，他第一次踏踏实实地觉得自己是哥哥，一个无能为力的哥哥。

后来，他们还是去了故宫，首先是门票已经预约了，再者梁为民和小霞在北京这么久，也没有去到里面转转，如今三个人蹲在家里，也不过是面面相觑的尴尬和郁闷，还不如走走。三个人坐公交到前门，过地下通道，到了天安门城楼，进门拿票，检票入宫。故宫虽然没来过，但清宫戏却看过不少，《甄嬛传》之类的，脑子里满是阿哥格格娘娘这些词，但真进来，却发现真实的故宫远不如电视上的那么金碧辉煌，甚至很多地方都显出一种古旧的灰色。梁为民鼓捣了很多年投影仪、电子设备，也偶尔听去过剧组的朋友提到过，拍电视剧的时候，要打很强的光，从而让那些日常之物显出流光溢彩来。倒是站在院子内，仰望天空，有一种历史悠长和人之渺小的感觉。他们没有租电子导游，自然也不会请真人导游，就是走走停停，有旅游团的导游讲解，便随便听一耳朵。

下午四点，他们逛累了，回去的路上，梁为国说："皇上的日子也不见得比别人好过，故宫虽然大，可是每间房子都一个样。"

"所以嘛，"梁为民接话说，"人都想从自己住的房子逃出去，看看别人过什么日子，其实呢，都差不多。"

梁为国其实没心思看景，他在想自己回去怎么跟家里人交代，尤其是三个儿子，还这么小，成了没妈的崽子。从金水桥走过的时候，梁为国下了决心，他要去找阿妹，不过不是现在。他先回趟家，安顿一下，然后就去找她。他相信自己能找到阿妹，也能再次把她带回丰水山村，就像当年一样。

梁为民和小霞一时半会儿办不了手续，但两个人已经进入了离婚的状态。送梁为国回赤峰的火车站里，小霞拿了三万块钱给他，说是给孩子的。梁为国要推辞，梁为民摁住了他的手：你将来去找阿妹，也要路费的。

梁为国便收了，说："谢谢哥，谢谢嫂子。"

十二

老梁在腊月二十三小年这天，回到丰水山村。

似乎一年前他还是小梁，突然之间就变成了老梁，当某一次喝酒时，老黄和老王喊他"老梁，干一个"的时候，他没有丝毫惊讶和不适，这个称呼像那杯冰凉的啤酒，咕咚一声落进他的脑海里，就像他也记不清到底什么时候管老黄和老王喊老黄和老王一样。他能想象到，过年时，那三个侄子会端着酒杯说："大伯，祝您新年快乐，万事如意，谢谢您这么多年对我们的照顾。"他连干三杯酒，头脑微微晕起，心里涌出一波温热的浪。他没有孩子，但这三个侄子，仿佛就是他亲生的儿子。这些年来，他赚的钱主要都花在他们身上。三个人同年同月同日生，按先后顺序分了个大小，而且学习成绩都不错，只是兴趣各异，一个要学航天，一个要学地质，还有一个要学医。他跟要学医的老三说，学医苦，你可得做好准备。老三说，我不怕苦，我要继续你没完成的医学事业。说得梁为民心头一热。

梁为民现在孤家寡人一个，却获得了生活的满足感。他爸梁建成两年前去世了，他妈也因为关节炎，走不了远路，只在屋里洗菜做饭。她已经完全蜕变成一个标准的农村老太太，打狗撵鸡，嘴里永远在唠叨，家里一根针的摆设也看不顺眼，没人的时候，她就对着空荡荡的屋子说话，伴着哮喘带来的浓重呼吸声，好像吹火的风箱里有一张永不停歇的嘴。有人的时候她对人说，但人从来不听，仿佛院子里的树叶被风吹响了，无人在意一样。梁建成死得有点儿冤，那年春天，他过生日，三个孙子磕了头，他连喝了三杯酒。太阳快落山的时候，牛棚被风吹得漏了顶，他爬上去修，一脚踩空，掉在了牛圈里。其实牛棚并不高，以前也掉下来过，顶多是崴下脚，戳了胳膊，养个把月就好了。可巧这一回掉下来时，裤脚被一根钉子挂了一下，脑袋冲下，直接栽断了脖子。一家人吃晚饭找人找不见，还是三胞胎的老三去牛棚小便，看见爷爷倒栽葱戳在地上，赶紧喊大人。等人们把他架起来，他的脑袋还是垂在胸口，好像要看看自己心里到底在想什么。在村里，一个人死在生日这天，被认为是有福的，所以大家并没表现出过度的难过，按流程找车拉到镇子的火化炉去火化，然后埋进了坟地。那块坟地在水帘洞对着的一面土坡上，全村的坟地都在那儿，梁建成坟头靠西，紧挨着他爸他妈的。春天，田野里长满了野草，坟上也零星长出几根，上坟的时候，梁为民要拔掉，梁为国说，别拔，有这几根草，爸能透透气。梁为国便看着那几根草，想起当年他爸在初中学校门口抽烟的样子。

　　梁为国头发白了一多半，他每年有三个月的时间出门在外，去找阿妹。他已经找了好些年，几乎踏遍了南方的每一座边境小城。他遇见了几百上千个叫阿妹的女人，她们都矮个子、白皮肤，但都不是他的阿妹。人们劝他不要再找，人海茫茫，相隔国境，他们再次相遇的概率比中彩票还小。但是梁为国经常拿电视剧《神雕侠侣》里杨过和小龙女的十六年之约来回应对方、鼓舞自己：杨过等了小龙女十六年，等到了。人们不忍说，那个是电视剧，电视剧嘛，无巧不成书，你跟杨过唯一的共同点就是都没了一只手。梁为国去南方次数多了，除了找阿妹，他也有了其他发现。南方有很多土特产，在当地都很便宜，茶叶、菌子，还有熏肉、烟草什么的，他开始由少到多地往北方倒腾这些东西；然后冬天的时候，再把内蒙古的牛羊肉、小米、大豆发到那边去。一开始只能把自己的路费赚回来，时间长了，摸到些门道，渐渐就有了些规模,每年能赚些钱。三个儿子已经上了初中。小学四年级就在中心小学住校,周末回家拿点钱,初中也住校,不过是每两周回一次家——现在可以手机转账,钱也不用拿了。学习的事他也不操心,爱学成什么样算什么样吧,倒是梁为民,隔三岔五就打听他们的学习成绩。这三个孩子倒是都很聪明,比他们哥俩强,学习中上等,一直保持下去,考个二本还是有把握的。

梁为民到家的第二天,梁为国也从南方回来了。

这一次,他不但带回了阿妹的消息,还带回了小霞的消息。确切地说,是从小霞那里带回了阿妹的消息。几年前,阿妹带着户口本消失后,又过了半年,梁为民才和小霞用补办的户口本办了离婚手续。梁为民一直在海龙干到2017年,彻底破产,然后去了隆昌肛肠医院,一年半后,又从医院离开,转到这家体检中心。

离婚后第三年,小霞又结婚了,这次嫁了一个真正的IT男,在后厂村上班,比小霞大八岁,脱发严重,黑眼圈,看起来是体虚,但人家刚结婚就让小霞怀了孕。女儿足月出生,小霞成了全职妈妈,等到女儿三岁,该上幼儿园了,两口子一合计,那不如小霞就直接去幼儿园找个工作算了,既能接送孩子,还有个事儿做。他们选的是一家国际幼儿园,费用不菲,理念超前,中英文双语环境,每天主要就是游戏、手工和各种体育活动,从来不像中国传统幼儿园那样讲1234什么的。梁为民在小霞结婚时,把她微信删了,再也没有联系过,但梁为国始终留着这个前任嫂子的微信。

这次从南方回来,在北京转机,他跟小霞见了一面。其实是小霞主动见了他一面。这些年来,如果说还有谁始终支持他找阿妹,就只有小霞。两人坐在机场里的漫咖啡,聊了聊各自的事。小霞没问梁为民,梁为国也没提。离了这么久了,已无须再互相关注了。

他们说到了阿妹。

小霞说,她得到过一个线索。

梁为国心一动,问是什么线索。这些年他得到过不少线索,事实证明,那些线索都是假的。

小霞说，前一阵，有个人加我微信，我以为是什么中介或是推销的，没理。后来我往回翻那些加微信的人，又看到了那个人的头像，是一幅地图。我再加她，可惜过了时效期，已经加不上了。

小霞说着打开手机，点开一个头像，是一幅中国地图。

这算什么线索。梁为国说。

你得细看，小霞说，这上面是你哥当年标注的从北京回村里的线路，我记得很清楚。

梁为国把图放大再看，从北京到丰水山，的确被用小圈标出了一条路。这张图即便不是阿妹的，也一定是一个和丰水山有关系的人的。而且，路标并未到北京停止，一路向南，最后一个落在了广西的凭祥。

他的心猛烈地跳动着，震得胸腔都感到疼。

有枣没枣，打一竿子才知道，小霞说。

梁为国没说话，但他记下了这个人的微信号、微信名。

回来的路上，他无数次把微信号输入进去，找到那个头像的人，然后在加好友的最后一步犹豫了。十年来，这是他离阿妹最近的一次，可是突然间发现，这也是最远的一次。他历尽千山万水去找她，其实内心真正的想法是，有一天，她会自己回来。不管她是阿妹，还是岳小琪。

她拿着户口本，那上面有着家里的详细地址，她想回来，一定能回来。没有，只能说明她彻底跟自己和孩子们告别了，她不想再回来了。

他不知道她是怎么做到如此坚决的，他知道的是，她这么坚决，即便自己找到她，也改变不了什么。他只会再次揭开伤疤和往事，也打扰自己刚刚建立的生活，还有孩子们好不容易接受的母亲因病去世的谎言。

年二十九的傍晚，按丰水山的习俗，梁为民和梁为国先去坟地给爷爷奶奶和父亲上坟烧纸。父亲的旁边起了新坟，是大伯的，那个梁为民也叫了两年爸的人。他也给他烧了一刀纸，心里想，如果当年大伯母没再生孩子，自己一直给他当儿子，现在会是什么样？想着想着，出了神。

手机震动，有人发消息，打开一看是小孙：梁哥，小弟提前给您拜年了，祝您虎年大吉，虎虎生威，如虎添翼。然后是一堆红红黄黄的表情包。

老梁想了想，回了一个：新年快乐，心想事成。

他已经打听过了，柳红梅，不，柳丹生意做得挺大，现在不只是分院的院长，还开了一家美容院，不过，她仍然是单身。他重新加了她微信，她也通过了，但两个人谁也没主动说话。他渐渐确认，他们一起经历过的那些夜晚不是幻觉，而是实实在在的事儿。但这说明不了什么。现在，他有点犹疑，到底是该去见柳丹，还是去见柳红梅。

等火彻底燃尽，兄弟俩站起身，因为跪得有些久，腿已经发麻。他们抬头，又看见了远处的水帘洞，又小又破的一个洞口。两人下山坡，又往对面爬，向洞口走去，石阶彻底消失了，这里的斜坡和其他山坡没什么不同。这一次，他们几乎毫不费力地就爬到洞口。

洞里干燥无比，除了各种粪便垃圾，还有不少鞭炮炸响后的纸屑，红红蓝蓝，应该是孩子们玩剩下的。他们往里走，到了当年人们接圣水的地方，发现石块上有湿润的水迹。他们前一次来时所见的字，已经看不清了，只剩下某些被刻画较深的线条。

水帘洞又有水了？梁为民惊讶地问，手摸了摸，的确是湿的。

梁为国看了看，说：是风吹进来的雪，天一暖，化了。

梁为民心里生出一点儿失落感，嗷嗷喊两声，回音在他们周围荡漾了一下，然后消失在石壁中。

他们开始返回，再到洞口附近时，梁为民发现那些鞭炮碎屑中，有几支没有炸响、完好无损的小鞭炮，捡起来，引芯还在。

有火没？他问梁为国。

梁为国掏出打火机递给他。

梁为民划燃打火机，点着引芯，在嗤嗤烧的时候把鞭炮往洞里扔去。有一阵轻微的火硝味传来，却没有炸响声。

他又点了一支，这一次响了，啪的一声，然后洞里传来一叠短促的回音，仿佛石块投掷到水里时的声音。

梁为国也捡了几枚举着，梁为民帮他点燃。梁为国抛向空中，噼噼啪啪，青烟里有纸被燎过的焦煳味，还有火硝燃烧的味道。跟坟前烧的纸相比，这些味道似乎让人觉得是一种香味。

再也找不到完整的鞭炮，两人坐在石头上抽烟，烟是梁为国从南方带回来的红塔山。梁为国坐下去的时候，龇了一下牙。

　　梁为民心想，这小子该不会是得了痔疮吧？这么思忖着，他右手的食指不由自主地变成了一指禅，继而反应过来，暗自一笑，那根手指轻轻一弹，把刚刚燃尽的一截烟灰弹到空中。卷烟的纸烧着后，则又是另一种味道了。

养一枚故事的种子,然后等着它基因突变(创作谈)

《水落石出》是个两兄弟的故事,它在我心里已经养了很久了。先说这个故事,再说养。

这个小说,我曾设想过写得先锋一点,甚至荒诞一点,让身份的"错位"引发近乎山崩地裂的巨变;也想过写得文艺一点、哲学一点,去探讨现代世界里自我和他者之间究竟是怎样的关系;最后,我还是选择了写得老实一点,传统一点,让梁为国和梁为民回到最基本的乡村伦理之中。它成了现在的模样。细想选择的原因,是我在越来越体会到生而为人的无能为力之时,也越来越多地明白,虚构人物也是人,也有自己的情感和想法。作家当然有把一粒芝麻写成西瓜,或者把一个西瓜写成芝麻的自由,但是在梁为国和梁为民的生活里,一粒芝麻就是一粒芝麻,一个西瓜就是一个西瓜。我尊重他们的认知和想法,正如我期待这个世界也如此尊重我。

我经常把所谓的写作灵感当成一枚种子,这枚种子可以是哪儿听来的一句话,可以是什么时候偶然遇见的一个场景,可以是漫长旅途中惊鸿一瞥的画面……它微小到不足以去跟人提一下,但是在和它遭遇的一瞬间,眼前完整的世界如同被最锋利的刀锋划过,现实有了一丝裂缝,一枚种子轻轻垂落下来。这小小的种子,一旦在写作者的意识之田野种下,自会用它的"吸星大法"把所有可能的营养都吸收为己用。有时候，它甚至是贪婪的，吸纳一切具有相关性的细节、情感、词句；有时候，它又很孤僻，只需要安静且沉默。写作者所要做的，不过是认认真真地过自己本来的生活，到大街上走来走去，让它尽可能接触到更多的人、事、信息。渐渐地，它就具备了自己的形态。我把这个过程称之为"养"——我的心是一片荒野，养着许许多多类似的种子，哪一个先发芽抽枝、开花散叶，就把哪一个用文字赋形。

最有趣的地方在于，故事之种子和生物之种子刚好相反。自然万物遵循着"种瓜得瓜种豆得豆"的古老规律，你埋下什么，大地就长出什么；而在文学的世界中，不管你种下的是什么种子，它都不会只长出它自身，它甚至有生成"万物"的可能。种下小麦，长出猕猴桃；种下青蛙，长出王子。或者说，故事之种子的魅力就在于"基因突变"，在最后一个字写完之前，无人预知它是会长成一株木棉、一棵葡萄，还是一束狗尾巴草。

如果说，此刻呈现在诸君面前的《水落石出》是株结满苹果的谷子的话，那最初的那枚种子，只是某一年回乡时，听人无意间说起的一句话："我比我弟弟小两岁。"

雕 像

张天翼

《雕像》授奖词

　　张天翼的《雕像》，从皮格马利翁故事中积蓄思维的潜能，从少年到暮年，"我"和伽拉的命运之河交汇，一波三折，迷雾重重。爱与怜、生与死、残缺与完整、圆满与遗憾，复杂斑驳的个体生命呈现出的是伦理情境的多元与复杂。作者用舒缓的笔致，精准捕捉到瞬时的微妙情感和心理暗流，但细腻华美的语言外衣下，也包孕着两难的悲剧和不乏灰暗的底色。而当深情的女子终于在岁月尽头得到爱的代偿，那些像水波一样荡漾的生活纹理也焕发着恒常的力量。

——林滨

一

我十六岁时，有一个"展友"。他跟我差不多年纪，住在城市另一边，他父亲是位策展人，因此大大小小的展，他都消息灵通。我跟他在一次美术馆暑期活动中相识，从此结伴去看各种展览，画展、摄影展、雕塑展、装置艺术展，等等，每次约在展馆门口见面，有时合租一个讲解器。

当时我认为他跟其他青春期男孩不一样。他喜欢读书，不爱喝碳酸饮料，不急着炫耀自己，可惜他是个胖子，后颈有褶，两腿因内侧肉多，走路时略往外撇。虽然他双眼颇有神采，耳垂形状也不错，但无补于大局。一个外表不出众的少年，如此渴望美、谈论美，在略显惨烈的对比中，有种奇特的吸引力。

有次一起看威廉·透纳画展，我走在他身后，盯着他后颈的褶，发现它两头上翘，像一条抿嘴发笑的曲线，上面皮肉里，又刚巧有对称的两点凹陷，像眼睛，合起来是个讳莫如深的笑。他仰头看，感叹道："真美，你瞧那半透明的海水。"他脖子上"眼睛"和"嘴巴"的表情，随皮肉扭动而变化。从此，笔记本里我给他的代号是"笑颈"。

那时我当然已开始琢磨"爱"，我坚信，人没法爱上自己觉得滑稽的人。所以我跟笑颈相处时反而轻松。他有点傲慢，一点点装腔作势，幸好还都在温和不刺伤人的范围内。每次从展馆出来，我们都找个地方坐下来，公园或者饮料店，热烈地交换意见，选出自己最喜欢的一样展品，一幅画或一座雕像。

转折发生在一个春天。城中有新展览，展出大西洋底一艘沉船上打捞出的物品，我约他一起看。早晨我正乘地铁赶往博物馆，笑颈打来电话说，家里临时有事，今天他不能去了。我说："我先去，你等有空了再来。这次我们分开看，一样可以讨论。"

那座博物馆我和他去过很多次，常设展览在一二楼，三四楼的四个展厅，用来布置世界各地博物馆送来的特别展览。沉船物品年代约为公元三世纪，装酒的耳瓶，装食物的陶罐，调料罐，钱币，乐器，鹰骨笛，占卜盘，项链，脚镯，厨具，床榻构件，外科手术刀，银葡萄酒杯，红玉髓小瓶，等等，大部分是船员的生活用品，还有三座有不同程度损毁的雕像。

保存最完好的是一件青铜雕塑《熟睡的爱神》，孩子靠在大石上，甜睡正酣，缺了一只手、一只耳朵。另一座大理石雕像，叫《掷标枪的人》，他残缺得太严重，没有头，标枪也丢了，只剩一只紧握的拳头，半截肌肉隆起的胳膊，一块巴掌大的胸脯，以及一只用力弯折的赤脚。人们用几块白色立方体代替失去的身子，按身体部位，把残块摆得高低错落。

第三座石雕有头和脖颈，一段披着布料、带右肩的躯干，一截左手肘，一条连着肚脐和腹股沟的右腿，一段屈起的左膝盖。他胸口处压着一只宽大的狮爪，膝盖则被一只鸟爪擒住。可惜那脸上没有五官，整个面部被粗暴地抹平了，犹如在火灾中毁容的受害者。

展柜旁的说明牌上写道：这座雕像塑造了一个正与狮鹫搏斗的青年。有学者推测这艘船上本来还有涅墨西斯①的雕像，因为在希腊神话中，狮鹫是厄运女神涅墨西斯的同伴。

我再凑近点，近到鼻尖贴上玻璃，渐渐从那没有脸的脸上，看出一种梦幻似的、冷静坚定的神情。即使只剩肢体残块，也能在脑中勾勒出震撼人心的英姿，感受那股生死悬于一线的紧张感。我小声嘀咕："不知道打赢了没有？……"

巡场的安保员背着手，远远说："请与展柜保持距离，谢谢。"

我答应着，快步走开，走出老远，假装去看边角柜里一字排开的钱币。等到那阵羞窘消退，我又踅回去，立在《与狮鹫搏斗的青年》的柜子几米外。柜子有四面，我对着每一面，都凝望了十几分钟。所有肢体都呈现出极用力的样子。我看的时候，自己的手臂也忍不住暗暗使劲。

一出博物馆，我就给笑颈发消息：很好看，你快找时间来看。笑颈回道，好。其后几天，我一直在等，不断温习对雕像、调料罐、厨具的印象，像每天给插花切去腐根，努力为之保鲜。只等笑颈说"我也看了"，我就可以拔开瓶塞子，把想法一泻而出。

注：①涅墨西斯：厄运女神。她认为不应有人占有过多的好运，因此常去诅咒那些有福的人。狮鹫负责为她拉着战车。

那时我年纪还小，对自己的判断缺乏信心，一定要找到赞同者才能安下心，选了样东西，要听到别人说可以，才觉得真的可以，做完一件事得父母夸好，才认为真是好。我觉得观赏的快乐，很大程度上寓于意见的往还，快乐会在热烈讨论中，达到平方、甚至立方的效果。

学校课间的时候，我在笔记本上画出雕像残块的形状，再用铅笔在上头画线，画出我对残缺部分的猜想：他双手可能抓住了狮鹫的翅膀，屈膝撞向对方肚皮，被巨爪挡住……

等了三个星期，才等到笑颈的电话，他说："那个沉船物品展，我去看了。"我说："太好了……"正要拔瓶塞子，却听他用冷淡的语气说："我不喜欢。"

"为什么？"

"那不是艺术。一堆当时人的日用品，盆盆罐罐的，考古价值是有的，没什么艺术价值。我本来就不想去看。"

"怎么没有？罐子上的纹样没有艺术价值吗？古希腊陶罐上画了婚礼、运动会、阿伽门农……"

"你知道我对工艺美术的看法，那是伪艺术。"

"……你觉得那几座雕像怎么样？"

"就那座青铜小爱神还可以，但也不值我的票价。剩下那个，只剩几块残骸，一只手、半个脑袋，没法判断好坏。"

"掷标枪的人确实……不过那个跟狮鹫搏斗的雕像，即使残缺不全，也很美，很震撼。你不觉得？"

笑颈顿了一下，"什么？跟谁搏斗？"

"一座大理石雕像啊，有头、躯干、腿，腿上踩着一只鸟爪，就在东边，很大一个展柜……你没看见？"

那头沉默了好长时间，他以诧异但肯定的声音说："没有，我没看到你说的那个东西。"我也惊得说不出话。他补充道："因为你说喜欢，所以我看得特别仔细，转了好几圈。你肯定记混了，把别的展览上的东西记成那里的。"

挂了电话，我马上去搜这展览的报道、图片。没有，真的没有，没有一篇报道提到《与狮鹫搏斗的青年》。博物馆官方网站的特展页面，列出几十张展品图，我找到了钱币、占卜盘、脚镯，找到了《掷标枪的人》，在展厅的全景照片里，取代"青年"，挨着《掷标枪的人》陈列的，是一个沉船复原模型。

三天后我亲眼看到了那具模型。它独占一个书桌大小的开放展台，影子映在几步外《掷标枪的人》的展柜玻璃上。它是真的，不是博物馆拍错了图。我在展厅里绕了一圈又一圈，最后在船的展台四周转来转去，绝望地蹲下盯着地板，想看地面是不是有隐藏的活动盖板，把"青年"吃了下去。

上次那个安保员又背着手过来，"不要抠地板砖，谢谢。"

我起身，对他说："您好，请问这个展览的展品都在这厅里吗？"

"当然。"

"上次我来，在这个位置看到一个石头雕像，叫《与狮鹫搏斗的青年》，是不是搬走了？主办方撤掉了？"

他看着我，语气跟笑颈一样："什么搏斗？跟谁搏斗？雕像就这两个，一个小孩一个大人。我天天巡场，没见过你说的那玩意儿。"

"怎么没有？上次我跟那个展柜的玻璃凑太近，你还过来提醒我保持距离。"我大步跑到最近的一个展柜处，模拟当时姿势，鼻尖贴上去："我当时就是这样，这样。"

安保员摇头，"不记得，这地方每天来上千个人，除非有人把展柜玻璃撞碎，或者随地大小便，否则我哪能记住！你离得太近，保持距离，保持距离。"

等他走开，我在占卜盘的柜子边颓然坐下来。只要闭上眼，我能在黑暗里看见它，残损五官的脸，手肘，胸腹上的肌肉线条，肚脐，腹股沟，大腿，鸟爪紧抓的膝盖。就像我五岁时外婆去世了，有好几年我不明白，为什么一闭眼外婆就是活生生的，会说会笑，睁开眼，这世上就哪里也没有外婆了？

不远处一个小孩说："爸爸，古时的人就喜欢这样的雕像吗？只有手和脚？"

我虽然心情奇差，仍被逗得嘴角一动，无声发笑。睁开眼，只见一个中年人手牵一个小女孩，站在《掷标枪的人》前面。那父亲说："当然不是，这雕像本来是完完整整的，有胳膊有腿，有手有脚，跟你一样，只是在海底待得太久，很多部分被海水冲走，还有一些被海豚叼走当玩具了。"

女孩肃然思考一阵，发表见解："也许小人鱼捡到它，立在花园里，别的人鱼嫉妒，把它砸坏了。"

那对父女离开后，我注意到那里还有一个坐轮椅的参观者。他年纪不大，至多比我长三四岁，展柜里的射灯灯光映在他脸上，他面对展柜，双手扶膝，扬起脸，好像在留神听空中传来的声音。

我慢慢起身走出几步，换个角度看，少年脸上有种恍惚的神情。他按下扶手上的按钮，轮椅转向，在地板上嘶嘶滑动，改为面对沉船模型。

我蹑足走过去，在那人右边站定，斜着眼珠打量，原来他双手扶在膝盖上，是在触读一本盲文册子——这个展不提供能用耳朵听的导览器，只有文字讲解册，搁在展厅门口架子上，可以自取，他摸读的应该是盲文版本——他是盲人？……啊，太悲惨了，不能走路，还看不见东西。可如果看不见，来这里又有什么意义？他为什么独自出行？他家人呢？

他的手瘦长，手背上显出琴弦似的骨头，指头在凸起的盲文上滑过，只用一个食指指尖读，其余指头向上抬起一点，手的姿态很温柔，好像他摸的是情人的头发。

我看得过于肆无忌惮。接下来无比尴尬的一幕发生了，那人突然侧过头，莞尔一笑："我能看得见，不是盲人。"

我只觉整块头盖骨轰然飞起，张开嘴，先是说不出话，接着又只能一连串说："对不起，对不起对不起，实在对不起……"

那人的目光仿佛在看我，又仿佛停在我脑后某处，看着那块飘在空中的颅骨，他说："不要紧，我猜你是过来想给我讲解，对吗？"

我心生感激，但还是决定不要这个善意的台阶，诚实一点，"不是，我是出于好奇，确实不礼貌，不过你需要讲解吗？我愿意把所有东西给你讲一遍。我还挺擅长描述东西。"

那少年笑了，"谢谢。其实上个月我来过一次，发现讲解手册没有盲文版。我虽然不盲，但有几个朋友是盲人。我回去之后给这里的人打电话，他们保证说马上制作盲文版。这次再来，是为了检查他们是不是敷衍我。"

他拿起膝上的小册子，像举起一面旗帜似的挥动。我说："原来这是你督促他们做的。真了不起。"

那少年怡然微笑，表示领受夸赞。

我说："其实我也是第二次来。啊，有件很奇怪的事，上次，就在咱们现在这个位置（我用脚尖踏地，发出咚咚声），我明明记得摆的是一座雕像，名字叫……"

那少年接口道："《与狮鹫搏斗的人》，是不是？"

"对！对对！没错！"我差点尖叫起来，手捂住胸口，"是的，就是它。上次我最喜欢的就是它，我觉得它虽然残缺不全，但还是美得……美得要命，是我见过最有力量、最动人的雕像。我让我的朋友来看，可他来过之后，说他没看到那雕像。刚才我问安保员，他也说根本没那样东西。要不是你，我都怀疑自己脑袋生病，产生幻觉了。"

说到这里，我不由自主做了个傻乎乎的动作，伸手去碰他的轮椅——其实我更想碰一下他的身子，以确认这个人真实存在，而不是……

那少年淡淡一笑，"我不是幻觉，也不是全息投影，是真的。"

我再次窘得浑身皮肤发紧。他以沉静的声调说："那座雕像也是真的，不是幻觉。你肯定知道，石器、石雕、化石、岩矿标本这些物品，有严格的保存条件，温度控制在20℃，湿度在40%～50%之间。结果上个月有几个展柜的温湿度控制出了故障，导致物品受损，主办方很不高兴，把那几样东西撤回，重新修复去了。《与狮鹫搏斗的青年》就是其中之一，其实你再多看一遍，会发现不光那座雕像，还有一把青铜手术刀、一个躺椅构件也消失了。"

他解释得合情合理，我的心终于舒展开，余光里看到那个背着手的安保员，问："那为什么安保员也说没见过雕像？"

"他骗了你。"

"为什么？"

"因为这是博物馆工作人员失职造成的，他们当然不愿承认。他的上司和他们都认为，矢口否认比费力解释更好。"

他轻声说话时，我得以光明正大地凝视他的脸。那面貌有一种奇特的矛盾，诚然他头发浓密，脸颊洁净光滑，嘴角也紧绷绷的，但目光和神情偶尔一闪，让他显得既年轻又苍老。

展厅里空荡荡的，没有别的访客，我走在轮椅旁边，我们边走边聊，把展览又逛了一遍。感觉过了很久，又并没过多久……他跟我道歉，说："对不起，我得走了。"我发现他半垂着头，面色似有异样，心想他毕竟跟健康人不同，身上带着隐疾也说不定，问："你是不是不舒服？"

他调转眼珠，薄雾似的目光投过来，鼻尖耸动，好像要用视觉嗅觉一起估量眼前这人能否与闻机密，随后说："不是。这个馆的卫生间没有残障人士设备，上次我就吃了点苦头。"

我脱口道："我帮你。"话一出口，知道大大不妥，颅骨又往上蹿了半寸，再次连声说："对不起对不起……"

那少年又笑，这次笑得比之前大一些，嘴唇一咧，里面倏地闪起雪白牙齿的光，我心中掠过荒谬的想法，好像在哪里见过这一幕，或是读什么诗歌时脑中想象过——你的牙齿如新剪毛的一群母羊，洗净上来，个个都有双生，没有一只丧掉子的……同时心里还有一点莫名的放心，牙齿最能暴露人的生活状况，他的牙整齐漂亮，说明生活条件不坏，能让他得到好的照料。

他说："你已经帮我很多了，你都不知道你帮了我多少。我能坚持回去，今天为了来这里，我特地从早起就没吃东西，没喝水。卫生间的事我也投诉了，不过那个不像盲文手册那么好办，过段时间我再来，看他们改造了没有。"他抿嘴微笑，两眉往上一纵，操纵轮椅，掉转方向，朝展厅门滑去，我在一边跟着。

走到电梯口等电梯时，他像忽然想起来似的，从膝头拿起册子递给我，"能不能帮我放回架子上？谢谢。"我当然说："好。"

我小跑着回去，把盲文册插回在展厅门口的架子上，心里升起一丝预感，赶快回头，果然，那少年不见了，铁青的电梯门正合拢最后一道缝隙。

他先走了。

如果我飞快跑下楼梯，绕到电梯口……

那也许能截住他。

但我拼命克制那种冲动，命令自己站在原地，站得像一座雕像。

177

我甚至屏息了一阵，生怕呼吸产生的震荡也会动摇意志，直到估算时间，他的轮椅已经开出博物馆，再也无法追寻，我才放松下来，拖着脚走向电梯。

那时我太年轻，脸皮太薄，给自己定了很多严苛的行为准则，尊严脆弱得像一只薄胎瓷器。我认为既然他不愿跟我同行，不想再多交流，我就不能死皮赖脸地跟过去，免得自取其辱。

自从那次关于沉船物品产生分歧之后，我和笑颈的关系慢慢冷下来。连续两次他约我一起看画展，我都推掉了。推掉的原因，一是忽然觉得不需要"展友"了，二是我只要有时间出门就跑到那个博物馆去，盼望幸运再降临一次。

又过了三个月，到了笑颈生日的时候，我在书店选了一盒印得很精致的歌川广重画片，写上"祝生日快乐"寄给他，他打了个短短的电话道谢，但两个月后我的生日，他没有回赠礼物，也没再约我去看展览。等我到外地读大学，我跟他就彻底断了联系，那是我第一次知道，人和人之间的关系会溃于如此微小的不和谐。

二

我一开始读的是社会学系，趁爸妈打离婚官司如火如荼，没空管我，点灯熬油地考了文物与博物馆学的研究生。这门学科的"耶路撒冷"在意大利，所以我去了意大利。罗马不仅是世界中心，也是修复科学的中心。

由于早早开始生产艺术，到14世纪他们已经有了一堆老宝贝需要修复。1506年人们从旧皇宫的泥土里挖出拉奥孔、大蛇和他的儿子，父子三人总计丢了两条胳膊、一只手，教皇请米开朗基罗来修。老米对此非常谨慎，只画了一幅素描图，就放弃了，谦恭地说不敢随意动它。修复术很快成为一门稳健、蓬勃发展的科学。17世纪的修复者们已懂得坚守可逆性原则，卡罗·马拉塔负责修复梵蒂冈法路奈吉那回廊时，给每一笔都做了记录。有些损坏来自天灾，1997年小城阿西西发生地震，圣方济教堂里两百平方米的壁画被震毁，墙上八位圣人坠地，跌得粉碎，人们收集起十二万块碎片，用五年时间拼了回去。到了当代，意大利人依然是最重视这件事的国家，他们为此制定宪章，给文物修复捐钱的公司能减税免税。

我在中央修复高等研究院学了五年。这专业有几种方向可以选，石材、服装、纸制品、乐器等等，我当然选了"石材"，除了考古史中世纪史拜占庭史还要学化学、物理、冶金学、矿物学，听教授讲岩石的劣化机理。成为注册文物修复师之后，我进入研究院下设的工作室，从此过上梦寐以求的、跟雕像日夜相对的生活。

我们的工作间像手术室，也像化学实验室，X光机、试剂、显微镜、手术刀，还有脚手架、起重架、高压蒸汽机、钻床、抛光轮……

移动一座雕像，可能比移动一个伤员还费事，要先给它订制一个铁架，捆扎固定，挪到运送车上，车低速行驶期间，还要用声学方法探测道路，监控可能出现的颠簸。运进工作间，如果雕像高大，要搭脚手架。用喷雾软化尘垢，一块块初步清洗，再喷一遍表面活性剂，用小刷子、棉签把每条皱褶里的碎屑和污垢弄干净。但铜雕的锈迹不能完全除掉，要通过试剂确定哪些是有害锈，哪些不会恶化，就要保留，不能让雕像紧绷闪亮得像明星打完针的苹果肌。手术刀是用来除掉上次修复痕迹的，绝大部分修复都不是第一次，当然也肯定不是最后一次。钻床也很常用，一些大手术要用它切割合金短棒、打孔，填上环氧树脂胶，实现断肢再植。

在我进工作室那星期，有一组同事刚好完成一项长达十年的任务。一座皇帝骑马的铜像"康复出院"，他们开了个盛大派对，给皇帝和马做了立牌，印了大头照贴满墙，上面涂鸦"再见！等我回来"。修复永远没有最后一次，未来总会有更好的技术和材料，把时间造成的伤害一次次疗治得更好……这简直像爱的隐喻了。

修复术是面向艺术品的医学。有些修复师会爱上他经手的雕像，就像医生爱上患者。一点不奇怪，简直太合理了。整天跟那栩栩如生的胴体厮混，伏在青铜和大理石的腿、胸脯、腹股沟上，注视那些俊美的五官，付出无尽耐心和温柔，夜以继日，很快你会相信他们是被咒语变成这样，在石头金属的皮肤之下，有一个跟我们同样的灵魂。那些小心翼翼的触碰和全神贯注，跟爱共享一副面孔。

有的同事给"自己的"雕像取昵称，等"小胖""无腿""俏臀"被送回去展出，他们会定期探望。有些修复后的雕像因不适合再展出，运入库房收藏，那便是天人永隔。

一个女同事半开玩笑地称她的雕像为男友，"我的17号难道不是更美、更忠诚、更持久？"

我问："持久是什么意思？"

她说："只要我在他身边，他就总是硬的，永远不会软。"

我交往过几任男友。那几人的嗜好、交往时的窘事，比如接吻时我被对方唾沫呛得咳嗽出来，等等，我都能毫无心理压力地讲给亲密友人。但我没跟任何人分享那件事。

迢遥时间中，坐轮椅的少年模糊得像远古岩壁上徒具人形的画。我不止一次擎起火炬，穿过长长的漆黑洞穴，回去看他，看着自己在电梯前转身走开的那个时刻，不止一次地后悔，当时为什么不追下去。

那处悔恨从未消肿，我甚至能隔着衣服摸到它。

还有更可怕的想法：也许他病情恶化，僵卧在床，忍受褥疮的疼痛，等着被人翻身；也许他已不在人世。

有时我跟自己说，对爱和陪伴的需求，是虚构出来的，要努力克服。某年跨年夜，朋友带我去看一个乐队演出，他们唱弗洛伊德的《我多么希望你在这里》："How I wish you were here.（我多么希望你在这里）We're just two lost souls swimming in a fish bowl（我们只是两个游弋在鱼缸中走失的灵魂）……"人们欢呼着倒数计时，情侣们目光盯紧对方嘴唇，好比枪口瞄准靶子。我问自己，你希望在这里的是谁？答，是那个人。每个许愿的机会，我都留给他。我想要再见到他。

进研究所的第三个夏天，我被派去修复一座18世纪的酒神雕像。博物馆的要求是一边修复，一边展出。他们在展厅里造了一个特大玻璃柜，把工具搬进去，我就在里面干活。我也成了展品，游客观赏我骑在酒神大腿上，用软毛刷子蘸药液，涂抹肋间肌。人们看他，但更多人看我。

开始几天，我觉得很难受，虽然玻璃门一关，声音能隔绝大半，但那些审视的目光像一刻不停的噪音，吵得人心乱。后来同事跟我说："你就当柜子外面那些人是雕塑,是用肉做材料、骨头和肌腱当楔子的雕塑。他们会动,是因为透明的修复师要用透明的四轮车,把他们运到不同房间去。"

她真是个天才。从那天起,我彻底坦然了,旁若无人地享受我跟狄俄尼索斯的二人世界。这位酒神是十八九少年的样子,一脸憨稚婉娈,没有胡须,鼻梁细长,薄唇张开,神情像刚喝了口酒,正琢磨味道,又像聆听身边竖笛的笛声。

他斜倚长榻,一堆石头布料垫在腰臀底下,堆出极美的褶皱,令他仿佛坐在云层或水流中。那具大理石身体上,处处是千篇一律的美妙线条,头戴一圈叶冠,葡萄果实一串串压在双鬓处,头发打着卷,从颈后垂到带裂缝的胸膛,右手握杯,左胳膊举起,腕子上只有一个平面,左手缺失了。

我用一管唇膏大小的黑光灯扫一遍表面,寻找瑕疵和裂缝,记录下来,然后一一处理。第十二天,我已经进展到了腹股沟的"阿波罗腰带"部分。早晨九点开馆,最先来的是一个夏令营队伍,八九岁的男孩女孩,个个目如晨星,仰头看着我,戳戳指指,那小面颊的完美弧线足能愧死贝尼尼。然后是一群外地游客,全家人穿着花衬衣、渔夫帽、帆布鞋,显然看完博物馆下一站是海边,每张脸上都洋溢着快走完这一站的急切。

碗里的表活剂没了,得再用水调一些,橡胶手套闷得出汗,直打滑,我脱掉手套,抽了张棉纸,放在两掌中间搓,让它吸汗。外面有一副目光,在玻璃板一米外专注凝望,正如这七天来几千双眼睛。那是个青年,穿一身象牙色西服,右手撑着一根手杖。

我随意一眼扫过去。忽然头皮一麻,打个寒噤。身体里神秘的某一部分,比脑中的人脸识别更快认出来,不是某个他,是"他"。我甚至没有第一时间发现他站着,不坐轮椅。一切外表改变,对那个确凿的内核来说,都微不足道。

我听不见,也看不清,昏沉沉地张开嘴,一种比理智更强劲的力量,把一声大叫从嘴里扔出去,像投枪掷向目标。但传出去的声音太微弱,那人见我瞪他、嘴巴开合,困惑地微微一笑。

不会错了,那个笑刺穿了折叠起来的两处时空。我扔下手里东西,又嚷了一声。

他误以为我不喜欢被近距离审视，笑里有了歉意，用右手的手杖辅助着，退出几步，要转身离开。这次我掷出的投枪是自己。我迈着梦里演习过的大步，冲刺，冲过去。

一声巨响，一阵噼里啪啦声中，我跟千万块碎玻璃一起掉在地板上。

该死，我忘了，我这个展品跟游客之间不止有空气。这部分梦里可没有。

真是个大场面。远近响起各种语言的惊呼。酒神在身后不动声色地看着，我像鱼缸里蹦出来的鱼一样趴在地上。他人呢？我双手撑地坐起来，腿上手上都扎了玻璃碴，如在荆棘丛中。他人呢？

"女士，你还好吗？"听到那个声音，我一下清醒了，喘气也匀了。咯吱咯吱，他踏着碎片，穿过漫长漆黑的洞穴，微跛着走过来，伸手扶我。

我打量他，他是不是烟雾凝结出的幻象，随时会消散？我问："你记得我吗？"他愕然。血穿过眉毛，滴在眼皮上。他替我"嘶"了一声，抽出口袋巾，按住那道口子。

阴影和嘈杂的声音围上来。沉重皮靴咚咚砸地，大胡子安保员跑进展厅的门，大声说："让开，大家都散开。"

我捂着脑门，说出那个城市和博物馆的名字，"九年前你去看那馆里一个展览我跟你在展厅聊了七十五分钟那时你坐轮椅……"

他眼中一闪，"哦，是'忒亚号'沉船物品展，我记得了。展品里有一件三世纪的天体计算仪。"

虽然疼得要死，我还是笑出了声。急救人员来了，有人扒开眼皮，拿小电筒往里照，说："不排除有轻微脑震荡，得入院检查。"

我一把揪住他的手杖端头，"这位先生跟我一起走。"

三

救护车驶过街道，驶过19世纪的老桥。我坐在淡蓝色一次性无菌垫单上，擎着两只镶满玻璃的红手，像酒神坐在云端。最擅弹琴的俄耳甫斯，也奏不出此刻我耳中狂喜的音乐。酒呢？酒也有，急救人员看一眼他，看一眼我，用酒精棉给我卸掉血痂睫毛膏。

我总算能看清了，跟九年前相比，他脸型稍有变化，双颊轻微塌陷，带镶边的杏核形眼眶里，目光跟我记忆中一样明亮、柔和。我说："我叫金①。"他说："我记得你。你好，我叫伽拉②。"继而微笑，"不是幻觉，也不是全息投影，是真的。"

这是当年他说过的话，说明他真的想起来了。我说："太好了，你能站起来了……你一定得留个电话给我，因为……因为我得把口袋巾洗干净还给你。"

护士在急诊室里修复了表皮破损，又把我推去，做头部扫描。我以为医生会在屏幕上看见十个庆典合唱团、五十辆嘉年华游行花车，因为他们明明就在我脑袋里唱啊跳啊……没扫出来？可悲的现代科技！

伤口好得差不多之后，我约他吃晚饭。服务生送菜单上来，我问："你们有电梯吗？"伽拉笑了。他说："放心，这次我不会提前离开。"

他讲工作：他受雇于一个基金会，为博物馆展品做立体复制品，并致力于把这个服务推广到其他场馆，有了复制品，盲人参观者就不用仅靠讲解想象艺术品的样子，他们可以亲手触摸圣特蕾莎的脸，用手指摸出她沉迷恍惚、爱欲萌发的表情③，也可以摸出凡·高夜空里的曲线，是怎样盘旋、纠缠……

从少年到成年，他一直在为同一件事而努力，我由衷地说："真了不起。"

注：①"金"："King"（国王）。

②罗马诗人奥维德在其叙事诗《变形记》中，讲述了皮格马利翁（Pygmalion）的故事。此人是塞浦路斯国王，擅长雕刻，对人间女性不感兴趣。他用尽技艺与热情，用象牙雕出一个心目中最完美的女子。日夜相对，他爱上了这座雕像。在爱神阿芙洛狄忒的神庙里，皮格马利翁为祭坛献上祭品，默默祈祷。爱神被他打动，赐予雕像生命，当皮格马利翁回到工作室，亲吻雕像时，发现那嘴唇温软如活人。随后她走下台座，成了活生生的女子。两人结为夫妻，幸福地生活在一起。到18世纪，人们称这位雕像女子叫"伽拉泰亚"（Galatea）。

③《圣特蕾莎的沉迷》，是17世纪意大利著名雕塑家贝尼尼于1645年创作的雕像，描绘了修女圣特蕾莎通灵时奇异而神秘的瞬间，现存放于罗马圣马利亚·德拉·维多利亚教堂的一间小礼拜堂。

吃点心的时候，我终于问出来："那天你为什么没等我，自己搭电梯走了？"

他眨眨眼，"我有不得不走的理由。以后会告诉你。"

以后，他认为还有以后。啊。我的合唱团集体飙了个高音。

我又问："你记不记得那座雕像？沉船忒亚号上的。"

他立即说："记得，《与狮鹫搏斗的青年》。"

我说："那座雕像，后来我再没见过，也没在任何馆藏目录里见过。"

"我也没有。有可能被某个小博物馆买去收藏了，没有公开发布目录，也有可能他们用船运送它过海，再次触礁或是遇到风暴，船又沉了，那雕像回到海底去了……"

他隔一个餐桌看着我，就像隔着一座海。

博物馆重做一个玻璃展柜要半个月，我获得一段意外假期。我邀请他到我的工作室参观。墙上钉着一块双人床大的黑绒布，衬托着前面《取胜的角斗士》大理石立像。一座圣母玛利亚的铜像躺在特制的木条架子里，等待清洗。一块亚麻布上放着即将修复完成的布鲁图斯半身胸像，已经用抛光轮磋磨过，只差再打一层晶体蜡。伽拉说："这当然不是原件……不是吧？"我说："是18世纪雅克·帕如的复制品。"他凑近了欣赏鼻翼旁一条细小、精妙的肌肉，叹道："复制品也够美了，是不是不在馆里？"我点头，"对，是私人藏品。"

他点头，踱来踱去，眼中闪耀奇特的光。看完所有角落、所有工具，他在最大的工作台前停下来，双手交叠按在杖头上，凝目不动。台面铺着防水布，摆开两个雕像的大大小小几百块碎片，那是两个月前一间修道院送来的，夏夜的雷雨天，雷击中花园里一座圣徒石像，它倒下来，又砸塌了旁边另一位圣徒——好像神觉得他俩生前苦修还不够，成了雕像也得再受点罪——两位就像遭分尸的受害者，尸块送到了法医面前。

我拧开固定在桌角的照明灯，站到他身边，跟他一起看，也看他。每块碎片编了号，有一些已经拼到一起，凑成一个膝关节，半个肩膀，两个头颅，一个缺了太阳穴，一个没了下巴颏。他"嘶"了一声，"这么难的拼图。"

沉思一阵，他伸手指向一块杏子大小的石块，又指向年轻无须的头颅，"我认为这块是他的脚掌，是踇趾后面那块踇长屈肌。"

我有点惊诧，他笑着解释："我做了几年复健，每天研究腿脚上这些肌肉。"

我装作刚想起来一样，说："哎，你要不要到我们这里工作？"他缓缓环顾四周，半晌摇头，"谢谢。不。"

"不"的理由，几天后他才告诉我。他到博盖塞美术馆办事，我坐在湖边等他，喂鸭子和鸽子。远处的柑橘树夹道上，他撑着手杖，微跛着走过来，像个穿牛仔裤的拜伦。

我们租了条木船，他把白衬衣袖子卷到手肘上，握着桨，一探一回地划动，船走起来，我们乘着熨斗，在绿绸缎床单上滑行。

一棵鹅耳枥以纳西塞斯的姿势探向水面，船从树荫下过，光和阴影在他脸上忽明忽暗地流动。他说："我早年考虑过做修复师，但看着那些雕像总觉得有点难过，好像裂开、破损的是我的身体。"

我点头表示明白。湖中心矗立一座小型神庙，以爱奥尼克柱支撑，柱廊上有三角形檐墙，庙中的雕像须发卷曲，长袍系在粗壮腰间，手持有巨蛇盘缠的手杖，那是希腊神话中的医神埃斯库拉庇乌斯。

在离神庙最近的地方，他暂停划桨。我仰望神像，沉默了几秒。他说："想跟神许愿？那得献上祭品，白公牛、黑母羊什么的。"

我伸手往包里摸摸，找到一根香蕉，悠然道："牛羊那是宙斯喜欢的东西。医神心眼好，不会挑剔祭品，我觉得送点果实、谷物、花环就行。"

他也掏摸一阵，从裤袋里找到一条燕麦能量棒，递给我，"好，现在果实和谷物都有了，说说看，你想跟神要什么？"

我望着他，脱口而出："愿医神保佑你的健康。"这些年所有许愿时刻，我都会加上这句。他张开嘴，嘴唇停在谢字的姿势上，却没出声。

……糟糕，我暴露了。他看出那种真挚不能仅用一个谢谢来回应。我得分裂出另一个我按住我，才能不跳进湖里逃走。

太可怕了，我正置身命运最狭窄的坑道，灵魂里所有易燃物都堆在眼前。光把燃烧的箭射向湖水，那翡翠的堡垒颤抖、簸荡，又努力抚平自己。

我低下头，水面映出一切、洞悉一切。水里的白衣人说："轮到我了。我愿风神诺托斯吹来一片树叶，落在你头顶。"

"为什么？"

"那时我会说，来，我替你把树叶拿下来。然后我就可以抚摸你的头发……"他向我一笑，阳光在眼皮上闪动，那双眼像阿基米德的镜子，点燃我的船帆、我所有的矿藏。空气里弥漫熊熊燃烧的味道。

"这点小事我自己来，不用麻烦神。"我边说边从船底捡一片落叶，搁在头上。

他一条眉毛飞起，久久扬着不放，直到确定，才朝我靠近，缓缓伸过手，拂掉那片叶子，小声感叹道："赫柏和雅典娜，也没有这么美的头发。"

后面的话我不记得了，也没听清。我的头颅像等候多时的果实，沉甸甸地落入他手里。他的手落在我头发上，沿颅骨的弧线滑动。他只用一个食指指尖，其余指头略微抬起，像要读出头发上的盲文。

医神埃斯库拉庇乌斯高高望下来，那两个刚才商量祭神的人，此刻却把虔诚献给同为凡人的对方。他的石头面容上，流露出怜悯与宽仁。

后来他几个手指捻动一束发绺，那咝咝声响在我耳边。随后几天，无论在地铁还是街道中心，站在马路上或是灰色人行道，我总能听见那咝咝声。

四

八月来了，像个从远方赶来赴宴的人。朝霞妙不可言，两千年前某个色雷斯角斗士早起训练，看到的也是这块天空，这样的天色。我每天醒来时，胸中都会涌起狂喜，一想到竟不必带着悬念到死，倍感心有余悸。

八月十五日，圣母升天节，我看到了他的手术疤痕，在工作室地板上。夏季正值中途，明亮炎热，云在天空里高高堆起，犹如亚伯为庆典准备的羊毛祭品。人们都去过节了，追随喧哗，去酒神统治的地方，这座建于两百年前的房子静得像个尽头。

我把墙上那块黑绒布扯下来，铺在地上，一人一个靠枕，跟希腊人似的斜倚着聊天、吃葡萄。葡萄是他的盲人同事亲手种的，颗粒小，非常甜。雕像们远远近近地站着，像知趣的侍童。

后来我说："让我看看。"他就缓缓脱掉衬衣，接着是长裤，灰色平角内裤，整个身体袒露出来：胸脯，腹部，腰，胯下。

房间瞬间被一种私密的、葡萄汁液似的清甜气息充满了。他在纯黑色里趴下，我看见沿脊梁有两条长长的伤疤，陷进肉里，好像那儿曾经摔裂了，再拼接起来。

他回手点着说："打了六颗钉子，这儿，还有这儿。左边那个小疤？哦，那里插过导血管。"

我说："能让你站起来，这医生真了不起，我赞美他。不过要让专业修复师来看，还该用修复颜料上色，再拿抛光轮磨一磨。"

他笑道："不对，修复原则是要留一些破败痕迹的。"

我闭上眼，双手在空中瞎划拉，"尊敬的先生，可否让我这个失明人用手参观贵馆的展品？"

"好。尊敬的女士，您是怎么失明的？"

"欲望。欲望让我昏天黑地。"

我听见笑声。我的手降落，像盲琴师抚上琴弦，顺着弦滑动、摸索，去找第一个音该升起的地方。他的皮肤有点冷，大概是发烧肌体和大理石的中间值。皮下隆起的肌肉规模中等，但形状清秀，不是米开朗基罗的石头大卫，是多纳泰罗的青铜大卫。我的手滑下肩膀的缓坡，进入肩胛间的谷地，在柔软的黏土表面印满手纹。谷地之外，我碰到了一条伤疤的端头。

它像盲文一样凸起。疤痕处的皮肉比别的皮肤敏感，我摸的时候，他动了一下。手看到的，跟眼睛看到的不完全一样，因为触觉离爱更近。十个指头上的神经，是直通心脏的热线，现在每条热线都被打得发烫。

而嘴唇看到的，又是全然不同的东西。

我像猫喝牛奶似的俯下身，用嘴唇完成抛光和打蜡。我尝到来自午餐罗勒酱里的盐，那盐分如今析出毛孔，又回到我口中。我尝到数年前手术刀锋的冰冷、医用碘伏的辛辣、可吸收缝线的酸涩，尝到薄荷味的缓解疼痛的药膏、理疗师带油脂香气的宽大手掌，以及无数已错失的、我宁愿用一只手一条腿去换取在场资格的那些时刻……直到他翻过身来。

"金，睁开眼睛。"白昼最后的光线里，他的脸成了银灰色。他低声说："谢谢你看到我。"

多年后我已明白那一句的深意，而在那个傍晚，我认为"看到"是指玻璃笼里的我从游客群里认出他。

我们朝对方靠近，直到近得不能再近，还嫌不够，想从表皮下冲出去，挤进对方皮肤里。

我铺平自己，他挪动肢体，慢慢覆盖上来，就是让人在冬夜感觉最舒服的毯子的重量，再重一点便成负担，再轻一点又不够安全感。我低声问这样是否会不舒服？他摇头。眼眶的柔和曲线之下，两道门无声打开，光仿佛是从门后深邃的宫殿里来的，在那里，永生不老的神祇守卫一口泉，泉眼里喷涌出让人饮而忘忧的酒。

所以我喝了又喝。他的丝绒酒杯湿漉漉，甜酒加热到刚刚好。舌头如匙，轻轻搅拌。权杖交到了国王手中，钥匙认出它的锁孔。我扬起四肢，像戒指托固定钻石，即使狂欢造成开裂，我也能及时把他箍在一起。

不过他比预料中更温柔，也更有力。滚烫的长钉一寸寸揳进来，刺穿我，把我们钉合在一起，共享同一种颠簸与战栗的频率。

我从未感觉如此完整，比完整更完整。两个形状完全不同的生命，却能紧密地拼合，这简直是魔法和赐福。我需要发明一门新语言，才能形容那种感觉。

然而在小小的死亡里，恐惧也来了。我怕某天犯了不自知的错，就要失去一切。那一刻我想让体内所有水分变成胶水，把钉子永远固定住，如伊甸园的果核永远含在果肉里，永无离析，永不腐坏。

后来他起身去倒水喝。我抬头看了看钟，默背时间。将来掌管时间机器的人问我想回哪里，我就会说出这一刻。

他回来挨着我躺下。我瞧着他，他青白如石雕，有些部分是萤石，有些部分是方解石，窗外路灯光照进来，给身体镀了金箔，让他像个真正的快乐王子。

夜晚的头颅沉重地垂下，倚在海面上，黑发披散。安宁慢慢滴落，像葡萄糖水注进城市的静脉，所有疲乏都能因之复原。一滴，一滴，一滴，直到我们在甜水水底睡去。闪闪发光，他跟我挨碰着的肌肤闪闪发光。

五

博物馆的玻璃笼修好了，我回去干活，继续为酒神服役。每晚闭馆时，伽拉来接我，一起吃饭。饭后找一家露天屋顶酒吧，喝酒，吃冰激凌。

最常去的一家在西班牙阶梯附近，调酒师是锡耶纳人，圆鼻头，薄嘴唇，胡须头发给脸镶了个方框，我们第一次见到他，就忍不住以闪烁的目光互打眼色。等那人离开，我抢先说："卡拉卡拉。"他低声道："是，简直跟那位皇帝的胸像一模一样。国家博物馆该查查雕像还在不在馆里。"

后来每当我们想去喝那家的酒，就说："今晚去卡拉卡拉家吧。"

那酒吧的椅子不是当代样式，是文艺复兴时期流行的但丁椅，椅腿交叉成前后两个"×"，他白衣白裤地坐在上面，手杖靠在一边，犹如年轻的执政官。

夜深了，木桌底下，我们把鞋子踢到一边，两个脚踝相贴，继而赤足相叠，足心那一小块是温热的，皮肤来回摩擦，发出轻微的沙沙声。无论周围多嘈杂，我都能听到那声音。

偶尔我岔开脚趾，夹住他的跟腱上下滑着玩，他说："小心，那里修补过一次，不结实……"

周末我们坐两个多小时火车，到维罗纳去看歌剧节，演出在一世纪建造的阿莱纳剧场举行。

开演时，人们举起领座员发的、插在纸卡里的手持蜡烛，烛光一朵一朵，如灵魂被音乐点燃。

男高音演唱《爱情灵药》里的咏叹调：

　　她爱我，是的，我看到了，我看到了，
　　感受到她的心一瞬间的跳动，
　　我的叹息混合她的叹息，
　　天啊，我愿一死，别无所求……

那段时间隔壁工作室迎来一批新患者，我是说，新雕像。七座石雕，各个残缺不全，有的少腿，有的缺鼻子。有几座损毁严重，碎块乱糟糟堆在一起。考古现场的摄影师给荒草中的石雕拍了照，照片极具美感，我请同事把图传过来，印了一份当装饰画贴在公寓墙上。

厨房里飘出牛奶香气，伽拉不嫌麻烦地做"杰拉朵"（Gelato），用的是16世纪美第奇家族招待西班牙国王的做法。

他用小锅加热淡奶油和牛奶，把打碎的柠果泥倒进去，慢慢搅拌。我过来巡视一番，十分满意，赞道："尼禄为了一碗浆果冰激凌，不惜让人爬阿尔卑斯山取雪，你要是把这玩意儿献给他，他绝对会抛弃彼得罗纽斯，让你做他的第一宠臣。"

"我才不给尼禄做冰激凌。我已经有我的国王了。"他转头看一眼我贴的图，"有一张贴歪了……不是那个面包师傅，是那个没鼻子的石匠。"

我指向一张，"这个？你怎么确定这个是面包师，那个是石匠？"

他悠然道："因为我知道这些人的来历，他们都是同一国里的公民，那个国家……"

那个国家的故事，就像大部分故事一样，发生在很久以前，国王和王后一直没孩子，他们找到一位女巫，酬以重金，求她想想办法。女巫指点王后在满月的午夜到一座神庙去，神庙里有一座男孩石雕，她要王后在月光照到石雕头顶时，把它浑身每个地方都抚摸一遍，然后把它脚下砖缝里长出的一束草带回去，煮汤喝下。

王后照办了，不过她身材有点胖，弯腰吃力，只草草摸了雕像的下身，少摸了一只脚，就气喘吁吁地直起身来，拔下那束草，回宫去煮汤。

十个月之后，她分娩了，负责助产的贵妇战兢兢地把婴儿放到国王怀中，那父亲脸上的欣喜还没完全绽开，就僵住了，孩子只有一只右脚，左边半条小腿以下，什么也没有。

第二天，国王下令：全境所有公民都要舍弃身体的一部分，把自己弄成残缺的人。国王自己割下左边耳朵的耳垂，王后切掉了双脚的小拇指，她对丈夫说，这下也好，我可以穿上更尖的高跟鞋了。

首相大人则削去了他那著名的鹰钩鼻的鼻尖，这残缺明晃晃地摆在脸上，足以为民众做表率。

人们在指定诊所外排起长长的队伍，让医生为他们做切割手术。很多人选择了王后的选择，切下一个小脚趾，这是最不妨碍容貌的残缺。

手术完毕，鉴残官员当场把截下的部分扔进铜盆里烧掉，确保该人不会再找个诊所偷偷把脚趾缝回去，并检查伤口、鉴定无误，就会发放一个《残缺证》。

如果没有这个证件，哪儿也去不了，什么也做不成，面包坊不许卖面包给没有残缺证的人，旅馆也不能擅自接待无证者，否则面包师傅、旅馆老板就要被押去接受惩罚性质的残体手术，先抽签，抽到"鼻子"切一块鼻子，抽到"手"剁一只手。

当然，一切规则都留有余地，只要给监督抽签的人悄悄送点钱，他就会帮你在木签子上做个记号，保证你抽到"脚趾""耳垂"这样最轻的手术。

反过来，也有心眼坏的人给做木签的人送钱，是为了让他所忌恨的人抽签时，抽到"胳膊""腿"。

在首相的建议下，每个自觉去做残体手术的人，奖励一枚金币和一只母鸡。于是，还没等王子满月，这个国家里就再没有完整的人了。

王宫里的人残损得比外面更厉害，因为国王喜欢那些能把王子衬托得更"健全"的人。服侍王子的侍从里，有人缺一整条胳膊（他缺的是左臂，跟另一位缺右臂的一起干活），有人缺一整条腿（国王赏了他一条青铜铸的腿，他送回老家挂在家里墙壁上）。

这些人"好看"归好看，做事毕竟效率低，油炸孔雀、烤小猪这样沉重的大菜，靠一只手没法端，所以在御厨房、御马厩正经干活的人们，是只缺一根手指、一个耳垂的"正常残缺人"……

我第一次听到这故事，听得哈哈大笑。"这么说，咱们发掘出的缺胳膊少腿的雕像，其实是那个国家人民的真实面貌？"

伽拉怡然道："是的。"

我随手往照片里一指，"那位右手举短剑、左胳膊只剩半截的大胡子武士是谁？"

哦，那是赫赫有名的"无畏者"马库斯。他十岁时，父母听说王宫里喜欢用残缺人，就求医生从肘部切掉儿子的左手，等伤口痊愈，找门路、托关系，送到宫中打杂。后来马库斯因机智敏捷，强壮过人，被选拔出来，送到专门的武士学校修习。

单手一点不影响揍人，毕业时他拿了全校第一。再后来他成了王宫卫队队长，再再后来他参军入伍，从骑兵队长升到百夫长，再一直升到军团长，骁勇善战，这座雕像记录的就是马库斯在战斗中的英姿。

这故事可以一直讲下去，每当我们看到残缺的雕像，就给它在残缺国里安排一个职位，一段历史，渐渐国家里有了将军、猎人、女祭司、哲学家、吟游歌手、铸甲工匠……

有时我们回到他租的公寓，古老的庭院，门扇高大厚重，外墙刷成淡淡水仙黄，院里栽种柑橘树、三角梅。他住二楼一个房间，三面带窗，家具很少：老式四柱床、工作桌、沙发、书架。地上和架子上放着他收集的雕像复制品，大一点的，韦罗基奥的《抱海豚天使》跟真品一样高，最小的圣母院三头狗能放进核桃壳。

我们坐在小阳台，喝水果味的便宜起泡酒，吃外卖比萨。黄昏织满红雀的翅膀，云和大地之间，闪耀无穷光彩，教堂尖顶、楼房把天幕的底端固定住。人间的灯光亮起，建筑都像黄金与蜂蜜铸造成的，天色慢慢加深，直到变成一种深邃、纯净的幽蓝色，犹如一件质地极好的晚礼服，衬起一串串珠宝。

他走进浴室，再出来，清爽地躺下去，像一枚磁石，我所有神经末梢的针尖都指向他的方向。他伸手调暗灯光，秋夜最香甜的部分，在棉布床单上浓郁起来。茵佛岛和湖，子夜与正午，蜂箱、茅屋、九行豆角、林间草地，蟋蟀和帷幕，都在那里。我从未见过有人把爱与美表达得如此动人心弦[1]。

那让我在任何其他时间、其他地方，只想起身逃离，一路狂奔回去。

六

然而，即使我认为我跟他已亲密无间，他身上仍偶尔闪现神秘不可解的部分。

有一次在地铁站里，我们遇到了抢劫犯。时间已近午夜，月台上只有我和他等车，一个头发染成红色的高个青年远远走过来，他身穿撕掉袖子的T恤，露出两条用大块肌肉和文身装饰得很豪华的胳膊。

我并没起警惕之心，那人路过我身边，突然伸手来拽我的单肩挎包，理直气壮得就像从衣架上拿自己的外套。

如果他要钱包，或者手机，我就给他了，但背包里有电脑，那里存着多年辛苦拍回来的文物图片，还有没写完的论文，我尖叫一声，死死拉住背包皮带不放，那人扬手给我一拳，我应声倒地，脑袋嗡嗡直响，伽拉大吼一声扑上去。

我从没想到那个温和外表下，有这样勇猛的爆发力。那红发人被闪电般一拳打在脸上，连退几步，捂着脸，露出极惊讶的表情，显然入行以来很少受到抵抗，何况这抵抗来自一个跛子。只听嚓的一声，他手里亮出一把弹簧刀，威胁地朝前一刺，伽拉不退反进，手杖一抡，准确击在持刀的手腕上，刀子被打飞了，落到站台下的轨道里。

那人怪叫一声，挥拳打过来，伽拉晃身躲开，手杖顺势击中对方侧腹部，但吃亏在一条腿不便，发力时站不稳，反被那人一扑，合身倒地，两人在地上翻滚，打成一团。

注：[1] 叶芝《茵尼斯弗利岛》，此处选用飞白译文："我就要起身走了，到茵尼斯弗利岛 / 造座小茅屋在那里，枝条编墙糊上泥 / 我要养上一箱蜜蜂，种上九行豆角 / 独住在蜂声嗡嗡的林间草地 / 那儿安宁会降临我，安宁慢慢滴下来 / 从晨的面纱滴落到蛐蛐歌唱的地方 / 那儿半夜闪着微光，中午染着紫红光彩 / 而黄昏织满了红雀的翅膀 / 我就要起身走了，因为从早到晚从夜到朝 / 我听得湖水在不断地轻轻拍岸 / 不论我站在马路上还是在灰色人行道 / 总听得它在我心灵深处呼唤。"

在最混乱的时候，也能看得出伽拉打得颇有章法。这期间有短暂一刻，他甚至占了上风，用膝盖和手肘压制住对方，另一只手挥出漂亮一拳，"砰"地揍在他脸上。

我猛然觉得这一幕很熟悉，在什么梦里见过似的……混战告一段落，红发青年寻到机会，兔子蹬鹰似的双脚一蹬，蹬在伽拉胸腹处，把他踹到一边，自己一骨碌翻身爬起来，一面骂脏话，一面掉头逃走，跑进月台入口，急促的足音远去。

伽拉喘着气去摸手杖，支撑着站起来，手捂肋部，摇摇晃晃。我过来扶他，他端详我的脸，"嘴唇破了，别的地方没事吧？"

我仍因骇惧而颤抖，"没事。下次你不要……万一那人掏出的不是匕首是枪，怎么办？"

他微微一笑，好像淌血的眉脊和颧骨不是他的，"下次的事，下次再说。咱们去趟医院。我的肋骨断了两条，左边第四和第五。别怕，骨头没错位，用胸带包扎固定就行……"隆隆车轮声由远及近，隧道墙壁被车灯照亮，原本要上的那班地铁驶来了。

急诊处医生的诊断："肋骨断了两条，左边第四和第五。骨头没错位，用胸带包扎固定就行了。用不用打石膏，用不用住院？女士，这是轻伤。这几天你抱他记着从背后抱就行了。"

从医院回家的出租车上，我问他什么时候学的打架。他倒是给了个答案，不过我现在不记得了，只记得当时我觉得说服力有点恍惚。另一样让我惊异的，是他对受伤和疼痛的反应，镇定得仿佛那是家常便饭。我在心里试着解释：因为他曾在伤病中度过很多年，挨过很多刀和针线……那点疑惑一闪即逝。谁会舍得怀疑一个刚为自己涉险负伤、脸色泛白的骑士？

第二天早起，我照照镜子，这样去伺候酒神，我会像是个被酒神醉后殴打的女奴，遂自拍一张，特意调了调照片颜色，让淤青和嘴唇上的血口子看起来更鲜艳，然后把图发给博物馆负责人，告诉他昨晚遇上了劫匪。

很快博物馆的女主管打电话过来，反复确认我是被劫匪打了，而不是被家暴。她慰问我的伤势，最后还悄声承诺："你随时可以找我帮忙。"听得我心头温暖。十分钟之后，我就告别了展品身份，办公室主任派另一个同事接手修复工作。

跟同事做完资料交接，她问："有没有什么来自前任的忠告？"

我说："有个秃顶老男人会在每周五下午来，站在最近的地方盯着你一边看一边揉搓他的乳头，我投诉过，但管理员说摸自己的胸不算性骚扰，你记着跟他比中指。地下一层的纪念品商店，可以吃免费曲奇。午休的时候，你去院子里的餐吧，跟咖啡师雅各布提我的名字，他会给你免费做一杯超级棒的手冲——我免费帮他修复了他奶奶留下的圣母像。还有……"我指一指脑门上还能看出痕迹的疤，"记住你跟观众之间不止有空气，还有玻璃。"

虽然伽拉说他不用照顾，我还是以此为借口，搬进他的公寓。他遵医嘱平卧休息，躺在沙发上看书，跟我弈棋，用熏火腿下酒。我买来颜料、画笔、画板，画出我想象中的残缺国王后、国王、王子，以及诊所里人们排队做手术的情景。

我们整天待在屋里，杂货店送来面包果酱和油浸蘑菇罐头，花店送来订的百合。我嘴角的瘀痕逐渐散开，变成紫红青黄混杂的一团。朋友们发来的泳池派对邀请、周末的登山野餐会，等等，我都推掉了。他说："抱歉，让你陪我一起禁足。你会觉得烦闷吗？我习惯了，但你……"

爱一个人要同时爱他的生活方式。我抢着说："怪我，这个怪我，你出生时我就该在产房里。等你开始有了第一架轮椅，我就该推着你去花园，给你讲所有你看不见的东西，陪你在房间里玩乐高。"

他笑道："听起来像《秘密花园》里的玛丽和柯林少爷……谢谢，可惜我年纪比你大，除非买通时间机器的管理员，否则即使你一剪脐带就狂奔过来，也没机会看我出生。而且比起乐高，我更喜欢拼图，几千块的拼图，越多越好。"

……一些甜美的蠢话，是不是？

我偶然跟一个出版社朋友讲起残缺国的故事，她看了我的画，表示很喜欢，邀请我跟伽拉把它完成，做一本图像小说。

于是我们有了新玩法，他把故事讲下去，由我来配图。有时我也提供灵感，有时他把自己构思的画面讲给我。

他说：

王子长大了，长成一个健康活泼的小男孩，有只假脚也不妨碍他一跛一跛地跑来跑去，跟侍童、仆人们捉迷藏。陪他玩的是最不健全的那群人，所以王子每次都赢，倒也不用靠作弊。

正像国王王后期待的那样，由于从小见到的人都有各种各样的残缺，他以为人都是这样，丝毫不觉得自己有毛病，也不因少一只脚而自卑。当然，没人敢告诉王子这些残缺的来历，否则就会被拉去做切掉脑袋的手术。

当某件事被严禁谈论，没几年人们就会忘记它的前因后果，只觉得做残缺手术是最正常的事，而且它对身体大有益处，全国人民都是主动去做的。

王子有一只镶红宝石的金子做的脚，陪父母出席庆典活动时用，一只轻便的胡桃木做的脚，平时练习骑马打猎时用。

到他能读书的时候，国内学者们已经写出一万册著作，论述残缺何以是哲学与美学的最高境界，诗人们创造了一万首诗，赞美身体上各种残缺的疤痕有怎样的诗意，描述美人脱下假肢、戴上假肢的动作如何优雅……

我说："凡是单身的王子，必定需要娶位王妃，这是一条举世公认的真理。那么残缺国的王子在哪儿遇到心上人，舞会上，御花园，还是博物馆里？"

"是在树林里。"

号角呜呜，人呼犬吠，狗群在马匹旁边跟着跑动，像一小片涌动的带斑点的海洋，猎鹰待在专门的马车里，驯鹰师跟在一旁不时打着呼哨，安抚猎鹰。国王出猎，八岁的王子骑一匹小马，跟在皇家猎手的队伍里。

中午，人们在林中空地搭起营帐，剖开猎获的牡鹿和兔子，把内脏分给猎犬，剥皮，洗净，架在火上烤。王子独自回到自己帐篷里。他在毡毯上坐下，脱掉左脚皮靴，解开小腿上的皮带，卸下木头假肢。

脚咣当落在一边，那一声让他心里舒服了点。假肢和小腿末端之间，垫着一块王后亲手缝的丝绸棉垫，不过皮肉还是磨破了，白绸布上面有斑斑点点的血。

男孩允许自己嘶嘶地小声呻吟一会儿，然后用一条腿站起来，单脚蹦着，跳到帐篷角落里，那里有一口木箱。

他掀开箱盖，准备拿一块备用棉垫，发现备用义肢、备用靴子和手杖之间，亮起一对眼睛。

他没吓得跌倒，也没尖叫，只是把木箱盖推到后面，让它全部敞开，往后跳一步，稳稳地立在一条腿上，说，出来。

钻出来的也是一个孩子，瘦高灵巧，头发比冬天的草地还短，脸脏成一层面具，一对灰绿色眼睛在帐篷的阴影里闪光。王子说，你是谁？在这儿干什么？

孩子大大方方地直视王子，说，昨晚我听继母跟我爸商量今天要把我带到森林深处扔掉，我觉得自己滚蛋比被扔了强，我会逮知更鸟，找甜浆果，给母狗接生，用柳条编马鞭子，还能教会你的鹦鹉说殿下万岁，而且我吃的比鹦鹉还少，你让我睡在马厩还是厨房都行。

王子静静听着，不置可否，他喜欢那对猫似的眼睛，但出于必要的矜持，他假装犹豫一阵，慢吞吞地问，你的残缺在哪儿？给我看看。

那孩子脱下裤子，在这里。王子盯着那双腿之间的空白，眼睛和嘴一起圆了。他没注意到大腿旁边攥紧发抖的手。

她说，你那儿有两颗果子，一枚鸟嘴，对不对？瞧，我什么也没有。

她赌这男孩从没见过另一性别的全貌。

她赌赢了。

他凑过去瞧，真诚地说，天哪，你缺了这玩意儿会不会不方便？你闻起来像块面包。为什么你的疤长得……长成了一道缝？他差点说出心里话"长得那么好看"，他背过一百首歌颂疤痕之美的诗句，此刻统统涌上心头。

她努力克制慌乱（虽然她只比他大一岁，但在这个年龄段，女孩多一岁能比男孩多出三岁的智慧）。她说，如果刚出生就……割掉，就会……长成这样，我能提上裤子了吗？

王子问，你有没有名字？

她想了想，摇头。打昨晚就没有了，我爸既然不要我，那我也不要他取的名字。

他说，好，我给你取个名，叫猫仔吧，我一直想养只猫，可爸妈总也不让。她眼珠一转。叫猫仔不如叫豹仔，豹子能跟你打猎，给你带回猎物。

男孩嘴里念叨"豹仔"，边念边琢磨，她已经以欣然上任的姿态，主动从箱子里拿出新的棉垫和木脚，蹲下身，来，我帮你装上。他只觉两个小手摸在他皮肤上，手指轻盈得像蜻蜓的脚，手心比绸缎还软，他一句话也说不出来了……

日影在地板上无声移动。

我们像是沉浸在荡起涟漪的、熔化的黄金里，在一种丝绸般触感的愉悦的氛围中。花静默地吐出香气。时间踮着伶俐的足尖跑过去。

七

跟伽拉在一起时，我始终怀着无法言明的忧悒。他走进任何一个房间，那里的灯光都会变亮，连空气也相应变得清甜。我确知他在城市的哪个地方，知道跑过哪些桥和街道就能找到他，就能抚摸他、抱住他，可我仍觉得朝不保夕。就像人在意识到哭之前，眼泪已提前涌出。

比失去更坏的是必将发生的变化，不再清澈，不再亲密，不再信任……我已站在峰顶，不管朝哪个方向走一步，都是下坡，都是通往低谷的路。

每次跟他紧贴，连接在一起，我都有种疯狂的欲望，想要在那一刻化成石像，或者置身于庞贝那遮天蔽日的火山灰下，成为时间洪流里的标本。

我要跟他永远待在博物馆的绳圈中间，人们将感动于这雕像凝固了如此激越的瞬间，称为杰作，小心翼翼地维护，摄影师绕圈拍摄，游客买票参观，每隔几十年，修复师们用小刷子清洁指缝和衣褶……

甚至不必收在博物馆里，就露天放着好了，把我跟他搁在市立玫瑰园的树下、广场喷泉里，摆在大市场的拱廊尽头、火车站月台上，立在教堂后面的公共墓园中，让我看到情人们在花丛里亲吻发誓，在车站告别拥抱，在墓前喃喃说着他们以为只有墓里的人才能听到的话……

一百年，几百年，我们会经受风沙、酸雨、微生物侵蚀，但总能一次次修复、加固，直到这颗行星的文明走到尽头。

我让相熟的古玩店老板帮忙搜罗，买到一柄藏剑手杖，花去两个月薪水。这手杖制于19世纪，杖头包裹手工雕錾花纹的银片，内部掏空，嵌入铜管，杖头可以向上拔起，抽出一把六十厘米长的、纤细得像根刺的短剑，能用来防身。他欣然接受了。

十月，我们去了奇维塔韦基亚，那个小城距罗马半小时车程，当地航海博物馆请他做一次关于展品复制技术的交流。会议结束，馆长带我们在馆里参观，骄傲地展示了一些两千年前水手们用的东西。下午，我们开车到海滩去，海边有一座建于1068年的圣塞维拉城堡，柔和的金色日光里，那外墙呈现出极淡的珊瑚粉。

盛夏虽已过去，海水还是很暖，我们脱掉衬衫长裤，穿着内衣下水游了一会儿。游泳是伽拉唯一胜任有余的运动，因为水没有一个平面时刻强调他双腿的参差。后来我们回到沙滩上，湿漉漉地散步，走到灌木深处，坐在草地上聊天，衣服扔在一旁。

再后来，我们躺倒在草中——当你在情人身边，你就老是想拉着他躺下。苔藓散发香气，鸟叫，风吹不止，我们像两个赤身肉搏的角斗士一样，搂抱着翻个身，草叶在身下簌簌作响。不远处，海的灰色呼吸一起一伏，像一条永远充满诱惑，令人安心的退路。

我伏在他胸口，一动不动，想象这里打开一扇门，肋骨像翅膀一样张开，把我容纳其中。我问："豹仔跟她的男孩什么时候会躺到一起？"

豹仔并没睡到马厩里，她成了王子最信任的侍童，夜间睡在他卧房外面，白天陪他骑马、玩球，在河上乘船看人打鱼，一起坐在炉火边，一面吃榛子，一面听少一只手的老仆讲故事，果壳抛进火堆，爆起火星。连圣诞节他舅舅送的、雕刻精美的杏仁糖小屋，他都跟她分享。

他俩最爱玩的游戏是跳方格，王宫花园的紫藤廊架下有一条长长的方砖地，男孩脱掉假脚，豹仔则把小腿向后弯折，用手绢拴起来，也摇摇晃晃地单脚站立。

他们先掷骰子，决定步数，总是一个人跳得快些，另一人一步步追上去，有时他跳过她身边时，她突然伸手去推，他双手乱舞，终于歪倒时，一伸手揪住她衣服，把她也拽得一起倒下去，在落花和青苔上滚成一团。

一个雪夜，豹仔在起居室值班，雪片沙沙地扑在窗棂上。她听到卧室里的床隔一会儿就响上一阵，她悄悄推门进去，拨开绣花床帏，男孩在枕头上转过头来。

豹仔问，你想要什么？男孩说，我冷。

他深棕色的头发围着脸颊，看起来就像她妹妹，那个继母生的，享尽宠爱的天真的妹妹，她恨她占去更大块的牛肉、更白的面包、更新的衣服，可雪天时妹妹钻进她的被窝，她也会紧紧搂抱她，用面颊暖热她的鼻尖。

豹仔爬上巨大的四柱床，它如此华丽，十个猎户卖一百条狐狸皮的收入加起来，也不够买这么一张床，可对一个孩子来说，它太大、太冷了。镶金边的睡袍也不管用。她摸摸他的腿和脚，越靠下越凉，那条残缺的腿像一条冰柱。

她轻轻挪动身体，在被底找到合适位置，收拢双臂，把他的腿搂在胸口。

他俩都一动不动。过了很久，男孩说，豹仔，你胸口为什么这么软？

豹仔说，是脂肪。殿下，跟你一起吃饭，让我变胖了。

男孩并不觉得她胖，但他太暖、太舒服了，就像被云朵包围着，他说，那我希望你再胖些。他竟朦胧地感到一丝奇异的羞涩。一种直觉，超越了蒙昧的认知，提前到达真相。

在汹涌袭来的睡意中，他合着眼说，你那样不舒服，我不冷了，你过来吧，躺在枕头上。

清晨，独臂仆人进来，挂起床帏，看到两个孩子额头相抵，在一片雪白里亲密地贴着，睡得像一个豆荚里的两颗豌豆。

男孩睁开眼，头从枕上抬起一点，轻轻摆一摆下巴，示意仆人出去，不要吵醒豹仔。

他忽然呻吟一声，我的背疼……

伽拉支撑起身子，说："金，我的背疼，奇怪……"那不是王子的话，是他的。

我起身查看，只见他后背皮肤上有七八条草叶划伤的血痕，四周隆起、发红，像被极细的鞭子打过。等回到停车的地方，他的背已经整片肿起来，隆起大块小块的山丘，看上去有些可怕。

我让他在后面座位上趴下，自己坐上驾驶座，脚底猛踩油门，同时一手控方向盘，一手拽出安全带的铁头，摸索着往槽里塞。他轻声呻吟。我不断抬眼看后视镜，那窄窄一条里，他侧过脸看我，"没事，过敏而已。"

我问："有没有觉得喘不过气？胸口难受吗？喉咙有没有异样？"他说："都没有，不用那么急，你超速了。别看我，看路，车祸可比过敏更要命。"

我转而盯着电子地图上的里程，不停报数，"五公里……剩三公里了……还有两公里……好了，转弯就到。"

急诊处医生说："没事，只是植物导致的过敏。用不用住院、用不用包扎？女士，这是最轻微的过敏反应。过敏原？可能是荨麻、天荷芋、蝎子草，也可能是鬼知道的什么虫子……反正下次滚草地之前，建议穿件衣服，或者，开个房间去。"

他看看我，一脸"我连姿势都能猜到"的似笑非笑，我想争辩，又闭上嘴。

做完注射，回到公寓，已近午夜。到这时，我才有空换掉衬衫底下被体温烘得半干的胸罩内裤，衣服上有海盐的微微腥气。他伏在床上，像工作台上等待修复的雕像，抗过敏药让他很快入睡。

我用小刷子蘸着药水，一点点抹在他后背表皮上，想象自己的手是灭火直升机，把水泼向燃烧的山丘，那两条旧疤则是翻滚在火焰山谷的大蛇。

夜里他体温上升，呼吸滚烫，好像火从毛孔烧进去，烟从嘴巴鼻子冒出来。我从冰箱里翻出冻豌豆袋子，拿毛巾裹起，敷在他脖颈两边、腘窝处，每隔五分钟挪块地方，又轻轻把他手臂往上推，把冰袋塞到腋下。

他始终没醒，犹如刚成形的泥塑，软绵绵任人抟弄。

等他体温逐渐回落，我在床边的粗毛地毯上躺下，睡一阵，醒一阵，睡得很浅，醒了就爬起来去查看他。毛巾湿了又干。天快亮时，他醒了一下，上方传来被褥的窸窣声，我迷迷糊糊地说："我在这儿。"

床边探出一只手，仿佛从云里伸下来，找到我的头发，一个指头像读盲文似的，轻柔地摸摸。

我抬手握住它，那手心是干燥的，温度正常。不久他的呼吸再次转为沉睡中的悠长节奏。我松开手，那条手臂仍悬在空中，犹如通往不可知之地的奇妙豆茎。我心头一松，闭上眼，轰然陷入沉睡。

好像只睡了五分钟，天光就亮起来。我被一声拖长的车笛声吵醒，听起来是个急躁的司机。他从床上探头，窗户里亮蓝的方形天空在他脑后像个画框，一切恢复明朗、宁静。他裹着被单拖拖拉拉地下床，躺在我身边。"早上好，我的修复师。我的国王。"

"早上好，我的雕像。"我钻到被单底下。他身上药水的气味有点像火碱，像修道院墙上刚完成的壁画，再加上一点小茴香和樟脑味。

那两天我靠近他时，总能嗅见淡淡药味。他撑着手杖在公寓里慢慢走动，赤裸上身，脊柱两侧的肌肉随着腿的动作，轮流凸起，阴影在其上不断变化。他背上几块皮肤发炎破溃，又慢慢愈合，留下新的淡褐色痕迹。

八

那瓶没用完的药水收进了药品箱。失去伽拉以后，我偶尔找出它，涂一点在手腕上，或者洒几滴在口袋巾上（他给我擦过血的那条），再拿口袋巾当颈巾系在脖子上。

皮肤的热力把气味蒸出来，让我觉得他就在房间里，一回头就能看见。

我要做的，仅仅是忍住不回头。

九

十一月是阴沉沉转着念头的麦克白。这个季节的雨最令人心烦，一切光线被腐蚀得生锈、暗淡。我母亲来看我，停留三天。那三天我谎称出差，没跟伽拉见面。一周后他偶然知道这事，问："为什么不告诉我？"

我说："你不会喜欢她。"他摇头，"那是另一回事。你也认为她不会喜欢我，是不是？因为……"他在餐桌上立起两根手指，一点点挪向前，模仿人瘸腿走路的样子。

我说:"不,不是的。"是的,我母亲永远不会明白一个清贫的跛子有何迷人之处,她会如获至宝,把这个当成我的败绩,用来证明不按她的意见生活只能越过越惨。

他微笑,笑的意思是不认同但不愿争论。

我虚弱地说:"对不起,下次她来我一定约个餐馆咱们一起吃饭。"下次我一定瞒得好一点。

他平静地看着我的眼睛,"金,即使她是英国女王我也没兴趣跟她共餐。我在意的是你。真诚一点。"

他跟我说过他小时父母因事故去世,他不会明白那种根深蒂固的畏葸。我想起某本书里的一句话:"跟你不一样的人不会忠诚于你。"反过来亦成立,这念头让我心头绞痛。我决定不再解释,只是再次说:"对不起。"

他低头瞧着桌上手指的步伐,它们路过一个木纹的旋涡时趔趄一下,绕过麦片盒,走到我的煎蛋盘子前面,爬上盘子边,呆立一阵,又转身跳下去要离开……

我抓住他的手,两手分握着两根"腿",操纵它跳上盘子,然后再一步跳到我胸口,再一步跳到我嘴唇上。我吻了他的手指,不止手指。

他也回吻。我以为这事过去了。第二天我下班时收到消息:"普罗奇达岛上的朋友邀我参加手工艺博览会,几天后返回。"

公寓里的衣服少了一些,幸好只是一些:两件衬衫,两条裤子,一套稍微正式的上装下装。我跑到装脏衣服的藤篮子前面,刨出他的毛衣,双手捧着,鼻子埋在毛茸茸、空荡荡的胸口。

他一周后回来,像离开时那么突然。我紧紧搂抱他,他又变得是他了,每条衣褶都会呼应我的动作。我后背能感到他每一根手指的力量。

我贪婪地摸他的腮帮、腮上新生的短髭,手指痛饮那独特的皮肤质感,满手甜蜜。他笑道:"不是幻觉,也不是全息投影,是真的。"

他拿出在手工艺品博览会上买的礼物。是个珐琅马赛克拼贴盒,有一本侦探小说那么大,精美异常,最上头那面拼出一幅风景画,两边苍翠山崖,中间夹着一道深渊,深渊之上有座桥,两人正从桥上走过。

我打开盒盖,盒里是个更小的盒,再打开,还是个小盒,一共开了五次,最后一个盒子只有一块方糖那么小。

里面什么也没有。我说："我以为里面是……"

"戒指？"

我夸张地瞪眼、摊手，"当然不是，我怎么会期待那种东西？我以为里面会是你的肖像①。"他大笑。

我假装从小盒里取出一个纸卷，慢慢展开，念那不存在的字迹："你选择不凭着外表，果然给你直中鹄心。胜利既已入你怀抱，你莫再往别处追寻。这结果倘使你满意，就请接受你的幸运，赶快回转你的身体，给你的爱深深一吻。"

他笑着，按《威尼斯商人》的词往下说："亲爱的巴萨尼奥，可惜我这一身却是一无所有……"

我们的亲密恢复到跟从前一样。他后脑的短发，绸缎似的圆形耳垂，身体里的黄金和笑声的白银，藏有财宝的岩穴，一切重归于我。可是当他靠在我胸前，我会想起那胸脯下的心曾认为他是不体面的、需要隐藏的。

而他也知道这一点。

至于送一个不装东西的盒子是什么意思？我没有问。

米开朗基罗说："为什么用粗石雕成的形象，比它的创作者寿命更长？而曾几何时，艺术家却化为灰烬？"

人们认为石头坚固，所以他们用石雕把美固定下来。但即使不故意用铁锤击打，它也会从内里崩坏，有一种灾难叫"冻融"，水分渗入石的孔隙，

注：①莎士比亚戏剧《威尼斯商人》中，富豪之女鲍西娅按照父亲遗嘱，用抽签方式选婿：金、银、铅三只小盒子，其中一个放着鲍西娅的肖像，谁能选中它，就可以与她成婚。摩洛哥亲王选金盒，盒中是一个骷髅。阿拉贡亲王选银盒，盒中是一张傻瓜的画像。巴萨尼奥选铅盒子，里面正放着鲍西娅的肖像，和一卷写着诗的纸："你选择不凭着外表，果然给你直中鹄心。胜利既已入你怀抱，你莫再往别处追寻。这结果倘使你满意，就请接受你的幸运，赶快回转你的身体，给你的爱深深一吻。"鲍西娅十分欣喜，她给巴萨尼奥的答话是："我但愿我有无比的贤德、美貌、财产和亲友，好让我在您的心目中占据一个很高的位置，可是我这一身却是一无所有……我自己以及我所有的一切，现在都变成您的所有了。"

雕像

冷时凝固，热时融化，冷热交攻，裂缝越来越大，最后导致开裂，变成碎块。就像一颗心在爱里会遇到的。水一样的温情会冷却，之后再勉力热起来，也会留下裂痕，反复几次，瓦解崩溃的一日就不远了。

十二月，冬天亮出长刀，刺穿街道和呢子大衣。高楼如巨大磨刀石，风在楼间穿过便陡然锋利起来，人们面色凝重，垂头匆匆走过。伽拉所在的团队获得博物馆协会颁发的年度贡献奖，我戴起唯一一副成套的项链耳环，陪他领奖。

新一批等待修复的雕像运来，都是裸体男性，私处都覆盖一片无花果叶，叶子质地有差异，有的是金属铸的，有的是石头的。他们是史上最大的艺术审查案件的受害者。16世纪教会发起"无花果叶运动"，教皇下令梵蒂冈博物馆所有雕像的生殖器都要遮挡起来，不能任由它们诱发情欲。作为回应，意大利各地的神职人员立即动手，给雕像去势，贴上无花果叶，因为亚当夏娃吃下禁果后便是用无花果叶遮体。不少壁画也被涂改。这桩运动持续了将近五百年。

我们要做的工作就是摘掉树叶，把凿下来的玩意儿再安回去。一同送来的还有一个小木箱，打开，里面全是阳具，看起来像给某种菜品或药品（壮阳药？）搜集的食材。一旦脱离身体，它们显得脆弱可怜，跟小孩不小心摁断的蜡笔头儿似的，一头尖尖，一头截面。有几个因是用榫卯结构跟躯体联结，截面上还有一个小小突出。

有一天几个女同事把它们摆在棋盘上，当成棋子，煞有介事地说："这是国王，这是骑士，这是兵卒……"

"为什么国王的最小？"

"唔，皇室近亲通婚的结果就是先天阳痿。"

当然，那是玩笑话，前贤对该器官的审美与当代人取向正相反，他们认为"小的"才是美的，要谦逊地、温柔地耷拉着，尽量淡化其存在感。阿尔特米西昂海角的青铜波塞冬（也可能是宙斯，学者们还没搞清）胯下好似探出一条海葵触手，卡拉卡拉浴场的大理石赫拉克勒斯两腿间仿佛多长了个脚趾头，韦罗基奥的抱海豚的小天使，睾丸上有一小团蛋黄酱似的东西，那就是天使之茎了。

硕大的生殖器属于蠢货，色欲旺盛显得粗俗，最理想的器官，乃是雕像们那样的细小、松弛、疲软。

难点在于"物归原主"，怎么判断谁属于谁。我们给这箱阳具编了号，它们的状态有微妙差别，大部分困倦，有几个昂扬。伽拉谨慎地给出意见，并以数篇论文为佐证，其中一篇文章作者认为大卫与拉奥孔的阳具之所以那么小，乃因面对科利亚和巨蛇时紧张恐惧，那玩意儿抽抽起来了。同理，皱缩最厉害的一个，就该属于这批雕像里最惊恐、濒临死亡的一位，"被猎犬撕咬的亚克托安"[①]。

夜间，我们给床铺上新买的海蓝色床单，裸身跃入布料的波涛。他的胸膛、臀部、骨盆，在其中涌动闪亮的浪头。我腾身跃上浪尖，应和其荡漾起伏，又夷然滑下来。

我抚摸他那个地方，说："要让我选的话，我最不在意的就是缺这个——如果非要缺一样东西。"他用手背遮住眼睛，边笑边哀叹："女士，你是在委婉地评价它表现不佳吗？"

王子十五岁了，缺半条腿也不妨碍他长得高大、健壮。某天豹仔随他打猎，他骑红褐色猎马，她骑的是矮一点的灰斑母马。两人穿过森林。他射杀了一头狼，下马检查时，原本闭着眼的狼忽然活了，带着箭跳起来，扑到他身上。只见寒光一闪，她在后面掷出匕首，刀尖正中后脑，扎透脖颈，狼惨嗥一声，她冲过来拔出匕首，又从狼的肩胛间准确地搠进，直刺心脏。狼四爪松弛，彻底断气。

她把硕大狼尸推到一边，伸手拉他起来，手微微颤抖。他喘着气，两人脸色惨白地互相看，满头满身狼血淋漓。

他们骑马找到最近一条小河，狼尸搭在马鞍上一路摇晃。她拴马的时

注：①希腊神话：狩猎女神阿尔忒弥斯在林中水潭洗澡，猎人亚克托安无意中撞见，看得目不转睛。阿尔忒弥斯十分愤怒，把水泼向亚克托安，让他头上长出鹿角，倒地变为一头鹿，他的猎犬认不出主人，一拥而上，把他撕咬致死。

候,他急不可耐地脱衣服。他爱干净,厌恶污血的腥气。他脱下猎装外套和内里的衬衣,褪下裤子,露出完好的右腿和戴着木肢的左腿,回头看她,笑道,快把你那血裤子也脱了,又不是没一起洗过澡。

她应着,他们确实经常"一起洗澡",但赤裸的是他,她是站在浴盆边给他搓背的那个,每次等他洗完离开,她才关上门,跳进剩余的热水和他的气息里飞快洗一洗。

他走入河水,弯腰掬水,没头没脑一通洗。她解开皮靴扣子,把长裤推下脚腕,当年第一次见面,他就见过她赤裸的下身,这部分是她不惮于露出来的,她要守秘的只是棉布紧裹的胸口。

她身上留了件衬衣,一步步走进水中,清洗腿上狼血,又回来拎起几件带血的衣服,逐件清洗。他蹚着水,步履有点僵硬,哗啦哗啦地走到她身后,说,别动,这儿还有,我帮你。

后臀有几个发凉的手指尖碰上来,撩着水,抹掉血迹,她垂头不语,看着水面上映出两个相叠的人影,那血不是狼血。

河水表层带着白昼日晒的热度,越往下越凉,她在水下悄悄一踢,人影碎了,再聚拢。

他说,好了,干净了。她人生中少有这样承受温柔的时候,仅有的一些,都来源于他,她都当成散碎金子,悄悄收藏起来了。

她把衣服裤子拧干,晾到低矮的树枝上。他背对她站在水中,浑身皮肤镀着一层水的光泽,双臂扬起,十指交叉兜在脑后,望着林杪一枚金币似的太阳,又回头看她,似乎不为什么,只是心满意足地莞尔一笑。河水刚好没过他膝盖,让他看上去是个健全少年。

她过去跟他并肩而立。流水淙淙,她说,听这水声多好听,我希望我将来有一个盖在河边的木屋,每天听这声音,夏天的中午跳进河里洗澡。

他说,真不错,等你退休之后我会帮你盖屋子,你能不能在壁炉边给我留把躺椅?

她笑道,不一定,到时我会养一条猎狐犬,它会占着炉子跟前最好的位置。

他说,"豹仔"的狗,叫什么名?

她想了想说，叫老虎。

暮色四合，黄昏里的树林、河水和鸟鸣有一种不真实感。树枝上的衬衫被风吹动，倏地扬起，两只袖管凭空舞着，跟旁边她的长裤一下下相撞，每次差点要抱住时，又荡开。

她说，回去吧。他转身哗啦哗啦走上岸，双手把湿漉漉头发抹到脑后。她提着半干的衬衣裤子过来给他穿，系腰带的时候，他说，你该先穿，瞧你都起鸡皮疙瘩了，冷吧？她说，我不冷，不是因为冷。

他看着她两腿间的"残缺"，说，豹仔，要让我选的话，我会选缺这个，我最不在意缺这个——如果非要缺一样东西。

她说，让我选的话，我希望你完完整整的，啥也不缺。

她双手忙碌，头正垂在他胸前，他伸手轻轻扶住她肩膀。她抬头看，他眼里有种要命的、一无所知的纯真。嘿，我跟你加起来，就什么都不缺啦。不要盖小屋了，你要留在宫里，在我身边。咱俩要永远在一起。

欢愉和哀愁是一模一样的两条岔路，更不幸的是走过去时，还要被绸布蒙住眼睛。在某个面对一千条岔路的时刻，我用汗津津的手抓住他同样汗津津的肩膀，说："告诉我。"

伽拉永远比我冷静，即使说话时面颊正埋在我腹股沟里。他说："要我告诉你什么？"

"一切。所有我不知道的。"

"你不会想知道一切，没人愿意。"

"我愿意！来，讲一个你认为我不想知道的。"

"在博物馆第一次见到你那天，我先离开了。你一直问我原因。"

"原因是？"

我盯着他嘴唇，眼看着答话涌到张开的两唇之间，但他还是等了两次眨眼的时间，才吐出它来："原因是，我等电梯时发现裤子湿了。"

我无法形容听到这句话的心情，只能说："啊……"

他似乎决心把难听的话一次说完，"还有，医生建议我再做一次手术。再做一次，有一半的概率可以不再用手杖。"

为什么他认为这个我会"不想知道"？我激动得差点跳起来，"做！为什么不？医生的电话在哪儿？明天就给他打电话。"

他并不兴奋，叹一口气，意思是早料到会这样，"我不想做。"

原来这才是我"不想知道的"。我叫道："为什么？为什么！……"他的眼光冷下来。我知道，我又让他失望了。

二月，月亮和云都冻住了，白得阴惨惨。没人会在冬天分手，这违背温血动物的本能。我们吵了一次架，由于没吵透，很快又来了第二次。说是吵架，其实也只比日常对话声音稍大一点。他总是在踏进岔路的下一步，就含着怒气静默下来，我也不得不闭嘴。有时我真想摇晃他的肩膀大叫："跟我吵啊，快点！"

我搬回自己的公寓，幸好还没退租。不过我们仍然每天见面。一股西伯利亚的寒潮吹袭，温度骤降，罗马大雪三日，万神殿、斗兽场、图拉真广场都被白衣军团攻占，整座城匍匐在雪的威权之下。许多学校停课，有的公司放假，有的允许员工在家办公。工作室停工放假，我买了食物和日用品，踏着雪送到他公寓来。

他不回头地说"谢谢"。我站在门口垫子上，拂掉帽子大衣上的雪。他正站在窗口的书桌边，用手冲壶做咖啡，从中间向外划圈，浇在铺着咖啡粉的锥形滤纸上。咖啡液滴答滴答滤下，等待的时候，他握着壶，倚在窗口看雪。

长方形的窗框住他，看起来像塔罗牌的牌面——"节制"那张牌，天使双手持两只圣杯，相互倒水，试图让两只圣杯的水保持平衡。

我从没想过离开他，或失去他。

就像黄跟绿已经混成蓝色，你不可能再让它们退回去，取出一管松石绿一管水仙黄。

不可能。

在沉默中做爱，是最糟的一部分。他并不阻止我，任我像个狂躁的女巫，用手指和嘴唇的法术摆布他身体某些部分，怂恿它背叛他，并召唤出一股叛军似的血液，汇集到那里，好让它响应我、投奔我。他平静得近乎怜悯，我开始后悔，可没法停下来。

他的目光看我又像没看我，他不再是伽拉，他成了自己的复制品，让盲人用手触摸的复制品。

我闭上眼睛。

——女士，您是怎么失明的？

——欲望，欲望让我昏天黑地……

他的手插进我的头发，就像在埃斯库拉庇乌斯的神庙前那样，一个指尖慢慢滑动，读着我发丝上的盲文。是否那天我献错了祭品，或不够虔诚，因此得到的不是神的祝福？……我双手捂脸，软绵绵地跌下来，掉进蓝床单的深渊。

王子坚持要参加马上枪术竞赛，这年他十六岁。比赛是为了庆祝他跟最富有的公爵的女儿订婚而举行的。竞技场人头涌动，乐手吹奏喇叭，贵族们身着盛装，依次登场，旗手把旗帜插在场边，旗上绣着各家的家徽和家族格言。

第一部分节目是侍从们朗诵主人为王子订婚所作的诗歌，接着比赛正式开始，前两场竞技在几位低阶骑士和朝臣之间展开，第三场则是国王的弟弟"风雅公爵"挑战银鹰家族的骑士。他们各自上马，接过长枪和盾牌，号角响起，两人催马向对方奔去。

后面备战区，豹仔帮王子穿戴铠甲。她用力拉紧胸甲的系带，小声叹气，为什么非要参赛？他们个个比你大七八岁，而且都有实战经验……

他抬着胳膊，让她给系好护手的皮带，对她说，别担心，我只比一场，只跟红龙家那个没鼻子的伯爵比，昨天我看到那混账踹你的屁股，朝你脸上吐口水，还笑嘻嘻，待会儿我要把他刺下马鞍、屁股摔八瓣，然后也朝他吐口水，给你报仇。

他眼里净是信心十足的光亮，一挥手，拉下头盔的面罩。

豹仔蹲下，替他整理胫甲，忽觉脖子一凉，颈巾被拉走了，抬头一看，他正把它塞进胸甲缝隙里。她忍不住皱眉头，你应该带着你未婚妻的信物，干吗拿我的？

他的脸挡在面罩后面，但听得出他声音里的温柔和郑重，因为这次是为你而战，我的……兄弟。

她目送他转身离去，心想这是她收藏品里最大一粒金子。

格斗场上，坠马的银鹰骑士被人搀扶离去，女士们朝得意扬扬的王弟抛来鲜花。

王子上马，他未婚妻从高高的皇家包厢里朝他招手。她身穿紫罗兰色天鹅绒礼服、白貂皮披肩，头戴黄金发箍，坐在国王和王后身边，紧挨着国王的官方情妇西番莲夫人。

几分钟后她那张精巧的小嘴里发出一声惊恐尖叫，王子和红龙伯爵两马交错，长枪同时从盾牌下探出，重重刺中对方，两人都从马鞍滚落，重重摔在沙地上。

喧哗大作，人们冲上去，摘掉头盔，露出口鼻流血、眼睛紧闭的脸。

他们七手八脚把两个人抬走。一条旧颈巾从胸甲里掉出来，落在沙地上，被踩了好几脚，豹仔把它捡回来，收进口袋。

三天后的黎明，他醒过来，只觉浑身疼得像被马群踏过，听到床边她用哭哑的嗓子说，嘿，我在这儿。他瞧着她那张憔悴的脸，说，真抱歉，那家伙……我没来得及朝他吐口水。

她忽然不顾一切地扑上去，紧紧搂住他。他苦笑着叫，唉哟。

忘情的时刻只持续了几秒钟，她很快收回手臂，站直身子，歪过脸在肩头蹭一蹭，说，我去叫他们过来。

他看着她的背影，一股强烈的感觉油然而生：世上除了她，都是"他们"。

他跟未婚妻的婚礼，定在半年后。

三月，他又去了普罗奇达岛。他走后第六天，我到他公寓里打扫卫生，搞完了，用微波炉叮了一份奶酪饺子当晚饭。

床边粗毛地毯上，靠里的位置，掉着他的一件衬衫，应该是急匆匆脱下，忘拾起来了。两条衣袖向外撇着，张开怀抱，右袖鼓起，由面料本身的韧度撑住，保持着里面有条胳膊的状态。我每次路过，都小心翼翼绕开它，让它保持原样。

夜里，我被楼下响着警笛驶过的警车吵醒，看一眼手机，发现两小时前他发来一条消息：

"我爱你。想念你。我会很快回来。"

这让我做了个很舒畅的梦。

快乐一直蔓延到第二天早晨，醒过来还在床上自己微笑了一会儿，天空晴朗洁净，洒水车刚开过去，街面上的积水闪闪发亮。想到他可能今天就回，我给花店打电话，订了一束黄百合。将近中午，门铃叮咚一声，花送来了，一大捧金灿灿，香得人晕头转向。

我把花拿到厨房水池边，逐枝截掉花茎末尾的一小段，给花瓶注水，再开一罐啤酒，倒一些在瓶里，这是伽拉常用的方法，能让花期延长几天。

花香弥满室内，我用镊子一个个摘掉褐色雄蕊，忽觉这也挺像"无花果叶运动"，凿掉雕像的阳具，忍不住笑出声。电话响了，是个陌生号码，我接起来，被告知：伽拉昨夜遇难身亡。

他随朋友驾船出海，遇到风暴，船倾覆。他死在海中。

几年后我跟笑颈结婚，婚礼前夜，她们拿来百合做的新娘手捧花。我嗅到那股香气，热泪猛地冲进眼眶，簌簌落下。

十

笑颈已经不再有一个带笑纹的脖子，不过我习惯了在心里这么叫他，也就叫下去了。

十几年没见，再看到他，我根本没认出来。那是个业界聚会，外省一座著名博物馆研究院的人们过来跟我们打招呼。一群人乱糟糟握手，自我介绍，我根本没听清任何一个人名。

忽然一张脸晃过来，朝我微笑，我只好假笑作为回应。

那人却没有走开的意思，眨眨眼，好像有点惊奇我不认识他。我有点不耐烦，回身要走。那人在后面说："唉，金！我是……"

他说出自己的名字。我啊了一声，转回来惊讶地盯着他，差点叫道"笑颈"。

我说:"你……你变化好大。"他现在是个瘦子,高领黑毛衣,黑西装,底下一双铁锈红的帆布鞋。他说:"你没什么变化。"

接下来我以为要走老友叙旧那一套累死人的流程,心里正提前开始哀号,谁知他只是诚挚地笑着点点头,说一句"又见到你真高兴"就走开了。我望着他的背影,他的脖子被质量很好的羊毛面料包裹着,不知道笑脸还在不在。

几天后因为工作上的合作,我又见到他。这次互留了联系方式,工作结束后他请我吃饭,吃饭,喝咖啡,吃饭,喝咖啡……第五次他送我到楼下,我说:"要不要上来喝咖啡?"

他一时怔住,像是不相信这么快就能上垒。

我一直用的旧手冲壶,是伽拉的。拿它给别人做咖啡,有种痛快的痛苦。为了注水稳定,伽拉给壶把缠了几圈麻绳。我每次握在上面,手掌合拢,仿佛再次碰触到他手心的皮肤。

那夜,笑颈没走。他说:"十几岁我就爱上你了,我知道那时你有点轻视我……不不,不用着急否认,金,我不在意,我也不喜欢那时的自己。我只希望现在我能让你满意。"

等他脱光衣服,我终于有机会看到他的后颈。那是一条勤于锻炼的脖子,皮肤紧绷,不再有褶纹。

两个月后他开始找婚礼场地,研究灯光和摆花。我说不用急。他说:"我已经晚了二十年。可不能再拖了。"

整个过程我完全没过问,桌椅搭配、餐具搭配,乐队奏什么曲目,蛋糕选香草还是巧克力口味,糖霜用粉紫色还是橘色……我都不在意,一概推给笑颈,"都听你的,我相信你的判断。"

既然不是伽拉,那什么细节我都不在意了。

工作室里有人用抛光轮打磨大理石,很吵,笑颈打来电话,我接通了,听不太清,用手压住空着的耳孔,往外走,听到他说:"……你来试一下。"我说:"你试就行。"

他在那边大笑,"我是说试婚纱。亲爱的,这个我没法替你。"

试完婚纱,一起吃晚饭时,他聊起蜜月度假地点,从包里掏出笔记本电脑，打开一个演示文档，像做学术报告："与其只去一个地方，不如坐环球邮轮，沿途有很多地方能玩。你看，选南极航线，能看冰川、象海豹、企鹅；选波罗的海航线，咱们可以去奥斯陆、斯德哥尔摩、哥本哈根，你不是一直想看挪威国家美术馆里收藏的那座罗马执政官雕像吗？还有斯德哥尔摩的瓦萨沉船博物馆，展览17世纪最豪华的瓦萨号战舰，当初咱们一起看过一个沉船文物展览……"

我摇头，"不，不，不，我不要坐船出海。"那个沉船文物展也不是一起看的，是分开看的。

……所以我才会遇到伽拉。

婚礼很成功。婚纱是笑颈从一家佛罗伦萨的古装店租来的，一件20世纪的塔夫绸裙，鸡心领口，长拖尾和头纱上绣着繁复花样，人人都说我穿上它美得像博物馆里的展品。

宴席长桌上的蜡烛是他亲自设计、订制的，做成展翅的胜利女神形状，女神颈上燃起火苗，宛如头颅在火中燃烧。蛋糕则是千层酥加巧克力樱桃浇上萨芭雍奶油，美味极了。他的品位实在很好，样样都选得好。

我母亲和父亲在长桌后面的宾客群中微笑，他们对笑颈很满意，所以难得没有争吵。乐队奏响《花之圆舞曲》，那是我最喜欢的圆舞曲。新郎牵着我下场跳第一支舞。一切完美，没有一点缺憾。

两年后，我跟笑颈离婚。

十一

我最后一次乘船出海，是搜救队带我去的。

在普罗奇达岛上的医院，我见到了伽拉的朋友。他在救生艇上漂流七小时后被救起。他痛哭着说："主桅折断，击中他的头，他落水时已经昏迷……我当时在船的另一端放救生艇，我想赶过去，但浪实在太大了……"

沉船时间是凌晨两点左右。我收到的最后一条消息，发送于午夜刚过，十二点零七分。搜救工作以船沉没的位置为基点，结合风力风向与海流信息，逐步扩大范围，搜索面积达 25 平方公里。事故发生 72 小时后，搜救队宣布行动结束。

我唯一的请求是，带我到沉船地点去看一眼。航程大约两个半小时，船停下来，停在一片跟别处没什么两样的海面上。船长向我轻轻点头，眼中是无声的恻隐。

我走上甲板。海铺开一床无边无际的蓝被单，伽拉躺在那下边。

此时是正午，风平浪静，海水碧清，日光下每一座涌起的浪峰，波纹的每一点闪光，都能看得很清楚。

我翻过船栏杆，纵身一跃，身体冲破海面，一声巨响，就像撞在博物馆展柜的玻璃板上。只要冲开这层软软的屏障，我就能再次跟他同在一个空间里。

海水瞬间吞没了我，水从每一个孔窍涌进来。引力拽着身体迅速下沉，像电梯下行。天光在头顶上方远去，我闭上眼，心头无比澄明。失去意识之前，我愉快地想着，他就在下面某个地方，所以这不是沉没，是踏上了与他重逢的路。

被救上来之后的记忆，损失了一部分，有人给我做人工呼吸，我模模糊糊只感到厌烦，就像赶去约会的路上堵车了。后来眼前变为一片雪白。白不对，蓝才对，雪地是走错路了，大海才正确。你们都误会了，我不想杀死自己，我只想离他近一点，不行吗？我犯了什么罪被判决不许靠近他吗？几次试图冲出病房未果，护士拿来了束缚带，满脸怜惜，但捆我时毫不手软。

等我恢复到能出院，葬礼已经过去半个月了，棺是空的，放了几件他的日用品。我回到他的公寓，床边毯上的衬衣袖子鼓着，像里面还有条胳膊似的，黄百合早就枯萎腐烂，水臭了，长了绿霉，发黑的花瓣掉在洗碗池里，掉在地板上。

用来摘花蕊的镊子歪斜着搁在一边，我还记得我随手放下它，去接电话那一刻。我的生命，就从那一刻，断成了两截。

第一年，我每分钟都想他。365，乘以 24，再乘以 60。他的双眼在空中射出虚构的目光，像不会落下的月亮，笼罩着我。他站在我每个念头的对面，我滔滔不绝跟他说话，停不下来。

　　工作的时候——瞧刚送来这个半胸像，耳垂形状跟你一样，是个可爱的正圆形；捆木架子的铁丝把手指扎破了，伤口还挺深，这几天你得洗盘子啦……

　　在咖啡店买早餐——你喜欢的这款点心出了新口味，椰子味，尝尝吧，椰子味的总不会太难吃，哦，对，除了那款椰子味的漱口水，你用了一次就扔掉的那瓶……

　　在超市——油浸蘑菇罐头再买几个吧，你喜欢用它拌沙拉，洋蓟罐头还要不要？……

　　所有事物都让我想起他。商场餐馆出租车里播的歌在唱他，电影里的角色在演他，小说里的故事在哀悼他，按摩师的双手在模仿他……书店客人们纷纷皱眉抬头，店员惊慌地跑过来，跑向一个背后传出痛哭声的书架。这能怪我吗？我只想给同事的小女儿挑一套植物图鉴，结果随手翻开一本诗集：

我将痛苦地等待你，
我将常年地等待你，
你用独特的甜蜜引诱我，
你承诺了用永恒。
你的全部——是无言的不幸，
是照进迷雾尘世的偶然的光，
无法表达的冲动，
还未曾让我知晓。
你用永远低垂的脸庞，
用自己永远温柔的微笑，
用自己那并不稳健的步伐，
像慢慢飞翔的鸟儿的翅膀，
唤醒了我秘密沉睡的感受……
……我不知，你是骤然的死，
还是不可升起的星，

但我将等待你，我的渴望，

我将等待你，直到永恒。①

我早该知道，与少年时代一见倾心的人重逢，这种幸运太罕见了，就像独角兽放弃警惕，走出密林，躺卧在人脚边一样，稍一惊动，它就会跳起来消失在幽暗中。

这世间最不可解的，是我何以得到他又怎样失去他。为什么闭上眼，他是活生生的，会说会笑，睁开眼，这世上就哪里也没有他了？

我日日夜夜回想。在无数条岔路前，是不是有哪一处只要我选对了他就不会在那天到岛上去，就能避开那场致命的暴风雨……

我困在一幢废弃的楼里，他说过的数千句话，是墙上写得重重叠叠的涂鸦。楼没有门，也没有让人逃走的电梯。

偶有一些事，能让我一时忘忧：成功修复的雕像在美术馆展出首日拉下幕布，看脱口秀表演跟朋友一起大笑，公园里受小孩子邀请互扔雪球，母亲再婚时坐在第一排微笑观礼……

那个叫痛苦的怪物也要小憩，它闭上眼，发出轻轻鼾声，狮鹫似的大爪子松开了，但它又突然惊醒，低哮着再次捏紧我的心。

不疼的时候，人意识不到"不疼"，等再疼起来，才会后知后觉地感叹，刚才偷来的一刻，是多么、多么、多么轻松。

接着愧疚又来了，因为快乐是背着他跟世界偷情。

有没有人抱怨过思念是个累死人的体力活？全部精神肉体都成了燃料，没日没夜地烧。有几回我猛地跳起来，冲进厨房，从刀架上抽出最利的一把刀，低头盯着身体，好像能透过皮肤看到那块肿瘤似的痛苦，它是活的，是只鼹鼠在草皮底下钻动。我得用左手抓住右手，不去尝试一刀刺向它。

我们跟人世隔开了一道深深的海水。我是说，我和伽拉，我们。

注：①诗题《我将等待你》，作者为俄罗斯诗人康斯坦丁·巴尔蒙特，译者童宁。

接着是第二年、第三年。春夜清新宜人，夏夜可爱温婉，秋夜剔透如一大块水晶，冬夜有朋友带来好酒和好消息。活下去，人生仍不乏美妙的日子，可惜我只能做旁观者。我全身关在一个玻璃笼子里，笼子有手有脚，跟我的手脚一样大。我舌头套着玻璃袋喝酒、吃比萨，戴着玻璃手套跟人握手、抚摸流浪猫。耳朵隔着玻璃罩，听嘴巴在玻璃面具后面发出的笑声。

痛苦像心底的洞，无论多少快乐倒进去，没多久就漏光了。笑的时候，想的还是那个洞。

世上最好的修复师，也修不好那样一颗心。

其实没人能活够肉体的岁数。我们早就死了，在呼吸停止之前死去，在心电图拉平直线之前死去。我们先真正地活些年头，真正地大笑，搂着心爱的腰跳出真正的舞步，离别时流出真正的泪，做爱时到达真正的伊萨卡岛……随后剩下的生活，只是昔日的影子，是复制品。酒已饮罄，我们用水涮涮杯子，喝下去，假笑两声，骗自己那还是酒。

十二

我一直给伽拉的公寓交房租。我定做了一个玻璃罩——真的玻璃罩，扣住床前毯上的衬衫，把它像一件展品似的保护起来。衣袖一直鼓着，保持伽拉脱下时的样子。衣柜里他的卫衣牛仔裤，也都用防尘袋装好。

跟笑颈结婚之后，我每隔半个月以加班为借口，过去做清洁。每隔两三个月，以出差为借口，在那房间里过夜。

不过，我不睡床。我把褥单铺到地上，躺在玻璃罩旁边，裹紧被子，度过长夜。有时我允许自己放纵一下，从防尘袋里拿出他的衣服，嗅着经纬里残存的一点他的气息入睡。

这份额外的房租，让薪水里出现一个不大不小的洞，我不得不接一些私活，赚点小钱，把它填上，比如替古董店修复镀金圣餐杯、掐丝烛台、微缩娃娃屋，给珍本书店修 16 世纪的珠宝装帧福音书、维多利亚时期的彩饰手抄本。虽然我的专业是石材修复，不过坚持自学，疑难处找同行咨询，困难也都能克服。

可惜，人不会总那么幸运。那天是结婚两周年纪念日，我不记得，笑颈记得，他在家准备了一些惊喜，蛋糕啊礼物啊，甚至还有卧室里的情趣道具……但我那晚又要"加班"。他非要通个视频电话，我只好紧急布置现场，把伽拉留下的几个雕像复制品摆在书桌上，再拉拢窗帘，挡住街景，最后背靠书桌拨过去，一个甜笑，故作镇定地拿起咖啡喝一口，"亲爱的，还没睡呢？……哦，这是我同事的工作台，我过来参观她的进展。"

就是那个咖啡杯露了馅。那是我在楼下咖啡馆买的，纸杯上有店名和店标图案。笑颈一搜那家店的位置，就知道我根本不在工作室。

半个月后我照旧"加班"，开门时发现锁被撬了，门是虚掩的，推开门，屋里像来过一队缉毒警加三条警犬，能砸烂的东西都烂了，衣柜里衣服变成碎布，扔了一地。那只玻璃罩，就像里面有个迫切要出来的人狠狠撞在上面，碎成了一地玻璃碴。

那件我费尽心思保持原状的衬衫，当然也成了烂布条。

笑颈并不否认。我一问，他就说了，带着被骗的愠怒委屈、侦破大案的得意，还提前摆出只要我认错，他便不再追究的宽容面孔。我走了一会儿神，耐心等他讲完才提了离婚。

后来，我花一晚上把所有碎片收拾进几个大垃圾袋。房间变得空荡、凄惨。我筋疲力尽地躺倒在地板上，第一百次觉得生命大可于此刻结束。一转头，见床底下有样东西，完整得像集中营里孩子的梦境。

那是个珐琅马赛克拼贴盒。我伸长胳膊，把它够出来，捞起身边一块布擦擦，它又变得光亮，跟几年前被送给我时一样。我打开，打开，打开，打开。最后打开那个方糖大的小盒。

我只是为了温习当时情景才打开它，没料到里面竟然有东西。

一张卷起来的纸条。展平，上面是伽拉的字迹，写着短短一句话：

是的，那天我打赢了狮鹫。

十三

很多年过去了。我独自写完残缺国里王子与豹仔的结局，画好配图，交给编辑。它成了一本卖得还可以的图像书，隔几年会重版一次。有时书店请作者们做活动，到店给读者朗诵自己的书，我也在受邀之列。

我读道：

结婚典礼的日子定在"五朔节"，五月一日那天。四月，豹仔向内廷总管辞职，不告而别。王子待人一向温和，这次却前所未有地大发雷霆，大吼大叫，摔东西，让人们去找。没有结果，没人能找到。

某个下午，他呆立在镜前试穿礼服，让宫廷裁作改尺寸。一位侍女进来，说西番莲夫人请他过去。

西番莲原是剧院的三流女演员，两年前由王弟引荐，成为国王的公开情妇，十分得宠，很快住进宫里。他随侍女来到她的房间，那妩媚妇人歪躺在长榻上，裙袍下露出一对雪白小巧的脚，一位女画师跪在榻前，正在她右脚少一根尾趾的地方画西番莲图案。

她对王子说，你父亲给我一个任务，让我教你怎么应付新婚之夜。

他说，谢谢，不过礼仪老师已经让我排练过两遍流程，我不需要学什么了。

西番莲嘴角露出轻蔑的微笑。礼仪算个屁？你们宫里的废物，只知道教那些没用的。她招招手，刚才传信的侍女走过来，垂头而立。

西番莲说，这是铃兰，当年我们天鹅剧院最红的姑娘，只要海报上有她的名字，票准能卖光。

铃兰抬起头，微微歪头看他，嫣然一笑，他才发现她是个明眸生辉的美人。西番莲夫人对他的凝视很满意，说，去吧，铃兰，照我嘱咐你的办。铃兰便走过来，一只酥软小手拉住他的手，他一跛一跛地跟她去了另一个房间。

门关上，她牵他走到床边，按着他肩膀，让他坐下，她像厨娘削土豆皮一样，飞快把上半身剥个精光，露出形状美观的肩头和乳房。

他惊奇地盯着那一对雪地上的白兔，她笑道，殿下，你没见过女人的裸体？

他赧然点头：你是第一个。

她心里荡漾起一丝异样的感觉，再靠近他一点，抓起他双手，压在两座雪山的顶端。等他最初那阵抗拒和颤抖过去，她握着他的手，慢慢揉搓打圈。不，手指不能收得太紧……也不能全不用力，我们女人喜欢感受到温柔不野蛮的力量。

等到确认他领会了技巧，铃兰拿掉他的手，褪掉衬裤。他看一眼她那个女性部位，反而放松下来，笑道，原来你也割掉了。

铃兰一怔。割掉什么？

他说，这个啊。他打着手势，模拟那两个球根和花茎的模样，又指指自己双腿之间。铃兰一旦想明白，就笑得直不起腰。他面现不悦，这有什么好笑？

铃兰满面是笑的余韵，摇着头，天哪，傻孩子，你以为每个人裤裆里都有一嘟噜肉？不是的，女人生来就没有你们那碍事的玩意儿，用不着割。

他失声道，没有？生来就没有？……所有女人都没有？铃兰点头。他脸色大变，怔了一阵，突然跳起来，冲出房间。

那天晚上，王后在餐桌上问，我儿子怎么没来？人们到卧室查看，看见枕头上留着一封信。说是信，其实只有一句话：爱你们。我会很快回来。

冬夜，大雪三日，幸好下雪前她已劈了足够的木柴。壁炉里木头燃烧，发出毕剥声，火边的豹仔坐在炉前的椅子上鼓捣针线活，猎狐犬"老虎"趴在她脚边，时而咕哝一声。

她把它当搁脚凳，双脚架在它后背上。老虎乐意让她舒服点，因为它知道她手里缝的天鹅绒棉垫是给它的，它偶尔回头看一眼进度，再惬意地把脑袋放回爪子上。

门上传来一点奇怪的声音，像什么动物挠门。老虎站起身。她悄声说，老虎，你觉得是鹿吗？还是冬眠醒了的熊？

声音又响，这次像是动作僵硬的敲门。她趿上兔毛拖鞋，过去把门拉开一条缝，老虎朝门外的风雪汪汪叫。有个浑身是雪的人倚靠门框站着，门一开就倒在她脚下。

她赶紧把那人拖进来，关上门。

他只有一只脚，左边裤腿空着半截，身上的粗毛外套四处破口，加上手里那根当手杖用的粗树枝，看上去活脱脱是个乞丐。她双手揽在他腋下，费尽力气把他拽到壁炉前，把缝了一半的棉垫子塞到他脑袋下面，老虎有些不满，喉咙里嘟囔了一声。

他脸色惨白，蜷缩着，哆嗦得说不出话。她又把所有被子抱出来盖在他身上，最后在他身边坐下，替他脱掉前后开洞、底子磨得薄如纸的靴子，将那一条半冰冷的腿抱在怀中。

他渐渐暖过来，脸上有了红晕，眼珠也会转动了。她起身给他倒了杯麦酒。他慢慢拥被坐起，一点点喝下去。她说，酒是秋天在集市上换的，肯定比不上你常喝那种。

他说，酒很好。

她问，你的木脚呢？

昨天翻山的时候摔了一跤，滚下去，摔丢了。

你是怎么找到我的？

你忘了？你跟我说过，如果退休了想在河边盖个木屋。

……你找了很多条河？

他淡淡一笑，也没那么多。

热血冲上她的双颊，胀得皮肤发痒，但她竭力克制着，问，你爸妈和妻子呢？他们怎么会让你这样在外面瞎晃荡？

他说，没有妻子，因为婚礼没举行——愿她找到更好的丈夫——我在婚礼前就溜出来了，来找你。

她苦笑，殿下，你找我干什么？我已经退休了，我不是你的侍童了。

他敏捷地一伸手，她躲闪不及，他从她夹衣领口里拉出一条旧颈巾，上面的血迹还没洗掉。她往后跳开，双手捂住脖子，涨红了脸，一时说不出话。

他摇头说，不，你不能退休。没人能从爱里退休，那是一辈子的差事。你这骗子，你从第一次见面就骗了我，你根本没有残缺。她眼中含泪，映着火光，嘴唇轻轻颤抖。他继续说，因为我从没见过，所以也从没想到这世上存在毫无残缺的、完美的人。而你就是。

一股无法抵抗的力量在她体内涌动，她像那次等到他从昏迷中醒来一样，扑过去紧紧拥抱他。

他说，你愿不愿意做我的妻子？愿不愿意，赐爱给你眼前这个残缺的人？

她说，不，在爱里也没有残缺。你是完整的，没有残缺。你是这世上最完美的人。我愿意。

十四

我相信伽拉会回来，只是不知道他会用什么方式回来。我等着，日复一日，越来越有耐心。镜中的我日渐苍老，而记忆中的伽拉还是个青年，当我想象我们站在一起，或对坐吃饭，脑中情景有点像母亲和儿子。

到了这一年夏天，我还有两星期就要退休。工作室接到个新活，一家海洋勘探公司最近从地中海一艘沉船中打捞上一批物品，要送来修复。对方没给照片，只发来一个表格：希腊硬币、绘着海妖的彩画陶器、金银饰品、色雷斯角斗士的青铜曲面盾牌、带鱼鳍顶饰的海鱼斗士头盔、护肩铠甲，还有一座厄运女神涅墨西斯的青铜像，一座大理石雕像。

这些东西本该那天上午运到，直到下午六点钟还没来。下班时间早过了，有人掩着嘴打了两三个电话给家人，柔声让他们"等一下再切蛋糕"。我跟几个同事说："你们去吧，都回家去。我在这儿等。"反正我家没有待哺的丈夫小孩，除了一只虎斑猫"老虎"，没人等我回去。

他们走后一个多小时，东西才送来，工人们用推车把一个个板条箱运上楼，满身大汗。他们把每个箱子撬开，让我查验。物品初步清洗过，不是长满藤壶、挂着海藻的样子。硬币十七枚，陶器一件（碎片五块），饰品五件，盾牌一件，头盔一件，铠甲一件（碎片三块）。

我每查点完一箱，在他们手上的表格里打一个对钩。青铜雕像涅墨西斯保存尚算完好，一只脚掌、一条胳膊缺失，附有断臂半条，等待接上。

咯吱咯吱，最后一个箱子盖撬开，他们把四面木板一块块放倒，雕像的全貌露出。

那是一个人与狮鹫搏斗的景象……啊，不是搏斗，是战胜的那一刻：狮鹫仰面倒地，双翅软垂，两只鸟爪无力地蜷缩，他一脚踏住胸脯，左手扼住咽喉，右手将一柄细长短剑刺进那粗壮的脖子里。

他不再是青年，年纪至少四五十岁了，额头有深深的皱纹，两颊皮肤微微下垂，在腮边形成纹路。耳垂是正圆形。可惜面部受损较严重，五官基本被抹平，认不出模样，那没有脸的脸上，能看出一种梦幻似的、冷静坚定的神情。雕像的躯干基本完好。虽然不再年轻，他身上的肌肉略微松弛了点，但仍在美观悦目的范围内，清癯、瘦劲。

我转到箱子另一侧，去看雕像背后。石头脊梁上，有两条长长的伤疤，陷进肉里，脊椎左边有个指尖大的凹陷。还有一些表面不太平整的地方，好像那几块皮肤曾破溃了再愈合。

我慢慢伸出手。一只干枯多皱的、手背浮出青筋的手，抚在石雕的背上。

他的左腿从大腿处折断，断掉的一截腿也在箱子里。这好办，几根钢钉就能铆接上。日子还长呢，我可以慢慢修复他。

工人见我不说话，问："没问题吧？您看看，有没有丢什么缺什么东西？"

我说："没问题。什么都不缺。谢谢你们把他送回来。"我画上最后一个钩，交回笔，赶紧转过身，不想让别人看到我的眼泪。他们在身后远去。我在心里叹气，"我会很快回来"？你这可真不能算"很快"。又想着得叫盒比萨上来，再让花店送一束黄百合。重逢的第一顿晚餐，吃潦草点不要紧，以后还有很多晚餐、很多时间。伽拉，咱们有所有的时间。

消失的树（创作谈）

故事要从一棵树说起。几年前我跟小薛去荷兰玩，在阿姆斯特丹皇家博物馆看到一棵树——画出来的树。

那座博物馆坐拥海量珍品，是艺术爱好者的朝圣地之一。去之前我们做了些功课，读书、看纪录片什么的，如果那时有人跟我说，在那个馆里你将会爱上一棵树，那我绝对、绝对不会信的，怎么可能复仇者联盟里这么多英雄我会爱上格鲁特？

那日天色阴晴不定，我们如愿朝拜了那些在电影、明信片、冰箱贴上看过无数遍的形象：独占一个展厅、神光内蕴的《夜巡》，小巧得令人讶异的《倒牛奶的女人》《读信的女人》，眼波欲流的哈尔斯的《结婚画像》，伦勃朗的《犹太新娘》和自画像，阿赛利金《受惊吓的天鹅》……

不过，当你与一件艺术品肉身相对，那一刻作者的名望、作品的地位，都不再重要，你会发现，重要的只有最纯粹的观感。就像被不同的人拥抱，不同的人怀中的热力、呼吸的气味、手臂的力道，都不一样，爱或不爱，一清二楚。《夜巡》像一道强大精美的咒语，看一眼就会被魇住，《犹太新娘》《天鹅》和凡·高画像，我只是礼貌性站住盯了一阵，但《预言家安娜》里一双老妇人的多皱的手，还有一架风车，让我心弦震动，看了很久。

还有，一棵树。

那幅画不是太有名的珍品，外边没装大玻璃罩——玻璃罩子是一种俗世的勋章、一种冠冕,即使完全不通美术史,远远一看哪幅画外头凸出一个大罩子,哪幅就是宝贝,准没错——所以我能跟它贴得很近。画里什么别的景物也没有,作者只专心画一棵健康、饱满,每根枝叶都匀称翠绿的树,后面天空是风景画里常见的套路晴天,阳光恰到好处地照亮了一些叶片。

我舍不得离开,怎么也拿不起腿,心想:为什么呢?它只是端端正正一棵树而已,为什么一棵树这么美?让人心头异样地清凉、宁静、舒服,好像一只鸟找到初夏的凉荫。后来我终于走开了。

整逛了一个半天,我跟小薛会合,腿脚僵硬地走出来。他说,《夜巡》真好看,简直可以盯一整天……我还喜欢上一幅风车图。我说,对,风车!还有一棵树。他转头瞧着我,有点惊讶。是的,怎么会有那么迷人的树!

由于预约了伦勃朗故居的参观,得尽快赶过去,我们没再流连。我说,回去找一张高清图,把那棵树打印了,配个框子挂起来。

然而我们再也没找到那棵树。

博物馆官网的藏品浏览页,没有。花钱买了一套该馆藏品的高清电子图册,把上千张图逐个看一遍,也没有。又在各个旅行网站上翻别人拍的图,翻了几百个游客上传的几千张照片,还是没有。再后来我们找到一个定居阿姆斯特丹的代购留学生,等他去皇家博物馆时,托他留意。他逛回来说找不到那么一幅画。

那棵树宛如不曾存在过。幸好我跟小薛可以给彼此作证,否则这件事就只有天知地知,我知树知了。

我决定写这样一个故事:少女在博物馆里喜欢上一座残损的雕像,奇怪的是,她朋友看完展览却说没见到它。她自己再去,也找不到它了,只遇到一个跟她同样"见过"那雕像的少年,多年后她与他重逢,他说他叫"伽拉"。

希腊神话里塞浦路斯国王爱上的雕像叫"伽拉泰亚"。"金"就是国王。当伽拉尚是雕像时,金赞叹它,以爱的目光凝望它,它遂得以化成人身。她得到他,再次失去了他。最终他从海底回到她身边,就像第一次见面那样,以一座残损雕像的身份。这次等待他的是爱人的修复的手。

中国也有类似"人塑恋"的小说,如《醒世恒言》里《勘皮靴单证二郎神》,讲宋徽宗的一个妃子,到二郎神庙里还愿,见神像塑得俊美,心生爱慕,结果当晚果然有个二郎真君在她院子里显圣,她大喜过望,两人携手入了罗帷……不过小说结局十分扫兴,哪有什么神佛,乃是庙官装扮的,骗奸了姑娘。

讨论残缺与完整的小说不算新鲜,我在意的是讲述方式。《雕像》里还插入了一个王子与侍儿的童话,是主线故事在另一重宇宙里的变体。我是个没药救的大团圆爱好者,无论在哪个宇宙,他们都会跨过残缺和偏见的鸿沟,在爱里复归永恒的完整。

写完这个小说,我对那棵树的思念可以暂时搁一搁了。将来我还会去那座博物馆。我盼望到那时,我能跟我的树重逢。

江山志

老　藤

《江山志》授奖词

  老藤的《江山志》，通过回乡游子的视角，怀着对故乡的深情与眷恋，带着新的观察与思考，对新的时代条件下乡村变迁带来的秩序改变做了生动叙述。作品以不动声色的笔法，讲述了满含情感纠葛的乡村故事。作品对乡贤文化保护与传承的愿望表达，同样给人留下深刻印象。这是一篇既呈现出生活真相，又激荡着情感波涛，更传递文化忧思的作品。

——阎晶明

一

姜子峰晚上和朋友小聚，做东的朋友让他点菜，他顺口就点了份老鸭粉。朋友戏谑道：能不能上点档次？回回都换着花样吃粉条。他笑着道：啥叫上档次？可口就是档次。

桌上一盘老鸭粉基本都被他包圆了，其他人没怎么动筷，说喝酒不能吃粉条，他不管这些，粉条吃了，酒也喝了，肚子里并没有闹起义，看来很多习惯性说法不靠谱儿。餐馆离家不远，饭后正好可以散散步，路上，手机提示音响了一下，是条微信：老家要没了，别忘了还有两道难题没解呢。

微信是小惠发来的，江山村红粉坊的主人。

小惠是他同村同学，上学时虽然有那么一段朦朦胧胧的关系，因为没有明确，彼此交往就不存在尴尬。他与小惠两家前后院相邻，小学六年两人一直是同班同桌，初中三年又一同住校。后来他考上高中，上了大学，毕业在省城当了干部；小惠考上的是职高，职高专业有车床、汽修，还有美容美发，这些专业开粉坊用不上，小惠便退学回家，帮父亲叶立国打理粉坊。叶立国是江山四老之一叶兆廷的儿子，有漏粉大王绰号，开的叶氏粉坊十里八乡名气不小，小惠是独生女，叶氏粉坊只能由她来接班。江山村盛产优质土豆，漏制的粉条水晶一样筋道可口。粉条烹饪方法虽多，但江山村的村妇们往往化繁为简，热油葱花爆锅，五花肉翻炒几遍，添两瓢井水几滴老抽，放上大把粉条，柴火炖至香味四溢，然后深盘盛出，撒点剁椒添色，便成了家家待客不可缺少的一道菜肴。

微信像吹进心房的一阵清风，翻起一页页原本合上的记忆。

当年，他接到大学录取通知书时，亲友同学都前来祝贺，但来宾中没有他最希望看到的那个身影。直到傍晚，小惠也没有来，前后院的距离不过百十步，此刻却像有关山重重阻挡着渴望的目光。自己和小惠在同学中传言不少，小惠也许是故意回避吧。他不怪小惠，只是觉得在这个扬眉吐气的日子里少了小惠的祝福有些遗憾，荣誉，只有和你爱和爱你的人分享才有幸福感。

姜家不如叶家宽裕，原因是他父母身体欠佳，父亲患有类风湿，母亲胃不好，两位老人常年离不开服药，导致日子十分拮据。他考上大学是好事，但数目不小的学费却成了一道难题。父亲实在想不出辙来，便瞒着他去叶家借钱。两位老人平时称兄道弟，无话不谈，有时自然会唠起两个孩子的未来，叶立国说老天爷总体是公平的，我身体好，粉坊收入也不差，但小惠学习上不去，你们两口子身子不好，日子紧巴一点，子峰这孩子却学业突出，咱两家要是能互补一下就好了。这实际是叶立国释放出的一个信号，父亲自然明白。父亲来到叶家，委婉说明了来意，叶立国说钱不是问题，但这笔钱咱俩别经手，让子峰找小惠拿。父亲回来坐在门槛上一袋接一袋抽烟，刺鼻的旱烟味甚至引起了头顶上巢中燕子的抗议，叽叽喳喳叫个不停。他问父亲怎么老是一个劲儿抽烟。父亲叹了口气，和儿子说了实话。他听后没出声，走到杖子前望着院子里的豆角架发呆，豆角秧上结满了油豆角，母亲说摘下来可以到集市上卖，或许能卖个好价钱。他想，需要卖多少豆角才能攒够学费呢？目光越过豆角架就是叶家那栋四间蓝色铁皮瓦的红砖房。

一只燕子受不了烟味，倏地从屋檐下飞出，盘旋了半圈，飞向前院。他转过身对父亲说：学费的事您别管了，我自己想办法。面若苦瓜的父亲说你有什么办法？去建筑工地当力工吗？他说我去找刘老师，总之您再别去小惠家了。

刘老师家在村子西北角，离撤掉的村小学不远。刘老师叫刘希汉，是江山村小学民办教师，算是江山村有名的文化人。刘希汉喜欢学习好的孩子，因为他每次考试都能拔得头筹，对他格外偏爱，在校时就一口一个子峰叫着。当年江山村小学一至六年级各有两个班，每个班三十个学生，三百多个小学生让村小集市一般热闹。后来，学生越来越少，每个年级只能收上一个班，再后来，一个班也收不满，镇里便撤掉了江山小学，孩子们只能去镇中心小学上学，小小年纪就开始住校。刘老师在收集江山村村史资料，家中北炕上铺着很多旧书旧报。村小学撤并后刘老师找到村委会于主任，说江山村的三百年历史应该花工夫梳理一下，好让后人记得来处。刘老师还举了商山四皓的例子，说商洛有四皓，江山有四老，记下来才会传世。于主任赞同这个建议，村里出了点资料费以示支持。江山四老乍听起来有点社会色彩，其实就是当年村里四个年长而又口碑甚好的农民，有村委会于主任的父亲于有全、小惠的祖父叶兆廷、现任镇长袁昆的祖父袁子厚，还有当时的大队长刘宝山，四老都已经过世，但他们的故事却在村民中口口相传，期间又被添枝加叶，渐成佳话。

刘老师家因为离村小近，上学课间，他和同学常常跑来喝水，那时班级里没有饮用水，学生也不带水壶，男孩子容易渴，下课后就像一群饥饿的小猪一样跑到刘老师家，在水缸里舀上一瓢水咕咚咚灌下去，然后一路飞跑回到教室，有一次他甚至跑掉了鞋子。刘老师的儿子在县工商银行工作，只有老两口在此居住。见他一进门，刘老师摘下花镜说：子峰来啦。他说想早点过来向老师汇报，家里一直有客，走不开。刘老师道：晚饭前来，你大娘就会给你包芸豆馅包子吃。他朝师娘笑了笑，师娘面容慈善，话少，正戴着花镜绣十字绣。刘老师知道他考上的是政教专业，说这个专业好，毕业后十有八九会当干部。他说当不当干部不敢想，能早点毕业挣工资就好，免得父母作难。刘老师猜出了他的来意，就问他家里是不是为筹集学费在犯愁。他点点头，感到鼻子里有清鼻涕要流出来，抬起手背擦了擦。刘老师说：你考上大学是江山村的荣耀，咱村不穷，莫说你一个，就是十个大学生也供得起，学费老师会帮你想办法。

第二天下午，刘老师和村主任兼村支书老于来到家。于主任是个长着络腮胡子的老汉，个子不高，有些肿眼泡，喜欢抽旱烟下象棋，在下棋上全村没人能赢他。当年村委会换届，除了老于外还有三人参选，其中有一个搞工程的村民放出风去要挑战连任的老于。投票前镇领导让候选人每人对选民讲几句话，其他三个人长篇大论讲了很多，大都是许愿、表决心，只有老于说了一句能够写入村史的豪言壮语，他说：年光似鸟翩翩过，世事如棋局局新，做事就像下棋，赢棋才是硬道理，各位父老乡亲，谁能下棋赢我，我立马让贤！此言一出，于主任在选举中赢得了高票。落选者发牢骚，说这是选棋手还是选村主任？其实于主任连任也不是没有原因，他父亲于有全就是当年的老支书，位列江山四老之首。于主任将装着学费的档案袋递给他，鼓鼓囊囊档案袋上的八个红字一下子就印在了他的心上，八个字是江山村村民委员会。于主任说这笔款子刘老师出了一半，另一半是村里出的，属于奖励，不用还。于主任说根据刘老师建议，村里定了个新规矩，今后谁家孩子考上大学，村里出一半学费。他接过档案袋的那一刻心里热流滚滚，说感谢刘老师，感谢于主任，感谢乡亲们。于主任说你别感谢这个感谢那个，等有了出息别忘老家就行。刘老师说衣锦还乡、回报父老是历代士子求学的抱负，有了能力回馈老家是常理。他说自己考上的不是北大清华，不会有啥大出息。刘老师说真要考上北大清华说不定就回不来了，你考上省城的大学，留在本省工作的可能性比较大。刘老师和于主任送学费这一幕他一直记在心里。

  他还是民政厅一个普通公务员的时候，帮过于主任一个忙，这个忙，让他在老家赢得了好声誉。十年前一个春天，于主任肺部长了个肿瘤，需要到省医院手术，省医院床位吃紧，住院要排队，正常排队至少在半个月以上，而肿瘤不等人，一天一个变化。于主任家人找到他，希望他帮忙想想办法。事也凑巧，他大学一个同学的母亲在省医院当护理部主任，很快把这件事给办了。于主任手术成功，向他表示感谢，他说这是小事一桩，没什么，于主任说救命可不是小事。秋后，于主任提着一袋粉条来省城感谢他，他注意到白布袋上印着小惠红粉坊五个字，心里暖暖的，就留下粉条，还给于主任两瓶名酒，两瓶名酒比一袋粉条价格要高出许多，于主任说这事不妥，这不成了土豆换酒啦。期间，他问起老家的事，于主任神色有些暗淡，说有点整不明白，一盘好棋稀里糊涂就下输了，八百户的江山村，现在人走了一半，就像棋盘上的棋子，越下越稀。身为民政厅干部，他自然知晓乡村现状，农村总体规模在萎缩，这是城镇化的必然结果。于主任说：我棋艺不到家，但愿接班的大奎能把棋下活，说实话我挺惭愧的，干了二十年村主任，好事没做成，问题倒留了一个。他问什么问题。于主任说就是那个新建的筷子厂呗，当年全民招商，镇里给各村下任务，完不成要挨板子，我就饥不择食招来一个方便筷厂。厂子建成后村民反对声一直不绝，因为加工筷子的桦树大都来自石塘北面那片桦树林，村民担心总有一天，那片林子早晚会被筷子厂给吃掉。于主任的感慨充满悔意，两只肿眼泡里似乎注满了泪水。

  小惠每次给他发微信都很短，短，信息量却蛮大，许多时候要进一步沟通核实。这次也是，老家要没了，这是江山村生死存亡的大事，不能轻描淡写。其实，他总觉得自己欠亏小惠，因为大学四年，一直是小惠在资助他。当年，父亲上小惠家借钱的事小惠并不知情，后来小惠听说了此事，专门找他解释，他说不怪小惠，小惠说你若真不怪我，就接受我每学期给你发的私人助学金。他说不行，我一个男子汉花你钱算怎么回事？小惠说我就是想为你做点事，我们从小一块长大，有份兄妹情谊在，尽管你是山上的树，我是垄沟里的土豆，你做栋梁，我做粉条，这不影响想帮你的心。他有些不好意思，就答应了小惠。小惠不忘替她爹说情，说我爹让你找我拿钱没啥恶意，在他心里你早就是他的女婿了，没办法，老人想问题有时候简单，他不知道鱼一旦跳过龙门，南甸子里的小泡子就养不住了。小惠这样说，他有些动感情，说你这么帮我，不知该怎样回报你。小惠说不是每个女孩子做事都是要回报的，不是有心甘情愿这个词吗？你以后记住老家还有个开粉坊的小惠就行。

回家躺在床上，他毫无睡意，脑子里仍在想老家的历历往事。

二

老家是个会在记忆中发酵的地方。离开老家，有了审美距离，他不止一次梳理老家的山山水水，每次梳理，都会坚定一个观点，老家是个山水林田湖草沙样样不缺的古村，用刘老师的话讲，江山村五行相生，是块难得的宝地。

作为民政厅的干部，他去过全省数不清的乡村，一一比较后，江山村总是鹤立鸡群般突出。参加工作头一年，他给当地《生活报》投稿，他用一周时间写就一篇充满感情的散文，用细腻的笔法书写了家乡的自然之美。稿子投出后，一位叫叶子的女编辑给他打来电话，叶子声音很甜，问他：江山村真如你写的那么美吗？怎么山水林田湖草沙七大美景都汇集到了一个地方，有道是谁不说俺家乡好，你是不是过度美化了老家？要知道，媒体不能误导读者，文章发出来万一有人按图索骥去游览美景却找不到，我们会挨骂的。他解释说文章百分之百写实，没有虚夸，不信我可以带您去看看。

这篇名叫《江山记》的散文发表出来反响果然不错，被好几个报刊做了转载。叶子由此成了他的朋友，后来又成了他的妻子。婚后每每说起这段经历，两人都认为是美丽的江山村成就了这份姻缘。

《江山记》虽然有些稚嫩，但因情感真挚，十几年后再读，仍然可圈可点。文章分为三部分，每部分都没用尽笔墨，让人感觉文字后面还有文字。

江山村得此名字皆因有江有山，江是白龙江，山是药泉山。白龙江是条被传说神化的江，如果归类的话，它属于嫩江支流，发源于著名的五大连池，蜿蜒流淌百余里，在造就了六七块大大小小的沼泽后汇入了讷谟尔河。白龙江孕育了著名的"兔尾巴老李"的传说，据说也正因这一传说才有了白龙江的名字。

药泉山是一座神奇的山，山不高，形状却奇特，像个巨大的玉箍立在原野上。药泉山的神奇在于泉，东侧山脚下有两处名曰二龙眼的山泉，清澈甘甜的泉水常年流淌不竭，是村民日常汲水处。药泉山山坳里原本有处药王庙，因为二龙眼泉水洗濯眼部能去眼疾，村民感谢大山的馈赠，因而修了药王庙。药王庙不知毁于何年，后来村里胶东移民渐多，又在药王庙旧址上建起了秃尾巴老李庙，简称老李庙。此庙说是纪念秃尾巴老李，其实更是在固化某种乡愁，山东移民来到北大荒，用这样一座小庙来寄托绵绵不尽的思乡之情。可惜的是老李庙后来也毁弃了，遗址变成了一块平地。二十世纪八十年代中期，不知哪里来了几个穿袈裟的和尚，想筹资在山上建一座钟灵寺，不知什么原因，一直没有建成。

以药泉山为中轴，往西，便是排列有致的江山村。与江南民居不同，东北村庄房屋大都规划整齐，从山顶西望，江山村就是一篇行间距等长等齐的文章，家家户户都有柞木杖子夹起的方形院落，院子里种着各种蔬菜，每家的柴垛都码放在院门旁，呈蘑菇形，这种垛法的好处是防雨，再大的雨水也耽误不了抱干柴烧火做饭。村中的红砖房皆用一种天蓝色的彩钢瓦，让排排房子看上去像兵营一般规矩。村子再往西是个小自然屯，这是闯关东山东老乡聚居的小西屯，它的存在，让江山村整体形状如同一个葫芦。

从药泉山北望，是一片茂密的白桦林，白桦林绵延数十里，像一道绿色的屏障阻挡着南下的北风。这片原始森林得以幸存，得益于森林三面尽是嶙峋的石塘，无路可行，即使采伐了木材也无法运出来。由此看来，想保护原始森林，最好的办法是不在森林中修路，原始森林中的路是地方的政绩，也是动植物脖颈上的绞索，因为有路，人类就会蜂拥而入，动植物的天堂也就遭到了践踏。白桦林是江山村村民采蘑菇、木耳和浆果的好去处，尤其难得的是，森林深处有一条泉水淙淙的飞龙沟，栖息着成群的飞龙。飞龙又叫岁贡鸟，是一种珍贵飞禽，名属上八珍之列。

药泉山东边，白龙江抛出一个大湾，形成了近千亩的稻田，因为是火山台地，厚度约尺半的腐殖土层下有一层坚硬的火山岩，岩下布满四通八达的地下河。挥镰收割的季节，会听到地下有哗哗的流水声，稻田由此得名响水稻，与著名的响水大米齐名。千亩稻田是江山村八百户人家的口粮田，面积虽不大，但产量不低，米价也好。稻田再往东，便是一块叫欢欣岭的坡地，村民在这里种植土豆。江山村的土豆皆为红皮，淀粉含量高，适合漏粉，因此成就了著名的小惠红粉坊。六七月份，白色和紫色的土豆花开满欢欣岭，让欢欣岭披上盛装一样迷人。很多人没有在意过土豆花，其实，土豆花自成花束，是一种非常优雅的五瓣花，橘黄色的花蕊结结实实，拱卫着一株绿色的花萼，内敛而不张扬，朴实而亲切。（他在写到土豆花时，不自觉就想到了小惠，的确，小惠就是常开在他心里的一朵土豆花）在连片的土豆花丛里，有一处长满青草的坟茔格外引人注目，那是妇孺皆知的梅公墓。

翻过欢欣岭，是一个宁静的湖泊，湖水呈海蓝色，因常有丹顶鹤栖息，当地人称之为鹤鸣湖。鹤鸣湖中生长一种叫嚼嘴岛子的白鱼，镰刀型，细鳞，肉质鲜美，是美食家的最爱。鹤鸣湖湖底无沙，皆是一种类似于紫砂的火山泥，泥软而不黏，踩上去特别柔滑，泥中生长着一种大型河蚌，个个都有两三斤，但少有人采食，适合养殖北珠。

药泉山的南面有一片水草丰茂的湿地，村民称之为南甸子，南甸子是白龙江的杰作，江水流到此处，地势变得平缓，河床放低姿态，将清澈的河水分发出去，形成了数不清的池塘，当地叫这种池塘为泡子。南甸子每个泡子里都有花样繁多的淡水鱼，以鲫瓜子、湖罗子、柳根儿、老头鱼和鲶鱼居多。因为鱼多，便引来了长脖老等、苍鹭等大型水禽，偶尔也有天鹅栖息。奇怪的是大雁不在这里停留，大雁落脚多在无水的草地和林地边缘，当地人的说法是大雁义气，不与水禽争领地。水泡子四周长满蓝色的鸢尾花，五月，一簇簇鸢尾花像蓝色的火焰在岸边燃烧，烧得鱼儿争相在水中跳跃，成为难得一见的景观。此时，正是野鸭孵蛋的季节，这欢快的鱼儿自然为野鸭提供了繁育需要的美食。泡子之间相对凸起的地方，则长满高低错落的山丁子树。山丁子又叫野棠棣，春天，一树树白花戴云披雪，让人想起最美人间四月天的诗句；秋天，满树红盈盈的山丁子如串串朱玉，又像满枝玛瑙，映衬在池塘中，让一幅幅倒影成了美图。

　　湿地的东南角，是白龙江与讷谟尔河的交汇处，当地人称之为连河口。连河口水色鸭绿，总是漩涡裹着漩涡，看上去有些吓人，有喜欢编故事的人便杜撰出连河口下面有水猴子之说，渡河的人总是绕过这里。其实，谁也没有看到水猴子什么模样，倒是河中水草总是疯长，湍急的河水冲来，成缕的草绕成了辫子，在水中若明若暗地上下左右摆动，好像猴子在水里张牙舞爪。不过，连河口确实出过人命，村里一个叫丁锁的小伙子与人打赌就淹死在这里。丁锁和几个伙伴在连河口钓鱼，不知怎么就捞起了水猴子，钓鱼的伙伴说离河远点甩钩，别让水猴子给拖下水去。丁锁以胆大出名，满不在乎地说哪里有什么水猴子，都是自己吓唬自己。伙伴说你不怕你敢下去吗？丁锁说有啥不敢？我一个猛子就能扎到河对面，去对面的白沙滩上晒太阳。伙伴说你要是敢扎猛子，我今天钓的鱼都归你。丁锁二话没说，脱掉衣服一个鱼跃就扎了下去。丁锁水性好，常在鹤鸣湖里摸河蚌，但这次扎下去就没上来，慌了神的伙伴们找来船和网，费了两个多钟头才把他打捞上来，但七窍灌满泥沙的丁锁已经没救了。丁锁淹死后，连河口越发令人望而却步，连钓鱼的人也很少来了。两河相交，冲积出一片耀眼的白沙滩，离水近的河沙细而匀，色泽白亮；离水远的沙滩，皆为鹅卵石，运气好的话，能从中拾到玛瑙。白沙滩人迹罕至，是水禽的栖息地。

　　他这篇《江山记》发表后在江山村不见回应，因为村民没人订阅《生活报》，这让他很失望，原本想为家乡张目立传，没想到一篇美文打了水漂，连最有理由激动的小惠都没有点赞。令他有了意外收获的是叶子。叶子这个梳着齐耳短发的女记者，对新鲜事物有种与生俱来的好奇。文章发表后叶子两次约他见面，深度了解江山村，一来二去两人就擦出了火花。参加工作第二年，两人正式确定了恋爱关系。遗憾的是，因为工作忙，叶子只在冬天随他回过一趟老家，而冬季的江山村因为大雪覆盖，《江山记》里的景色大都化石一样凝固起来。叶子那次去江山村把脚冻伤了，虽不严重，却又疼又痒了好长时间。叶子半开玩笑半抱怨说，看来诗与远方只存在于文人的笔下，你把江山村写得那么美，看过后也不过如此。他说江山村四季各有特点，最美的是夏天和秋天，夏天的鹤鸣湖和南甸子宛若仙境，鸟语花香让人不想离开；秋季的飞龙沟最美，白桦树的叶子会变换颜色，由草绿，到鹅黄，再到金黄，最后变成赭红，你要是喜欢摄影，就要找准时间再去。叶子说，你别唬我，鹤鸣湖我不敢说，南甸子夏天瞎蒙、蚊子、小咬一定少不了，去一趟能带回一身包，比冻伤还难受。他没有反驳，叶子说得没错，南甸子虽然鸢飞鱼跃，但瞎蒙小咬确实厉害。上小学时他和小惠去南甸子捡野鸭蛋，野鸭蛋是捡了一篓子，但脸上、脖子上被蚊子小咬叮的红包并不比野鸭蛋少。

他将小惠的微信告诉了叶子，叶子说那两道题确实应该解开，要不总觉得是个事儿。夜晚，他辗转反侧，眼睛像喝了咖啡一般亮，心里一直在想小惠那句话，老家快没了。他对自己说，老家怎么能没呢？老家是一个人压箱底的尊严呀。

三

高一那年中秋节的月亮忽明忽暗，他从双泉中学放假回来，吃过饭就跑去看刘老师，他要告诉刘老师他选择自学文科。进入高中后，双泉中学数理化任课老师教学有些吃力，毕竟是农村中学，师资力量相对薄弱，尽管老师很用力，但教学质量不是凭热情就能上去的。他选择自学了文科，这是个没有办法的选择，因为文科可以自学，理科却离不开辅导。这个选择要向刘老师做解释，因为刘老师一直希望他学理科。刘老师听后沉吟片刻，说学理科靠笨功夫不成，而文科或许勤能补拙，怎么选科有利就怎么选择吧。离开刘老师家他便来找小惠，这个消息也应该让小惠知道，他还有个想法，希望小惠复学，两人一起自学文科。小惠家的院子像个小型打谷场，水泥地上立着一排排木架，木架上挂着晾晒的粉条，远看像染坊一幅幅漂洗的白布。小惠父母去邻村走亲戚，小惠一人在家。他进来时，院子里的大黄狗没有叫，摇着尾巴跑过来嗅他的裤脚。小惠穿一件红线衣，扎着一条月白色的围裙，正站在一个半人高的缸前弯腰揉拌芡粉。漏粉工艺并不复杂，把土豆芡粉调匀，揉成粉团盛入漏勺后一点点拍打，粉条从漏勺里成型出来，漏进开水锅煮好，再到清水里过滤，捞出挂起晾晒即可。他站在身后问：这么晚上了还漏粉？小惠直起腰，回头用臂弯擦了擦额头说：来了子峰，我买了个方粉漏勺，试试怎么样。粉锅旁有长板凳，凳面亮晶晶的，很像他和小惠上学时坐的板凳。

他坐下来，粉锅的雾气弥漫开来，屋里有些朦胧。小惠洗过手，摘下围裙，也在对面的板凳上坐下来。他觉得小惠系着围裙的样子很好看，像国外某幅油画里的人物。

找我有事？小惠问。他点点头：我刚才去找刘老师了，你知道，刘老师教我们的时候，常挂在嘴边的一句话是学好数理化，走遍全天下，可是我选了文科，文科可以自学。小惠说，刘老师知道双泉中学师资不足，不会反对你学文科。他说，文科可以自学，你复学吧小惠，我俩一起学。小惠说，可是，我已经退学了。

可以复学呀，你把职高学籍转到双泉中学，我俩一起自学文科，学文科主要靠记忆。他多么希望小惠也能上学，脑子里浮现出某个古装戏里男女主人公同窗读书的镜头。同窗三载，那将是多么幸福的图景。

小惠莞尔一笑说：职高不能转普高，别瞎想了，对了子峰，我新买了一个方孔漏勺，能漏制带棱角的粉条，现在就漏两碗你尝尝怎样？说完，起身从缸里捧出一小团芡粉放进漏勺，然后将一双长长的木筷子递给他，让他一会儿帮着将开水锅里的粉条挑清水锅里。小惠开始均匀地拍打漏勺，随着不停地拍打，漏勺里的芡粉变成一缕缕粉条漏进热气翻腾的开水锅，在开水中欢快地翻滚。小惠拍打芡粉团的动作非常均匀，小心翼翼，像母亲拍打婴儿的屁股，生怕拍疼了。漏出的粉条呈乳白色，到清水锅里滤过马上就变成了晶莹的水晶状。小惠没有多漏，漏了一小团芡粉便打住了。然后用两只碗盛好粉条去了厨房，不一会儿，两碗拌好的粉条就端了出来。小惠笑着说：就在锅台边吃吧，腚坐锅台手把瓢，这是当主人的感觉。

方粉很好吃，他有生以来头一次吃这么入口爽滑的粉条，拌料中加了少许明油和清酱、葱蒜细末，还有黄瓜丝和红椒丝，可谓色香味俱佳。他顾不得吃相，三口两口就把一碗热拌方粉给吃了下去。小惠把另一碗推过来：好事成双，再吃一碗。他脸红了，说已经吃饱了。小惠说就算替我吃一碗吧。他点点头又吃了一碗，感觉肚子明显鼓了起来。

小惠说书我是不念了，念也白搭，高中都考不上还能考上大学？你好好念，替我圆个大学梦。他有些失望，同窗共读的浪漫不会出现了。

别有啥负担，考不上大不了回来种土豆，你种土豆，我漏粉条，咱俩一起开红粉坊也不差啥，我想好了，过两天给粉坊起个名字，就叫小惠红粉坊。小惠是个幽默的女孩子，平时总是笑哈哈的，同学都称她为活宝。

吃了方粉觉得有点口渴，他起身到水缸旁想舀瓢水喝，刚端起水瓢就被小惠一把夺了过去。吃粉条不要喝凉水，喝了凉水粉条在你肚子里会变成柳条，小惠说完，拿来暖瓶给他倒了一碗热水。他接过碗，水太热，一时无法喝，就把碗先放在板凳上，两手按着膝盖看着热气腾腾的粉锅出神。

怎么犯傻啦？小惠问。

他腼腆地笑了笑，道：我在想，江山村的土豆怎么是红皮的呢？学校食堂吃的都是黄皮土豆，一点也不好吃。

小慧说，是梅公让黄土豆变成了红土豆，小时候听爷爷说梅公会变戏法，往白龙江里倒一桶水，满江就有了活蹦乱跳的蝲蛄虾。

梅公这个名字并不陌生，江山村无人不知梅公的故事。梅公叫梅立范，山东邹城人，1958年从北京一所农学院下放到江山村。下放在当时是个常用词，一般是指那些从城市来农村参加生产劳动的人。据说梅公喜欢穿黑色中山装，戴灰色鸭舌帽，性格孤僻，不善言辞，一个人住在村子西南角一处旧马架子里。梅公是农作物种子专家，懂中医，喜欢动物，他不仅改良了当地的水稻和土豆，还用银针治好了许多人的风湿病。梅公这个名字是于主任的父亲于有全起的，于有全说下放的梅先生对江山村有大恩，先生来江山村前，当地的土豆和稻米不出名，是先生实验出了新品种，让江山村的红皮土豆和响水稻成为香饽饽，有德之人，可以称公，以后村里不分大人小孩，都叫先生梅公，就这样，梅公的名字叫开了。刘老师曾对学生们说，梅公对江山村的贡献怎么夸都不为过。梅公做事低调，当地有过年杀年猪的习俗，谁家杀年猪请吃猪肉他总是婉拒，但村民谁家有红白喜事他却不忘去随一份分子。梅公养了一条黑狗，不出工的时候就领着黑狗，翻过崎岖难走的石塘到白桦林里去转悠，对白桦林里的动植物做调查。下放的第八个年头秋天，梅公不幸离世，村民都十分惋惜，那些被他治好病的村民甚至为他披麻戴孝，以谢大恩。关于梅公离世的原因众口不一，老支书于有才生前说梅公去南甸子打苫房草，不幸误入漂筏落水遇难；另一种说法是梅公去讷谟尔河对岸某村见一位下放的同事，过河时不幸溺水身亡；第三种说法是梅公那条形影不离的黑狗掉进了连河口，梅公下河救狗，结果人与狗双双遇难。梅公去世后，当时江山村主事的江山四老商议决定，将其葬在地势稍高的欢欣岭，这就是后来的梅公墓。几十年过去，土豆地里那个绿色的坟头不但没有湮没，反倒一年年在长高，因为每年秋天村民起土豆的时候，都会过来给梅公墓培土上坟。梅公墓没有立碑，坟丘上长满苣荬菜。

想到梅公墓，他忽然回忆起小时候发生的一件事，他问小惠：还记得梅公墓上那棵红菇娘吗？小惠说：当然，我是记仇的。他讪讪地说：我向你道歉，那时太小不懂事。小惠嗔怪道：三岁看老，你小时候就坏。他笑了，知道小惠说的不是真话。

记忆是有选择的，尤其小时候，许多轰轰烈烈的大事视而不见，一件微不足道的小事却会铭记在心。红菇娘一事再简单不过，就是孩子间一次争执，但两人谁都没有忘。那年秋天，他俩随大人到土豆地起土豆。小惠看到梅公墓上有两个红盈盈的果子，就问他那是不是刺玫果，刺玫果是能吃的，甜酸可口。他说刺玫果都长在地头，地中间不会有。两人牵着手一起跑过去看究竟。到了墓前才发现这是一株红菇娘，红菇娘很纤细，叶子已经凋落，枝头上就剩下孤零零两个菇娘。他上去要摘，却被小惠一把拉住。小惠说留着吧，坟头上的红菇娘，摘了也不能吃。他说怕啥？摘下来玩呗。他想挣脱小惠的手，用力一甩，却把小惠甩倒了，土豆地新翻的湿土弄脏了小惠的蓝裤子，小惠坐在地上抹起眼泪来。他擎着折断的菇娘秧递过来，想安抚一下哭鼻子的小惠，没想到小惠起来捂着脸跑开了。后来一连三天上学小惠不和他说话，还用铅笔在课桌上画了一道不能越过的分界线。刘老师发现了问题，把两人叫到办公室，问明了情况后刘老师说，子峰啊，坟头上的红菇娘确实不该折，菇娘已经成熟，如果不折，来年坟头上生长的就不是苣荬菜而是成片的红菇娘。刘老师的话让他内疚了很久，每每想起这件事，总觉得是自己毁掉了梅公墓上成片的红菇娘。说来奇怪，折断了那株菇娘后，再没见到梅公墓上长红菇娘。

这件事你要记一辈子么？他问。

小惠笑了：不是记这件事，是记你一辈子的坏。哎，对了，将来你准备考什么大学？

我想考师范院校，你知道，我家里条件不好，师范院校有助学金。

小惠眼睛看着脚尖说，考上后肯定回不来了，大学毕业生最低也要留在县城，不可能回乡下，江山村再好也是乡下。

能不能考上还是个未知数，干吗想那么远。他也看着脚尖说。

希望你考上，小惠抬起头说，我每天漏粉的时候，看到漏出的粉条猜我想到了啥？想到了你写的作文，文笔流畅，带劲！说实话，你没有大昆魁梧，也没有大昆模样英俊，但作文写得好，女孩子都喜欢会作文的秀才。

别拿大昆和我比，我俩不是一路人。能听出来，他话里带着点醋意。大昆叫袁昆，是他和小惠的同学，大昆也考上了高中，与他同在双泉中学。他看不惯大昆总向小惠献殷勤那副样子。小惠笑了，小声道：我不喜欢大昆那种高头大马的人，像学体育的，但你得承认，大昆确实比你好看。

我知道你不喜欢他。

你咋知道？小惠面露疑惑。

初三上学期，一次上学路上遇到卖冰棍的，大昆给你买了一根，你皱着眉头没有吃，直到手里的冰棍化掉。

哦，是有这么回事，大昆买冰棍不该只给我买，还有几个同学眼巴巴看着，我一个人这冰棍怎么吃得下去？

所以我看出来了，你根本不在意他。

小惠有些腼腆地笑了，歪着头对他说：你和大昆谁能考上大学呢？

他没有回答，这是三年后的事，说能，有大话之嫌；说不能，又有些缺乏信心，便笼统地回答道：难说，就看谁命好了。

离开小惠家时，月光倾泻下来，明晃晃的，一排排粉条像镀了银光，将院子映衬得白昼一般。小惠出来送他，大黄狗摇着尾巴跑过来，在他的裤腿处嗅着，院子四周的木杖子有些暗，吞噬了不少难得的月光。走在两排粉条之间，空隙变得狭窄，像走在高粱地里一样。小惠停下脚步道：把心思都用在学习上，别想三想四。他点点头，小惠离他很近，他嗅到了一股粉条的甜香。白色的粉条如同幕布，将小惠的红线衣衬得鸡冠花一样夺目，红线衣完美地勾勒出小惠的身材，他想，如果写作文，该怎样形容此时的小惠呢？他猛然想到了饱满一词，小惠给人的感觉就是饱满，像刚才轻轻拍打的芡粉团。他忽然觉得自己有些瞎想,身体开始燥热,心里咚咚直跳,有一种缺氧的感觉。他说你回吧小惠,我走了。说完加快脚步,走出晾粉区,一出大门,碰到了走亲戚归来小惠的父母,他讪讪地打了个招呼,做贼一样溜了。

四

他记得自己还是副处长时,村主任老于来省城找过他。于主任当年有恩于他,自然不能慢待,他和叶子请于主任吃火锅,点了省城最好的小麦啤酒。于主任说:子峰啊,我这次来是有事求你,你一定给想个法子。他问什么事,于主任说了两件事,这便是小惠微信里说的那两道难题。

原来,于主任因为年龄和健康问题,下届将不再担任村主任,离任前他有两个心愿,一个是弄清梅公死亡真实经过,好让刘老师给梅公写传;另一个是把梅公墓迁到药泉山上,然后在墓前建一座梅公祠,这两件事其实是一件事,但问题是两个,于主任和刘老师商量过这两件事,也是刘老师的主意。于主任说现在的问题是建祠一事批不下来。

他和叶子对视了一眼,想不通于主任为什么突发奇想做这两件事。于主任显然看出了两人的疑惑,放下迟迟没有夹菜的筷子说:我不是没事找事,实底交给你们,我和刘老师就是为了给老爷子一个交代。

他知道老爷子就是江山村第一任支书于有全,响当当的江山四老之首,当年村里说一不二的人物。于主任接着说:老爷子在世时亲口交代我,一定要看好梅公墓,墓顶不能塌,荆棘要砍掉。民间有说法,坟顶塌陷、生长荆棘都对后人不利,梅公去世这么多年,没见后人扫墓,说不定梅公根本就没有后人,江山村人理应担起梅公后人的责任。老爷子还有话,墓在人在,大仁不死,江山村三百年没出过一个像模像样的人物,老天给派来一个,这是江山村的造化。

叶子插话问:江山村几代人都不忘梅公,原因何在呢?

于主任说,梅公改良种子,治病救人这些事我不说了,但就梅公对动物的保护,就值得后人称赞。白桦林里的飞龙沟有飞龙,村民进去打飞龙是常事,梅公发现了这个问题,向江山四老提出建议,大意是保护飞龙沟,因为能用龙来命名的鸟一定是吉鸟,地位非同一般,吉鸟在此,江山村才能称得上物华天宝，人杰地灵；吉鸟不在，说明江山村气数将尽，不宜久居，因此要保护好飞龙，不能为了口腹之欲而滥杀。老爷子听信了梅公建议，在村里立下规矩，村民捕猎飞龙须经四老同意，擅自进沟盗猎抓住一律严惩，轻者罚出义工，重则游街示众。

叶子感叹说梅公认识够超前的，称其为公，名副其实。

保护飞龙只是一个例子，梅公还凭一己之力，挽救了在当地面临灭绝的蝲蛄虾。白龙江里原本没有蝲蛄虾，是梅公从沿河引进来的。沿河有条叫鸡爪沟的山间小溪，小溪里生长着红色的蝲蛄虾，这种虾对水质要求特高，稍稍污染一点就不能存活，这种小东西成了水质的晴雨表。梅公听说鸡爪沟上游要开发钼矿，变得忧心忡忡，老爷子问怎么了，梅公向老爷子说了自己的担心。然后说想借一辆马车，带着抄罗子去鸡爪沟抓蝲蛄虾。老爷子让袁子厚赶车去办这件事，两人一连抓了三天，大概有七八水桶，回来通通倒入白龙江放生。老爷子问放生这些蝲蛄有啥用处。梅公说世上许多事有用没用都是辩证的，没用就是有用，他不想看到蝲蛄虾在当地灭绝。几十年后，白龙江丰富的蝲蛄虾资源给沿岸带来了好处，当南方小龙虾火起来的时候，当地的蝲蛄虾也水涨船高受到热捧。

叶子说：就凭于主任说的这两点，梅公墓不仅该重建，而且要建得像模像样。

他问：建祠是老爷子的要求？于主任摇摇头，说老爷子没提这事，迁墓建祠是他的主意，于主任说自己的想法得到了其他几个村委的支持，大家都觉得迁墓建祠是件有意义的事。村里做了分工，资金由村级积累出，选址、立传由刘老师负责，祠址已经选在药泉山山坳。现在就差我前头说的两件事，刘老师说不能糊涂庙糊涂神，梅公溺亡经过不清，无法立传；再就是手续问题，建梅公祠手续镇上不批，根本不上报。

叶子说：相比较而言，审批手续简单，努努力可以办，而查明梅公死因有难度，结论一定要经得起时间考验，传说不能当史实。

他问：难道梅公去南甸子打苦房草溺水而死的说法有误？江山四老是事件的亲历者，他们应该知道详情，老爷子就没和你透露一点线索？

老爷子可不是满嘴跑火车的人，参加抗联时是交通员，嘴像没开封的罐头一样严实，老爷子最欣赏《红灯记》鸠山那句台词：一个共产党员藏的东西，一万个人也找不到。于主任做了一个夸张的表情，络腮胡子几乎要炸起来。他和叶子都笑了，于主任从来不乏幽默，下棋时谁要是在一边乱支招，于主任会拐弯抹角怼回去，让支招者不敢再多嘴。

于主任接着说：一个八百户的大村，人要想聚堆儿，总得有个拴心的地场，过去有药王庙、老李庙，现在连十月初一送寒衣的地方都没有，这怎么行？说实话建梅公祠还有这么一层考虑。于主任的说法得到了叶子的肯定，叶子说古人建邑必建祠，这不是迷信，是慎终追远，和现在很多地方建有烈士陵园、纪念碑是一个道理，目的在于缅怀贤德先烈。

紫铜火锅烧开了，炭火很旺，三个人开始吃火锅。他打开一次性方便筷递给于主任，于主任接过筷子，脸上透出一丝痛苦的表情，叶子眼尖，发现了于主任的不悦，问：您不习惯用方便筷？于主任摇摇头说：看到这筷子我就心里添堵，我做了件引狼入室的蠢事，在石塘边建了个一次性筷子厂，唉，那时候全民招商，村里饥不择食就招来一个筷子厂，厂子建成，那片白桦林就遭了殃，盗伐现象怎么也刹不住。

不行就关掉嘛，姜子峰问：筷子厂手续全吗？

请神容易送神难，筷子厂手续齐全，老板叫关志强，背景不一般，因为一次性方便筷能出口创汇，镇里还挺看重呢。

他没再接话，企业手续齐全，还能说什么呢？吃完饭，他和叶子将于主任送到火车站，于主任进站前再次叮嘱：梅公祠的事一定要上心。他答应了。

事情没有想象的那么简单，尽管他和叶子动用了许多关系，建祠一事就是批不下来。于主任打来电话多次催问，弄得他一听到江山村就心惊肉跳。于主任说解两道题就这么难吗？你可是省里的干部。他解释说自己虽在省里工作，却不是什么大干部，也就是棋盘上一个没过河的小卒子。于主任说那就抓紧过河，别老在河这边待着，人一辈子就是从这岸到对岸的过程，过了河才能有出息。让他心里歉疚的是，直到于主任卸任，这河也没过得去，题也没解得开。他感到无颜见江东父老，加之父母已经过世，就不愿意再回老家。于主任离任后，继任者是小惠的堂兄大奎，大奎从于主任手里接过这两道题后接着催，大奎不出面，让小惠隔三岔五发微信，他无计可施，就让小惠去问问刘老师该怎么办。刘老师出了个主意，先给梅公墓立块碑，让十里八乡都知道江山村有个文物级别的墓，然后找个契机从保护文物的角度，将墓和碑从耕地里迁移到山上去。他说立碑当文物对待可以，但切切不可定级，一定级就更迁不走了。大奎听话，按他的意见来操办，出资买了块芝麻灰碑石，雇石匠雕刻出来，给梅公墓立了一通宽六十公分、高两米、带碑首和碑座的墓碑。碑首是两龙相盘，龙头相聚，共拱一颗宝珠；碑座是花岗岩雕成的赑屃，敦实厚重，憨态古朴。他找了省城一位著名书法家，用馆阁体写了梅公立范之墓六个大字，又用小楷写了刘老师拟好的碑文，让小惠带回了江山村。刘老师写的碑文让叶子赞叹不止，说想不到江山村里有真秀才。墓文如下：

虽有来处，去路不明；马铃薯红袍加身，响水米粒粒晶莹。泽被江山，黔首没齿难忘；孤坟一座，堪称北地青冢。抗拒遗忘，当属人文本分；忠良弘德，方能续写丹青。

立了碑，修祠一事便暂时放下了，多少也让他松了口气。当然，垂垂老矣的于主任不会忘记这两道题，有意无意还会来找小惠和大奎说起此事，于主任知道村里与姜子峰保持联系的只有小惠，与小惠说起此事无非是让小惠传话。已经没有几颗牙的于主任喜欢吃新漏的土豆粉，每次端着一盆新粉离开时都会嘱咐一句：要是看到子峰，告诉他还有两道题未解呢，别忘到脑后去。小惠电话里对他提起此事，他说怎么会忘呢？想忘也忘不掉呀。但他确实为难，两道题看似简单，却没有解题公式可用，建祠涉及宗教政策，没人敢开口子；半个多世纪前的一桩溺水死亡事件，物是人非，尘封已久，一点头绪都没有。

五

还乡的方式有许多种，十年没回，老家还是那个老家吗？他曾设计过多种回老家的方式：工作督查顺路回去，利用小长假和叶子来个自驾游，或者干脆去蹲点搞一次调研，唯独没想到会以一种任职方式回去。

省里要选派一批干部到乡村担任第一书记，机关党委书记宋大姐特意来找他，说你们处一正两副三个处长，十一个人，是名副其实的大处，领导说你们处要出一个。宋大姐还特意嘱咐说这是国家战略，不能讲困难，当然，我们厅有近水楼台的便利，去的村庄可以随便选。他难住了，处里虽然有十一个人，但女同志占了八位，派女同志下去肯定不妥，只能从三位男士中选一个，三位男士除了他这个处长外，副处长老胡已经五十有八，患有严重痔疮，很难坐住椅子；副主任科员小韩身体、年龄倒合适，但家里条件不允许，父母、岳父母都靠他照顾，一对双胞胎儿子在幼儿园需要接送，夫人是教师，上班早去晚归，家里大事小情都靠小韩。他找宋大姐说了难处，问能不能把指标分给别的处室。宋大姐严肃地说，子峰啊，动员会上厅长不是强调了吗，不许讲困难，就是有天大的难题也必须克服，这是政治任务，是组织考验。他浑身激灵了一下，没敢去找厅长，回到处里开会让大家议一议。老胡这个老同志还是很有觉悟的，表态说实在不行我去吧，退休前用最后两年工作时间为大家做点贡献。他从老胡的话里听出了一种易水送别的味道，眼泪差点流下来，老胡痔疮如此严重还想当老将黄忠，这就是担当啊！他摇摇头说：老胡呀，你有这番话就够了，你在处里管业务时间最长，还是在家坐镇好。小韩说那就我下去吧，给我安排个离家近一点的村，我会开车，可以跑通勤。他又摇摇头说：驻村要求与村民同吃同住，再说离省城最近的村也有一百多公里，你能跑也跑不起，来回的汽油钱会花光你的工资，还怎么养家？

处里八位女同志有一位未婚的小郭，是个胆子很大的文学青年，曾经一个人旅行去过西藏，属于户外运动热爱者。她请缨说处长我去吧，如果派我去，就选您的老家江山村，我看过您写的《江山记》，觉得那是个属于诗与远方的好地方，特别令人向往。小郭的话让他心里"咯噔"了一下，去老家驻村，这是一个不错的主意，自己怎么没有想到这一层？处里年龄最大的吴姐说，小郭不能去，到了农村天天和农民打交道，会耽误个人大事。吴姐没有直说找对象的事，但问题明摆着，在农村受社交局限，确实不利于谈恋爱。姜子峰点点头说，小郭热情可以理解，也值得表扬，但处里不能派美女上战场，那样的话我会被人戳破脊梁骨。

晚上，他做了一个梦，梦到江山村变成了一块巨大的漂筏，夕阳像松软的蛋黄躺平在漂筏的边缘，欢欣岭上的土豆花也不再是原有黄紫两色，而是变成了深蓝，那是南甸子鸢尾花的颜色。早晨醒来，他问叶子此梦有何寓意，叶子说应该是担心和忧虑。他表示认同，土豆怕涝，土豆花变成鸢尾花，说明收成堪忧。叶子说你是担心老家会像漂筏一样沉陷，这也说明老家在你心里的位置不一般。他说我若是去老家当两年驻村书记，你是否会支持。叶子知道小惠给他发的微信，点点头说，我也很喜欢江山村，一个三百年岁的古村不该被人从地图上抹去，你去吧，做个悲壮的末任村官。

在媒体工作的叶子消息灵通，她知道当地政府正在轰轰烈烈推进合村并点工作，这个时候姜子峰去担任驻村第一书记，说不定就是该村最后一任村官。叶子的话让他陡然生出一种使命感，自己应该去，去后要想方设法保住江山村，江山村不在，自己就没了老家。

第二天一上班他就去找宋大姐，报名到江山村任职。宋大姐一听顿时睁大了眼睛，惊愕地问：怎么？你去？他点点头说是，已经和爱人商量好了，选择去老家江山村。宋大姐摇摇头道，下去任职的少有正职，你走了处里工作咋办？他说老胡可以把工作顶起来，两年后老胡退休，我也回来了，驻村和单位工作两不误。宋大姐说这事我说了不算，得厅长定，你若觉得处里实在派不出人，我就想办法给你调指标。他说我想好了，就我去吧。

他从机关党委出来直接去找厅长。厅长在下面担任过县委书记、地级市的市长，对农村工作有感情，听了他的想法后，厅长抿着嘴朝他竖起大拇指：子峰啊，你做了个正确的选择。他没想到厅长会答应这么痛快，心里不免有一丝失落，按理厅长说几句挽留的话才符合逻辑，厅长直接夸赞就意味着审批通过。厅长从办公桌后站起来，背着手一边踱步一边说：我们国家是个农业大国，不了解农村农业的干部在仕途上走不远，很少有人懂得土地里蕴藏着领导干部的底气，去了不会白去。厅长这么一说，他又觉得心里那丝失落倏然飞走了。厅长的观点没问题，许多领导也表达过类似的观点，事情往往这样，道理谁都懂，但说归说，做归做，真正能落下去的并不多。厅长回到椅子上坐定，看着他问：有什么要求，提！他说确实有两点要求，一个是指定到江山村，别分到其他地方；另一个是如果工作遇到难事，请厅长百忙中给说句话。厅长哈哈大笑起来，道：你个子峰啊，我以为你会要资金、要项目，谁知道你却提了两件毛毛雨的小事，我现在就可以答应你，如果需要协调什么事就来找我，别忘了我在那里当过市长。

离开厅长办公室，姜子峰仿佛刚洗过热水澡，浑身的汗毛孔都在张嘴呼吸，在走廊里他给小惠打了个电话，告诉小惠他要回江山村当书记。小惠误会了，以为他在开玩笑，不冷不热地说：别拿乡下人寻开心，江山村都啥样了你还逗闷子。他小声说这是真的，我刚找厅长汇报，厅长已经同意了。小惠还是不相信，说要是十几年前你这么说我会激动得睡不着觉，现在我已经是徐娘半老，没那么大吸引力。他知道小惠误会了，依然压低了声音说，这事与你我个人无关，哦，不是，也不能说无关，我回老家当书记，也有去解那两道题的意思。小惠说村里有大奎呢，怎么会有两个书记？你别诓我了。他有点急，纠正说：我是驻村第一书记，不取代大奎的位置，说白了是挂职，满打满算两年时间。电话那头沉寂了一会儿，他似乎听到了急促的呼吸声，想问话，对方却把电话挂了。

六

老家三间瓦房仍在，院子里长了些当地人叫黑黝黝的龙葵。事先，他请大奎将闲置多年的老宅收拾了一下，购置了必备的锅碗瓢盆，他将在老宅里住上两年。老宅得以保全并不是他有什么远见，主要是房屋降到白菜价也无人问津，他便干脆留下来，算是个念想。专程来送她的宋大姐里里外外看了老宅一番后说：子峰你给我也暂摸个宅院，退休后我来这里养老，种菜养鸡，远离乌烟瘴气的城市。这当然是玩笑，宋大姐是二级巡视员，副厅级，怎么可能住到农村来。

小惠本来安排了接风家宴，但宋大姐不想给村里添麻烦，坚持要走。小惠给宋大姐带上几袋粉条，说你们单位肯定有食堂，回去尝尝，若是觉得这土豆粉好吃，我可以常年供货。他一听心里笑了，小惠真会做买卖，他们厅将近两百人，食堂采购一些优质土豆粉应该没有问题。宋大姐说这事好办，从支援子峰书记工作角度讲我们食堂也该购买您的土豆粉条，这些粉条回去我就送给食堂。宋大姐走后，小惠对他说，你们厅里的人真好，待人亲。

没有欢迎的人群，也没有令人激动的场景，村民对他这个空降来的第一书记连点好奇心都谈不上，迎接他的只有大奎、小惠和村委会另外两男一女三个委员，三个委员都年过五旬，比大奎年长，他在记忆中翻箱倒柜，却找不到有关这三人的任何蛛丝马迹。三个委员不冷不热，一副公事公办的样子。村委会条件尚可，一栋外墙贴着白瓷砖的独楼，高两层，每层有六扇窗户，门前的花坛里没有植花，长着几丛茁壮的苍耳子，大门两侧还保留着春节时的对联，因为风吹雨打已经褪色；楼前院门外是个小广场，广场打了水泥地面，安有几处铁制健身器材。小楼一楼办理村务，一个二十出头的小姑娘旁若无人盯着电脑屏幕；二楼是办公室和党群活动中心。上到二楼，可见满墙红彤彤的墙报，内容五花八门，有村务公开的，有护林防火的，有治安综合治理的，还有妇女、共青团的。让他感兴趣的是村里也有河长、湖长，河是白龙江，湖是鹤鸣湖，两个职务都由大奎兼任。他想，还应该安排一个甸长，南甸子的管理也需要落实责任。

　　大奎对他的到来没什么忌惮，镇里很多村都派了第一书记，第一书记来自省市县三级，都是有公职身份的干部，期满后就会走人，没有谁会留在村里抢村官的交椅。大奎人憨厚，是个守成型村官，小惠说大奎的优点是听喝，镇里怎么说大奎怎么干，绝对不会走样。他的到来对大奎来说是个难得的解脱，至少这两年可以少操心。他和大奎第一次交流就觉得大奎精神头不够，有种淤积成病的悲观情绪。大奎说江山村就像下坡雪地上一挂松套的爬犁，这些年一直往下出溜，想拉也拉不住。他说江山村不缺资源，也不贫困，怎么就提不起精神来呢。大奎说归根结底是人稀了，进城的进城，南迁的南迁，这些年别提人了，连燕子都不来村里筑巢了，更可怕的是鹤鸣湖里的丹顶鹤也不见了，南甸子过去乌泱泱的老头鱼、柳根鱼现在用旋网也打不上几条，整个没戏了。他问原因，大奎说是过度使用农药的结果，雨水把地里的残留农药冲到了湖里和南甸子里导致了这种情况。

　　他隐隐觉得村里面临的问题比预料的要多，问大奎怎样才能让村里人打起精神来。大奎说人心散了，咋整也不行。这句话让他明白了自己该从哪里入手工作，当务之急不是解那两道题，而是收拾人心，而收拾人心关键是保住村子，皮之不存毛将焉附，一个将要搬迁的村子，人心能不散吗？他让大奎陪他到村里走走。昔日八百户的大村，只剩下百十户还在居住。大多数院落门上都挂了锁，铁锁锈迹斑斑，院子应该许久没有住人。因为是老村，年头久远的民居不少，有许多被称为"海青房"的老宅，这是一种具有满族特色的民居，房屋起脊，三五间连为一体，窗分上下两层，开窗时用木棍支撑，屋内是南北对面两面大炕，烟囱远离主屋，有烟道与火炕相通。他清晰地记得小时候冬天在火炕上烤火盆的情景，从灶坑里将火炭撮满火盆，家人围坐周边，将红皮土豆埋入盆中，一边烤火，一边等待土豆烤熟时散发出来的香气，这样闷熟的土豆又甜又面，格外好吃。走到一个有沙果树的院子前，他停下脚步问大奎：这是老许家吧，老许家的大儿子许黎明和我是同学，上学时总缠着我讲故事。大奎点点头，说老许家去山东东营了，他家的十五亩地由村里代耕。走到一口水井旁，他发现紧挨着水井的一户人家大门敞开着，就问这是不是老袁家。大奎说是，袁家的小儿子袁昆是你高中同学，现在是咱们镇长，江山村合并计划就是他提出来的。他站在井台上，脑子却在过电影，袁昆的模样太熟悉不过了，这小子天生一副好体格，头发像钢丝一样硬，学校运动会上获了两次铅球冠军。袁昆很走运，高考失利后，税务部门在落选考生中选录了一些人，袁昆得以进入体制。袁昆的爷爷是江山四老中的袁子厚，人民公社时期曾担任过治保主任，也是江山村有头有脸的人物。他问袁家谁还在这里住，大奎说一个来自拜泉的人家租了院子养木耳，袁家人都进城了。他心里动了一下。整个村子走下来，他发现有点不对劲儿，村里看不到一只鸡鸭鹅狗，村路上静得有些恐怖，问原因，大奎说镇上对家畜饲养管理十分严格，散放散养抓住要罚款。他哦了一声，没有言语。

　　走遍整个村落，让他遗憾的是小西屯的人几乎走空了，这个都讲山东话的第六生产队成了一个空壳。唯一感到欣慰的是小惠的红粉坊开得还好，小惠买下左邻右舍两处院子，建了一个大型土豆窖，适度扩大了生产规模，还雇有几个工人。小惠的粉条都是一斤的小包装，有固定的小贩来进货，生意较为平稳。欢欣岭的红皮土豆能一直种下去，得益于小惠红粉坊，村民起获土豆后除了自用，都卖到了小惠红粉坊，村民开着胶轮车往红粉坊送土豆的情景是江山村平时少见的热闹场面。大奎说小惠也不容易，在机器加工效率极高的情况下，她坚持手工漏粉，劝她改用机器，她说机压面条永远没有手擀面好吃，手工漏粉是小惠红粉坊的招牌，不能改。红粉坊的土豆粉条不愁销，镇政府外出招商送礼从来少不了两样东西，就是红粉坊的粉条和江山村的响水米，可惜的是响水稻精加工不在村里，而是在七十公里外的北安。

　　回到老家，自然要去拜访刘老师。大奎说刘老师腿脚不好，尽管走路不便，但还是经常拄着手杖满屯子转悠，大奎说刘老师在写一部江山村历史和"江山四老"的书，但写作速度慢得离谱，写了几十年也没写出来。他想，或许刘老师根本就没有动笔，写书只是他心底不断发酵的一个念头而已。刘老师院子里有棵老榆树，树下摆着一把藤椅，天气好的时候，刘老师喜欢坐在藤椅上晒太阳。其实，刘老师是有条件到县城养老的，他儿子已经是县工商银行行长了，将父母安顿在县城有集中供热的楼房居住不是难事。但刘老师不走，理由就一个：自己要在江山村写书。刘老师坐在老榆树下听收音机，阳光透过老榆树的枝叶照到他灰色的居家服上，看上去像某种迷彩。他上前打招呼，拴着绳索的小花狗朝他摇着尾巴，却不叫，但目光充满警惕。

打过招呼后，他在藤椅旁的小马扎上坐下，和老师靠得很近。刘老师说，小惠说你要回来，回来好，回来好呀。

回到生我养我的地方做点事是当年您的嘱托，子峰不敢忘记。他握住刘老师的手说。小惠说你是回来解题的，题当然要解，但还有比解题更大的事，就是保住江山村，保住你的老家。刘老师头脑清楚，说话有板有眼。

他点点头，老师就是老师，与弟子想法不谋而合。他问刘老师村史和江山四老的书进展怎样，是不是需要找些资料。刘老师说资料攒了不少，江山四老的故事也基本理清。他让刘老师讲讲江山四老的故事，说自己过去听到的都是些片段，不完整。

刘老师也乐意讲述这些故事，有枝有蔓地讲述了江山四老的故事。

四老中的老大叫于有全，读过两年私塾，年轻时在朝阳山抗联部队当交通员，是见识过枪林弹雨的人。于有全觉得天底下最好的地方就是江山村，东北光复后他选择了回村务农，理由很明确，外面哪里也没江山村好，豺狼赶跑了，回家最安逸。如果于有全选择留在部队，老年就会享受离休待遇，有人与他说起此事，于有全说那不一定，要是不回村，说不定就牺牲在战场上了呢，那些留在部队的战友，都是九死一生。因为有部队经历，从土改到合作化、再到人民公社，于有全一直在村里当支书，一直当到离世。于有全有主见，敢负责，平时喜欢背着手、板着脸村里村外走。闲下来时他会在大队部看《三国演义》，说话办事常常引用书中人物的话。

小惠的祖父叶兆廷在四老中排行老二，当年在村里当会计兼保管员，腰上总是挂着一大串黄白相间的钥匙，走起路来哗啦啦直响。掌握钥匙多少是权力大小的标志，保管员这个职位很是令人羡慕，集体家底都在保管员手上。叶兆廷保管的不仅是生产资料，还有许多生活物资，比如豆油、煤油和牛马饲料。三年自然灾害的时候，叶兆廷经老爷子同意，常常用麻袋夹着半块豆饼到村西刘大裤裆家串门。知道内情的人说这是替刘乐去尽孝。刘大裤裆的儿子刘乐和叶兆廷一起参军抗美援朝，刘乐是司号员，叶兆廷是连部通信员，两人整天跟在连长腚后，彼此亲如兄弟。战场上两个岗位最危险，一个是旗手，一个是司号员。刘乐在一次部队冲锋时挺身吹号，不幸中弹倒下。叶兆廷把他拽到隐蔽处，刘乐已经不行了，牺牲前刘乐断断续续地说：我爹有风湿病，你替我尽点做儿子的孝心吧。叶兆廷复员后没忘刘乐托付，一直将刘大裤裆照顾到去世。"三反""五反"时，有人揭发叶兆廷拿公家的东西送人情，于有全把责任担了过去，于有全说叶兆廷是受组织委托去照顾烈属的，谁再说三道四就是对烈士的大不敬。

　　治保主任袁子厚在四老中排行老三。袁子厚喜欢打猎，善于下猎套逮狍子野兔，敢独自深入到白桦林人迹罕至处。那个年代白桦林里常有狼群出没，但袁子厚不怕，可见狼也怕狠人。只要袁子厚下套，遛套必然不会走空，袁子厚是江山村走进白桦林次数最多的人。作为治保主任的袁子厚在防盗猎上颇为内行，于有全根据梅公建议严控盗猎后，看管飞龙沟的任务就交给了袁子厚，袁子厚成了飞龙的保护神。袁子厚因为目光敏锐，善于察觉蛛丝马迹，常常被镇公安特派员借去办案，帮助公安破过不少案子，村民私下叫他袁捕快。袁子厚的孙子袁昆十分崇拜自己的爷爷，当了镇长还常带这句口头禅，我爷爷怎么怎么说，有人就问镇长爷爷是谁，这样无意中宣传了江山四老。

　　四老中最小的是刘宝山，人民公社时期的大队长。刘宝山是个干净人，最看不上邋遢鬼，他除了抓各队生产劳动外，其余时间主要抓爱国卫生。江山村房屋院落整齐划一，砂子街面镶了马路牙子，这都是刘宝山常年抓个不停的结果。在他的主张下，江山村开了"两社一堂"，也就是理发社、缝纫社和澡堂子，村民使用几乎免费，只需记几个工分秋后扣除。"两社一堂"条件虽然简陋，却极大方便了村民，江山村社员明显比其他村人干净立整，这要归功于刘宝山。有段时间刘宝山这个爱干净的人自己无法干净了，因为腿病发作而瘫痪，吃喝拉撒都在炕上，对刘宝山来说这是最无法忍受的难堪，一度想撞墙而死。后来，是梅公下了六个月干针，刘宝山才重新下地干净起来。刘宝山懂得感恩，只要在街上见到梅公，总要鞠躬行礼。刘宝山去世时人们发现他连点胡茬都没有，脸收拾得溜光，家人说老人在去世前，自己躺在床上照着镜子用刮脸刀刮了脸，说不能胡子拉碴去见阎王，要给阎王留个好印象，免得被阎王分去干脏活儿。

江山四老有两件事被后人传为美谈。第一件是救了地主于德才的命。于德才是个十分吝啬的地主，在村里口碑极差，总是拖欠长工工钱，但于德才也有长处，他是个有绝活儿的车老板，会甩"绝户鞭"，再难驾驭的马，只要他甩上三鞭子，马就会变得服服帖帖。于德才土改时把家中细软藏在土豆窖里想蒙混过关，结果被一个长工揭发出来。这个长工对于德才有意见原因很简单，就是于德才给他吃的粘豆包里不放糖稀，长工说哪有包豆包不放糖稀的，不放糖稀的红豆馅干巴巴的像豆腐渣。糖稀是甜菜疙瘩熬出来的，用来替代白糖红糖。于德才没理长工，长工便把他藏东西的事给抖了出来。这种情况土改工作队绝对不会允许，必须严惩。当时于有全是村贫协主席，其他三老都是贫协委员，四个人就能决定于德才的生死。于有全开会商议此事，四老都觉得于德才不过是只铁公鸡，没啥血债，还是想办法保住他的性命。大家商量来商量去也想不出个法子，工作组又一直在催。于有全就拍了板，让于德才将功赎罪，由民兵押送到红花尔基军马场去劳动。马场领导是于有才在抗联时的战友，于有才给战友写了封信，介绍了于德才会甩"绝户鞭"的本事，让他为部队义务驯马。这实际是保护了于德才，因为工作组不会去部队要人。送到马场的于德才不仅保住了性命，还被马场吸收为军工，留在马场挣上了工资。

四老做的另一件事是让江山村有了小西屯。那时的山东人多地少，常闹饥荒，来东北的逃荒者甚多。四老中除了刘宝山外，其他三老都是早年闯关东的山东人后裔，于有全的太祖父来自招远，另两位的祖上来自掖县，家谱里都有记载。尽管人隔几代、口音不再，但一提到山东，几个老人还会生出一种天然的亲近感。当时村里从胶东牟平、栖霞等地来了许多人，都是拖家带口，背包罗伞。袁子厚问于有全该怎么办，这些大人孩子个个面黄肌瘦看着可怜。四老在一起商量，于有全决定先把逃荒者分下去，三户管一家，暂时解决吃住问题。然后派人去公社请示。公社干部也正急得团团转，因为其他几个大队也有类似情况。公社的答复是如果没有安置能力，就礼送到有能力安置的地方，说白了就是让逃荒者继续往北走。于有全觉得不妥，对三老说，这些人无非想讨口饭吃，我们的祖辈当年也应该是这种情形，举目无亲、拖家带口，这个时候最需要帮助。啥叫礼送到有能力安置的地方？不就像赶牲口一样把人赶走吗？江山村无论如何不能这么干，咱虽然地不多，但接纳个百八十户不成问题，咱就给这些山东老乡单独编个第六生产队吧。做出决定后，村里出劳力，到南甸子打塔头和苦房草，又在药泉山北坡伐了些杨树，然后全大队一起在村西盖房子，简易塔头房盖好后，一家一栋分下去，江山村从此有了个说胶东话的小西屯。江山村户数鼎盛时期达八百户，小西屯贡献了六分之一人口。值得一提的是，刘老师就是小西屯人，老家在荣成王家村。

从刘老师家回来，姜子峰满脑子都是江山四老在转悠。当夜，他做了个梦，梦中的四老从东南西北四个方向向他走近，个个表情严肃，用冷峻的目光审视着他。他忽悠一下醒了，醒来无法入睡，心里一直在琢磨，四老一起来找自己干什么？怎么感觉像是来上访的呢。

第二天上午他查阅了近几年村里的各种报表，对江山的总体情况有了基本把握，中午他对大奎说：下午把你的电动摩托借我，我去镇上找大昆。大昆就是袁昆，双泉镇镇长。大奎说让小惠派车送你吧，一个省里来的大干部，骑电驴子算怎么回事。他说不要麻烦小惠，你给大昆约一下，就说我下午去拜见他。

七

他没想到袁昆的官威和他魁梧的体格一样大。

一见面，袁昆就说："子峰，你回来应该先来找我，你虽然级别比我高，但县官不如现管，我现在可是你的顶头上司。"话虽是玩笑，但也透出一丝得意。他说："哪里敢怠慢，昨天报到今天就来，到了你的辖区，不敢不拜码头。"袁昆哈哈大笑，说："晚上别走啦，把小惠也接来，我在食堂安排一桌，咱几个喝点。"他知道，上初中时袁昆对小惠就虎视眈眈，同学中甚至传出袁昆是他情敌的说法，现在看来虽是无稽之谈，但大昆对小惠颇有好感却是事实。他摇摇头道：现在公务接待不许喝酒，别搞了。袁昆说：怕啥？自己带酒，食堂加几个菜，又不去酒店，不违规。他想了想，点点头道：那就悉听尊便。

两人坐下，他没有寒暄，直接抛出正题：大昆啊，听说你在推进江山村合并一事？

是啊，全县村庄布局在做调整，江山村与周边三个村要合成一个新村，新村地址在十二里外的青山村。大昆确认了这一消息。

能不能保留江山村不合并？江山村没了，你我就没了老家。姜子峰直话直说。

袁昆烟瘾大，点燃一根烟吸了几口，然后将半截香烟掐灭在烟灰缸里，抬起头说：子峰呀，工作上感情不能代替理智，站位要高一点，发展总要有代价，有时甚至还要交学费，江山村的合并，就像凤凰涅槃，是在毁灭中实现重生，替换的将是一个脱胎换骨的新农村。他吃了一惊，大手大脚的袁昆何时变得懂上了哲学？看来士别三日确实当刮目相看。

这么说江山村难逃一死的命运？

袁昆说：对于江山村来说合并是死，不合并也是死，早晚都会死，现在涅槃重生，至少不会出现负资产，这算是一个机遇期吧。

这是什么逻辑？怎么江山村就非要死？出于礼貌没有反驳，而是建议道：江山村有产业特色，符合省里乡村振兴一村一品的布局要求，理应保留，实在想兼并，也可以以江山村为主体，吸纳另外三个村，把江山村做大做强。

老同学呀，这可不是一个简单并村问题，你还记得喜欢下棋的老于主任吧，他说过一句话让我受用终生，他说人生如同下棋，把握好全局才会赢。乡村工作最忌讳的就是小富即安，因循守旧，一定要有大手笔、大格局，不瞒你说我在下一盘大棋，把江山村整体搬迁，然后以江山村环境优势为依托，招商引资打造一个动漫软件园，那时候，江山村就是东北的蒙特利尔，是创造奇迹的"迷你硅谷"。

饼画得很大，也很圆，万一搬了村庄又招不来商怎么办？谁来买单？他心里这么想，嘴上却说：这个策划是谁做的？招商可行性有多大？

我认识一个来自蒙特利尔的加籍华人，此人派头很大，在蒙特利尔和温哥华都有地产项目，招商不成问题，土地整理后园区由他负责，这个项目县里、市里都关注，有望列入重点项目清单。

软件园占地应该不小，整体搬迁了江山村也空不出多少宅基地来。

你说得对，所以规划把稻田和欢欣岭也划进来了。袁昆说。

什么？基本农田你也敢占？他吃了一惊，占用耕地，县里、市里无权审批，再说要占的可是寸土寸金的响水稻田。

书生气了吧？袁昆朝他笑了笑道，没听说这样一句话吗，想，都是问题；干，全是办法。只要耕地总数不减，调编不成问题，无非多跑几趟而已。

他张大了嘴，大昆的兴高采烈和胸有成竹让他摸不着头绪，难道基层的事情真如大昆所言。他打了冷战，刚才骑摩托出了点汗，被空调一吹，后背有些湿凉。他心里很不解，袁昆的爷爷袁子厚是江山四老之一，如果老人在天有灵，对江山村不在了会作何感受？他望着袁昆那张红彤彤的大脸问：江山村也是你家所在，家弄没了你就一点不心疼？

不是家弄没了，而是以另一种形态存在，树挪死，人挪活，是换了村址再发展。袁昆停顿了一下说：你想过没有子峰，江山村再这么下去，早晚会成名存实亡的空壳村。

可以想办法把人气拢起来呀，江山村发展潜力还是很大的。他眉头微微蹙了蹙，他反感大昆总是把江山村的未来想得毫无出路。

怎么拢也是白费力气，暴雨骤起，独伞难支，依我看你来老家挂职，做做调研，会会熟人，写篇乡村振兴方面的调研报告，两年时间一眨眼就过去了，就别咸吃萝卜淡操心了。袁昆的态度很明确，不要他在第一书记这个职位上想法过多，应该顺应时势。

他把目光投向袁昆办公桌后面的书柜，里面摆着一套塑封的《曾国藩家书》，还有几本名人传记，看来袁昆不是做太平官的人，心里还是想干点事情。他说：大昆呀，对一个村庄的不公，就是对所有村庄的威胁，你这么大刀阔斧地搞合并，让所有的村干部都胆战心惊，因为谁也不敢保证下一步会不会存在。袁昆又哈哈大笑起来，用戏谑的眼光望着他道：我们都学过世界历史，尽管我高考落榜，但学过的知识却没忘，"羊吃人"你还记得吧？这是无法绕过的发展阶段，我们不能在田园牧歌里自我陶醉，因为世界在发展，城市化的推土机所向披靡，无坚不摧，这就是残酷的现实。

他不得不佩服袁昆的表达，刚才这番谈吐语言和气质不比县长差。他忽然有些走神，脑海里身材健硕的大昆仿佛幻化成一块巨大的橡皮，正在粗鲁地擦去乡路、田垄和所有新旧房屋，橡皮所到之处，一片鸡飞狗跳。

你怎么发呆了？大昆问。

他回过神来，不想再争论村庄去留问题，身子微微前倾了一点说：我在想，这次回来有两件事要办，需要你帮忙。

袁昆大方地道：啥事说吧，只要我能办的不成问题。

你肯定能办到，尤其是头一件事，就差你一句话。他说，头一件事是在药泉山上建个梅公祠，规模不大，最多三间房，同时把梅公墓迁到梅公祠去；另一件是搞清楚梅公真实死亡经过，还原历史真相。

袁昆听后用一种陌生的目光打量着他，好一会儿才说：你不是考古工作者，翻动这些陈芝麻烂谷子干啥？据我所知，第一书记没有这项职责，你是想写小说吗？

他摇摇头：这是于主任几年前去省城给我出的两道题，此次回来我想找到答案。因为当时我答应了，不能因为于主任不在了这事就搁置不办。

袁昆说：恕我直言老同学，这两道题你都解不开。先说头一件，动漫软件园规划里包括药泉山，山上准备建一座地标性欧式金属雕塑，想想看，现代雕塑周边摆个中式梅公祠，显然有点不伦不类。第二件事"江山四老"早都有了结论，没有再调查的价值，如果不是溺亡，公安早就立案调查了。袁昆几句话就把门堵上了，他不得不承认，袁昆话虽粗，但不能说没有道理，他知道在基层办事不能硬杠，要慢慢寻找突破口，便故意做出一副任性的样子说：我不管，反正我来江山村是奔着你这个镇长来的，来之前我就和夫人说，咱老家有人，有人好办事，你别让我灰头土脸回去就行。

袁昆摇摇头发道：你高高在上，不知道下面的难处，我这个当镇长的天天脑子里就两个字——指标！指标能压死人，哪有时间解什么题，我劝你也别做这些无用功。应该说袁昆的说法符合实际，他对基层工作有所了解，指标这东西，除却正面作用外，确实有化良币为劣币的副作用，但目标管理是最有用的手段，除此之外也没有更好的办法。

　　袁昆拿出一张全县经济社会发展统计表递给他，他接过快速浏览了一下，双泉镇的指标在全县明显靠后，在双泉镇一栏，他看到了江山村的名字，江山村村民收入在全镇名列第二，生产总值列第三，算是相当不错的村。他知道了，江山村被合并不是经济问题，说穿了是为了给动漫软件园让地方。

　　没有达成共识，两人只能唠些闲嗑。袁昆说还记得一件事，有次在宿舍姜子峰要洗衣服，向同宿舍一个姓沈的同学借肥皂，那位长着一双小眼睛的沈姓同学说，凭啥借给你呀？一句话把他晾在那里，袁昆看不下去，把自己的肥皂递给了他。问他是不是还记得这件事。他说当然记得，那个同学叫沈明占，学习很用功，但成绩上不去。袁昆说：这个沈明占也在镇政府，是临时工，冬季烧锅炉，夏季就在食堂卖菜当火头军，对了，你说晚上吃饭带不带他？他说好呀，都是同学，没有高低贵贱之分。袁昆说那晚上就我们四个，我带一箱玉泉方瓶，大家放开量喝。

　　晚饭前小惠来了，带一辆红色小型客货车。小惠见到袁昆就问啥时候结红粉坊的账，袁昆说不就是欠了点粉条款吗，这么大的镇政府还会赖账？小惠不说了，转头对姜子峰说，晚上把电动摩托放车上，乡路没路灯，酒后骑不得车。他这才明白小惠为什么要带一辆客货车来。

　　镇政府食堂餐具不是很讲究，盘碗都是不锈钢的，几十年也用不坏。四个大号不锈钢盘子里盛着粉条炖鸡、家焖嘁嘴岛子、酱焖老头鱼和大鹅，另外配了几碟小菜。袁昆说子峰在省里什么样的大馆子都吃过，到村镇食堂估计次数不是很多，都是老同学，就将就着吃吧，别挑。他说去农村机会不少，像这样丰盛的晚宴还是第一次。袁昆道：菜不够，酒来凑，玉泉方瓶我备足了，放开喝。食堂没有小酒盅，都是二两一个的口杯。袁昆给每人倒上一杯，端起杯说：子峰是当年双泉中学的高考状元，是全双泉镇的骄傲，因为对家乡有感情，这次回来挂职，我们先喝一杯欢迎酒。说完，和每个人碰了杯，一仰脖干了。诚惶诚恐的沈明占正在左顾右盼，袁昆把手中空杯朝他照了照，嘴里嗯了一声，沈明占马上干了。沈明占穿一身迷彩服，皮肤像秋梨一样又糙又黑，眼睛却滴溜溜转个不停。他发现沈明占端杯的手食指上缠着创可贴，脖子上有根细细的红绳，应该是佩戴了什么挂件。让他惊讶的是小惠很痛快地干了杯中酒，然后稳稳地放好杯子，把袁昆眼前的酒瓶拿到自己跟前，替袁昆斟酒。他和小惠虽然上学时有那么一段感情，但喝酒还是第一次，不知道小惠酒量怎样，酒量这个东西后天锻炼和先天因素大概是三七开，或许是生意需要练就了小惠的酒量。

怎么，子峰有困难吗？袁昆望着他说，农村有句话，叫酒下去工作上去，一杯酒胜过十箩筐话。

他笑了笑，抬手也干了这杯白酒，抿了抿嘴唇道：好酒！

袁昆笑了，说这酒是自己家的家底，不是老同学回乡不会拿出来。

小惠说大昆我提一杯酒吧。袁昆点了点头道：今晚每人提一杯，属于共同科目，然后再单挑。他估算了一下，每人提一杯就是八两，虽说玉泉方瓶属于低度酒，但终归是白酒，看来今晚要超量。

小惠给每人斟满酒，站起身说：喝这杯酒前我要说说我和子峰的事。他愣了一下，瞬间觉得头在变大，小惠这是怎么了？为何要说他俩的事。他不能打断小惠的话，也不知道小惠说什么，只觉得怀里像跳进只松鼠，乱跳乱碰不停。袁昆哈哈笑起来，说小惠这是剧透，我和明占算是偏得了。

小惠说：我以前没机会解释，有些话像一团芡粉堵在心里，今天说出来，就等于芡粉漏成了粉条，心里会舒坦不少。你们知道，当年很多同学都认为我和子峰谈过恋爱，包括大昆也这么看，上初中时就老拿话挤对我，有的同学说我俩的关系像锅烧开的水，就等着下饺子还是面条了，其实这都是瞎猜，我和子峰两家前后院住着，关系确实很好，但彼此从来没有过搞对象的念头，子峰志向远大，心高气傲，不可能找个村姑当老婆，而我一门心思在开粉坊上，也不想进城，因为城里没地方漏粉，所以我俩彼此心如明镜，属于有情无缘那一伙的。子峰这次回来，与我给他出题也许有关也许没关，我心里很清楚，子峰不是为了我才回来的，我们只是好同学、好兄妹、好邻居，再说了，地位不同，见识不一样，凭子峰的条件，想出轨也不会找我这个农村漏粉的半老徐娘，是吧子峰？

这个提问不好回答，说是和不是都不妥，他端起酒杯道：小惠你不就是想劝这杯酒吗？不用说这么多，我喝就是了。

袁昆说：上学时你喜欢子峰这不是秘密，地球人都知道，你俩六年做同桌，同学都说刘老师偏心眼儿呢。

沈明占也大胆地插话说：我虽不是江山村的，但在双泉中学就听说过小惠，说子峰的对象如何如何漂亮，像扮演刘三姐的黄婉秋。

小惠笑了笑说：还有同学说我是大昆的对象呢，可见都是谣传。我要说的话说完了，先声明一下，这可不是此地无银三百两，你们若是听进去了，我们就干一杯。

没有人反对，四个人都干了一个满杯。

袁昆放下酒杯说：小惠，你刚才说给子峰出了题，那两道题是你出的？

我是个传话的，这两道题是已故于主任出的，交代给了大奎，大奎就盯上我了。袁昆摇摇头：你这哪里是给子峰出题，这明明是出给我的嘛，我和子峰说了，这两道都无解。

小惠给每个人斟上酒，坐下来道：大昆呀，话别说死，世上还没有漏不成粉条的土豆，就看漏粉师傅的手艺，子峰现在是省城的大处长，打个比方吧，子峰就像一只蜘蛛，哪根手指脚趾都会连着一条线，那就是关系网，关系网可是万能的。

他噗嗤一声笑了，小惠这个比喻太逗了，自己成了蛛网中央的大蜘蛛。袁昆没有笑，他知道小惠的话不无道理，不能小看了子峰背后的关系，子峰毕竟和县长一个级别。袁昆说：两道题能不能解是一回事，费劲巴力解没有意义的题、做无用功又是一回事，还是要谋定而后动。

他不想在酒桌上讨论这个严肃的话题，朝袁昆点点头说：该我提酒了吧？

袁昆摇摇头，你先等一会儿，让明占提，明占你小子今天是小鱼穿到大串上了，还等什么？袁昆简单介绍了一下沈明占的情况。沈明占前几年当小包工头搞拆迁，出了事故左腿留下残疾，生活陷入困顿，得知袁昆当了镇长，便来求袁昆帮忙找点事做。袁昆安排他冬天给镇政府烧锅炉，夏天在食堂帮工，算是帮他解决了大问题。沈明占对袁昆感激不尽，一举一动都能表现出对镇长的恭敬。

沈明占端起酒杯说：我没啥身份，也不会说话，就说三句话吧，第一句，感谢大昆能赏我一口饭吃；第二句，欢迎子峰回来；第三句，祝小惠红粉坊越办越红火！我先喝为敬了。说完，一仰脖干了满满一个口杯。

轮到他提酒，他觉得酒有点上头，本不想喝满杯，但勤快的小惠却又起身逐个斟满酒。小惠体型变化不大，饱满而标致，刘海上染了一点栗色，没有戴耳环首饰，看上去有种清水芙蓉的感觉。一个女老板，经济条件又好，却不穿金戴银，保持一份难得的朴素，在乡下这样的女性已经很少见了。

他端起杯说：我也学明占只说三句话，第一句话，回到江山村我百感交集，这里储存着我青少年几乎所有的记忆，我爱着江山村，在心里从没远离；第二句话，同学情是天下最真挚的感情，同学在一起，不论职位，不论贫富，大家都是肩膀一边高的寒窗学子；第三句话，我会尽我所能为江山村做点事情，不负两年任职时光。我还要缀上一句，大昆是同学的骄傲，也是江山村的骄傲，过去，有江山四老，今天，有镇长大昆，江山村的明天就靠大昆了。说完，他笑吟吟与每人碰过杯，然后一饮而尽。

接下来就是捉对儿厮杀阶段。袁昆一手擎杯，一手搭在他肩膀上，放低了声音说：我不同意你给梅公迁坟，不光是怕影响动漫软件园的环境，还有一个重要原因，过些日子我再和你说。

四个人相互对饮，他与小惠对饮时，小惠拦住他没让斟满，小惠说别人喝多了回去有人照顾，你若喝多了只有老鼠和蛐蛐作伴。他笑起来，小惠还像当年那样幽默。

这是一次名副其实的大酒，四人都进入了状态，袁昆久经沙场，散席送大家出来时步伐稳健，声音洪亮。沈明占就住镇政府院内的职工宿舍，自己蹒跚着回去了，左腿看上去似乎短了一截。小惠的客货车拉着他和电动摩托驶回江山村。柏油乡路很平，司机开车也稳，两人都坐在后排，他问：酒桌上为啥要说那番话？小惠望着前面的风挡说，芡粉总要漏成粉条的。

乡下夜晚飞虫多，在灯光的诱惑下不时有飞虫撞到风挡上，原本透明的玻璃渐渐有些花，司机只好打开雨刷器刮了刮。两人谁也没有打瞌睡。

八

上任三个月，他做了一件大事，关停了方便筷厂。

在镇里开会时袁昆叫住他，当着大奎的面说，子峰你行啊，头一板斧就见了血，砍掉了我一个纳税大户，你这斧头是啥做的？他笑了笑道：是桃木斧。

在担任副处长时，他以叶子司机身份参加一个饭局，饭局上认识了林业厅的林处长。林处长是牡丹江海林人，饭局的组织者，林处长牵头开展的全省天然林保护专项行动被叶子报道后，省长做了批示，为了表示感谢，他安排了一个小范围饭局来感谢叶子。林处长叫林卫，有点军人做派，他们处的职责就是保护天然林，国家实行严格的天然林保护政策，如何去落实就在他们处。两人很谈得来，彼此留了电话、加了微信。

他到村里任职后，马上就想到了那片正被关志强筷子厂蚕食的白桦林。他亲自去白桦林察看了一天，发现这片原生态白桦林盗伐问题十分严重，不用说，盗伐的木材都流向了石塘边的筷子厂。让他痛心的是，白桦林深处的飞龙沟也遭到了破坏，如果继续破坏下去，这块飞龙栖息地将彻底消失。在飞龙沟，他看到了一棵白桦树上落着七八只飞龙，这应该是一个家族，见到人后，飞龙扑棱棱飞走了。飞龙恋家，他们以家族为单位栖息在山泉溪水边，以各种野生植物的绿芽、种子、果实为食，因为食物洁净，飞龙肉质有种珍奇的松香，这让它成为达官显贵们的美味佳肴。小时候，下雪后他曾跟大人来飞龙沟抓过飞龙，飞龙和鸵鸟似乎都是一个师傅教出来的，发现危险后顾头不顾腚，钻入雪下挡住自己视线就以为别人看不到。捕捉的方法也简单，张开网罩住雪地出口，然后拍打雪地，飞龙从出口飞出便自投罗网。飞龙都是成对生活，一抓就是两只，但村里人抓飞龙十分节制，因为四老立下一个规矩，家里没有大事，不准去飞龙沟打飞龙。这个规矩是梅公提议，被四老采纳并日渐成为村规民约。筷子厂建起后，村规遭到了践踏，盗伐桦树的人会搂草打兔子，趁机盗猎飞龙。

从白桦林回来，他对大奎说：筷子厂必须关掉，这厂子像只可恶的大蚕虫，早晚会把白桦林吃光。大奎说不行啊，筷子厂是镇里上了光荣榜的企业，咱们关不掉，再说筷子厂老总关志强是个社会人，路子野，马仔多，还是不惹他为好。他摇了摇头：白桦林是江山村独一无二的资源，不能让他这么祸祸，这事你别管了，我来想办法。

他给叶子打电话，让她去找林处长，把白桦林和筷子厂实情告诉林处长，并出主意说，媒体准备就白桦林飞龙沟盗猎飞龙一事进行曝光，飞龙可是国家二级重点保护动物，出了这种事情，林业部门责无旁贷。

三天后，林处长带人来到了江山村，叶子也应邀同行。在查看了白桦林现场情况后，林处长神色凝重地说：我要感谢你姜处长，是你没让我的错误继续犯下去，白桦林遭受盗伐和飞龙被盗猎，从某种程度上讲是我的失职，如果媒体报道出去，我做检查、被免职是小事，给厅里、省里造成不良影响这责任可承担不起。林处长一行拍照、录像，将筷子厂、白桦林、飞龙沟的情况做了全面了解，然后连夜返回省城。叶子没在村里停留，悄悄告诉他要跟回去趁热打铁。

省里来人调查筷子厂的消息很快被关志强知道了，这个脖子上挂有金链子的中年人目光凶狠，五官夸张，一张大饼子脸上的两道蚕眉像刷了黑漆，两道法令纹像猎豹的泪线。关志强来到村委会，一见面就瞪着眼质问：姜书记你几个意思？我的厂子手续齐全，哪里招你惹你了？你一来就找事。

他起身让座，关志强不坐，叉腿站在办公室中间等着要说法。

他倒了一杯水递给关志强说：关总，你来得正好，你不来我还要去找你，与你商量厂子下步的事，政府一方面要依法办事，规范相关生产活动；另一方面，也要积极帮助企业寻找出路。你的企业不做筷子，可以转型发展，不能在一棵树上吊死嘛。

少来这一套！关志强吼道，我厂子证照齐全，凭啥不让我干？镇政府还支持我呢，你一个挂职干部就想把我的筷子厂搅黄了，没门儿！说完，狠狠把水杯摔在地上，转身扬长而去。

大奎过来安慰他，说这个老小子就是驴性，和村里闹过几次了，你要小心点，防备他玩阴的。

他说：商人目的是赚钱不是要命，筷子厂真要关掉的话，我们帮他找个赚钱的生意转型发展，他气性就不会这么大了。

可是，江山村还有什么生意赚钱呢？总不能也让他开粉坊吧。大奎一脸难色。

这时，袁昆打来电话，说要到红粉坊看看，让他也过去坐坐。

他来到村里还没有好好参观一下小惠红粉坊，这正是个机会，便提前来到红粉坊等候。袁昆还没到，小惠陪他在客厅坐着。小惠问：你得罪关总了？他说：不是我得罪他，是他得罪了白桦林，得罪了飞龙沟，这事我要是不管，还当什么第一书记。小惠点点头：是该管，早就该管。

不一会儿，袁昆的吉普车到了。下车后，袁昆背着手参观了漏粉车间和成品仓库，随车来的一个小姑娘抓拍了几张照片，参观就算结束。三人来到客厅，袁昆以一种埋怨的口气对他说：子峰啊，你逞英雄，却让小惠付出了代价。他吃了一惊，问小惠是怎么回事。小惠苦笑了一下，摇摇头道：没什么，不就五吨粉条么，红粉坊的粉条不愁卖。袁昆道出了实情，原来筷子厂在小惠这里订购了五吨粉条，厂子传出遭调查后，订单被取消。他心里有点过意不去，刚才小惠没有提此事，还表示了对他的支持，小惠是个有是非观的人。

袁昆说让他找个两全其美的办法解决筷子厂一事，既保护了白桦林、飞龙沟，又不让筷子厂倒闭。他说正在想办法，筷子厂的厂房临近石塘，空间大，有改造价值。

关志强来村委会讨说法第三天，省里通过市里县里下达通知到镇里，江山村筷子厂立即停产接受调查。这就是袁昆说的姜子峰头一板斧就见血的原因。那次开会见面，袁昆特意嘱咐他要提防关志强，关志强已经放出风去要走着瞧。袁昆还把镇派出所所长的电话号码给了他，说已经和所长打过招呼，遇到情况随时给所长打电话，袁昆说不希望省里派来的第一书记在本地出事，镇政府也负不起这个责任。他知道这是老同学实实在在的关心，袁昆在这个问题上挺有胸怀，筷子厂关掉必然影响镇里的税收，最上火的是袁昆，可是袁昆却表现如此大度，这让他不得不重新认识这个老同学。

其实，筷子厂未关之前，他就在谋划另一件大事。江山村之所以面临合并，人少也是一个理由，要保住江山村就必须聚拢人气。为此，他要在小西屯上作文章。既然当年山东老乡闯关东形成了小西屯，那么现在能不能再动员一批山东籍企业家来这里复兴小西屯呢？他认识省齐鲁商会和齐鲁文化促进会的赵总，谈了自己的想法，赵总是个有家乡情怀的企业家，麾下有众多企业，觉得可以在小西屯搞个闯关东民俗一条街，把江山村的资源整合起来发展旅游。还可以把稻田、土豆地变成绿色有机农产品基地，彻底解决农药残留对鹤鸣湖、南甸子污染问题。赵总聘请专家开始做规划，规划一旦获批，停产的筷子厂厂房可以改造成供游客消费的快捷酒店，避免筷子厂一关了之。

关志强还没来得及报复，人就进了拘留所，涉嫌罪名有三：一是盗伐，二是行贿，三是涉黑，这三条罪状哪一条落实，都够关志强喝一壶的。袁昆来江山村村委会找到姜子峰，说冤家宜解不宜结，关总的事还是松松口好，否则这个浑小子放出来不会善罢甘休。他说司法上的事谁也没办法，自己一介村官，无法左右公安办案。袁昆说公安办案会征求你的意见，你可以多要些生态补偿，至于人嘛，就别关押了。他盯着袁昆问：你该不会是拿了这家伙好处吧？袁昆摇摇头道，关总倒是多次想表示表示，可我有我的抱负和底线，不会在小河沟里翻船，换句话说，我根本看不上筷子厂那仨瓜俩枣。他说，那我就放心了。

尽管他没做什么工作，但关志强还是很快出来了。关志强一出来就驱车来到江山村，上了村委会二楼，一把推开拦在门口的大奎，朝着坐在办公桌前的姜子峰就拱手致谢，诚恳地说：谢了姜书记，袁镇长都跟我说了，没有你开恩我肯定要蹲笆篱子。他说我没做什么，你不用谢我，要谢就谢公安干警。他这么一说，关志强更为感动，说："这种事我懂，我也捞过人，明人不说暗话，这样吧，关停的厂子怎么弄我听你的。"他等的就是这句话，便说了齐鲁商会要建小西屯闯关东民俗街一事，闲置的厂房可以租给齐鲁商会，由他们改造为民俗陈列馆和接待游客的快捷酒店。他特别建议说："你呢，可以在村里其他几处适合旅游的地方，设置些住宿的木刻楞，因为有民俗街游客依托，木刻楞收入会不错。"关志强说："就这么办了，我马上就去定制木刻楞。"

关志强走后，小惠提着个天蓝色双肩包来到村委会，从包里拿出一柄木斧递给他，说刚从县里回来，特意到工艺品商店买了这把桃木斧，让他挂在北墙上辟邪。他很纳闷儿，那天自己是和袁昆开玩笑，小惠怎么知道自己说了桃木斧。他瞅了大奎一眼，大奎憨憨地笑了，他知道这一定是大奎传了话。

九

小西屯闯关东民俗街项目卡在了袁昆案头，这个项目与袁昆的动漫软件园规划冲突。袁昆在电话里劝他说:"民俗街没税收,费力没回报,可动漫软件园就不同了,不仅国家扶持,而且税收也可观,咱俩换位思考一下,要是你当这个镇长应该批哪个?"

他很清楚两个项目只能上一个,因为只有一个小西屯。他说大昆呀,动漫软件园可以选其他村嘛,为啥非要搬迁江山村。袁昆说:"我也想在别的村搞,可是外商单单看好了江山村,说江山村有点像多伦多,山水林田湖草沙皆可利用,别的村没这个条件。"他说:这样吧,我到镇里专门向你汇报,你等着我。

放下电话,他骑上大奎的电动摩托赶往镇里。袁昆很守信,在办公室抽着烟等他,满屋子都是烟味儿。两人坐下,他向袁昆汇报了和齐鲁商会洽谈的情况,说了小西屯项目的规划和绿色有机农产品基地的前景。袁昆的眉头一直锁着,方方正正的大脸像关公一样。听完汇报他冷冷地说:"子峰,你回来好像是专门和我作对来了,为啥?"

"你想多了大昆,我为什么要和你作对,我无非是想保住江山村,保住响米稻田,保住南甸子,保住我们共同的老家。"

别和我唠这些艺术嗑儿,难道江山村就该保持原始状态不发展了?

毁掉良田搞动漫软件园,与国家耕地保护政策相抵触,我认为你批不下来。

只要舍得跑,没有盖不上的章,我也告诉你,动漫软件园获批只是个时间问题。

那我们各报各的项目,由上级来决定。

上级不会批小西屯项目的,市县领导更看重软件园,软件园是个高大上的外资项目,省里对各市有引进外资指标考核,这类项目求之不得。

这次见面,两人谈得有点不愉快。离开时,袁昆只在楼梯口做了告别。他走出镇政府办公楼大门,恰巧遇到了沈明占,沈明占拎着两个圆鼓鼓的大号塑料袋从农用车上跳下来,见到他就喊道:子峰,我正要找你。他停好摩托,问他提着什么。沈明占说是豆角和茄子,镇食堂有自己的菜园,种菜不打农药。他问有什么事,沈明占左右看了看,像做贼似的小声说:你帮帮大昆吧,咱们镇一把手空缺了一年多,你烧把火儿把他推上去,再说了,你帮他也就是帮我,江山村整体搬走,我就可以干老本行去搞拆迁。他很讨厌沈明占说的后半截话,便耐住性子说,我可不会烧火。提拔大昆是组织上的事。沈明占说大昆现在就像一壶水烧成了八十度,再加把柴就能烧开,软件园要是能成,大昆稳稳当当是一把手。他笑了,心想,真是滑稽,帮厨却帮出了一个政治家。他拍了拍沈明占的肩膀道:你是做饭烧锅炉的,这烧火的事应该你来做呀。

事情果然不出所料,动漫软件园项目流产了,省里在摆布项目时,把它放在了省城两所大学之间,目的是构建产学研一体化的现代园区。除此之外,县里合村并点的请示也被省民政厅打了回来,据说是厅长对此提出了异议。消息传回来,袁昆很失落,认为这一切都是姜子峰做工作的结果。袁昆来到小惠红粉坊,说要找姜子峰喝酒,两人一定喝出个高低来。小惠给他打了电话,一边准备菜一边悄悄让司机去接刘老师,小惠担心自己控制不了局面,看大昆脸色就知道来者不善。

小惠摆了炕桌,芹菜炒粉、肘花、油炸花生米和拍黄瓜四个小菜也很快备齐,他应约而来,与袁昆在炕上对面而坐。袁昆两眼死死盯着那盘拍黄瓜,自言自语道:多光溜的一根黄瓜,就这样被拍个稀碎。他没有接话,担心事情越描越黑。他望了一眼站在地上的小惠,小惠轻轻摇了摇头,也不知说什么好。软件园流产,小西屯闯关东民俗一条街项目却获得批准,原因是不占耕地,而且是充分利用闲置民房和厂房,各景点的木刻楞也是临时建筑,因此审批起来没遇到麻烦。

袁昆端起酒杯说:"子峰,你赢了,我祝贺你!"

两人一连喝了三杯,菜一口没动。小惠观众一样看着两人,表情有些奇怪。袁昆突然苦笑道:"既生瑜,何生亮!子峰啊,你大学毕业,在省里当大官多好,干吗回来与我这个大学漏子争高下,我不过是个科级干部,连品级都谈不上,难道你还放不下当年那点事?"

"当年啥事?"他疑惑不解。

"别装糊涂,小惠你怎么不说话?"袁昆问。

"你是指那封信吧?大昆,子峰不知道,我也不可能告诉他。"

"别替子峰打掩护了，若是没有这个心结，子峰干吗回来？想挂职，全省有的是好地方。"

"什么信？你俩在说什么？我怎么听不明白。"他的目光像汽车雨刷一样在袁昆和小惠之间刷来刷去。

初三时我给小惠写过一封情书，想必你早看过了，可这都是青春懵懂时候的事儿，该翻篇儿了，再说小惠没嫁你也没嫁我，咱俩还纠结个啥？

他明白了，袁昆把事情想得过于复杂，他还是没有解释，此事怎么解释都是徒劳。

一旁的小惠说："你两个大男人这是干啥？小时候的事还拿来掐架，多难为情！上学时你俩对我好，到现在我想起来还有点感动，在我心里你俩都是好样的，听我一句劝，咱仨喝一杯，有啥不是记在我头上吧，你俩别闹别扭。"小惠有些哽咽，说到这个份上，两人无法拒绝小惠的好意，都端起了杯。酒还未喝，刘老师推门进来了。两人见状急忙放下酒杯，跳下炕来迎接刘老师，一人搀着一条胳膊把刘老师架上炕。

三人一起给刘老师敬酒，刘老师端杯表示了一下，道："你们接着唠。"

他主动敬了袁昆一杯酒，说了些宽慰的话，也请他理解自己的做法，他尤其讲了飞龙沟遭到破坏的样子，看了窝心扎心，飞龙沟当年得以保全，还是袁昆爷爷袁子厚的功劳，要是袁子厚在世，断然不会允许这等事情发生。当然，有一件事他不可能对袁昆说，第一书记的职责之一是建强当地班子，他已经正式向县委组织部推荐了袁昆。

袁昆把头扭向刘老师，带着委屈的声调说："我千辛万苦招来的金凤凰飞走了，飞到了省城，江山村错过了一次千载难逢的发展机遇，我心里难过呀，老师。"

刘老师不动声色地说："我问你们，中国画最忌讳什么？"

三个人都没有回答这个十分突兀的问题。刘老师接着说："最忌讳的是过满，过满多败笔。人这一辈子要多留白，因为世上之事是做不完的，有些做不好做不完的事，留给子孙去做未必就不好，长江后浪推前浪，后人总比前人办法多。江山村就像一块璞玉，当你雕艺不精、考虑不周的时候，不要贸然下手，留白也是政绩。"

袁昆听进去了，快速眨着眼睛，嘴里嘟囔了一句："留白也是政绩。"

但存方寸地，留于子孙耕。这是老祖宗留下的话，仔细想想，道理深刻呀。

三个人都点了点头。

袁昆长舒一口气道："得了，我知道刘老师是来劝我的，这事就过去吧，我问你子峰，你的目的已经达到，下步还想干啥？我得有个思想准备，免得再陷入被动。"

我向你汇报过，下步要做的事就是解开那两道题。

"不行不行不行！"袁昆态度很坚决，"这件事我不会答应的。"

"为什么呀？这是一件好事，再说了，欢欣岭上孤零零竖着一盔坟，不协调嘛。"他不理解袁昆为何如此固执，软件园项目落到省城，建祠迁坟的顾虑已经迎刃而解。

"子峰，你不要以为就你对江山村有感情，我也不差啥，我爷爷亲口告诉我，梅公墓要守好，一锹土都不许动。我问为啥，爷爷说，你不需要知道为啥，照我的说法做就是。我要是同意迁走梅公墓，怎么对死去的爷爷交代。"

"这话不假，"刘老师说，"江山四老都给后人留下过类似遗嘱，要后人保护好梅公墓，这其实是四老对梅公的敬重。"

小西屯闯关东民俗街建设工作出奇顺利，齐鲁商会的赵总颇有号召力，动员了十几家会员企业参与这一项目，仅仅一年时间，一条胶东乡村风格的民俗街建成了，民宿、餐饮、采摘、演艺、土特产购物，各种功能一应俱全。为了解决冬季半年闲问题，牵头的企业在药泉山北坡建了索道，搞了一个滑雪场。为了给当地纳税，齐鲁商会在江山村注册了一个独立核算的旅游公司，把村子周边所有的旅游资源串联起来，打包经营。整合了稻田、土豆地的绿色有机生产基地合作社也建立起来，村民以土地入股，实行标准化生产。一时间，江山村变得热闹起来，许多外出的村民纷纷回归经营起了农家乐。清晨和傍晚，站在药泉山上鸟瞰这个三百岁的村庄，会看到小西屯又有久违的炊烟在袅袅升起，因为游客点名要吃柴火做的农家饭。很多人有体会，烧麦秸、豆秸和木桦子做出的饭菜味道各不相同，真正影响味道的是烧什么火。

让袁昆改变看法的是小西屯发展模式成了全省的典型，上级领导频频来调研，每次袁昆都要陪同，袁昆对小西屯旅游业的讲解甚至比姜子峰还专业。姜子峰担任第一书记的第二年春天，袁昆正式被任命为双泉镇党委书记，成了一把手。

十

梅公祠总算有了着落，他将消息告诉刘老师时，坐在藤椅上的刘老师一下子站了起来，爆了句粗口：操！

这是他有生以来第一次听见刘老师骂人，觉得这粗口好没道理，明明是喜讯，怎么还会爆粗口？他不好问，扶刘老师坐下来。刘老师吩咐老伴："中午包芸豆馅包子，我要留子峰吃饭！"

刘老师最喜欢吃芸豆馅包子，而且只喜欢吃老伴儿包的发面芸豆馅包子。芸豆馅里的猪肉要带点肥肉，不能绞，须切成肉丁，再加上葱姜蒜末、倒点老抽，搅拌成馅。刘老师每遇喜庆之事，都要吃芸豆馅包子。

机缘和巧合是人生的大礼包，梅公祠这道让他几乎绝望的难题，却在不经意间得以解开。春节回省城过年，他带着些红粉坊的土豆粉去感谢林处长。林处长热情接待了他，说你要是带烟带酒来我是不会收的，可你带着几袋粉条，却之不恭，我就破例收下，但我要回送你一样礼物。说完，从书柜里拿出一个锦盒，里面是个黑色茶盏。林处长说这是民宗局一位好友送的，茶盏上还印有一行金字：慈云寺开光纪念。林处长说这是为了纪念慈云寺建成开光，住持老和尚在福建定制的建窑兔毫盏，这茶盏很神奇，倒入白开水也能喝出茶的境界来。他对茶盏兴趣不大，林处长提到的民宗局让他脑洞大开。他问林处长在民宗局有朋友，可否请他帮个忙把药泉山上的梅公祠给批了。林处长马上就给这位朋友打了个电话，朋友说新建肯定不行，要是过去有寺庙之类的建筑，找到合适的理由复建还是有可能的，让申请人把材料准备好，起草一份请示报上来。他马上就想到了江山村曾经有过的药王庙和老李庙，知道了报告应该从哪里下笔。

春节假期一过，他就回到江山村找刘老师，问刘老师有没有药泉山历史上药王庙和老李庙的相关资料。刘老师说这些东西都在柳条包里。刘老师有三个柳条编成的书箱，称之为柳条包。收集的资料都分门别类存放在这三个柳条包里。果然，刘老师从柳条包找出了清乾隆年间药王庙的记载和伪满时期药泉山秃尾巴老李庙的地图。他这才知道，秃尾巴老李庙毁于伪满时期，是伪满克山警署派人捣毁了庙宇，将一众铜像拉去齐齐哈尔造了子弹。

他研究了一番刘老师收集的资料，发现秃尾巴老李、梅老师和小西屯村民，都是山东籍，就想到还是应该打山东牌，把梅公祠作为闯关东民俗一条街的配套项目来请示。他起草了报告，直接去省里找林处长，请林处长陪他一同去民宗局。民宗局的人审阅材料后表示同意，但需要按程序办，由村报镇，镇报县，县报市，最后再报省。他懂得这套程序，原本想走个捷径，看来走不通了，不用想，镇、县、市三道关肯定难过。林处长提醒他，你们厅长不是在市里当过市长吗，请他发句话呀。他拍了下脑门儿，是啊，怎么把厅长这茬儿给忘了呢。他回厅里找厅长，厅长听后说这算个什么事，不就建个祠堂吗？说完抄起电话分别给市里、县里打了电话，问题迎刃而解！

吃过香喷喷的芸豆馅包子，他陪刘老师喝茶聊天。刘老师一直喜欢喝花茶，说喝花茶有种春天在南甸子踏青的味道。两人商议梅公祠的一些细节事宜。刘老师说梅公墓还是应该迁，于主任出的题没错，祠墓一体才好祭祀。他说这事我再想办法说服大昆。刘老师叹了口气，说现在的难题是梅公的传记难写，死因不清，传记只能含糊，读了易生疑窦。他点点头，写史的最高标准就是尊重史实，任何猜测、粉饰、先入为主，都是史家大忌，刘老师显然清楚这一点。

这个消息自然要告诉袁昆。袁昆听后表情没有大的变化，只是哦了一声，说省里批了你就建吧，但不要毁林，实在需要伐树的话，必须走手续。袁昆当上一把手后，人变得沉稳了，过去点火就着的脾气好像被湿煤压住了，只剩下一丝细烟。小惠当面调侃他，别人都是官升脾气长，你怎么正相反，过去高高竖着的尾巴变成了腚后拖着的一把扫帚，啥原因？袁昆说于主任有句名言：棋盘上忙乎的都是车马炮，将帅以不动为安，一动，说明被人将军了。

袁昆接到通知要到省委党校培训三个月，走前特意来江山村与姜子峰告别。袁昆还专门去看了刘老师，给刘老师送去两盒茉莉花茶。从刘老师家出来，袁昆提出上药泉山看看刘老师选的建祠地点。袁昆说他不信风水，但看了那么多皇陵、皇宫，觉得风水这东西还是了解点好，免得犯忌。他和大奎陪袁昆登上药泉山，来到山坳中心一块花生形状的平地，这便是刘老师选中的地方。平地四周都是高大的柞树，唯有平地上只长着些榛柴、苕条等灌木。大奎说好奇怪，这地方为啥不长树呢？他明白原因，却没有回答，而是把目光投向袁昆。袁昆说这里原来应该有建筑，浮土下面是瓦砾，所以不会长大树。他心里很佩服袁昆，基层干部万万不可小觑，人的地位与知识不会成正比，有些人职位很高，脑子却空空如也。袁昆站在一丛苕条旁，顺手摘了一朵紫花嗅了嗅，转过身对他说："子峰呀，你说梅公祠建成后，可不可以把江山四老的事迹也装进去？"

他眼睛顿时一亮，这可是个好主意！讲梅老师的故事绕不开江山四老，说这当然好，请刘老师给江山四老写个生平介绍，再配上照片，专门设计一面墙，这事就成了。

离开山坳，三个人登上山顶，极目远眺，田畴湿地河流湖泊尽收眼底，江山村安静如饱后静卧的牛群，沐浴在午后的阳光里。蜿蜒的白龙江紧紧依偎着村庄流过之后，像一条害羞的白龙把龙头埋进南甸子无边的绿色里，东面欢欣岭的土豆地里，隐隐约约可以看到梅公墓那块醒目的墓碑。

袁昆望着眼前的景象若有所思地说：子峰呀，看来你是对的，动漫软件园在哪里都能建，可三百岁的江山村只有一个，搬迁就没了。

他拍了拍袁昆的肩膀道："你的初衷也是不错，毕竟是为了地区发展，好在最后我们殊途同归。"袁昆摇摇头道："动机再好，也不是值得原谅的理由。"

袁昆去省城学习后，他专程回去一趟，请袁昆吃了一顿火锅。吃饭时，他再次提到梅公墓迁坟一事，袁昆说你要是问我，我肯定不会答应，他便没有再提此事。

叶子打来电话，说准备去北京采访一个文化论坛，他脑海里忽然闪过一个想法，让叶子去梅公原单位看看，大学档案管理比较规范，也许会找到梅公死因的详细记载。他给叶子交代了这个任务，叶子答应了，叶子也想早日解开梅公真实死因这道难题。

叶子去梅公原单位确实查到了死亡结论，这个结论是江山大队革委会出具的手写证明，证明梅立范去南甸子打苦房草，误入漂筏区域，失足溺水而死，死后葬在欢欣岭。证明落款1967年8月8日，然后是江山大队革委会的印章。叶子还复印了一纸学校当时做的简单结案决定。说学校在运动中发现了梅立范一些新的问题线索，派人去江山村拟将其带回学校接受进一步审查，到后发现该人已经溺水身亡并于当地下葬，经研究，梅案就此结案。这个决定证明人死案了，梅公之事已经画上了句号。看来这个结论是可信的，他说，梅公确实死于溺水。他将叶子了解的情况告诉了刘老师，刘老师听后没表态，抬头望着院中那棵老榆树，树上有几只灰喜鹊跳来跳去。叶子得来的结论与村民传说并无二致。

　　梅公祠建筑量不大，不到一个月就基本竣工，梅公祠后是一个四米见方的墓穴，墓穴做了两层防水，青砖铺底砌边，水泥预制板盖板已经备好，只等着将梅公墓里的遗骨装殓新棺，迁来下葬。包工头来找他，问什么时候迁坟。他难住了，袁昆态度不改，硬迁的话有些不近情理，袁昆毕竟是镇里一把手。

　　他叫上小惠、大奎三人一起来到刘老师家。刘老师桌上铺着稿纸，一管黑色拧盖钢笔放在稿纸上，稿纸上没着一字。刘老师说自己正在思考梅公的传该如何下笔，开了几个头，都不满意，感觉找不到灵感。他说了来意后，刘老师沉吟了一会儿，说这件事还是要问问大昆，好事不能拧着办。他让小惠给袁昆打电话，再做做大昆工作。小惠是个聪明人，将手机开了免提后打通了袁昆电话。小惠简单说了情况，说施工队不能无限期拖下去，请大昆尽快拿个主意。小惠甚至用了激将法，说大昆你要是个男子汉，就别这么磨磨唧唧，给个痛快话。大家都屏紧了呼吸，想听听大昆会如何回复。电话那边停顿了足足三秒钟，才传出一字一句的回复："小惠，请你告诉子峰和大奎，你们若是问我的话，我的态度很明确，我不赞成，因为我不能违背爷爷的嘱托。"说完便挂了电话。小惠收起电话摊开两只手，做了一个遗憾的表情。

　　他很失望，深吸一口气慢慢往外呼，他明显感觉呼出的气有些发热。突然刘老师一拍大腿，道："大昆话里有话，子峰你去迁坟吧。"

　　明明都听到大昆说不赞成，怎么就可以迁坟了呢？他望着刘老师，从刘老师的表情看，刚才说的话并不是玩笑。

你们听到了大昆刚才怎么说的了吗？他说你们若是问我的话，这个前提很重要，问他，他不赞成；不问他，他就视而不见呀！刘老师两眼闪光，脸颊有些泛红。

三个人不约而同哦了一声，对呀，大昆这是话里有话。

他吩咐大奎马上安排迁坟事宜，由施工方按民俗礼仪操办，该准备什么就准备什么，而且要留好影像资料。刘老师说自己要出席迁坟仪式，旧坟第一锹土他来动，新坟第一抔土他来捧。姜子峰决定，除了施工方外，村委会成员，刘老师、小惠和小西屯民俗一条街所有业主都可以到现场见证这一时刻。参加者要素衣、庄重，家长要管束好小孩子，不许在现场嬉闹。

江山村不缺人才，红白之事有名的司仪有好几位。包工头特意选择了一个年长、面容方正的老司仪来操办此事。司仪是有价码的，当老司仪听说是主持梅公墓迁址时，当即表示分文不取。

依照民俗，老司仪准备了红布、白布、萝卜、筷子、纸钱等，一张榆木条案置于碑前，案上摆着三牲。新棺是油松木打制，松木纹理清晰可见。包工头原本要涂黑漆的，被刘老师制止，换成了清亮的明漆。迁坟仪式过于繁琐，但他没有干预，农村风俗如此，此等事宜还是随俗为好。老司仪忙而不乱，神情庄重，他第一次见识迁坟，不明白迁坟为什么要用萝卜和筷子。现场黑压压的人群一直保持安静，只有老司仪略带沙哑的声音在主事。天空有些暗，却无云，仿佛罩了一层灰色的幕布。第一锹土依旧俗要由死者长子来动的，耄耋之年的刘老师无疑担当了这一角色。因为要施工，梅公墓周围平整出一块净地，长势正好的土豆秧毁掉不少，这是征得了小惠同意的。梅公墓所在的这一块恰好是小惠家的责任田，小惠对大奎说，梅公改良土豆，让江山村获益长达半个多世纪，为了梅公就是把她家地里所有土豆秧都铲了也绝无怨言。叶子专程从省城赶来，她带了两个单反相机，想多拍些照片留作资料。新闻敏感性极强的叶子一直认为这件事意义非常，值得媒体报道。

起开梅公墓的一刹那，天空灰色的幕布好像忽然被一只无形的手拉开，阳光直射下来，将墓穴照得一览无余。墓穴里是一口布满沙土的腐朽棺材，戴着白手套的施工人员慢慢揭开顶盖，现场所有人都愣住了，棺中空荡荡的，没有尸骨，也没有殉葬物，只有一个蜡封的酱色坛子。施工人员以为坛子里是骨灰，小心翼翼启封后，里面竟然也是空的，只有薄薄一封信札。信札递到姜子峰手上，他仔细看了三遍，然后递给了刘老师。信札很短，只有短短几句话：

  梅公立范，发展生产，治病救人，有恩德于江山，村民感激不尽。忽闻上峰派员欲来提审，凶吉难料，恐有不测，我等议事之人不忍，决定礼送梅公出村，沉浮生死自此天定。立此疑冢，以惑耳目，若有司洞悉，此事断与梅公无关，亦非梅公所愿，皆我等议事之人定时位、具信函、赠盘缠、成盟约，劝迫其离开。我等愿为此承担罚责。此证。

  立字人：于有全 叶兆廷 袁子厚 刘宝山

丁未年七月初三立秋

江山四老的名字上，都按了指印，五十多年过去，指印还是血一样红。

刘老师双手捧着信札，贴在胸口慢慢朝着空穴跪下去，颤巍巍地说：原来如此，原来如此啊！

此事经叶子报道后，叶子所在报社接到了来自新加坡的一封电子邮件，发件人介绍自己是梅立范之子，其父1998年7月在新加坡无疾而终，他在感谢江山村父老善待其父的义举后，提出想捐献一些父亲遗物，并参加梅公祠落成仪式，不知是否可以。

叶子将邮件转给子峰。子峰让大奎做决定。一向喜欢听喝的大奎用一种坚定的语气道："我也要像江山四老那样敢担事，发邀请函请梅公儿子来，村里负责接待。"

乡贤出于陵薮（创作谈）

一次去秦岭采风，我在博物馆的商山四皓雕像前伫立许久，四皓雕像细而高，形销骨立，形似充气不足的卡通人偶，与人偶不同的是他们像枯死的胡杨，纹丝不动，不会随风摇摆。

在商山四皓雕像前，我联想到了故乡那个村庄里的"江山四老"。商山四皓是秦朝末年的四位博士，是典型的高士，他们虽隐身于山林，名气却朝野皆知。刘邦获取天下后，几次请他们出山为官均被婉拒，后来在张良的运作下，四皓下山辅助太子刘盈，这才有了萧规曹随的汉惠帝。与须眉皓白、衣冠甚伟的商山四皓不同，故乡的"江山四老"却都是布衣，其中最大的职位不过是挣工分的村支书。但是，就是这样四位老农民，却机智地保护了一个因历史问题被下放的科学家。这件事在当时风险极大，轻则有囹圄之灾，重则会上断头台，但"江山四老"横下心把这件事办了，而且办得天衣无缝，如果不是若干年后迁墓建祠，这个秘密还会在土冢中沉睡。

谜底揭开之时，江山四老早已作古，只有那份按有四枚指印的文书在诉说着历史真相，可以想象，如果没有这份文书，后人不会重新认识"江山四老"。

在写这篇小说的时候，我想江山四老冒这么大的风险到底为了什么？小说里我写这个科学家改良了当地的响水稻，改良了红皮土豆，还用针灸治好了许多村民的风湿病,"江山四老"是出于感激才出手相救。事实上,这位科学家即使没有做这些事情,"江山四老"也会保护他,就像当年他们保护那个被错划的地主一样,在"江山四老"看来,这个沉默寡言的科学家起码不是个坏人,因为有这种朴素的认识,出手相助就变成了本能。

其实,在战争年代那么多农民冒死保护和搭救负伤的八路军战士,有谁想到过日后的回报呢?有的施救者连名字都不问,伤员伤愈归队后,从此天各一方。农民这么做是基于一种朴素的善恶观,不能看着好人落难而袖手旁观。"江山四老"就属于这样的农民,他们觉得做善事不需要理由,不做反而会心有不安,这是千百年来根植于民间的传统价值观。

之所以用志的名义写"江山四老",是希望乡贤文化能够像江河之水一样源源不断流淌下去,乡贤在,乡村的传统就在;乡贤不亡,乡村抑恶扬善的取向就不会扭曲。乡村是许多人的精神原乡,是绵绵乡愁的源头,在乡村面临转型和重组的当下,人们不该忽略那些隐于陵薮的乡贤,乡贤是乡村历史和当下的注释,韩愈说得好:"人不通古今,马牛而襟裾。"

当然,今天的乡贤已经冠上了一个"新"字,这是时代的烙印,是与时俱进的体现。

小楼昨夜又东风

三三

《小楼昨夜又东风》授奖词

  三三的《小楼昨夜又东风》，以偶像明星乔乔的日渐陨落为线索，既写"我"与乔乔的关系，也写"我"洞悉了乔乔人生之后的幻念与迷惘。时间滔滔，每一种生存都是生活洪流中的精神碎片，而由那些被改写的记忆、被遗忘的历史、被选择的经验所构成的个人生活史，诉说的也不过是个体之间难以交流的都市症候和现代性焦虑。作者冷静、细致地逼视人物的内心世界，并从另一侧面揭示出了当下生活的真相。

——谢有顺

我们又看了一遍乔乔的电影，就是 2007 年冬天拍的那一部《小楼昨夜又东风》。

故事发生在民国初年，取日本京都为背景。男女角色梳妆浮夸，台词也生硬。除了乔乔以外，演员都是一些陌生面孔。乔乔演一个留学生，受先进思想感召，赴日学习，前后共十六年。至剧终，乔乔一袭青衫，站在积着雪的鸭川岸边。薄雾升起，远山半隐。风吹过，几家歌舞伎厅的廊檐下，纸灯笼乱晃。镜头从乔乔的背影转向正面，只见他眉头紧锁。那对众人皆羡的酒窝沉在嘴侧，看起来像两粒黑痣。慢慢地，他的表情松下来，茫然失措，仿佛掌控他肌肉的线被抽掉了……那场表演相当动人，可谓技巧高超。然而，不知道为什么，当我们看到乔乔那张面孔的瞬间，几乎发自惯性地觉得有点好笑。2007 年，他已经发福得完全走样，但好笑和胖没关系。

我认识乔乔的那一年，他便在饭局上谈过，日后要拍这样一部电影。当时，我在南市区一所公立学校教书，兼班主任，与学生家长多有往来。那几年氛围开放，见面喝一场酒，彼此就算朋友。学生家长中有一位叫老费，身材魁梧，足有一米八五以上，是我们这代人里极为罕见的。老费在海关工作，精通应酬，不时邀我去一些饭局作陪。那天我跟着老费，走进良良大酒店的包厢，一眼就认出了座中的乔乔。

"大明星，红光满面嘛，上次给你弄的甲鱼有功劳吧。"老费一进门，直冲乔乔而去。乔乔笑着站起来，标志性的酒窝在灯下发光。两人寒暄几句，老费才想起介绍我，"这是我女儿的班主任，李老师。"

"李老师。"乔乔朝我伸手。

我头一次凑这么近看乔乔，比起十年前的电影里，他的脸几乎肿了一倍。他留着分头，发根稀疏，但用摩丝梳得油亮、挺括。他的眼睛格外显老，并不是无神，反倒有一种陨落前紧绷的光辉。乔乔依旧时髦，在室内也戴围巾，款式是时尚杂志里的经典方格。我想起八十年代早期，我和朋友们竞相模仿乔乔的穿着打扮，学他的普通话发音，一时不觉恍惚。

"你们聊到哪里了？"老费一边问，一边向四周递烟，殷勤地用打火机逐支点燃。

"乔乔不想演喜剧角色了，要自己拍严肃电影。你们说这个人有意思吗？

'阿毛系列'那么火，换我就演一辈子阿毛。"坐在乔乔身边的女人说，虽然语带娇嗔，听起来却莫名让人舒心。她把脸涂得像一位粉玉真人，两条手臂白嫩，在黑色蕾丝衫的钩花下隐现。

"你就喜欢瞎说。"乔乔揽过她，手在她腰间轻拍了两下。"那是我大伯的故事，解放前的日本留学生。那时候的人多高贵，不像现在，每天吃吃喝喝轻飘飘的。老是让我演阿毛，你们怎么都看不厌的？我自己都演烦了，几年没接新戏了。"

在老费的起哄下，乔乔把电影梗概又讲了一遍。依照计划，他大伯的角色自然由他来扮演。自从二十世纪七十年代初转业到上海电影制片厂以来，乔乔接的都是喜剧片。他为人活络，表情丰富多变，简直生来就在喜剧事业上占了一角。一对玲珑酒窝更是锦上添花，教人只要看他一眼，便不会忘记。而他的大伯则与喜剧角色截然相反，孤苦、沉郁，一个眼睁睁看着幻想破灭又转身湮没于历史洪流中的人——那样的角色，对乔乔来说，无疑是一种巨大的挑战。

"我不开玩笑，这部电影以后一定会拍的。名字我都想好了，叫《小楼昨夜又东风》。我大伯去世得早，他的朋友从京都寄回几张照片。有一张是大雪天拍的，他一个人站在路上，后面的景色模模糊糊。我每次看这张照片，就觉得伤心，我要把它作为电影的结尾。"乔乔讲得眉飞色舞，哪怕嘴里说到"伤心"二字，脸上依旧嬉笑。

"那么，这个电影名字就不对了。"我一时嘴快，开了玩笑。大概因为初见乔乔，我有些紧张，又想表现自己，险些弄巧成拙。我说："日本属于东亚季风气候区，冬天刮欧亚大陆来的西北风，连诸葛亮都借不到东风。"

"李老师。"乔乔嘴角一扬，目光转到我身上，久久落定，好像此刻他才真的注意到我。乔乔说："不愧是知识分子，真好。你是地理老师吗？"

"我教中学外语。"我讪笑，心中还在为刚才的莽撞自责。

"外语，乔乔会得那叫一个多。你们都看过《双胞胎奇缘》吧，八十年代初的电影，还给乔乔派了一句法语台词：梅西……"老费端起红酒杯，那姿态仿佛窗外就是埃菲尔铁塔，而他正在念的是一句祝酒词。

"是 Merci beaucoup！你这蹩脚发音，跑到西伯利亚去了。"乔乔纠正道。

我们喝到凌晨两点多才散。临告别前，我去了一趟卫生间，听到旁边有人轻声咳嗽。我一抬头，只见乔乔面色发白，鬓角汗津津地贴在两侧，就像刚从河里打捞上来。我们一照面，乔乔顿时焕亮了几分。我们一同洗手，他围巾的流苏落到水池里，待注意到为时已晚，湿了一大片。我试图帮他稍微擦一下，他一把扯回围巾，一手按在我肩膀上，踉跄了两步终于站稳。

"李老师，我最敬重的就是老师，今天喝得太痛快了。"乔乔说。

我们互相留了电话，约定下回再聚。饭店离我家不远，送他们上出租车后，我独自往回走。夜晚冷得很，江风吹得树声呜咽。我从老码头边荡过去，只觉一阵无来由的凄怆。那天适逢十五，月亮出奇的浑圆。我与它并行一路，瑟瑟缩缩，到家酒已醒了三分。

我洗了把脸，小心翼翼地爬上阁楼。家中静阒无声，女儿早就入睡。妻在煤气厂工作，经常排早班，此时也已睡去。一天熬到尽头，我四肢酸胀，但精神上兀自兴奋难耐，便沿床沿静坐下来。不知过了多久，我尚且无法平静。几乎是喃喃自语地，我轻声说："今天我见到乔乔了。"

"神经病啊，还不睡。"妻子梦呓一般，随意一翻身，伸手摸到了我皮夹克的金属扣子。"冰凉，外面肯定冻死了，你刚才说什么？"

"我说，我见到乔启明了。"我依旧压着声音，好像怕吵醒她一样。

"乔启明……又是什么牛鬼蛇神？"

妻子咳嗽一声，声音恢复一些清亮。我们老房子的屋顶上有一扇天窗，长期积雨与储灰令它一片雾蒙蒙。即便如此，仍有几缕光线渗进来。幽暗之中，妻子的双眼闪烁如黑曜石。她看起来那样美，我甚至短暂地忘了，我们都是何其普通的人——美的意义早被日常生活所消解。

"你还记不记得，我们结婚前去看过一部《小凤凰旅馆》，老店长的儿子双庆就是乔启明演的。里面有句台词，'生活就像梦一样美'，当时红遍大江南北。"我回忆起与妻看电影的情景，那时我更拮据，两人只舍得买一罐椰奶喝，不免感叹，"以前的人真好玩，那么穷，还有闲心讨论'生活'。"

"我好像有点印象。我还说，这个双庆虽然相貌标致，但一咧嘴，牙缝都是黄的，一看就抽烟抽得很凶。"妻笑了。

"真人很气派，坐在那里就是明星的样子，可惜比以前胖了很多。不过，他一点架子都没有。讲起笑话来，和电影里一模一样。"我说。

　　妻子不说话，我以为她又睡着了。我躺下来，身体松弛，如一块黄油在热汤里慢慢融化。模糊之际，听见妻子若有似无地叹气。良久，她才说出口："你少和那些人混在一起。"

　　大约两周以后，我犹豫再三，给乔启明打过一个电话。接线的是一个男人，声音嘶哑，带有苏北方言腔。我说了几遍找乔启明，对方始终没听明白，只说现在人都走了，下次等白天再打来。我这才反应过来，乔乔给我的只是单位的总机；但转念又想，或许乔乔是因为他们夫妻拍戏繁忙，家中常年无人，才留的单位电话。众所周知，乔乔的妻子邵美荇也是一位演员——风势自然不及乔乔猛，但话说回来，当时谁又能和乔乔相比，他可是多少人的梦中情郎。在《小凤凰旅馆》里，美荇出演一位蒙古族住客，以文化差异额外带出一层幽默的涟漪。选角导演颇具慧眼，美荇虽是地道的上海姑娘，但五官立体挺拔，一笑如春山回水，倒也有几分异域风情。我听老费说过，美荇早年在江西农场当知青，任何苦累的工作都抢在他人之前。有一两回，通宵干活，累到昏厥，组织上因此提拔她为指导员。乔乔娶她，也是看重这份踏实的态度。只不过老费经常信口开河，他的话只能信一半。

　　我跟随老费，大半年间，又结交了不少新朋友。作为某种情谊的回馈，我也让老费的女儿当上了大队长。刚任教时，我尤其反感这种特权牵引，认为替学生主持公道当属一件大事。然而，工作愈久，这些事情显得愈发虚无。所谓"主持公道"，只是因一种清高而过于看重了自己的价值。实际上，学生都是差不多的，一位并不真的比另一位逊色多少，所差之处都在于个人际遇。

　　老费为女儿一事，特意摆下一桌谢宴，邀请我与其他朋友出席。我没想到，时隔许久，竟又在酒桌上见到了乔乔。乔乔迟到半小时，进门时手提两瓶金装茅台酒，身旁勾了一位娇小的美女。女孩还很年轻，甚至不知过了二十岁没有。一件玫红色丝绒连衣裙松垮地贴着她的身体，腰间系一根桃粉宽布腰带，穿出了几分和服的气韵。女孩肤白，光彩如星辉，洒向四座。乔乔则头戴一顶鸭舌帽，迷彩背心罩在白衫外。他更胖了，动作也迟钝，反而像女孩的跟班。

老费把乔乔安顿在主座，乔乔推辞一番，被众人按进座椅。他摘下帽子，蓦地露出已开始斑白的发丛。由于捂出一些汗，他的头发黏成一绺绺。他借白毛巾擦干额角，又抬手将头发捋齐、按平，朝周围笑上一笑。我心下暗惊，仅仅一年不到的时间，一个人何至于改变至此，何况他刚四十出头。至于其他朋友，仿佛对乔乔的变化浑然不觉，兀自靠玩笑互相拉扯。在座有一位钳工，业余学过筋骨推拿，自身的驼背却怎么都治不好，我们叫他"油爆虾"。"油爆虾"把两瓶茅台转到眼前，手势敏捷，满面急切地拆了封。

"托乔乔的福，喝这种上等货色。"因为高度近视，"油爆虾"戴一对啤酒瓶底般的厚镜片，眼睛眯成一条线。"我上回喝茅台，还是在一个局长女儿的婚礼上。"

"你路子很广嘛，哪个局的局长，怎么不叫他给你介绍个女朋友？"老费揶揄道。"油爆虾"中年未婚，一说到女人就兴致勃勃，配上他那副面貌，猥琐之气更甚。明眼人都辨得出来，老费有些看不上他，但他贵在随叫随到，又愿以一技之长捧场，所以老费也经常带他。

"油爆虾"嘿嘿一笑，也不回嘴，低头往每个人的分酒器里灌酒。老费无意刁难他，就把注意力迁移到乔乔身上，问他最近拍什么新作。乔乔没听见似的，只顾替身边的女孩夹菜。女孩不怎么领情，秀眉一蹙，把其中一块油水饱腻的红烧肉丢到乔乔碗里。老费见乔乔不搭腔，就自找台阶下，说乔乔太神秘了，天机不可泄露。

其实真正关心乔乔的影迷都知道，进入九十年代，乔乔的演艺事业一路滑坡。他主演的最后一部电影《霹雳二怪》，属仙侠题材。双男主，一鼠一龟，乔乔演那只法力略胜一筹的乌龟。诙谐的动物成精，本就具有相当深的幽默潜力。乔乔只消竭力模仿乌龟的样态，再加上一些狼狈的桥段，就能令观众捧腹大笑。我至今还记得乔乔被天兵追捕时，跌倒在地，四脚朝天，龟背像半个橙子乱转不停——还有他的表情，五官瞪得硕大，连鼻孔也暗撑着猛力，只差自掐人中救命了。每次和旁人聊到乔乔的演技，我都会引述这一段，当着他的面却羞于提起。如今回看，《霹雳二怪》是乔乔银幕生涯的一个转折。自此以后，尽管乔乔还能和刘晓庆、关之琳、陈道明等一线明星搭戏，但其角色迅速边缘化。在不同电影里，他演过剃头师傅、木匠、民警、房东、摆地摊的小老板等。不得不承认，最适合他的角色，往往是个体户一类的。话虽如此，彩色电视机刚普及全国不久，明星在老百姓眼中仍有鲜亮光环，更何况乔乔曾红极一时。

我们喝了几轮酒，逐渐说起各自近来见闻。乔乔一直提不起精神，直到有人提到新兴的香港喜剧，乔乔才稍微活跃一点。那段时间，周星驰主演的《大话西游》《国产凌凌漆》颇为热门，连我都私下买了碟片来看。乔乔点了烟，一贯笑意盎然的脸上竟翻出白眼。

"都是乱搞。靠低俗博眼球，毫无生活情调，这种东西能看吗？"乔乔说。

"论境界，谁能和乔乔相比。"我们还想打趣几句港片新鲜的形式，言语未尽，却被堵了回去。老费转口说，"哎，但你别说，白骨精现出真面目那一段，真是吓人。"

"周星驰嘛，我挺喜欢的。"跟乔乔来的女孩说，满不在乎。

乔乔原本靠着椅背，整个人陷在软垫里，这时突然向前抬身。"我演了大半辈子喜剧电影，每天嘻嘻哈哈，有时戏里戏外都分不清楚。到底什么样的喜剧有格调，我还是有发言权的。我们学布莱希特表演体系，角色的每一个心理、行为细节，都要费尽心思去揣摩的。哪怕简单的开门，脚先踏进，还是上半身先探进来，其中有一百样讲究。难道你们以为人人都可以演电影吗？"

"乔乔别动气，生气就没意思啦。"老费不失时机地宽慰。又捏起子弹形状的小酒杯，向四周招呼道，"这么好的酒，要敞开心情多喝几轮。"

我勉强斟满一杯，清亮的酒液在杯中泛出弧光。茅台少有机会喝到，印象里口感比较绵柔，回甘清香。可不知是我当日的状态问题，还是另有原因，我只觉得乔乔带的茅台满口酒精味，和从前喝过的完全不同。二两不到，我便感晕眩，实在是一口都不想再喝了。

或许是香港喜剧一事已坏了气氛，酒过三巡，饭桌上沉闷不已。一个人说着话，无人接应，就成了一台台断裂的独角戏。我走神好几回，抽烟也止不住哈欠。那天究竟是怎么喝到最后的，我有些弄不清了。唯独一点记忆在于，后来其他朋友陆续告辞；乔乔送女孩上了出租车，回到店门口台阶上，同我、老费一起抽烟。

"不开心啦？"老费向开走的汽车努嘴。

"别管她，哪里惯来的脾气。放在以前，我早翻脸了。现在耐心越来越好，就当修行吧。"乔乔摸出一包蓝熊猫香烟，笑眯眯地递到我们手中。

又逢下半夜，酒店即将打烊，滞留的夜客零散地从里流出。几乎无人注意到乔乔，也有两三个人，远远盯着乔乔偷觑，但终究也没把握辨认。其实认出来也了无意义，银幕中的乔乔早已过时，观众为往日荣耀所献出的敬意，无异于一种用以衬托乔乔如今境遇的哀悼。我们避开人群，步入与饭店相连的小花园。一袭清湿的气息扑来，草露味四溢，又夹杂一种熟悉的野花香。虫鸟兀自放声高鸣，丝毫没受到不速之客的打扰。幽暗之中，我们缓缓恢复视力，墨绿枝丛为眼帘刷上新色。一个截然不同的世界延展着，我们不由得站住了。

"说句真心话，我不想演喜剧了。伟大小人物也好，丑角也好，统统不要。"乔乔突然说。乔乔有类似念头，不止一两天，我从前也听说过，但并不晓得原因。

"为什么？"我问。

"说不清楚。你们不觉得我演的角色都差不多吗？到真实生活里，我也只会像角色那样做，没有一个属于自己的样子。"乔乔略一停顿，又说，"我表达不好，好像一个人习惯了在浅水区游泳，有一天失去了潜到深处的能力。"

"演得好看，观众就喜欢。什么'自己''别人'，想太多伤脑筋。乔乔你是新时代顶级的喜剧演员，我看到你这张脸就开心。我是真心的。"老费说。

"我现在，只想拍一部《小楼昨夜又东风》，找一找真的自己。"乔乔低头，香烟烧到最后一口。乔乔面向我说，"李老师，我想最近抽空，把电影剧本先写出来。到时候你能否帮我看看？"

"对嘛，请李老师看。"老费神采奕奕地补充，用他一贯虚张声势的语调，"李老师年轻的时候是个大文豪，在《新民晚报》上发表过很多诗歌、散文的。"

"好啊，我尽量看。"我受宠若惊，立刻答应下来。尽管老费所言不实，更何况我已经十多年不动笔了。

"好了，我差不多该走了。"乔乔朝我拱手道谢，又挥别老费。临了，轻声嘱咐老费说，"对'油爆虾'好一点，大家都是兄弟，面子总要给的。"

那次分别以后，没来由地，我时常想起乔乔。趁寒假空闲，我去碟片店租了几十张光碟，都有乔乔参演，绝大部分是重温。乔乔第一次出镜，是在七十年代初的彩色电影《战赤壁》里。当时，剧组去厂区挑选演员，乔乔恰好刚进钢铁厂不久。轮到他展示，他桂眼一瞪，佯装手搭髯口，继而吐出一段《打渔杀家》里萧恩的唱词：昨夜晚吃醉酒和衣而卧——年轻人演绎老生，调门的宽厚不足，响堂倒是有余。外加乔乔精神烁奕，眉目间自有一种张力，让剧组看得忍俊不禁。《战赤壁》最终给他分配了一个小角色，我等了整整四十分钟才看到乔乔。听念白，是他自己配音的，口音带一点南方的狭扁意韵。从亮相到退场，时长不超过四十秒，但乔乔独有的笑容已烙在观众印象中。我前后倒带几次，看乔乔从雾凇之间走出，又重现于原地。那一年他多年轻，朝阳沥金，将他身姿烫出淡淡的光晕。迎着山水，乔乔脸上漾开一阵好风光。任何人一看便确信，接下去吴蜀联军必将以排山倒海之势击退曹操。

我关掉 CD 机，又颇不甘心地打开——焦虑盘旋在我胸口，仿佛乔乔的某种困苦也传染到我身上。只是乔乔难道不明白，致使他落到今天位置的，是他的肥胖、他那具有无尽发腮魔力的脸，并不是他所说的"自我的缺失"。这种认知上的混沌，却更教我心里替他难过。

然而，乔乔的遭际故事再明璨，也不过是我生活中的一颗流星。开春以来，家中多事，我在下旋的涡流中自顾不暇。妻子的单位发不出工资，转眼已有三个月。不久，又被告知不用去坐班，只在家中静候消息。妻整天在小房间里打转，偶尔与老同事通电话，谈论即将来临的下岗风暴。讲不了几句，因担心电话费昂贵，便挂断了。有一回，妻子翻到我租的电影光碟，一怒之下，狠狠掀落到地上。

"饭都快没得吃了，还有心思看碟片。每天半夜三更回来，自以为人家把你当朋友，其实谁看得起你。也不照照镜子，算个什么东西。"

妻子声音尖细,一提嗓更锋利。她本就陷落的眉心,猛地裂出"川"字纹路,将脸上的嫌恶衬得更深。由于近期情绪极不稳定,她的双颊稍有些垮,我这才注意到,那儿凌乱分布着深褐色雀斑,我们恋爱时是没有的。那一阵,老费新结交了一位俱乐部经理,常招呼我们去那里唱歌、跳舞、打台球。消遣一番,回家难免又过凌晨。妻子也不睡,满眼通红,坐在台阶上等我。进门迎头就是一顿吵闹,刻薄词汇飞刀一般刺来。我也激愤,我们大吵一架,完全顾不上女儿第二天还要上学。那时才切身感到,人生多么不恒定,什么都会改变,而我和妻子恰进入一种久处后相互朽蚀的状态。

勉强熬到五月,妻子厂里依旧未发薪,我托学生家长给她介绍了一份卖场售货员的兼职。卖场是新开的易初莲花,位于浦东。为了赚钱,妻子每日两次横穿上海。她负责销售塑料彩盘,做成各种鲜翠水果的样式,一路从5.99元跌到2元,销量仍然寡淡。但总算一个好的开始,强于坐以待毙。恰好女儿的生日也在五月,那一年将满十周岁。我和妻子商议摆几桌酒席,一来替女儿庆生,二来决心要在难关前展现某种魄力,颇有几分"冲喜"的意味。

由于离家近,又对菜式熟悉,最终决定在良良大酒店摆宴。我和妻子几番前往,协商菜单。无论如何都超过预算,只好去掉了每人的罗宋牛肉例汤。本也不算珍贵汤品,平摊到个人却可以省不少钱,但这削减开支的成功只让我更沮丧。散步回家路上,我突然想,假如能邀请到乔乔赴宴,想必能在亲戚朋友之间挣得一些面子。上一回席间,乔乔托我替他翻译一份英文授权协议。我熬夜查字典,校对语序,两天就完成了任务。也是因此机缘,我终于有了他的寻呼机号码。

"我不相信的,你去请呀,看看人家会理睬你吗?"妻子讥笑说。

尽管联络乔乔算不上大事,可妻子的态度多少让我忐忑,担心她一语成谶。我踌躇两日,第三天下午,气候宜人。梅雨长季里,难得涮出一枚澄明的日轮。刚过三点,树梢间,鸟鸣织成了音帆。我踩在雨后操场的塑胶跑道上,顿觉一阵放松。这才想到给乔乔发消息,出乎我的意料,他很快就回电到学校。我吞吞吐吐说出女儿生日,请他一同吃顿便饭。他一口答应,我向他告知时间、地点,他在另一头爽朗地笑起来,说好久没去良良大酒店,很想念那里的芹菜干丝。问起他近来忙什么,他称都是琐事,但焦头烂额,见面细聊。又反问我最近如何，我说了一两件学生难管束的事例，代际差异惊人，和我们过去全然不同。讲到后来，我突然发现电话另一端鸦默鹊静，就刹车制动似的缓缓停下来。五秒空白之后，乔乔的声调又衔接上来，仍像火炉里烤过似的热情洋溢。乔乔说："那先这样，我去忙了，回头再见。"

  我们都没料到，女儿的生日宴竟成了一场灾难。像精心筹备的新年鞭炮，非但没放出白蝴蝶与银花，反而炸得家门口鸡飞狗跳。而真正毁掉的，是对第二年的期待。宴席比我们预想的更寒酸，硬菜寥寥无几，众人都落不下筷子。在亲戚面前，妻子拼命数落我，赚不到钱又不顾家——无非是这些。出于一种古怪的自尊，她要当着众人的面说出来，赶在他们背着她展开类似的议论之前。我被她抛入难堪之境，每一句回应，都似在把口角扯得更开。若不是亲友劝阻，我们差点大打出手。草草吃完蛋糕，妻子让她姑妈把女儿带离饭店。她十岁整了，发育得比同龄人晚，身材矮瘦。那天她穿一件粉色网纱卷边的公主裙，还是念书前的儿童节给她买的，裙子底的珠花由妻子重新缝过。女儿在门边回望我们一眼，带点困惑地沉默着。妻子的姑妈稍稍一拉她，她不再犹豫，转头走了。

  自始至终，乔乔都未出现，也没捎来任何音讯。起初我还时刻盼他到来，经妻子一闹，注意力渐渐涣散，散场时几乎忘了他要来一事。

  到了年底，乔乔忽然打电话给我，请我们一家参加上海电影制片厂的新年晚会。大半年间，为乔乔的缺席，我没少受妻子的奚落，但从未真的因此生气。乔乔偏是有这样的天赋，一想起他，好像眼见一位好友从林荫路尽头骑自行车过来，悠闲又亲近。我回去把这件事转述给妻子，妻子不屑地"哼"了一声。

  "我不去。这种过气演员，成天在外面花天酒地，早晚命都折进去，也只有你把他当块宝。"妻子说。

  "这么多朋友，独独叫了我，怎么能辜负他一片心意。"我说。

  "你女儿十岁生日的时候，人家照顾过你的心意吗？"妻嘴角一挑，轻蔑的神情水蒸气般腾上来。"我反正不会去的，谁稀罕这个。"

  话虽如此，临行前，妻子特意为女儿编了双麻花瓣。天冷下来，我穿上毛呢大衣，替女儿戴好妻子织的绒线围巾。我们向妻子道别，她一言不发，朝我们摆摆手，转身对着镜子继续翻拔白发。

外面风刮得凛冽，双眼如挨刺，几乎睁不开，上海的冬天竟已深到这个地步。我们走到弄堂口，半晌才叫到一辆出租车。上影厂位于天钥桥路，一路开过去，天色像一块破旧的灰地毯，垫在红绿灯后方。沿街的商铺多半歇业了，像被风吹熄一截截的火，我内心反而涌起一种激动的痉挛。

那天傍晚，上影厂的铁栅栏门难得大开。我和女儿候在一边，等乔乔出来接。这里环境清幽，我年轻时荡马路经过许多次。扒门往里张望，只能看见左侧一幢小楼，白漆红瓦，楼底密密停了一排自行车。门卫见惯了我这样好奇的人，心情好时不管我，怒时则叼着烟从保卫室出来，大喊一句"做啥"，我便如受惊的麻雀快速遁逃。那都是好些年前的事情了。

我正出神，忽然身后有人轻拍一下，回头望见乔乔抿嘴微笑。我不禁想起十多年前那一部《沉醉的月亮》，乔乔在里面演一个会吹黑管的青年。在昏暗的歌厅舞台上，乔乔便是带着这种笑意，吹奏着乐器。说来古怪，有时我看着乔乔，感到时间在其所处的河沟里干涸了，我伸手摸到的是一块从未形变的礁石。另一些时候，我深知前者只是一种幻觉，不免为其中的冷酷而感慨。这次再见面，乔乔仍然戴一顶帽子。他剃了光头，那张脸就像帽檐吹出的一颗硕大的泡泡，但显然整体精神了不少。

"夫人不来呀？"乔乔问。

"哎，她单位很忙的。"我含糊应道。

我们跟着乔乔走进礼堂，真可谓气派恢宏，比我们学校的八百人报告厅宽敞好几倍。高度也远超一般大厅的规制，大约有两层半高，凭空拔出一种神圣感。几十张桌子在礼堂里摆开，凉菜上齐，一瓶蜡梅镇在圆台面中间。我们自然在乔乔这一桌落座，同桌还有薛长津、罗孟良。薛长津清秀，举止间有一股书生意气；罗孟良则线条粗硬，络腮胡，褐色皮肤，好像刚骑马穿越旷野抵达这场现代文明盛宴。在一些老电影里，两人都常为乔乔做配角，现在依然算不上主流演员。另兼四五张生面孔，后来才知道，其中有一位是乔乔的胞弟乔启亮。

不时有面熟的演员经过，对我们随意一笑。见我在思索，乔乔就介绍一两句。

"那是马骥呀,旁边是仲星火,你也认识吧。"乔乔面向我轻声说,眼神却往另一桌指去。"当年他们演《今天我休息》,家喻户晓,是老搭档了。实际上我这一路喜剧,接的就是仲老师的班……可惜现在观众不行了,趣味普遍低俗化,作品好坏根本看不懂。"

"民警马天民,无人不晓啊。"我忍不住又瞥一眼。转念忆及幼年,在露天电影场看过《今天我休息》。老马一身雪白警服,大盖帽上别一枚金徽,英武之态栩栩如在眼前。虽然剧中人设是户籍警,可我总把他当作一名海军战士。

"那边是花旦桌,《庐山恋》的张瑜,还有洪学敏、朱静。'阿毛系列'有一部《今日大喜》就是和洪学敏演的。"乔乔压低声音,近乎与我耳语,"但是我以为这一代里最漂亮的是龚雪,妙目一转,像一头从湖面上跃过去的鹿。不知怎么老和戴兆安演情侣,根本不配的。她后来结婚,移民美国了。"

"我看过《今日大喜》,里面好几个女演员,我倒觉得那个小保姆好看。"我说。

"哦,你说夏菁。电影《红楼梦》出来的,嫁给佟瑞欣啦。"乔乔一顿,才一番畅笑。

我环顾四面,那些一知半解的脸庞鼓点般滥击,使我内外咚咚震动,恍如置身一场不安的大梦。热菜端过来了,随酒水拌进胃里,又以某种化学分子微调着我的外观。皮肤悄然走红,向外涨开一些,晕眩竟变得通透可见。遥远的讲台上,有人对着话筒致辞,但环绕声调得不好,传到我们这里只剩一阵嗡嗡。乔乔向我讲解致辞人的身份,都相当著名。有一位老先生,经人推轮椅上台。我没听清他的名字,只记得乔乔小声告诉我,那是他拍《双胞胎奇缘》的导演。

那些年里,知青返乡的尾潮扫过上海,电视剧《孽债》则是一时人人热议的话题。吴竞在剧中饰演一位机关干部,恰好前来敬酒。女儿认出她,惊讶地随大人站起来。有人逗她,《孽债》好看吗?女儿平日里少语,像一台总调不对频的无线电,我们常忧心她在学校不合群。但那天她异常兴奋,拧过发条似的,与陌生人对答如流。几个回合往来,女儿竟当众唱起了《孽债》

的主题曲：

美丽的西双版纳，留不住我的爸爸。上海那么大，有没有我的家——

等她有一日得机会去北京、去呼伦贝尔，去风雪卷地或日晒十二小时仍昂扬挺立的城市时，她就会明白，上海并没有那么大。我看见吴竞暂坐下来，夸女儿唱得好。她们离我越来越远，话音也逐渐蜕落为窃窃私语——那时，我已喝完杯中酒，腹胀与昏沉让我步子趔趄。我一路走到门口，跨过礼堂与大厅的分界线。大厅略显清冷，吊灯的水晶片很厚，光无法一层层穿透，只好暗淡下去。嘈杂也喑哑，背景音乐轻柔如浪。久站后发现，原来是同一段旋律循环播放：甄妮的《海上花》。直通室外的门敞着半扇，可望见那座根据上影厂所制之片开头图像复刻的工农兵雕塑。红棕色，工艺精微，背部的衣服褶皱也细雕过，此刻被一个冷得近乎析出晶体的世界罩着。

乔乔跟出来了，手里夹一根烟，我们便在屋檐下漫无目的地站着。半响，乔乔开口，谁知竟是道歉。

"对不起，李老师。那段时间我刚和美荇离婚，状态不好。怕扫你们兴，就没去了。"大概因为喝多了，乔乔双眼发红，显露一副疲态。乔乔补充说，"就是你女儿生日那次，想打电话来说一声，最后也没好意思。"

"怎么会呢……"我暗自吃惊，无论是乔乔离婚，还是他蓦地提起女儿生日一事。

"我和美荇不是一路人，她从来不理解我。后来实在闹得太僵，估计她也不想再见到我。你看今天这种日子，她都没有来。"乔乔说。

我不知该如何应话，只好与他怔怔相对。手里的烟一截截烧作尘烬。

"你听，《海上花》。这首歌我很喜欢，我有一部电影做过插曲。在一个舞厅场景里，周茗非要我陪她伴奏。电影里她对我有情，但出国无疑是更有利的选择，那怎么办呢？只好两个人坐在霓虹球灯下，一分钟、一分钟拖下去……拍这段时，我总是不小心发呆，《海上花》的曲调会让人迷失。"乔乔感叹。

"《小楼昨夜又东风》的电影剧本，写得怎么样了？"我随口一问。

"暂时不写了。"乔乔一惊，才回答我。接着，他暧昧地远眺了一眼。路灯纷纷亮了，橙红色，夜晚的城市像一间照相馆暗房。乔乔说："我要出一趟很长的差，做点大事情，一步一步来。"

"是拍新戏吗？"我问。

乔乔并未回答。他若有所思地眯起眼，烟被他嘬进肺腑，又像从香炉里冒出来似的溢过他的鼻腔。他揿了烟，突然慎重起来似的看着我。乔乔问："李老师，我记得你也是春节左右出生的吧？"

"对，大年夜晚上，生下来没两个小时就跨年了。"我说。

"那你也是水瓶座，我们一样的。"乔乔说。

"乔乔时尚。我没什么研究，水瓶座是什么样子？"尽管我不信这一套性格理论，还是追问了下去。

"大概是注重精神，总是在找，却永远不知道自己想找什么。外人看来，只觉得这个人性情奇怪，渐渐也就疏远了。"乔乔淡淡地说，他面露笑意，可我莫名有些伤感。乔乔又握住我的手，热切地说："李老师，不管怎样，我要谢谢你。"

那时我还不知道，上影厂晚宴对我的最大影响，是踏入一段与乔启亮的漫长情谊。乔家父亲早逝，兄弟二人各自生长。与哥哥相比，乔启亮的生活大相径庭。他在七浦路商城摆地摊，专进流行一时的货物。头一次去，摊位上摆满玩具；水晶串珠流行时，他又搞起了买珠子送 TPU 串线的活动。也卖过首饰，穿碎花裙的女孩蹲在摊前，中意的款式在精心筛选中滑进篮筐。在人缘方面，兄弟俩的优势倒相似。乔启亮伶俐，和附近摊主都交好，经常有人跑来与他闲聊。但也听乔启亮私下抱怨，同样一根黑头绳，隔壁老头儿能卖到五毛，他只能卖两毛，只因对方看起来一副可怜相。

有一回，我下午没课，顺道去探他的生意。一走到他所在的铺位，赫然看见两张乔乔放大版的半身照片。乔乔披一件深蓝色西装，双手插在胸前。他像被喂过催促生长的药，不仅留了一头茂密的黑发，连脖子也更长一截。他的招牌笑容挂在脸上，在他右侧，一棵枸杞树伸出枝条，果粒颗颗饱满。照片下面，摆了一筐亟等贩售的枸杞。

"怎么样，照片里的人认识吧？"我还在发愣，乔启亮玩笑着走过来。

"拍得真好，容光焕发，至少年轻了十岁。"我叹道。

"瞎说。"外形上看来，乔启亮比哥哥逊色太多。身高不足一米七，横肉敦实，这使他五官的浓墨重彩更显诙谐，举手投足间，添一道世俗生机。

乔启亮说："明明特别假，照片弄得人都走形了。我一拿到就问他，照片里的人还是你吗？如果大家认不出你，代言还有什么意思？"

"他怎么说？"我只好笑问。

"他还能怎么说！虽然我是弟弟，但他从小怕我。"乔启亮眉毛一扬，颇有得意色，"不过话说回来，东西还可以吃一吃。"

他从筐底翻出两包枸杞，一边解释底下的批次保质期更长，一边往我手里塞。言谈之中，我得知乔乔如今身在张掖。他在酒局上认识了一位食品厂的老总，对方一直邀他挂职副总，工资比上影厂给的翻几倍。哪怕已沦落至下风，告别演艺事业亦需勇气。等乔乔终于辞职前去，发现"副总"只是一个空荡荡的头衔。他对实体经营一窍不通，每天工作不过是应酬、参加活动，陪各式各样的人物喝酒。公司试图从他的银幕形象中剥出一些余利，为此，他不得不配合多方宣传。据乔启亮说，乔乔也为公司拍过电视广告。于是，每当电视剧里插入广告时，我便暗中有所期待，但我从没真的见过乔乔拍的那一支。

往后一年的秋天，乔启亮请我去茂名南路上的一栋洋房。房屋外墙有几处剥落，重新刷过后，留下微微凹陷的印痕。庭院叶落，行走其上发出喀嚓声响，让人的踩踏兴致更甚。还没到需要开启供暖系统的时节，室内有点冷。我沿木梯转上二楼，为首一间房连通阳台，门正敞开。光流像从乍破的银瓶中淌出，我一时恍神。

"李老师，过来方便吗？"乔启亮来迎接我，一起身，背后露出一台雕花的太师椅。

"骑自行车半小时，就是今天天冷。"我说。

我搓着手，踏上最后一级台阶，全然置身于二层的空间之中。乔启亮引我进房间，顺势将落地窗拉开一些。我往外一瞥，开放式阳台上摆着盆景，狭长的红缎绑在枝梢间，上面用金粉写了"财"字。房间内部则布置成办公室的样子，写字桌、高级文具、一台屏幕落灰的电脑，应有尽有。桌子正对一排立式书柜，里面放满崭新的精装书。最高处是四大卷肖洛霍夫《静静的顿河》，书脊高耸，鎏银的字体熠熠闪光。我不觉笑了。

早几回见面时，乔启亮已向我提过，他把七浦路的铺位退租了。问他日后打算，只说要与乔乔合伙，做一门新生意。待办公处租定，他才慢慢透露，原来两人打算办一个婚庆公司。乔乔负责联络明星，从单场表演到担任司仪，各有标价；日常运营工作则交由乔启亮打理。他们各自筹了些启动资金，具体比例我不得而知，但乔启亮抱怨过乔乔小气，堪称当代版的"葛朗台"。

"什么时候正式开业？"我问。

"已经接好几单了。"乔启亮满脸放光，极为亢奋。周围环境雅致，他却浑然不受影响，说话时仍然唾沫横飞。"李老师，你看这套洋房漂亮吧。只要找我们做婚庆，免费送洋房写真一套。一方面当推广的福利，一方面也沾沾新人的喜气。前几天刚有人来拍过，相当满意，怀旧风骨一绝。李老师，这才叫作生意嘛，你说是不是？"

"毕竟你有二十年当老板的经验。"我端起他泡的茶，据说是黄山毛峰，入热水根根竖立。只是他放过了量，一泡开大半杯都是茶叶，我勉强喝了一口。

"那当然了，难道我靠得上乔乔吗？他一点商业头脑都没有，整天像做梦一样。要不是有我在后面把关，他能做成什么事！"乔启亮说。

"乔乔回来了吗？"我问。

"回来小半年了，你不知道吗？你们不会还没见过面吧？"乔启亮有些惊讶。

"嗯，他大概很忙的。"我说。

我时常回忆起乔启亮当时的神态，他的双眼向上翻着，嘴角一撇，鼻子稍微起皱。仿佛他与乔乔多有性格不合之处，但亲缘关系黏缝着两人，定期清空前嫌。那天夜晚，我们去后弄堂的小摊吃馄饨。一条长队延伸到路口，轮到我们坐进那块军绿色的防水篷布里，腿已站得发酸。热雾从馄饨汤上腾起，眼镜片里，乔启亮的影像虚化了，他的存在褪为一种浑厚的声音。嘈嘈切切，讲到家道中落前的故事，乔启亮像个说书人。清朝灭亡以后，乔家被打散在沿海一带。乔启亮的父亲流落到浙江的村庄里，当起木匠来。父亲有几分造物才华，但好吃懒做，家里总是攒不下钱，日子像在皮艇里艰难地划过去。乔乔的性格随父亲，乔启亮和母亲更接近一些。我想到乔乔曾说过要拍的电影《小楼昨夜又东风》，就问起他们那位神秘的大伯。乔启亮一拍桌子，馄饨汤震到碗外。他用近乎诉苦的语气告诉我，他们家和大伯几乎没往来，而且大伯根本没什么可称道之处。家里能败的都败光了，在京都一事无成，只是宿妓、赌博。老赌棍能有什么结局，不知道哪一年，忽然传来消息说吞鸦片自杀了。有人寄来一盒他的遗物，也没什么东西，几张照片、一封看不清的信、一面不知谁赠送的漆制女式圆镜。据乔启亮说，我不是第一个打探他们大伯的人，乔乔经常在外面乱吹牛，弄得煞有其事——其实都是他的幻想。我将信将疑，半晌回不过神来，或许因为乔乔对这件事表现得太认真了。乔启亮拍了拍我的肩，让我下次亲口再问乔乔。

　　后来就到了1998年。夏至盛时，黄浦江对岸立起一座金茂大厦。据新闻里说，这座大厦高四百多米，地面上共八十八层，顶楼的旋转餐厅可俯瞰浦江两岸——由于离二十世纪收尾只差两年，所以如此断言也无风险：这是二十世纪中国最高的楼。到了周末，我们一家人坐上浦江轮渡，去陆家嘴附近游玩。念中学以后，女儿剪了短发，对打扮突生一种奇异的羞耻之心。我拿起胶片机，竭力把女儿的影像安放在绿化带与钢筋城市之间，她的表情却总是过于严肃。疲倦侵身时，我们仰头坐在花坛边，看卷积云蹚过大厦塔状的细顶。

　　"以前老费说过，他有朋友参与金茂工程，有次半夜开锁带他去楼里参观。"妻子说。

　　"我不记得了。"我喝了口水，把瓶子递给妻子。我说，"他的话不能听。他还说过，他有一个朋友，天生睫毛特别长，足足有半米。明明很荒谬，当时不知道怎么回事，竟然还是有几分信的。"

　　"这些人现在都在干吗？"妻子问。

　　"不太清楚。老费女儿毕业后，联系就断了。"我说。

　　"我早知道是这样。"妻子说。

　　妻子面无表情，既不是想趁机指责我，也没为自己预知的正确性而得意。她只是坐在我身旁，把一句平淡的话从嘴里抛出来，又眼睁睁看它掉进尘土之中。一切最终都会落入意义匮乏的怪圈，这和知不知道无关。

实际上，我和乔启亮的友谊还有几年气数。千禧年跨年夜，我和妻子一同去他家里吃饭。他还住在老西门的旧房子里。过去装空调时，墙上的管道口打得太宽，每逢雨天都要用纱布紧紧堵住洞口，以免渗漏。我们与他开玩笑，做大事的人不忘本，赚那么多钱还愿意住破屋受苦。乔启亮一挥手，飒爽地向我们兜底，钱都在股市里，等翻倍了再取出来买房。我们大笑，一手夹起红肠片，一手将三得利啤酒瓶伸向一场碰撞。我们有数不尽的话题：生意、新闻、八卦、孩子学业、电脑、滑稽戏、刚去世的传奇人物赵四小姐，不再谈论乔乔。

那时候，乔乔已经从婚庆公司撤股，独自去了法国。自从上影厂一别后，我和他几乎没见过面。仅有的半次是，我们一个共同好友的儿子结婚，请乔乔的公司操办婚礼。原本想请一位电视台主持人当司仪，但对方开出的十万如同天价，便决定转由乔乔亲自主持。隔着鼎沸人声，我们遥远地对望了一眼。那天乔乔穿了一件面料会变色的衬衫，四面灯光把他钉在舞台中央，软塌的棉丝随他的动作而闪耀出一种蓝紫色。他的头发白了不少，看上去像一个来跳交谊舞的老头儿。趁着下边开席，乔乔表演了几个滑稽桥段，但他的声音淹没在嘈杂的背景里，根本没人注意。乔乔可能有些急了，越发卖力起来。台下依旧毫无反响。几轮下来，只见乔乔退到一边，拎起衣角擦着脸上的汗。我思忖着趁乔乔空闲过去打招呼，但酒喝得人懒倦，延宕之余，忽然发现他已经走了。我顿时怅然。和乔启亮说起，他却不觉得有什么稀奇，压低声音告诉我，一个人落魄了，走的时候总不喜欢道别。至于乔乔一声不响出国一事，乔启亮照搬了同一句评价。

没几年，我在学校的分房申请终于轮上了安排。住房环境如愿得到改善，但生活却不得不向郊区迁移。下班只顾往家里赶，不便再去乔启亮那里闲坐。其间，我们打过一次很长的电话，一口气聊了两个小时。乔启亮打电话来，主要是为告诉我，"油爆虾"车祸去世了。我不觉惊叹，问及"油爆虾"这些年来的经历。乔启亮说，他经人介绍和一个大龄女工结婚了，两人有个女儿。乔启亮露出艳羡的声调，说夫妻俩虽然关系不好，但"油爆虾"的女儿极为聪明。我心里稍加松弛，隐隐感到乔启亮之所以在此停顿，也正是为了让这份宽慰绵延得久一些。除此以外，我们又能做些什么呢？我试探地问乔启亮，葬礼我们是否要参加。电话另一边沉吟许久，发出一声反问："去干吗呢？"

等我得知乔乔真的拍了《小楼昨夜又东风》时，已经是 2010 年了。

彼时，一位旧友搬去宝山，我们拎着裱有"乔迁之喜"的奶油蛋糕去庆贺。他的新家在一楼，超过一百平方米的居住空间之外，还附赠一爿天井花园。我们吃得杯盘狼藉，酱油渍滴满一次性桌垫。趁朋友妻子收拾之际，我们去花园里抽烟。夏夜，花朵在黑暗中扬起腮，透着一阵芳香。外面蚊虫不少，稍微站立一会儿，腿上皮肤就开始轻轻瘙痒。那一瞬间我恍然意识到，所有逝去的时光不过是一种难耐却无足轻重的痒。朋友拿出花露水，我们互相喷洒一番，又探讨起接下来做什么。

"想看电影吗？我们买了最新款冲击波音响，老价钿了。"朋友说。

于是，我们回到客厅，在电视自储的影片库里搜索。

蓦地，《小楼昨夜又东风》闪电似的划过眼前，我险些以为看错了。海报的风格古旧，一个茕茕孑立的男性身影与花体字相对，有点像早期结合摄影视角的晚报漫画。

"这不是乔启明的电影吗？"妻子也看见了。

"乔启明，多少年没听到这个名字了！"朋友调回《小楼昨夜又东风》，我这才看清，电影是 2007 年上映的，导演与主演都是乔启明。朋友问："要看这部吗？"

"他不是你朋友吗？"妻子似笑非笑地看了我一眼。

"你竟然认识乔乔，什么时候叫他给我签个名？"朋友兴奋起来。其实我们都明白，乔乔的电影事业早已日薄西山，但从八十年代一路走来的观众，多少能被这张熟悉的面孔唤醒昔日的情怀。

"等有机会吧。我和他算是多年交情，他特别好，待人真心实意。"我说。词句从嘴里溢出时，却觉得像念了一句梦呓。我顿觉后悔，我本该说我和乔乔从不认识的。

我们把灯光调至微亮，一按开始键，电影龙标在屏幕中游动。那天夜晚我有些心不在焉，画面亮起来，嘈杂色彩在长方形边框中变幻，我浑然不觉。脑中交替复现的，是多年前与乔乔交往的一些碎片。当时每说起《小楼昨夜又东风》，乔乔便神采奕奕，似有满腹才情欲挥洒其中。人在白日梦里肾上腺素飙升的模样，好些年来，我再熟悉不过。可谁能想到，这部电影真的被拍成了——而且拍得那么落伍，简直触目惊心。

实际上，除了观众容易串戏之外，乔乔在电影里的演出是无可挑剔的，可以看出他很投入。然而，其他演员不仅来路不明，表演也都夸张而僵硬。乔乔和他们之间的落差非常刺眼，就像一台用力过猛的马达拖着一辆零件都废旧的汽车。更致命的是，电影以一种极为陈旧的方式讲述着故事，节奏拖沓，情节催人犯困。画面越修得精致，反而越叫观众看得尴尬。我不敢想象人们会如何评价这部电影，也不愿去想。在这种游离的状态下，我没看多久，就打起了瞌睡。

电影结束已是深夜，公交停止运营，我和妻子打车回去。出租车在公路上行驶，车厢以外，幽暗的世界如蹿动着的微弱火焰。妻子坐在我旁边，光线沿着她的轮廓一层层上涌，就像一场无止境的涨潮。她小声地吸涕，我转头再看她，发现她眼眶竟泪光粼粼。我有些错愕，想装作不知道，迟疑后还是开了口。

"电影那么感人啊？"我故作语气轻松。

"神经病，和电影有什么关系。"妻子说。"神经病"几乎是她的口头禅。

"那你怎么了？"我问。

"没有。"她往窗外望去，又低头看着自己的手指，久久无言。她小声重复道，"没有，我能有什么。就是真的过了太久了，都不知道怎么过来的。"

那以后仅过四年，我就到了退休的年龄。工作时总是计划着退休生活，像远奔而来撞向一根终点线，真的突破以后，霎时落入一种飘荡的虚无感里。我时常想起一些旧日朋友，但纷纷丢失了联系方式，回忆往事就像一场漫长的梦。

有一回忽然想到乔启明，那时他已彻底从演艺圈销声匿迹，但抱着一线希望，我仍然尝试在网上检索他的消息。他的名字并不罕见，网页提供的与"乔启明"匹配的人大多不是他。有一位是张家港某旅游公司的总经理；另一位是北方高校的教师，因为论文发得多而留下痕迹。最有名的一位乔启明当属出生于十九世纪末的农村社会学家，他在黑白照片里眯起眼睛，仿佛正饱受光线的困扰。为了更精确，我慢吞吞地在"乔启明"之后打上"演员"字样。光标旋转两圈，这才跳出乔乔的信息。在相关的图库里，我找到一张乔乔和前妻一起游山的照片。照片没有附日期，但能看出是近些年拍的——两人都明显地衰老了，并非想象中明星容颜摧毁式的殒没，而是很平静地老去。他们的斗志、雄心都悄无声息地消退了，如今脸上一派松散。山中花树层叠，粉樱映入他们眼眸里，化作一圈点睛的光晕。春寒或许还剩几缕，美荇缩在一件红色薄羽绒服中，一手紧紧挽住乔乔。关于他们是否复婚或者仅仅修复到恋爱的地步，网上没有确切消息，毕竟也无人关心这件事。

有一个叫"豆瓣"的网站记载了乔乔的简历，相片用的是他二十岁那年特意上照相馆拍的那张。当时他真可谓器宇轩昂，连左侧投来的光都沾带荣幸。一定有无数人夸赞他的酒窝，俊朗、有辨识度，于是他勉力挤出笑容，好让这对贵人的痕迹更深邃。网页显示有二十七个人关注他，我不太明白，就从隔壁房间叫来女儿。

"关注是什么意思？说明有二十七个人在经常搜索他吗？"我问女儿。

"不是。人家就是随手点的'关注'，点完也许就忘了。"女儿淡淡地说。那时她已度过三十岁生日，在一家国有企业当行政专员。至于婚恋问题，我们几乎从无交流，稍一侧击，便见她脸上浮起嫌恶。

"哦。"我点头，尽管没完全听懂女儿的意思，但还是追问，"那我要怎么关注他？"

"你又没账号，注册起来很麻烦的。而且也没什么意思，多一个关注又能说明什么？"女儿说。

那天女儿心情不错，没有明显露出不耐烦。我请她帮我下载《小楼昨夜又东风》，又适逢消夜的钟点，饥肠辘辘，我去厨房煮了两碗青菜肉丝面。我们端着面坐在桌前，热气扑簌簌迎上来，一种久违的联结重新变得牢固。电影时长一个半小时，放到最后，乔乔特写的脸在屏幕里逐渐缩小，演员表慢慢滚动，就像鱼群所吐的泡泡正往水面涌去。

"你觉得电影怎么样？"我问女儿。

"很烂。"女儿边说边打起了哈欠。"而且我不喜欢乔启明，自以为是得要命。"

"怎么这样讲,你们见过吗?我记不清了。"我说。

"当然啦。那时你带我去上影厂的新年晚会,回来吹了好几年牛,怎么可能不记得?"女儿一顿抢白。

我不知该如何接话,愣在原地。

"那天我本来也很高兴,到处都是电视里的熟面孔,可能看我年纪小,一直有人来逗我。你不在的时候,我还偷偷喝了黄酒,一时错觉上来,以为自己已经是个大人了,身体也轻飘起来。后来我出去找你,看见你和乔启明在聊天。我开玩笑地问乔启明,我说,乔叔叔,我长大能不能也当明星,和你一起拍电影?……你还记得他怎么说吗?"女儿继续说。

"这么多年,我实在不记得了。"我推脱道。

"乔启明低头看我一眼,很快笑起来。他说,不可能的,你长得太丑了。当时我才十岁出头,只觉得胸口受到一记闷锤,眼泪失控地落下来。我竭力克制,不哭出声,怕他更加看不起我。我对他说,不要紧,我可以演丑角。他也没再理睬我。"女儿说得轻描淡写,听来却让人心惊肉跳。见我不搭腔,女儿又说:"你不会忘记的。他说这话时,你就在我旁边,脸都发青了。"

我踉踉跄跄站起来,收拢碗筷,往厨房的清洁池走去。

我的双腿虚浮,仿佛连接身体和腿的螺丝被人拧松了,又像是踩在极为柔软的毯垫上。恍惚间,我重温了从上影厂礼堂走出来的那段路。我喝多了,酒精对我做出柔和的肢解。他们说,李老师,这酒是我们从茅台厂里直接拿的,学校里可喝不到。我说,好的,今天特别高兴。我说了好几遍,拼命感谢他们。背景音乐越来越轻,"是这般奇情的你,粉碎我的梦想。"梦想——乔乔说,不要谈梦想,说起来难为情的,但《小楼昨夜又东风》我以后一定会拍。于是满堂喝彩,器皿血脉偾张,叮当响个不停。人人嬉笑不止,老费、"油爆虾"也在其中,眉眼弯成弧形,笑到猩红牙龈都露得精光。这是极限,再也不能更真实一分了。老费说,李老师,我女儿不懂事,请你千万多担待她。乔乔说,说出来就俗气了,李老师这么好的人,该提拔的怎么会少?我说,好的,今天特别高兴。我喝多了,看每个人都身沾白光,四处是往人间裂变的贪婪白日。妻子也是白色的,一块即将破碎的冰凉白玉,或是一个失望透顶已决心融化的雪人。妻伸出五指枯骨,这些年总算都过去了,欢乐也无，苦楚也无，熬到最后竟什么都没有了。但是乔乔说，没关系的李老师，还有下次，下次我有空一定来——他走的时候尚且英挺，一件荡着仙气的中式白褂穿过摄像机组、工作人员与演员同僚，一转头却是中年发福的模样。我和女儿追过去，我喝多了，跑不动，这些沉重都是从酒里来的。女儿说，乔叔叔……乔乔却打断她，你太丑了。他根本不在意，甚至没有仔细看她，只顾殷切地露出那排被香烟熏出污垢的牙齿。李老师，乔乔说，演员到底见过世面，和普通老百姓不一样。我说，当然，乔乔说得对，今天特别高兴。他的指甲上闪着蒜香排骨的油渍，一如多年后他脱下司仪的衣服，回到婚宴的某个角落。他越来越擅于侃侃而谈，哪怕在一次性的社交场合，对孩童、年轻人释放自己已经不存在的影响力。可女儿还在原地等待他的回应，会有更诚恳的词语掉落吗，还是酒瓶早已见了底？刹那间，我已全然明白了，错不在我，也不在乔乔。人与人之间天然屹立着屏障万重，没有互相迫近的一刻，我们不过是从亦真亦幻中尽力揽收一切。女儿说，爸爸，那都是假的，我不要了。她的声音愈发轻盈，似被风扯裂的一团絮。《海上花》的曲调趁机鱼贯而入，不知不觉，已播到最后一句——"仿佛像水面泡沫的短暂光亮，是我的一生"。

仿佛像水面泡沫的
短暂光亮（创作谈）

  2005 年，台湾歌手季忠平在专辑中发布了一首《昨夜小楼又东风》。这首歌后来由费玉清翻唱过，也被选为《中国好声音》的参赛曲过，但始终没什么热度。版本诸多，我最喜欢的还是原唱。前奏对风与珠帘的情境仿拟、呓语般的音韵，都像是一种对梦境的重述。在那样的基调下，季忠平并不标准的普通话，反而显露一种流逝之气。有段时间，我循环播放着这首歌。然后，就像"一任阶前、点滴到天明"的蒋捷，最后理解了"雨"一样，人们总会在某一阶段，忽然理解了过去朗朗上口却不曾明白的诗句。

  其实"小楼昨夜又东风"，不仅仅是回忆或者梦（二者是同一种东西）。它蕴藏着另一种情境：一个人虽然还活着，但他生命已经停止在过去的某个时刻。因为丢失一切"身份"、无处可去，他被迫重返那场使生命坍塌的地震，从中寻找对此刻的"活"这个动作有意义的碎片。我所明白的是，这不是一种抒情，完全不是字面上的"愁"——这无望而艰难地翻寻生命的行为，恰恰是文学发光的地方。

  写《小楼昨夜又东风》，也是基于对这一点认识的体验。二十世纪九十年代，我尚且年幼，上海的饭局气氛非常浓重。工人、无业游民、老师、明星，有时会被拉到一桌吃饭，成为江湖朋友。我曾见过一些当时的明星，最多都不超过几面之缘。他们身上有神秘的光辉，饭桌上的人也追捧不已，但如今再看，他们中的大部分人早已不知所踪。我总是在想，为什么会这样？这个问题当然很难有答案，甚至他们自己也未必明白。无论如何，它以某种形式困扰了我。在我成年以后，化作一种时常盘踞于心的失落。我想接近他们，探索他们，以文学的方式将一种无用的安慰交付到他们手中。

在《小楼昨夜又东风》中，虚构的演员乔启明就承担了这样的角色。他在二十世纪八十年代非常知名，后慢慢退出影视圈。在巅峰时期，他既享受着当明星的快感、优越感，又并不真的为此满足——他想拍一部和眼前大火的作品全然不同的电影，姑且命名为《小楼昨夜又东风》，去"寻找自己"。在我看来，他想寻找的是真正的生命，但对生命的欲望埋藏得非常深，以至于他处在被世俗欲望的推拉之中（这是他的选择，这与社会性别结构也相关）。直到有一天，时间消耗殆尽，《小楼昨夜又东风》落成于影带、成为被世人冷落的失败之作的时刻，亦是一种抵抗的告终。

一个人放弃了自己的命运，这值得感伤吗？事实上，这是绝大部分人的选择。相比之下，放弃会让人轻松很多。但有意思的是，彻底的放弃也非常困难，这就导致人们往往不断回到一场又一场的梦里。小说中的乔启明，假如草率地想，自然可以算作一则悲剧。可我们不该轻易地对他下判断，因为在他者无法看见的层面，在他的"梦"的冰山之下，他一定还在想方设法地寻求生命，也许不再是以拍出理想电影的形式。而唯一一点很可惜的是，一个人的困境是独属于自己的，其他人哪怕抱有善意和耐心，也不能真正地理解。于是我们来到小说的结尾，同时也是创作谈的结尾，《海上花》中的一句歌词——"仿佛像水面泡沫的短暂光亮，是我的一生"。

碾压甲骨的车轮
（存目）

迟子建

《碾压甲骨的车轮》授奖词

迟子建的《碾压甲骨的车轮》，琐细的现实里隐藏着神秘的历史，平常的日子中深埋着人生的泥淖。小说将现实与历史编织成文，让温情和残酷交相映衬。命运的暗流汩汩流淌，故事与人性敞开它无限的可能。作者用悬疑推动故事的发展，飞翔的车轮穿行于历史与现实之间，那些无法看清的事物，不能确定的因果，模糊不明的面容，缠缠绕绕的恩怨，无非源自于我们内心的清明与混沌。迟子建在这部小说中进行的叙事尝试，是一次令人惊喜的突破。

——韩春燕

未完的乐章（创作谈）

《喝汤的声音》与《白釉黑花罐与碑桥》，是我近两年创作的中短篇小说。前者聚焦海兰泡惨案，后者定格北宋皇帝宋徽宗在黑龙江依兰被囚的岁月。新作《碾压甲骨的车轮》是我钩沉东北历史的第三篇小说，以晚清罗振玉所藏甲骨的失散为切入点，主场景是东北重镇旅顺。

这部中篇小说五万多字，不长，但从起笔到定稿，时间跨度八个月。除了日常工作让我的写作时间变得碎片化，无法全情投入，也与我在创作过程中，对它的打量和审视有关。也就是说，我准备的材料有点庞杂，而一条中篇的河道注入太大的水量，容易生患，所以围绕主流，得不时清理浮泛的"浪花"。

同前两篇一样，承载小说的双轨，一条是历史，一条是现实。不同的是，这篇是以悬疑来推进故事的。在历史和现实的双重泥淖中，总会有一些人被迫沉陷，也总会有不屈者在深渊中练硬翅膀，拔地而起，搏击长空。

如果要问我小说中写的最动情的点在哪儿？我会说是那只碾压了甲骨的车轮，我给它装了一颗心，所以它在小说中不仅仅是道具。当我的笔触伸向它时，会有飞翔的感觉。

这部小说以"奏鸣曲、变奏曲、小步舞曲、回旋曲"四个乐章形式来展开，至于谁是"凶手"，我想小说中的两个"受害者"，无论是李贵还是贺磊，都有他杀或是自戕的可能。从心理维度来说，没有凶手会逃之夭夭。所以这部小说有"未完的乐章",读者可以借着自己的推理"追凶"。

小说之外的收获,是我读了不少论述罗振玉和王国维的文章,感触最深的是,同一事件,比如静安之死,由于作者所处时代和学养境界的差异,所得结论往往大相径庭,让我看到学术的多副面孔,也让我明白小说在书写历史时,有它不可替代的独特性。

《碾压甲骨的车轮》在《收获》发表时恰赶上入伏,愿这混杂着历史与现实的交响,那不该被遗忘的风雨,能给酷暑中的您带来片刻阴凉。感谢读者。